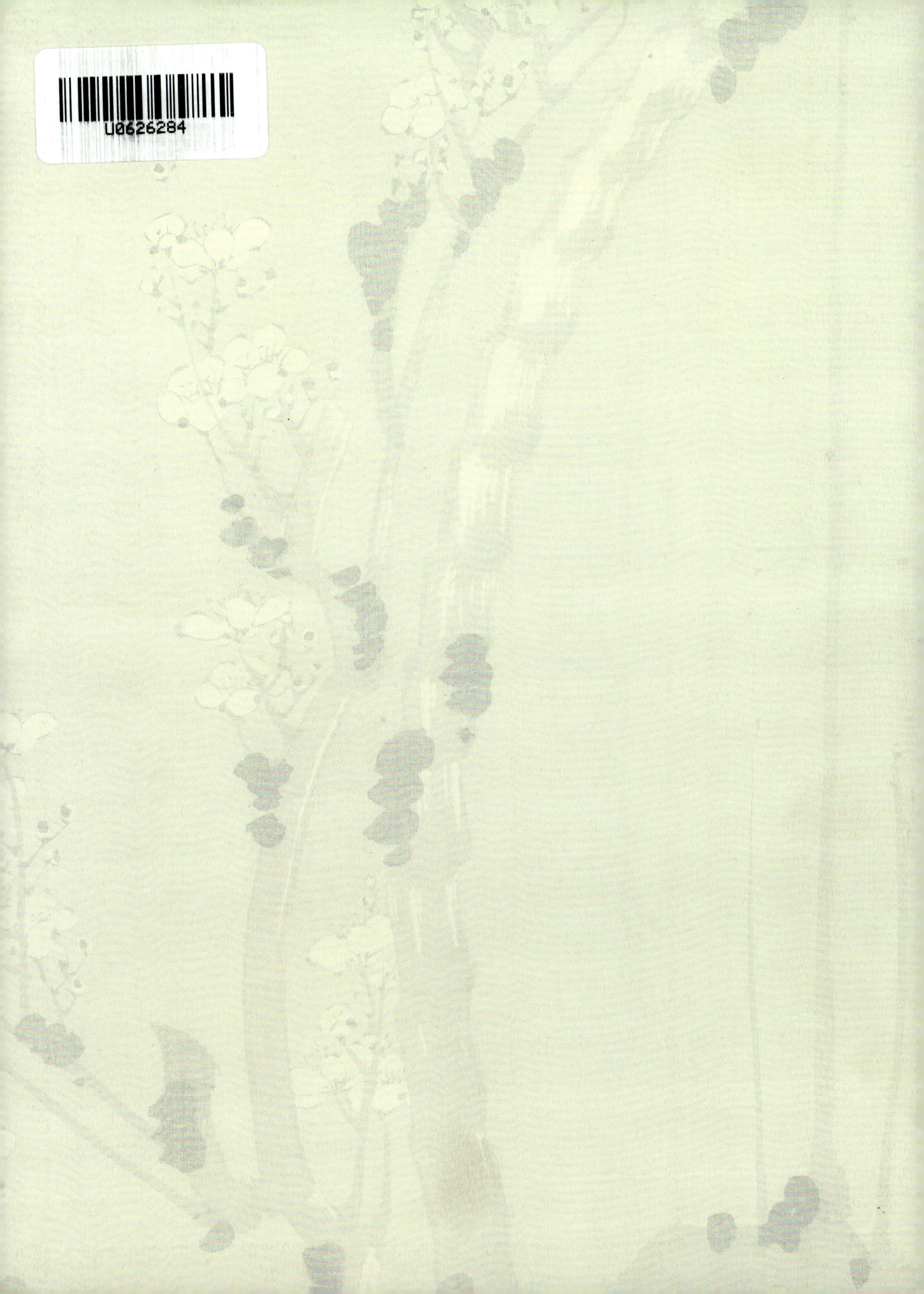

海瓊玉蟾先生文集

1

宋 白玉蟾 著

明刻本

图书在版编目（C I P）数据

海琼玉蟾先生文集 / (宋) 白玉蟾著. -- 北京 : 海豚出版社, 2018.1
ISBN 978-7-5110-4139-5

Ⅰ. ①海… Ⅱ. ①白… Ⅲ. ①中国文学－古典文学－作品综合集－宋代 Ⅳ. ①I214.42

中国版本图书馆 CIP 数据核字(2017)第 329692 号

书名：海琼玉蟾先生文集
作者：(宋) 白玉蟾著
责任编辑：李俊
责任印制：蔡丽
出　　版：海豚出版社
网　　址：http://www.dolphin-books.com.cn
地　　址：北京市百万庄大街 24 号
邮　　编：100037
电　　话：010-68325006（销售）　　010-68998879（总编室）
印　　刷：虎彩印艺股份有限公司
经　　销：新华书店及网络书店
开　　本：16 开（210 毫米×285 毫米）
印　　张：79.375
字　　数：635（千）
版　　次：2018 年 1 月第 1 版　　2018 年 1 月第 1 次印刷
标准书号：ISBN 978-7-5110-4139-5
定　　价：2640 元

出版説明

人是一種會思想的動物，無論是要適應環境，克服生存的困難，抑或爲了生活得更有意義，思想皆不可或缺。在一般的中文習慣中，思想的涵義比"哲學"更寬泛，這種語用習慣的差異，也影響到學者對學術視野的選擇。一般而論，思想史的範圍也較哲學史爲廣闊，雖然很少得到清晰地界定，但它不失爲一種有效的學術視野。

在近代中國學術史上，思想史研究的興起與哲學史大約同時。一九〇二年三月，梁任公在其創辦的《新民叢報》上連續發表了《論中國學術思想變遷之大勢》系列論文，這可能是最早由國人撰著發表的思想史論文。而第一本由國人撰寫的中国古代哲學通史，則爲一九一六年謝無量的《中國哲學史》。這兩本早期著述有其學術史的意義，但其中對學科的性質與研究方法等多無明確的説明。事實上，無論是學者的闡述，還是其實際的操作，在思想史與哲學史之間都不易劃出清晰的界限，直到當代也仍然如此。拋開細節不論，就語用習慣及有關實踐而言，思想史表徵一種對歷史文化廣闊而深入的關照，其研究方法，關注的問題，都較哲學史爲多元，史料基礎也不可同日而語。尤其是在郭沫若、侯外廬等人建立起來的研究傳統中，思想史有明确的社會史取向，或因其與傳統的文史之學有親和性，以至在今天，這種思路仍然很有生命力。

文獻發掘向來是思想史研究的基本環節。爲了促進有關研究，我們選輯多種文本編爲“中國古代思想史珍本文獻叢刊”。全編選目包括經典文本，如儒、道二家的經解，重要思想家作品的早期刻本，和某些并不廣泛受到關注的作家文集的舊刻本。本編中也選録了數種反映古代民俗信仰的文獻，如《關聖帝君聖跡圖志》、《卜筮正宗》等等。這些文本在傳統的學術視野中，多以爲不登大雅之堂，在今日視之，或者正因其反映了古代社會一般的信仰氛圍，而有重要的文本價值。此外，本編也著意收録了數種通常被視爲藝術史史料的文本，如《寶綸堂集》、《徐文長文集》等，我們認爲對思想史關注而言，範圍與深度同樣重要。

選集本編，也有文獻學上的意圖。中國古代有悠久的文獻學傳統，大量古籍文本的傳刻與整理造就了古代中國輝煌的古籍文化。本編收録的這些刻本不僅是古代學術發生、衍變的物質證據，也是古代古籍文化的重要部分。本編所收録的全部作品皆爲彩版影印，最大限度地保存了文獻的細節。其中有部分殘卷，視具體情況，或者補配，或者一仍其舊。本編的選目受制於編者的認識與底本資源，或者有不妥、不備之處，希望讀者不吝指正。

目録

第一册

第二册

第三册

第一册

白玉蟾集

省吾堂藏板

重編海瓊玉蟾先生文集序

且夫夷牟之作矢也非揮氏之爲弓雖有決拾不能發也雖有砮鏃不能以威天下故一舉而兩利焉今以我而成是書猶矢之得弧也審矣與先生非有夙契仙靈曷能續是書於既絶於是焚香祝筆而爲之敘曰

先生葛姓繼白氏母以玉蟾應夢遂爲之名諱長庚字白叟一字衆甫一字如晦自幼慕長生久視之道喜飛騰變化之術長遊方外參究性命之旨師事翠虛泥丸陳先生而學其道爲盡得翠虛之旨出手陰陽陶冶之表故祈禳禱旱叱風鞭霆咳唾風雨

迅乎掌握而神異靈奇不可詭書或自蓬頭跣足弊褐雲水或自章甫縫掖霞遁靈岫隱顯不一人莫之測但神氣靈爽聳世駭目異於常人方知其神仙中人也況先生博洽儒術出言成章文不加點時謂隨身無片紙落筆滿天下其言皆囊括造化之語

儒者謂出入三氏籠罩百家非世俗
所能也余自乙亥於江浦遇純陽明
年於樂安與先生邂逅一遇兩載之
間兩遇天真倏尒四十七年矣近自
甲寅浮三峯張真人信知先生上居
太清職司運會間忽下遊人境去歲
夏忽又遠遇先生於豫章自稱王詹

乃知即玉蟾之隱名也與余相對謦
欬一咲人莫知識自是別後莫知所
往秋乃得是書皆先生平昔所作之
詩文數十萬言昔先生囑其徒鶴林
緝之行於世久矣歲月湮沒而世無
所傳今偶得是書如親覩師面誦之
再三油然心與紗融恍然置身於太

清之境蜀非大羅之霞客曷能語於是哉蓋原本篇敘不一上清玉隆武夷三集內未入者皆收之今重新校正定爲八卷附錄一冊乃霞侶奉酬之玄簡仍綴諸卷末纂寫成集而壽諸梓以永其傳爲使先生之有知必不棄我於塵壤也將有望於挈瓢笠

負琴劍同遊於太清者焉時在亚綫

壬戌孟秋一日也南極遐齡老人臞

仙書

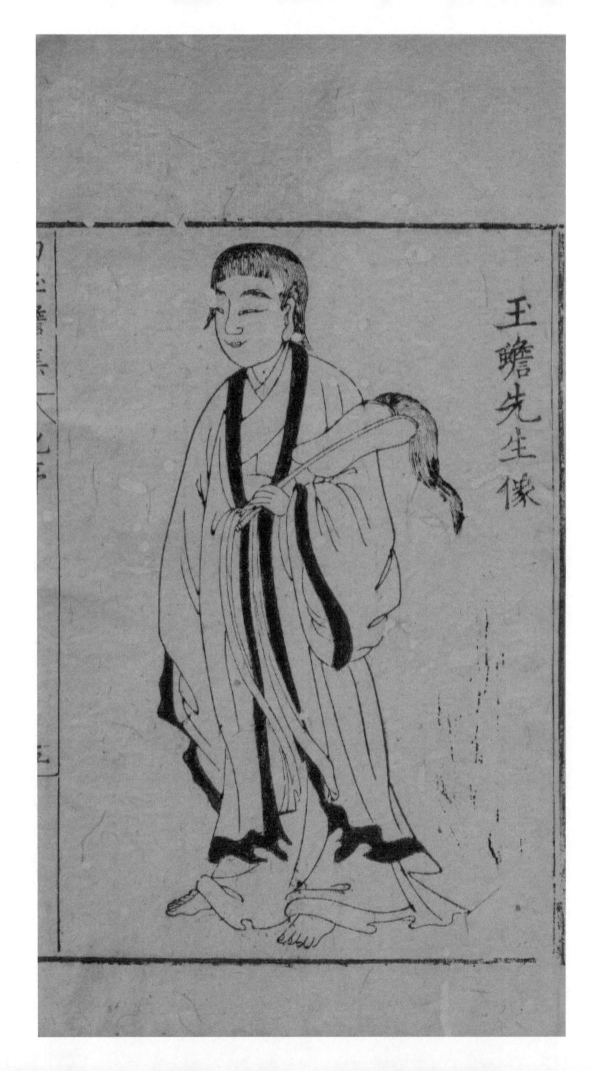

王瞻先生像

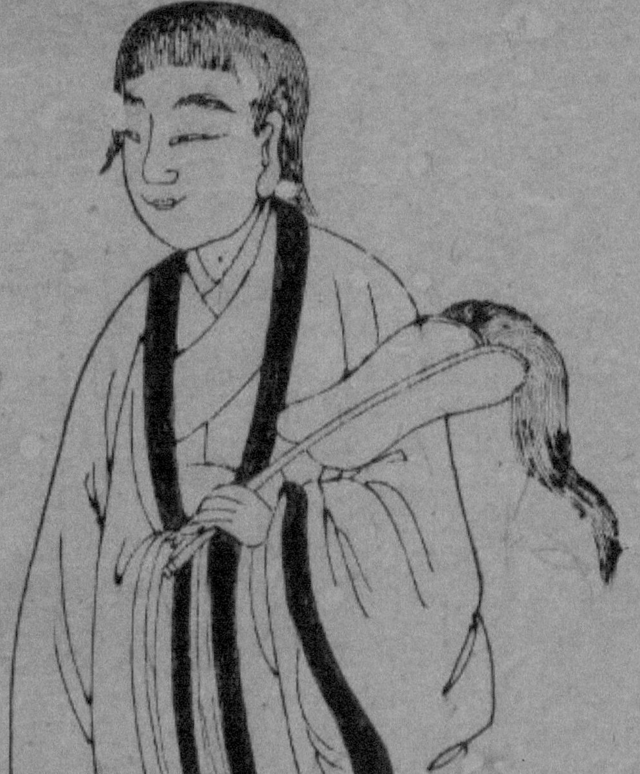

走入混沌竅撥轉玄元機奪得
造化符天地悉皆歸咦自從騎
鶴上天去斯道萬古無人知

海瓊玉蟾先生文集序

司馬子長班孟堅韓退之柳子厚諸人及我朝蘇明允父子皆古今號能文辭者至其自述學業之艱辛苦萬狀或三年成一賦或足跡遍天下或謂不敢以輕心掉之矜氣作之或謂含英咀華吉屈聱牙手不停於六藝

之文武謂吾年二十有七始克務學
文經歷幾載而後學成杜子美詩人
巨擘胸中自有國子監後人淂其綫
編斷藁率一字半句朝竄莫改不少
述李太白最稱豪雋猶横經籍史制
佐不佞三十成文章長吉至嘔出心
肝乃止前輩雖大手筆要不可以無

心而得率爾而成也今有人焉不繇學識而能不假思惟而得是可以世之常法論乎蓋瓊山白公之作是已僕頃未識瓊山一日會于鶴林彭徵君座上時飲半酣見其掀髯抵掌伸紙運墨如風中心疑焉旁達有紙數百幅因取竊之隨扣隨響愈探愈深

猶河決崑崙注之海晝夜洶湧有聲
童子隅坐研墨腕幾脫頃刻數千萬
言取而讀之放言高論閎肆詭奇出
入三氏籠罩百家有非並偕所能者
始大鶩異是所謂不由紀律不擊刁
斗而轉鬬千里外者也徵君與瓊山
為莫逆交與集詩文若干首皆徵君

手自纂集文親爲審訂去其悲來笑奚之類淂四十卷其篇軸浩汗猶如此瓊山自幼䏻爲文集中有家少作者文好酒任性所作不皆合法度古之文人跌宕不羈之士間亦有是態瓊山非可以此論者陳無己著參寥子說貫體齊己盍陋其語然以曠蕩

遯羣之氣高世之志天下之譽王侯將相之奉而寡居霜老師役終其身不忝豈用意於詩者其工拙不足病也自謂余之所貴乃其棄餘則知高人逸士其視富貴生死猶土苴芻狗不足道也況其區區者乎是直遊戲於斯焉爾易風行水上渙蘇氏曰天

下之至文也言其淂之以無心而成之於自然也後欲觀瓊山之文與其求之此集不若往謁風與水而問焉當思過半矣瓊山或號海瓊一號紫清揭東山呼之為白逸人云端平丙申日長至文林郎新鎮南軍節度推官潘牥敘

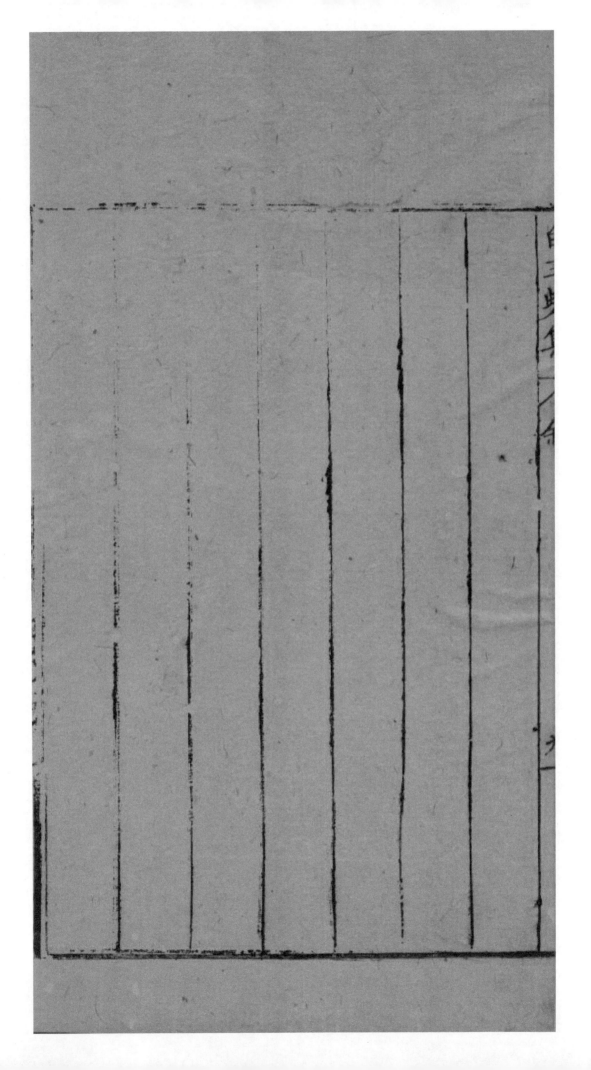

海瓊玉蟾先生事實

先生姓葛諱長庚字白叟福之閩清人母氏夢食一物如蟾蜍覺而分娩時大父有興董教瓊琯是生于瓊蓋紹熙甲寅三月之十五日也七歲能詩賦背誦九經父亾母氏改適先生師翠虛陳泥丸先生而學道焉得太乙刀圭之訣九鼎金丹之書長生久視之術紫霄嘯命風霆之文出有入無飛昇隱顯之法始棄家從師遊海上號海瓊子至雷州繼白氏後改姓白名玉蟾字以閱衆甫號海南翁一號瓊山道人一

號蟾庵一號武夷散人一號神霄散吏一號紫清真
人所謂同紫元紫華先生乃紫清也三人乃紫微垣
中九皇星之三星也因悮校劫運之籙降人間十世
凡童奏則曰金闕玉皇門下選仙舉人臣白玉蟾嘉
定癸酉翠虛假水解於臨漳復出於武夷悉受諸玄
祕先生盡得其旨乃披髮佯狂走諸名山足跡幾徧
人有疾苦或草或木或土或炭隨所得予之餌者輒
愈乙亥冬武夷詹氏之居火光墜其家延先生拜章
以禳之已而大書一符於中庭是夕聞户外萬馬聲

有呼云火炔已移於延平其人之家驗之果然信焉
益衆丙子春過江東懇龍虎山先是宫主王南玘感
夢甚異夙興而先生至上清籙纔一閱記誦無遺至
於符篆亦不少差歲旱諸羽流誦木郎呪弗應先生
乃為攺亟誦之果雨人疑為張虛靖後身戊寅春游
西山適降御香建醮於玉隆宫先生避之使者督宫
門力挽先生回為國陞座觀者如堵又邀先生詣九
宫山瑞慶宫主國醮禱龍見于天具奏以聞有旨召
見先生遁而去己卯自洪都入浙訪豫王僧孫雲率

諸僧來迎以先生博極群書貫通三氏昔究禪機欲求其爲僧以光叢林製衣鉢物物備具先生笑曰吾中國人也生於中國則行中國之道理也若以夏變夷背天叛道吾不忍也禪宗一法吾嘗淂之矣是脩静定之工爲積陰之魄以死爲樂涅槃經所謂生滅滅矣寂滅爲樂是也吾中國之道也是煉純陽之真精飛昇就天超天地以獨存以生爲樂也故曰本乎天者親上本乎地者親下夷夏之道有所不同道不同不相爲侔也孤雲嘉其言亦從事於道焉於是釋

氏而求詩文者踵門如市壬午孟夏伏闕言天下事
沮不得達因醉執逮京尹一宿乃釋既而臣僚上言
先生左道惑衆群常數百人奴監丞坐是得祠十月
先生至臨江軍慧月寺之江月亭飲酣袖出一詩與
諸從游談未及展玩已躍身江流中諸從游族呼舟
人援溺先生出水面搖手止之而沒洪都之人皆謂
已水解矣是月又見於融州老君洞由是度桂嶺逗
三山復歸于羅浮紹定己丑冬或傳先生解化於盱
江先生嘗有詩云待我年當三十六青雲白鶴是歸

期以歲計之似若相符逾年人皆見於隴蜀又未嘗有死竟莫知所終按尹子曰十年死者十年得道是得道之速也百年死者歷久得道是得道之晚也死者煉就純陽之真精消盡積陰之渣質故棺空而無尸復見於他邦出入天表與神俱遊是謂長生久視無死無生與天地為一也今先生九年道成而仙去是得道之速也凡九年而四方學者如牛毛先生自得道之後疏腸絶粒喜飲酒不見其醉大字草書視之若龍蛇飛動善篆隸尤妙梅竹而不輕作間自

寫其容數筆立就工畫者不能及時言休咎驚動聾
俗姓名達於九重天子賜以袞素之褒笑而不受有
願從之者莫得也一日有挾刃追翔者先生叱之其
人不覺墜刃而走先生召之曰你來勿驚遽以刃還
之都人有稱先生入水不濡逢兵不害者後遊名山
莫知所之先生始而蓬頭跣足辟穀斷葷晚而章甫
縫掖日益放曠不知先生者往往以是而竊議之先
生亦頗厭世而思遠遊其存亡殆莫得而曉也邦於
先生受知獨厚每見囑以諸集皆一時率然而作示

有託附於其間者吾子他日爲我擇之耜不敢怠先
生之遺言手自校勘妄加纂次併以諸賢詩文録于
編末凡四十卷荷清湘史君紫元留兄偕諸同志喜
其成書相與鋟梓因以先生出處之大畧直述于右
期與斯文共垂不朽云耳時嘉熙改元仲冬甲寅鶴
林彭耜謹書

海瓊玉蟾先生文集目録

卷一

賦

序

辭

疏

卷三

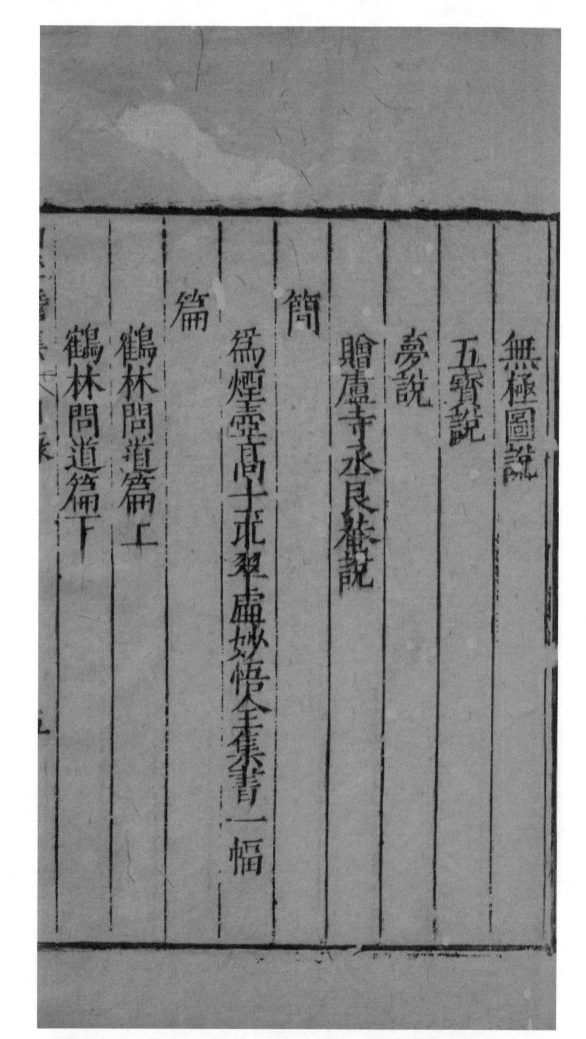

古詩

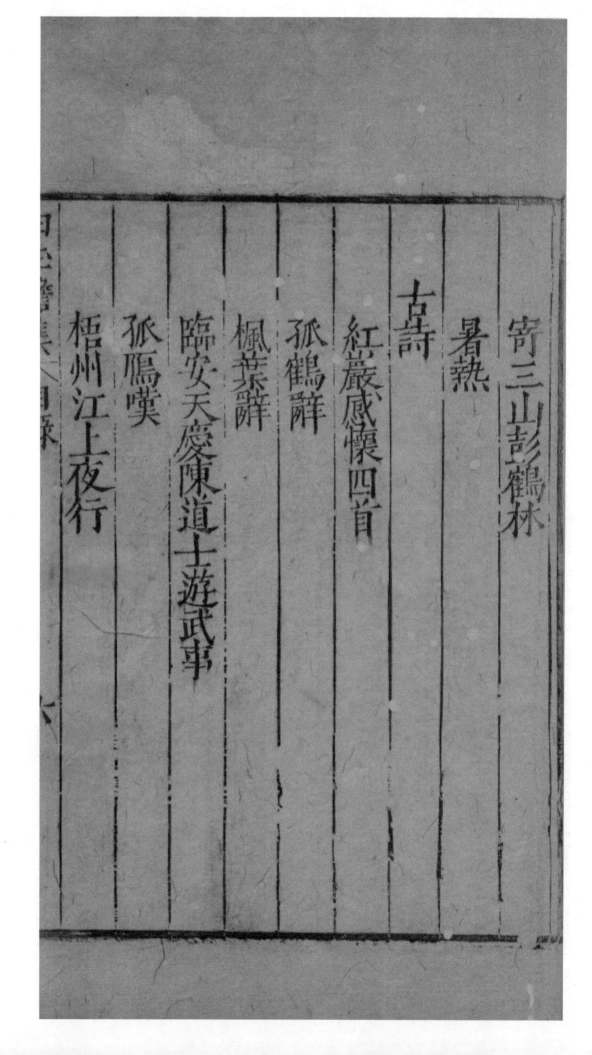

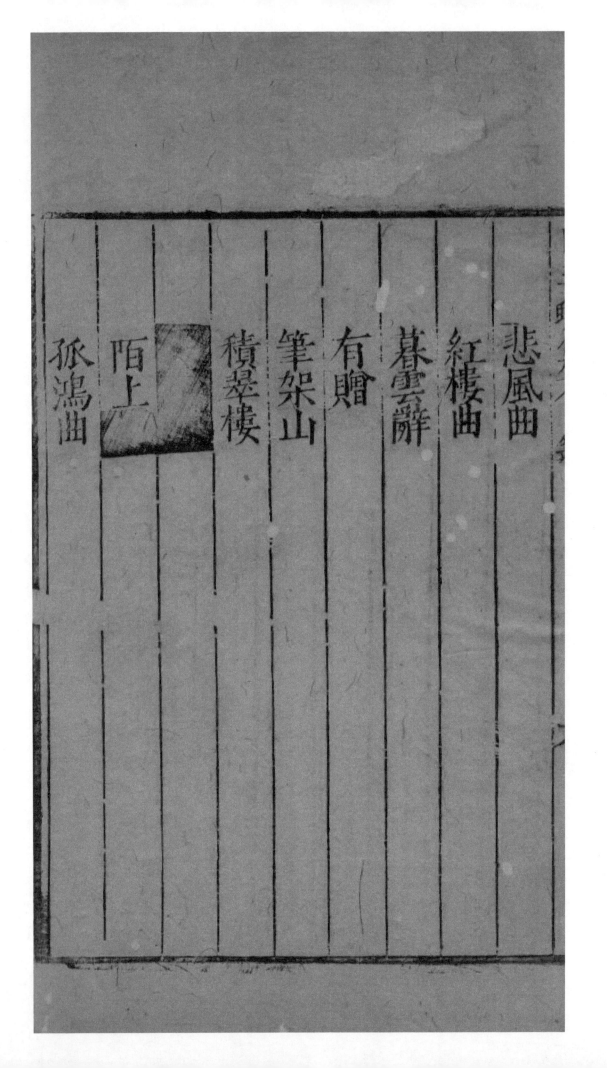

丹丘同王茶幹李縣尉高會

相思

目調

懷仙樓歌奉呈鵠林尊友

江子有懷二首

遊簡寂觀

結菴

王澗橋

明發石巖菴

右盤莊黃檢院 庸

右竹莊蘇鈞州 森

步虛四章

易水辭

鶴詮八首

棲仙吟

見鶴吟

五言律詩

白雲菴

和張紫微韻題清虛菴
曆起
五言排律
明堂禮成
皇初平故隱
白鶴林
挽覺非先生彭吏部
卷四
七言律詩

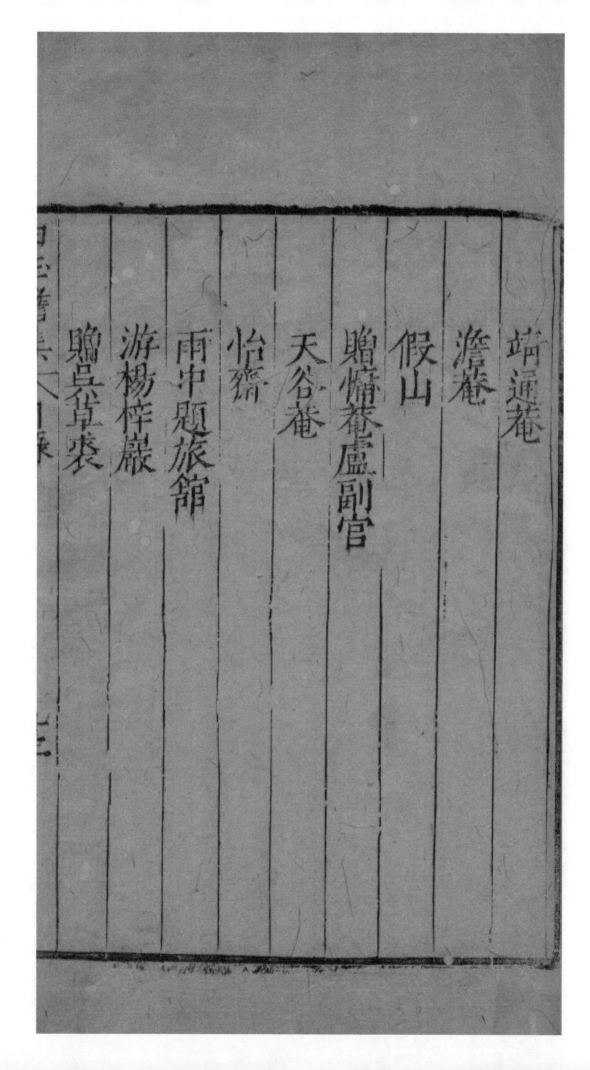

贈坦菴告別

述翠虛真人安樂法

天籟堂

寄鄭天谷

題棲雲堂

契妙

玉壺軒

悠然堂

奉酬陳宫教

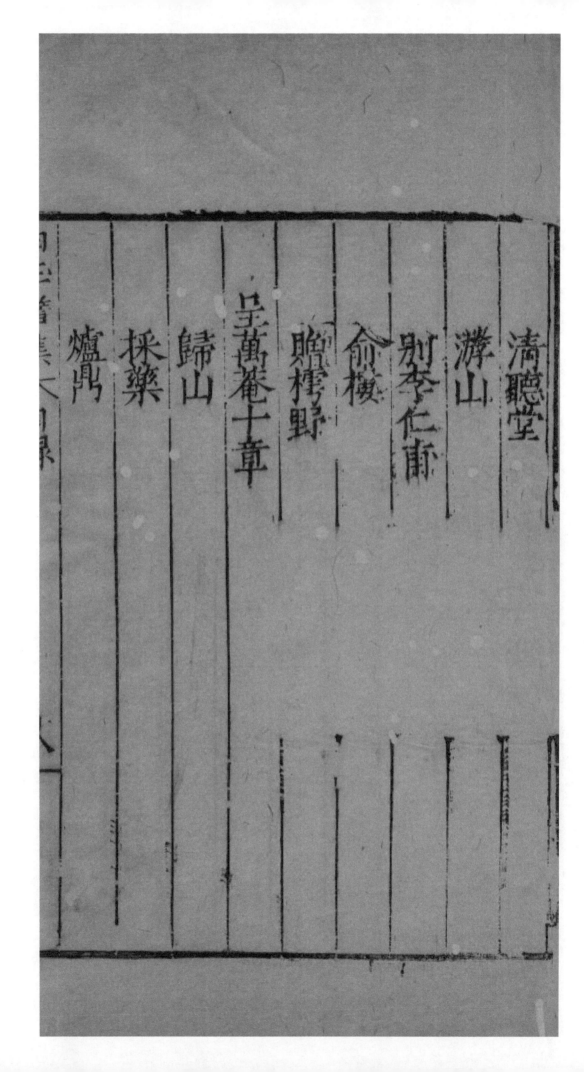

火候

沐浴

温養

脱胎

金丹

冲舉

叅同

謝鶴林見訪

大都督制侍方巖先生召彭白飲于州治之

暫別游德聲監稅

賦月同鶴林韵別奉似紫瓊友

題諸葛桂隱書堂

題華嚴寺

草廬

不赴宴贈丘妓

夜宿太清宮真成道宮

栩菴以永字韻作大風詩口占

寄桂隱

臥病

轎中

題金粟洞

贈相士岳鬼眼

歸雁亭

黄刑部倉部陳宗博招飲

草亭偶書

年踰弱冠又多錦瑟之一絃身嗜麈樊未徹玉霄之半日醉懷無奈顧影自憐抱明月

以與悲向西風而思遠謾設拈禿兎姑寄心

猿寄鶴林友

留别鶴林諸友

見嬾翁

復盧良菴韻

翛然軒

夢中得五十六字

謁雪都靈濟大師

次黄提刑雪韻

早秋蕭太直率相聚

春夢

送彭侍晨

呈沈同知

別蔣都轄用歸鴈韻

三衢舟次

再用前韻

偶成

午飯羅漢寺

歌行

山月軒

送談執權張南顯歸廣州

杜鵑行

題楊家酒樓

友人陳櫰得楊補之三昧賞之以詩

覺非居士東畬甚奇觀玉蟾曾遊其間醉吟

一篇舊風以紀之

題浯溪

題歐陽氏山水後

常山道中

久旱得雨晚涼得月夲似鶴林

余方在閩清縣治祈雨文字名之曰

秋思

可惜

行路難寄紫元

懷仙吟二首

祈雨歌

夜漫漫

卷五

聽琴
山菴曉色
雪窓
贈船柗
風臺遣心 三首
玉艷亭即事 五首
偶作 二首
飲徹
蝨

水蛭

春日自省 二首

春晚

六銖 五首

棘隱壁 三首

霞隱

露珠

六言絶句

題丹晨書院壁

七言絕句

武夷有感 十首

春

夏

秋

冬

曉

暮

行

住

坐

卧

題精舍

漁舍

午頓

酌貪泉因弔吳隱之 三首

栩菴力高士與同散步 二首

示如淨講主

重九

問春

舟行

秋園夕眺

夏夜露坐

春宵酌雨

嘲社鵃

曉巡北圃七絕

水村吟霧

巖下聞鵠

劒池

九曲雜詠

一曲昇真洞

二曲玉女峰

三曲仙機巖

四曲金雞巖

五曲鐵笛亭

六曲仙掌峰

七曲石塘寺

六曲

七曲

八曲

九曲

華陽吟二十二首

贈仙詩

題光孝觀

贈藍琴士三首

清靜經

七臺山

春風 四首

觀物 二首

荷池追涼

舟程苦遲

曉醒追思夜來句 四首

立馬待舟

夕眺風泉亭 三首

鳳簫閣翫月 四首

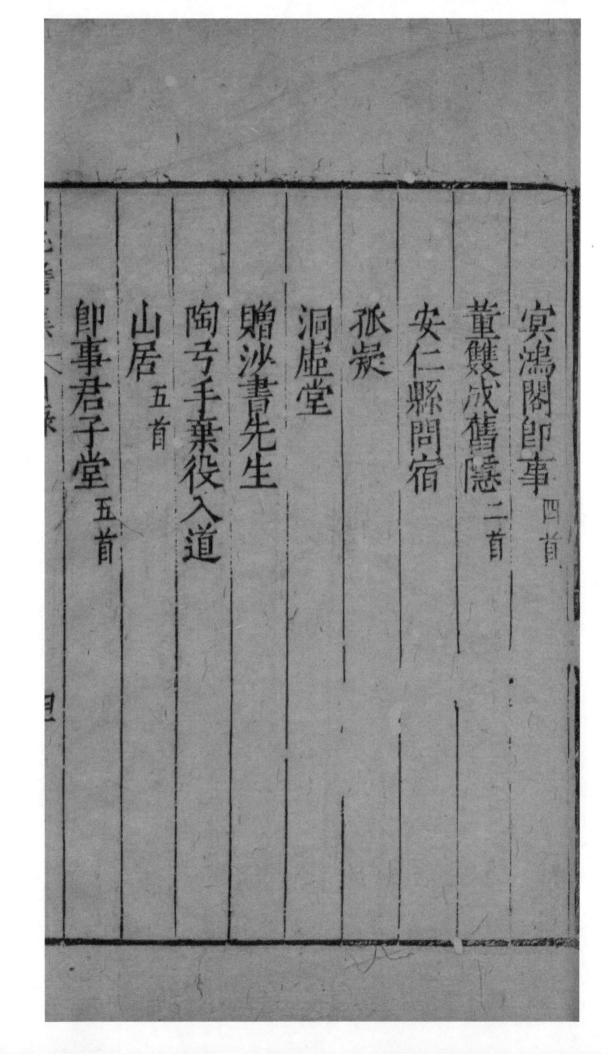

螺青山下背地錦花

許天遊見過

江口有懷 二首

飛行 二首

龍潭 二首

雙蓮

傷春詞寄紫元 四首

次韻來與王孚遊鍾成觀 二首

霜夕吟月 二首

月夕書事

疑潮

落梅

贈何畫梅

舟次吉溪

送胥上人遊鴈蕩

嘗畫梅

荷花

春雨

題武夷五首

卷六

聯句

盱江舟中聯句　嘉定癸未仲秋之朔偕[illegible]

天谷道盱而渝舟中聯句

南臺舟中聯句

踈山舟中聯句

泊舟浮石寺並舡有善士百餘輩拜迎因聯句

于水濱民居之壁

冬日同王茂翁聯句 二首

燈花聯句 王樅張雲友劉希古三友預焉

雪窓聯句

櫂歌聯句

道中與謝紫壺聯句

戲聯食鱘體取其骨糜肉化之義

戲聯仄字體

戲聯平字體

戲聯疊韻體

戲聯回文體

夜船與盤雲聯句回文

潘紫巖與余賦雪約不得用色數并寓字一体

比喻

疊字招隱

再用前韻

紫溪偶成回文體

集句贈王秀才

頌

王眞瑞世頌

鶴林傳法明心頌二首

狗子佛性頌僧問趙州狗子還有佛性也無州云無乃爲之頌云

銘

鶴林請銘

得怪石研以贈鶴林仍爲之銘

直淸軒銘

慵菴銘

日損銘

贊

瓊山白玉蟾暇日吮筆作伯陽悉達宣父三
君子之肖仍拾其語爲之贊云

李伯陽贊 三首

高祖聖師天台紫陽真人贊　姓張諱伯端
一名用成字平叔

曾祖聖師真一還源真人贊　姓石諱泰字
得之

師祖雞足紫賢真人贊　俗姓薛諱式字道

源一名道光

先師翠虚泥丸真人贊　姓陳諱楠字南木

虚靖先生像贊

冲虚侍宸王文卿像贊

天師侍宸追封妙濟真人林靈素像贊

許旌陽贊

韓湘子贊

陳七子贊

又紫元席上作

又肇慶府送談金華張月窻

又再送前人

又槩括菊花新

又羅浮作

又賀胡大卿生日

又送趙師之江州三首

又西湖作呈章判鎮留知縣

又贈紫元

又燈夕天谷席上作

蝶戀花題愛閔三首

楊柳枝

雜著

松風集序

紫元問道集序

廬山集序

跋修仙辨惑論序

跋鶴林問道集

跋鶴林紫形問道集

跋陳泥丸真人翠虛篇

瓊山番陽事跡

詩贈瓊山高人　山澤道人李訦

奉和瓊山白逸人見寄詩韻　廬陵楊長孺

奉謝瓊山白逸人惠草書千字文　廬陵楊長孺

二首

題福州天慶觀壁白逸人詩後　楊長孺

敬次海瓊逸人小山韻　覺非居士彭演

奉題楊伯子贈白瓊山詩後　方巖王居安

羅浮冲虛觀壁間紫淸道人詩筆因用贈鄒知觀韻作此寄　東臯曾治鳳

瓊山先生歸自羅浮三詩言心　紫巖潘公鈞　二首

贈别瓊山先生　紫巖潘公鈞　二首

公鈞不敢放世俗寒暄之敬輒賦明月一篇寄呈瓊山先生　紫巖潘公鈞

敬次璚山水調歌　山澤道人

敬次白真人沁園春韻　方巖老圃

潘狀元上瓊山書

侍制李侍郎書

華文揚郎中劄子

新福師王侍郎

福師王侍郎

續卷一

記

閣皁山崇真宮昊天殿記

序

賦

嬾翁齋賦

論

谷神不死論

陰陽昇降論

朱章

法曹陳過謝恩奏事朱章

表奏法壇傳度首過謝恩朱章

太歲玉皇選舉進士見在冲祐觀聽命雷府

[illegible]議勳丹章

朱表

懺謝朱表

書

謝張紫陽書

謝先師寄書詞

洞章

贈知宮王南總洞章

續卷二

古詩

五言律詩

七言律詩

贈王太尉

和葉宰韻題無咎齋

立秋有懷陳上舍

寓息菴送春

胡子巖巖菴中偶題

寄蘇侍郎

贈危法師

燕巖遊罷與巖主話別

◎

七言排律

拙菴

聽趙琴士鳴弦

贈方壺高士

贈蓬壺丁高士琴

南岳九真歌題壽寧冲和閣

清勝軒夜話

夜宴清勝軒醉吟呈倪梅窓吳道士隱南

題清勝軒

仙巖金仙閣

五言絶句

七言絶句

中秋月 二首

織機

舟行

玉清宮方丈後亭

贈吳道士

贈何道人

贈張知堂

贈雲谷孔全道

贈孫元

第五代諱昭成字道融

第六代諱椒字德馨

第七代諱冲回字德昌

第八代諱逌字彥超

第九代諱衎字德信

第十代諱子祥字鱗伯

第十一代諱通字仲達

第十二代諱仲常字德潤

第十三代諱光字德昭

第十四代諱慈正字子明

第十五代諱[illegible]字士龍

第十六代諱應韶字治鳳

第十七代諱順字仲孚

第十八代諱士元字仲良

第十九代諱修字德真

第二十代諱諶字堅德

第二十一代諱秉字温甫

第二十二代諱善字元長

第二十三代諱季文字仲歸

第二十四代諱正隨字寶神

第二十五代諱乾曜

第二十六代諱嗣宗

第二十七代諱象中字拱辰

第二十八代諱敦復字延之

第二十九代諱景端字子仁

第三十代諱繼先字遵正

第三十一代諱時修字朝英

第三十二代諱守真字遵一

知官王琳甫贊

陳緑雲先生之像贊

顧菴喜神贊

隸軒直贊

潘龍游喜神贊

郭信叔喜神贊

薛直歲喜神贊

琉

又自述 四首

念奴嬌詠雪

滿庭芳修煉 二首

酹江月冬至與胡胎仙

海瓊玉蟾先生文集目錄終

海瓊玉蟾先生文集卷第一

南極老人臞僊重編

山陰　何繼高
新安　汪乾行　仝校
　　　劉懋賢

賦

紫元賦

客此身於寰中兮如鸚鵡之樊籠兮玅此道於象外兮如鴻鵠之飛翀兮劉混池於咸池兮呼飛廉而鞭雷霳謁元始於玉京兮騎汗漫而泛空濛帝宓犧而國華

胥兮子栗陸而臣有熊家太極而亭寥泬兮女崑崙而塊衡嵩師廣聃而鍊飛肉兮坐鶴脊以凌南華僕鬱壘而威幽爽兮驅豕車而鎖北酆兄羲和而嫂后羿兮縛妖星而斬流虹友羅睺而婖太乙兮躡梵雲而屐剛風醉瑳池以歌洞童兮叟王母之霓悾卧琪林以聽雲璈兮借玉皇之羽艨嗟大道兮久聾數空華兮無窮浥紫陽之甘露兮灑五苦之夜竈鼓朱陵之丹光兮煅三尸之器蟲與造物兮翺翔並元氣而始終同大鈞兮笑語漱太液之玲瓏以枸杞而爲膾

兮飣以靈阿之紫芝以茯苓而爲醞兮釀以真阜之

赤松搠寒泉兮踞古澗採飛霞兮遡晴空製八錦兮

尋偓月戲五禽兮舞神芝腰金鐺而滕珂珮兮訪太

徽黃裳之翁養龍鉛而煉虎須兮運胎仙朱橘之功

叩天谷兮臂赤鳳俯元潭兮馭神龍泥丸氏兮長五

解以云邈海瓊君兮眇大方其難逢追錢鏗兮跳入

玉晔之庭弔偓佺兮横跨流鈴之衢闢曹溪兮認鷺

鶖毳華池兮值芙蓉威音已梟兮瞿曇死達磨何之

盧能春雪深兮二厥傳雷震兮五其宗槌拂語默兮

餽彼法之皮髓棒喝體用兮灑夫人之心胸谷神無聲兮與氣以相似禪河有涯兮問津之不同付萬物於一蟬兮殿五帝於靈臺了三世於半偈兮蟄百神於絳宮控黍珠兮抉鷄卵笑蟪蛄兮憶神農賾哉大元兮守之以礩微哉太易兮養之以蒙南柯歸來兮雖孔神而如幻蝴蝶栩栩兮剖藩籬而大通策三足之神鳥兮縹渺於空碧九鳳穆穆兮八鸞噰噰聲太霄景雲之鍾兮驚綻閬苑金花之紅凭兒三級之朱樓兮望萬象於足下而蕞太虛於目中如是而謂神霄

之右卿青華之上公者也

金丹賦

身木欲槁心灰已寒願飛昇於三清必修煉於金丹乾馬坤牛衛丁公於神室坎烏離兎媒姹女於真壇絳闕散郎清朝閑士使扶桑青龍奮翅出火而華嶽白虎飛牙入水天爐地鼎三關造化之樞機月魄日魂二捌陰陽之精髓鉛裏藏土汞中產金龜乃子爻蛇乃午象兎爲卯畜雞爲酉禽四象五行不離乎戊三元八卦當資厥壬朝既屯暮既蒙六爻有象夜必

復晝必姤萬物無心由是三性會合攢簇元宮一氣
升降盤旋黃道惟一味水銀繞變黒玉故七返朱砂
乃成紅寶珠橘瓊榴交梨火棗普天白雪翩翻紫府
之清飈滿院黃花隱映丹田之瑞草吾知夫抽添何
物採取何地生殺有戶缺圓有時以浮沉爲清濁之
水以閒隔明動靜之基養正以抱一持盈而守雌舉
世無人能達此者終日枯坐不知所之恩生害害生
恩房躔見昴主中賓賓中主斗度回箕嘗謂大道無
言內丹非術玄珠垂象而陰裏抱陽德嬰見結胎而

◎

雄中含雌質君臣之間先後悔吝夫婦之外存亡凶
吉丁位之心癸位之張甲宮之女庚宮之畢刑德生
旺雖有否泰沐浴潛藏物無固必藥材斤兩東西南
北以歸中火候城池二八九三而爲一如是則烏極
河車百刻上運華池神水四時逆流滎衛寒溫而鶉
火鬼井精神衰旺而玄枵斗牛子母函蓋身化心化
兄弟塤篪禍福修慧修六畫動爻見晦朔望弦之變二
至改度有蝗蟲水旱之憂眞人宇宙妙縱橫溪山歸
掌握左軍右軍自古仁義大隱小隱從今宮角風悄

◎

悄月娟娟片雲孤鶴而長嘯一聲編書遺後學

懷仙樓賦

巍乎高哉斯樓位置上接層霄下臨無地宜羣僊之所居日觴詠以爲娛與造物以遊遨有青天兮爲徒曉日曈曨卷上真珠十二欄干悉如金鋪翠煙藏山乍有忽無晩風颯至琪林扶疎明月初上天籟虛徐松竹起舞自然笙竽樓中僊子於此時也玉爐金鼎妙香繞衣興卽舉酒醉卽賦詩詩成大笑鬼神歔欷僊子自樂問天何時至如霧雨空濛千巖顯晦平田

黃壤白水汪濊一望冥茫如江之匯星月交光空水
澄霽下視女墻花木蓊翳蕭城樓臺飛躍天際及乎
夜深清露飄草八表無雲烟沉土墮與彼蓋闔玉雲
在簷飛鳥啼斷落花簾纖仙子呼青童命素娥捧翠
盤薦金螺白眼視朱紫未許風塵高耿吟情其不極
放草聖以舒豪覽江山以慨想望虛無兮高遠嗟光
景兮如流覺青春兮婉娩於是勑六吏檄五宮竄三
屍於太淵殛六賊於崑崙矯命風霆歸奉絳君延羲
娥於大庭友堪輿於無始烹天得滓煉道取髓蓋將

把八空之烝御九極之風呼玉鸞以爲鑾使瓊英以爲容者也故闢斯樓於焉與懷夫樓之壯鬱然高岡則任敦於此乎儛樓之南紫烝在望則何氏九儛於此乎得道樓之東鹿徑就荒榴洞猶存樓之西恰山翠峙壇空并寒彼何人斯有志者事竟成也

東山賦

玄都道士觀裏千桃彭澤先生門前五柳之人也其心足矣若青鸞十千歲而　千歲化桃子五仕而心五化則聖人賓事蚘物之心於二子其庶幾乎今

覺非居士辭錦帳厭油幢淪慮澄神收聲歛價歸與濃於山色宦情薄似秋光尋彭澤之盟得玄都之趣悟此生爲大夢付吾道於滄洲有田一壥可農可桑有宅一區可甞可息復放懷於槃澗乃用事乎東山挽回四景之清歡占斷三山之勝槩物有時乎之待神爲隱者之留草蒙茸兮錦紋沙璀璨兮金屑雲漠漠乎疊巘浪淼淼乎重江畫閣凝丹飛簷舞翠丹爐藥臼艑景隨緣竹杖芒鞵逢場作戲雖南樓月下之太白西塞山邊之元真不是過也於是常羊暮齒笑

傲真興登高脚健望遠眼明穠桃媚李春與心融花
底一鶯呼晴喚雨羣芳噴錦欄外爭妍東風舒紅老
眼爲醉揩磨睡睫坎欠忘歸綮然掀髯飲少輒眩修
竹萬竿夏含凉飈摩霄拂雲蒼翠欲滴烈日在樹暑
襟盡清風從中來策策披拂琅玕戛鳴鏘有餘韻夜
碁卯飲其樂無涯秋夕憑高舉白相屬臺上吹笛如
玉龍嘶聲彌太空清籟噴裂桂花如雨冷襲羽衣雲
月空蒙蟬聲凄切豁爾舒嘯萬象灑然朔風舞雪月
影墮梅瑤柯玉蕤光態映發漠然此身疑游廣寒落

英繽紛俯不見地瓊臺霜闕醉眼不寐此非王清而
復何處若夫紅杏倚雲朱簾捲雨輕風閣燕落照翻
鴉雖景物變態之不常蓋江山因人而增勝也敘核
可盡江天不可盡丹青可窮山色不可窮騷人逸士
今古鱗篇名公鉅卿賞歎嘉慕海瓊子聞之冷然乘
風往從之游海棠曉花似紅而白春水碧色乍定復
挺乳燕狎人壽猿迎客鶴林紫元各董觴政拂石環
坐舉杯大嚼勸酬樂豈凝佇悅然高林四環平處如
剪槐陰松影森成翠帷海瓊子青蛇擲地白眼望天

而委蟬蛻於東山之下居士顧笑曳杖而起

天台山賦

天台之山神仙景象周回八百餘里高登萬八千丈實金庭之洞天乃王子之福壤霓裳羽節之隱顯有無天籟雲璈之清虛嘹喨赤烏吳王之修崇景雲睿宗之典創琳宮藥殿而壯麗千載煙嶠松崖而瑰奇萬狀雲隨羽客在瓊臺雙闕之間鶴唳芝田正桐栢靈墟之上丹元真人之身居赤城左極仙翁而坐斷翠屏衆妙臺空而曠古陳跡法輪院在而何年授經

藤蘿蔦蔓而夜月照白蒿莽荆榛而曉煙鎖青勢吞
吳越而峻極紫霄見彼柳使君之什地接蓬萊而下
臨滄海形於韓擇木之銘千丈瀑布而上跨石橋萬
頃雲花而横舒佛隴三井龍蟠而水激石吼九峰虎
嘯而風生霧蘊紫檜封丹兮老幹不死碧泉漱玉兮
飛流自瀉玄璵蒼珷之怪石天成黄精白木而靈苗
仙種剗苔剔蘚而尋訪真跡斬竹縛茅而其遊俗冗
昭慶院法蓮院雲門之鷄犬相聞元明宮洞天宮煙
深之樓臺爭聳知天開地闢之久矣信神剏鬼劃之

奇哉萬頃碧琉璃之水千層青翡翠之崖風響笙響
而子晉何在花香水香而劉郎不回月洞風林之野
鶴夜唳雲溪煙隴之山猿曉哀幽鳥一聲兮花落青
澗飛螢數點兮露沾碧苔丹霞飛華頂之峰接天峻
拔紫霧鎖方瀛之路峭壁崔嵬椿庭檜殿之金磬敲
風竹院松齋之玉琴弄月翠檻丹楹兮山容藻梲碧
眼蒼髯兮星冠羽褐丹爐灰冷而久矣不火仙蛻壇
高而知誰換骨金漿玉醴兮泉冽石髓瓊樹琪林兮
花開春雪鄉峯古寺之或顯靈異古德聖僧而相傳

衣鉢寒山拾得與國清之伽藍智顗普明起定光之
法窟稗子耘藥仙翁種茶春紉素蘭而秋摘黃菊曉
吸甘露而暮餐赤霞倚松長嘯而落月悲鶴採芝之歸
來而斜楊噪鴉唐有甘泉而坐此翠石漢有高察而
隱於白沙馮雲翼於峰頭種玉蓮而結子徐默希於
巖頂栽鐵樹以開花文章不療山水癖身心每被溪
山縛躡芒蹻而杖蒼柯披麻蓑而戴青蒻携黃庭而
歸冲齋之菴吟洞章而登凌虛之閣野鳥嚶嚶山
花開灼灼玉霄峯上水鳴咽韭林峯前雲寂寞煙篤

浮空天湫湫空翠舞簫韶雲軿入洞風泠泠洞門無鎖鑰登翠微而望香林跋紫霄而顧玉泉仙花靈草而蒼翠無邊千巖萬壑而森羅目前吟李白天台之詩賡張籍天台之篇塵襟俗垢俱洗盡兩袂飄飄風身欲仙我欲召青龍而呼白鸞乘風飛去瀛洲之外方丈之巔

鶴林賦

浮虛空以爲家兮森萬象於其庭養混沌以爲子兮游乎象帝之先跨八極以翱翔兮泛神風之浩蕩步

大方以汗漫兮采琪花之嬋娟纚九龍兮駕素月蚴
八駿兮凌紫煙上挽天河於碧落兮下拽夜臺於黃
泉吾將鞭白鶴而過羽賓兮勒青牛而旅於閬鳴玉
融之簫兮歌太極鼓雲和之瑟兮舞胎仙登崑崙兮
訪軒后之金樞棲九嶷兮覓舜娥之玉鈿麟洲縹緲
兮鳳巢蓬萊清淺兮桑田釀五芝之髓兮入昊天而
馥馥擲八桂之幾兮流華池之涓涓黃元真人兮乘
太霞羽鈴之珮紫虛元君兮控夜光九丹之絃左挾
桑兮右廣寒入天谷兮出太淵此心兮秋鵬吾身兮

冬蟬草羅酆下元之牒兮東精翼於華漢翻轡羅蕭
臺之籙兮遡清邃於吁員兌玉樓兮窈窕唱霓裳兮
蹁躚月地雲堦兮青鳥不來霞都煙闕兮紫瓊依然
呼惡來兮召玄冥役阿香兮檄烏嫣飲九醞以酩酊
兮坐斷延康之始刼撫三華以舒嘯兮問訊龍漢之
初年煉日月兮煮璇璣聲雷電兮驚萬天盎浮丘之
背兮拍洪崖之肩嗅漆園之夢兮究鹿苑之禪胸襟
兮全易物我兮純乾吾族兮大庭乃祖兮有顓若有
所得兮出華陽之洞天從所適兮乘海瓊之船窮其

裔兮來於錢鏗爲我友兮其惟偓佺慰曲江之蒲兮鞠窺陵之草偷大有之桃兮耕太華之蓮以滄海而爲硯兮命盤古而使磨孛穹窿以爲碑兮召儵忽而使鐫斝屢空兮巧藥悟一唯兮桂鵠大道死兮羲皇泣不周崩兮女媧鳴哀大禹兮足胝笑神農兮髮饘宴瑤臺兮問王母以索笑寫金液兮顧閩老之垂楸侵帝座兮嚴陵撩女星兮張騫緪槲錦兮蜉蝣之裸何如編蘭帶兮蟪蛄之鳴誰憐已矣夫挈太古兮戲蟻國與造物兮下芝之田藻覓松鶴兮自然之長短桃

姬稷鬼兮何有於嬿妍悲紅塵以思蜺兮蟄須彌於芥子掯蒼漢以言歸兮放赤子於大千夫是之謂誰乎蓋太清之散吏而紫府之剩員彼南荒之鶴林子焉

紫元與玉蟾同師事於羣虛泥丸陳先生乃兄弟之列也鶴林乃玉蟾之徒嗣道之子也故以紫元賦列於賦之首以鶴林賦收於賦之後包括六賦中之造化中有隱語玄秘在焉有道眼者觀之則得之矣

序

太上九天雷霆大法琅書序

雷霆火師曰昔在龍漢之初年浮黎之始刼虛無之表混沌之先浩氣結成太乙下降謂之玉清神母元君自然璽胎化生九子其長則元始天尊其末則神霄真王也夫真王應九元之運總九炁之真而神霄乃九霄之上霄爲九清之玉清所以真王在乎高上神霄玉清府也所掌者何蓋五雷之總司也元炁未判未始有雷太虛既開太極始立太極之數五五居

乎中中黃正炁同乎一初散在萬物遂分陰陽陰陽之氣結而成雷其中有神主之則神霄真王也雷之爲物恍恍惚惚雷之爲神杳杳冥冥聚乎太無之房歸乎太乙之庭其高上則爲之府其廣漢則爲之城設官分職隸將統兵監觀萬國磅礴一靈總而爲都司則雷局分治散而爲五方則雷神有名故凡雨暘旱澇水火刀兵城隍社稷江海丘陵鄉邦瘟疫國土蝗螟大則日月星辰霜雪風露之數小則山河草木昆蟲鳥獸之名皆隸於神霄而屬之玉清一出於真

王之命善者有賞惡者有罰發號施令而兼掌生殺
行恩布威而自爲枯榮以是知五雷之政統三界而
御萬靈可以伐逆祟可以誅凶星而萬神稽首羣物
聽命者也神霄真王奄而有之故能君五雷也東極
青華君從而丞之復佐以六波天主帝君乃命太皇
萬福真君掌其左府可韓司丈人真君掌其右府至
於天雷上相王樞使相雷霆都司元命真君五雷院
使各掌五雷之曹群工百執事各付事物各付物雷
部則有帥雷府則有宰雷城則有將雷局則有官雷

天則有君雷門則有吏震爲雷宮巽爲雷門大曰雷
小曰霹靂雷主善霹靂主惡然萬物之於天地間其禀性
賦形而與雷霆何異焉太上混元皇帝括陰陽之妙
操造化之機作爲符圖印訣罡咒之文乃成九天雷
霆大法琅書以付有道之士得之者兵隨印轉將逐
符行役使風雷區別人鬼代天行化佐國救民輔正
除邪剪妖馘毒明彰天威顯揚道法然而始勤終怠
奉行不虔妄傳非人輕泄漏慢者一如火伯風霆律
令雖身被風刀萬劫不原可矣其忽九玄七祖長役

鬼官者哉雷有五或曰天雷水雷山雷神雷社雷謂
五雷也或曰風雷火雷雲雷龍雷蠻雷謂五雷也其
說不一蓋雷霆上則貫斗下則伏淵以風爲媒以電
爲妻以雲爲奴以雨爲子雷之氣乃中天大魁之氣
故中央之數係乎五恐其氣數皆五而曰五雷也得
法之士自非剛毅中正而邪佞懦怯者不可行也苟
能精勤香火朝謁帝真孜孜度人切切濟物三千功
滿八百行圓手握龍泉腰橫雷璽部領將吏飛步太
空可勝快哉敬編雷霆之由符法之所以序於琅書

之首云

黎怡菴詩集序

舊爲螢窓雪按所役烏知郊如何寒島若爲瘦籍湜遯莫儔之耳弟知績爲舉子語稍讀古文漸縻去後從方外師海邊甚久出羅浮入武夷始行江西閣笥間過洪崖下揚瀾左蠡客錢塘復谿姑蘓而廬山濯洞庭眺九嶷近方携斂於湘南桂北來岑友人黎盤雲顚放心言詩矣出示古黃冠黎帥侯詩集讀之如風日流麗揚飄洞庭之上回傾九嶷在冥茫二十四

巖此桂中三湘舞澎湃下九江倏龍吟忽虎嘯月自
玉笥雲頭轉露從閤皂山前下洪崖噀春雲萬松作
瞿唐聲使人動搖而悲壯便思騎飛鸞縱身天飈外
已而若姑蘇暑月臂黃相雪上食新藕維酒與船西
湖之柳陰問林和靖索共嚼梅蘂頃將鞭鸞驂鶴於
武夷羅浮俄去來於乎生此人後暮矣盤雲其族也
亦桑其好俾余序之寔道士熊克成正巳錄以行世
亦賢乎哉師侯諱道華清有高節撫之人也

蟄仙菴序

己卯之春三月逵閩溪山已夏草木猶春瓊山白玉
蟾遊於鼓山之下飲於蟄仙之菴前眺後矚左瞻右
盻崇岡複岫豐泉茂樹諸友皆賢哲不减蘭亭之集
也是日宿雨爲霽霧日益明殘枝有花老鶯無語於
是舉太白以酌客客有沉嘿而以恕自持者雍容而
以謙自牧者好尚有異静躁不然惟一吟一醉其樂
所同而獨子凄然自感喟然自嗟慨絳闕之寥寥懷
青鳥而杳杳嚼大道以自笑驚浮生而自悲有不可
繹然者寓之於酒而又不能超超然者形之於詩頃而

杲日麗空祥風無邊俄若有所憶復若有所脫顧謂
諸友曰夫人之根於斯世而朝菌何異焉方鵠鶴然
於東禺而又芒芒然於桑榆矣然則半炊之睡早巳
一生七日於山歸而千載亦無惟乎其非誕也蓋天
地日月之不同夢幻泡影之中身隨境轉心逐物移
未悟老椿之春秋大鵬之南北而或與腐草俱化而
爲螢者有之或朽麥與之俱化而爲蝴蝶者亦有之矣
塵沙浩劫邈然瀰瀰來日如波任緣也已以今觀之
俯仰一世酬酢百爲似以明月夜光而彈斷崖之禽

此而題矣乎吾亦曰與其軼蕩於心目之外放浪於事物之表孰若回風返景於寸田尺宅之間而飛神馭炁於大庭華胥之國以虛無之境界爲靜定之工夫鑿開混沌壁裂洪濛可也吾復繹思其所否者經不云乎生我於虛置我於無我本虛無因物而有苟悟乎此可以了萬世於一電括大千於粒粟縱赤子於大方彼有朝煎金與夜控火符者亦贅哉顏跖彭殤吾亦不可曉也鶴長鳧短非天而何尹子則曰以盆爲海以石爲島魚遊其中一日萬里又曰衆人逐

於外賢人執於内聖人皆僞之噫理哉斯言嗟夫石火電光出然如呼入然如吸虫臂鼠肝倏然如此忽然如彼尚非異也曾知夫海與天接月隨水生吾道只一氣爾天無冬夏之可爲寒暑而人以裘葛自時其身時無晝夜之可爲明晦而人以日月自幻其目地無山川之可以胡越而人以飛伏自局其足物無葷茹之可以美惡而人以饑飽自萌其念有能窮一氣之根掣造物之肘則雖天地水火山澤風雷五呂皆得與之俱化夫何悲歡之有

蒙菴序 爲熊仲立賦

閤山熊師本儒者家去而師聃以蒙扁菴夫艮上坎下山下出泉亦其有所養也艮止也老聃所謂知止坎習也聃所謂致虛惟其知止致虛融而爲蒙則聃所謂專炁致柔之義熊師可謂深於聃者敬爲之叙

送朱都監入閩序

走生不辰無聞於人之國少從南海過東海復繇山南行山西黃卷不靈青蛇無效去而爲老氏子之徒平生翰墨半天下一無所裨於身名沉江漢影墮山

林已矣夫造物者或已肯憐之世間有學之書無不經目人可能者吾能之不爲知已者亦有數今吾叙寘之濵久與間矣儵爲業風吹來閤皂首識總官大洞沖妙尊寂先生朱君相與宿留凌雲峯之下晨登卧雲菴夜步鳴水臺觴詠甚樂自非神交道契何以一見便如平生歡亦足以慰矣君將游泉南走亦欲日邊念不可無一語以别夫泉在南方濵海而成蠻艭貊艘之所聚北有清源洞東有金粟山背甫田而臉清漳諺曰佛國也君往何圖焉君謂閤皂新爲山

旁欲往謁之於留雲龕走思之雖不識雲龕頃年固嘗聲跡相聞矣走南中無甚佳相識獨諸葛桂隱留紫元莫逆之交也紫元禀賦恠別來未知其如何也桂隱聰邁之士甚豪放亦坐於清貧或出仕也走在林間無從知之君到彼須見李臞菴諸公或有問者嘗告之以走猶未死也尹真老氏之白眉父兄皆文而仕君獨奮而出遽乃冠褐其身若道若法若術能窮其倪如崇真古宮弊不可支君能中外悉新之舊積逋如山君以儉而盡補之今裕矣山中人稱九十

年無此管轄也君果賢哉君過泉南則將置猨鶴於何地付煙霞於何人耶君笑而起新秋在序露玉風金老火已消山寒示瘦頗宜君舟車之興後夜月明風爽一杯一話盍更思之乎

仙槎序

天台王貳卿出輟朝著卧治永嘉永嘉美登臨靈運殘齒未泯也郡黄冠師號陳丹華為道門正章籙之暇小築幽齋模肖一舫貳卿扁以仙槎余過丹華且須余文印其説余謂之曰人生天地間真如寄耳日

月爲雙楫耳乾坤特一轉蓬耳浮家泛宅昇沉乎愛河慾海之中爲世所網將陟無爲之岸者幾希然又以胸中溪壑一日十二時時時風波則其東望蓬萊又何止一弱水之隔吾丹華則否也經行坐卧惟此一齋動容俯仰與世扞格遡道之源窮天之根導神水而崑崙運天河而溟涬灑然於紅塵之表是蓋泛汗漫拍渺冥跨鴻濛浮廣漠者也所謂手把八空烝縱身雲中飛者奚必乘蓮葉騎鯨魚御飛龍訪河鼓而後謂之槎上之仙昔有魏子騫駕仙舟於崖端許

敬之掛石船於林杪此也又不聞虛舟者乎抑又不聞鐵船者乎自非貳卿洞知浮生之理而丹華自邃於大方之家此扁不浪名此名不易得者客有至者無但哦詩酌酒而已又無但憑高眺遠而已當知夫長江滔滔中流砥柱者又當知夫萬物皆流一身獨止者嘻慨壓塩兮迷津紛悲喜兮無涯嗟烏兎兮如流覽江山兮興懷嘯天風兮哦六字濯洞庭兮望八荒付身名於蒼洲兮畔混沌於象帝之先家天地兮今猶龍漢之初年是仙槎主人之謂焉

松巖序

江西紀侍者自號松巖人各詩之頌之瓊山居士顧謂之曰四時常青歲寒不改豈非松乎萬仞懸崖虛空獨露豈非巖乎此乃涅槃妙心也君其有所得矣蓋其工夫寧耐所以如松之堅剛覺觸孤危所以如巖之峭拔以峭拔之巖有堅剛之松則其傲雪凌霜拏雲攫霧當如何也以孤危之覺觸用寧耐之工夫則其轟雷掣電呵風罵雨宜如何哉夫松者以正信爲根以禪定爲林以智慧爲枝以機用爲葉巖者以

堅固爲壁以妙密爲路以直下爲崖以向上爲竅此豈世間所謂松之爲松巖之爲巖也歟若夫松巖之春花笑鳥啼顯揚密旨風融水暖發露重玄松巖之夏松風説法蘿月談空萬象清涼孤標峭拔松巖之秋風凄露冷楓葉歸空月淡雲疎菊花變相松巖之冬般若花殘真如竹老菩提噴雪圓覺凝霜松巖之曉青天光皎皎松巖之暮天地黑漫漫不知其中誰是巖主直得諸天散花之無路千聖眨眼之無蹤夫如是之謂松巖是巖者以一塵爲虛空三千世界以

一念爲閻浮八千歲年敬爲銘曰松青青巖冥冥居其中即空生

鏡溪序

鍾陵爲郡其城東際有阿蘭若號爲澄心在乎鏡溪之上朝猨暮鶴煙裏嘯號露竹風松溪頭掩映乎波萬頃冷浸菱花止水一泓寒生蘙影所以謂之鏡溪也溪山之秀必出英賢英賢之生是必秀異故澄心有一人焉今王几之記室也苟非英賢秀異詎可勝其任哉師名明心即其所居以鏡溪爲道號蓋取水

為心鏡之義也夫心者澄之不清撓之不濁其非鏡乎窮之益深測之益遠其非溪乎輝天照地耀古騰今瑩淨無痕虛明徹底其鏡溪之謂也虛寂一靈只是這箇森羅萬象總在其中截斷紅塵照見本來面目洗清碧漢還他本地風光坐據要津了無遺照純清絕點炳煥靈明殊非鏡裏看形水中捉月者也會得雪峰之丈尺勘破溈山之主賓明來暗來胡現漢現初匪迷頭認影要須逐派尋源明鏡所謂非臺偃溪從這裏入其聲即是廣長舌相此物不假陶鑄工

夫覿面相逢莫向獼猴分背面一波纔動終歸大海
作波濤老洞山之濁處逢渠右之霧雲當機打破真
常流注血脉分明一任濯纓從教洗耳豈容瞪目而
見底自是對面而回光影現前涓滴有自故得詞
源不竭學海轉深縱衲子之觀瀾可禪和之鑑止此
蓋孤雲室内浪静波澄玉几峯前風摩雨洗所以然
乎或者迷源尚猶逐影從他覓得向外馳求師必叱
之曰去汝是迷源逐影漢何以言之若蝦若蝌總受
羅籠是魚是龍更年同避再三滂漉不出校量者也

如斯話會者誰海南白民子玉蟾云

寒松序

夫法苑棟梁禪河橋筏擘天手段蓋世聲名必須真材始堪大用當今之世舍是其誰北斗以南一人而已王几第一座寒松禪師可中老夫是也孤高以凛然不拔之姿得妙哉向上之句他自必馳聲於大樹真所謂臨濟兒孫今時已傑出於叢林端的是大慧種草以佛照餘波而滋養其根脚以孤雲大匠而指示其輪輿磊磊竹梅與爲知已紛紛桃李總是初機

一任摘葉尋枝自是盤根錯節衝開碧落顯撑天柱
地之材遠對青山堅傲雪欺霜之操誰知南嶽之後
地又出西山之一枝不受大夫封即非處士種天然
無影樹自是不萌枝真蔏有力是人埋下無陰陽地
靈根盤劫石貝葉覆須彌眼前不讓由高面上刮得
霜下故能羅籠鸞鳳引惹風雲此所謂寒松者也良
由高標冷韻佛祖驚心峭幹横梢學徒設曰六祖有
菩提本無之旨誰可掠虛黃蘗有覆蔭天下之言從
教棲響蓋以飽怡山之風雪今尚棲鄭麓之煙霞址

訇轟天威風徹骨可謂是孤迥迥峭巍巍寒颼颼冷湫湫者也可以棟梁此道橋筏有情矣吁不是知音者徒勞話歲寒且如掛牌之際秉拂之初若復有人出請楊前而問師曰中心樹子皮毛都脫盡惟有真實在樹倒藤枯句歸何所好向伊道影搓千尺龍蛇動聲撼半天風雨寒未審阿師然之否師或然之豈敢說是海南居士也

翠麓夜飲序

戊寅之春清明後三日有客白玉蟾來自瓊山游於

廬阜之下雙鳧凌煙一龍挑月倏爲永興之客有阮步兵窮途之色懨懨而賦式微之什歸焉憩於桃林放真任樂適興忘歸方且騁騷兵於李杜之塲鼓醉鋏於焦藕之域俄而蟾蜍落地姮娥倚山風吟柳而無聲露滴草而未珠羽衣蹁躚霞光散漫夕鳥宿于樹牧子飯其家亦不知天之暮矣刀圭子陳守然憩霞千柱道樞真靜子洪知常紫芝之子詹繼瑞玉華子王景溢從者二百指問蟾溪主人之居飲翠麓華亭之上珠瓈可摘天垂平野玉消可掬月隨堕華林者

不籟翠筠無影草螢鬭燈田蛙作市幽窓疎風清軒貯月衆賓飲罷陳刀圭歌黃竇羽融之章詹紫芝作崆峒虛步之聲柱慧霞拍手而舞洪真靜隱几而酣王玉蕐醉而歸王蟾乃作清夜吟其辭曰風氣融兮露蕐冷月影浮兮夜漏永海棠避席兮黃梅雨如綆荷錢買夏兮柳絮舞春影蓬萊兮歸未得有酒兮飲到三更靜三更靜兮天沉沉煙冪冪兮風露深風蕭蕭兮吹我衣露冷冷兮滴我襟望故人兮千里思歸兮傷心吟餘主人周元禮贈苛丘之小龍瀝麯城之

寒蟻其婦爲督杯核之政酒數巡呼子元齡永齡等執爵捧盤勉吾飲衆賓亦飲賓主相酬情懷相忘欲寐不寐欲語不語欲飲不飲白子起而歌曰吾家瓊山萬里遥白楊青草幾春秋有琴彈破夜雨怨有酒酌残春月樓諸賓况復逍遥遊柰何此夜獨休休主人檀醉曉新蒭醉後青山爲點頭青山爲點頭人生何事愁三萬六千日醉鄉忘百憂蓬萊方丈騎青牛香穗熟燈花残睡魔踵門伺入華胥以訪羲皇過南柯以期鍾呂及日之明也詢乎莊周吾生如是吾已死

亦如是况乎夜飲也夫

琴樂序

葛峯黄冠師王君懷琴於西湖之上瓊山自玉蟾自吉而杭適與之會相與一莞而坐瓊山仰天俯水與喟而嗟曰望長天兮煙空顧遠水兮風寒邈身世其如寄若有聲乎兩間王君解此遂爲鼓琴始乎理冠整襟危坐凝神調絃拂軫壯耩拭徽既而作一曲瓊山聞之如春風鳴條黄鸝有聲雲寒雨暝在乎遠汀倏而聲回十指俱暖花神入絃林鶴婉婉復轉一腔

聲如南風暮天歸燕呢喃簾櫳忽忽撚抹其韻虛豁如在池亭蓮花爍發移宮換羽變入姑洗七絃淒涼使我肎蘭或詳頻促如秋空雲千林暝合孤尖啼猨飛絃舞軫意在霄漢羣樹鳥號萬山煙斷黯然凛然如霜如冰又如竹屋霏霏雪聲夜山驚嘆而且謂曰觀子之琴如登崑崙之巔千巖萬壑雲屏煙障飛奮跳躍紫翠青紅一目所收五官忻舞又如泛渤澥之面十洲三島濤山浪屋奔馱鼓蕩鯤鯨黿鼉萬變在目髮耳如聾今子之琴倏忽萬象頃刻四時能使枯

木寒泉之士斗然長嘯酥珠瓊羣之女戚然顰眉在子之心上契太古内合無爲何其樂哉王君曰余家葛峯少小畜琴今予所云政余樂也余有小軒榜以琴樂瓊山乃以此意似之君字仲華

青詞

武夷道衆奏名傳法謝恩青詞

琅函發秘老君開設教之門玉局呈詳靖應啟流考之路以入極煉魂而救苦以九靈飛步以騰輦天心有三符二印之傳雷府有五社十巒之應所以驅禳

灾疚用慈考召鬼神其等齋香信以投誠各傳法要
飲丹泉而作誓永續真風

文

學道自勉文

司馬子微初學仙時以瓦鑠百片置於案前每讀一卷度人經則移瓦一片於案下每日百刻課經百卷如此勤苦久而行之位至上清定籙太霄丹元真人

之如葛孝仙初煉丹時常以念珠持於手中每日坐丹爐邊常念玉帝全號一萬遍如是勤苦久而行之

位至王虛紫靈普化玄靜真人我輩何人生於中華誕於良家六根既圓性識聰慧宜生勤苦之念早臻太上之階烏躍於扶桑兔飛於廣寒燕歸於烏鷺鴈度於衡山羲和驅日月日月催百年人生如夢幻視死如夜眠幾度空搔首溺志在詩酒渾不念道業心猿無所守吾今劃自茲回首前程路青春不再來光陰莫虛度他日塊視人寰眼界宇宙騎白雲步紫極始自今日勉之勉之

隱山文

王蟾翁與世絕交游高臥於萬山之巔客或問於隱山之旨何樂乎曰善隱山者不知其隱山之樂知隱山之樂者鳥必擇木魚必擇水也夫山中之人其所樂者不一乎山之樂蓋其心之樂而樂乎山者心境一如也對境無心對心無境斯則隱山之善樂者歟問曰隱山之旨固如是山中之隱者豈不知山中之味乎曰山中之味山中之樂也隱山者知味乎道而不知味乎山也吾將以耳聞目見者爲子談之客曰唯唯曰隱山者不可以山之樂而移其心不可以心

之樂而樂其山山自山也心自心也隱者且不曰古
何如人今何如人彼山如是此山如是有如是隱山
之人有如是隱山之時又有如是隱山之趣其時也
聖賢會其人也崇尚道德其趣也修煉形神吾恐
如此知如此見必不逮人者十常八九焉山中之隱
者非曰必林巒而為山非林巒而不為山然其人
自有所隱之山也其清虛寂靜高爽深幽者此人之
山者山其心也其是非寵辱貧富貴賤者此人之市
者市其心也今人以為大隱居鄽小隱居山者不無

意也自名利之習熾以物慾之事攻則厭鬧思靜也
自恬適之興滿修進之念冷則嫌靜思鬧也若夫人
能以此心自立雖園林之僻者亦此心也市井之喧
者亦此心也不必乎逃其心之喧適其心之欲喧不
必乎樂其境之勝疾其境之不勝知如是樂如是
心謂之眞隱焉欲隱山者當隱心也無事治心謂之
隱有事應迹謂之山無心於山無山於心也是故先
須識道後隱於山若未識道而先居山者見其山必
忘其道若先識道而後居山者造其道必忘其山忘

山則道性怡神忘道則山形蔽目是以忘山見道人間亦寂也見山忘道山中乃喧也法法虛融心心虛寂何城市之可喧何山澤之可靜山靜而心常喧者莫市之若也市喧而心常靜者莫山之若也喧而不喧靜復何靜語默無非山動靜無非市恬淡息於內而不亂蕭散揚於外而不動逍遙山谷放曠丘壑游逸形儀寂靜心腑吾恐市廛之下聲色紛闐塵勞膠擾五色得以盲吾眼五音得以聾吾耳吾慾得以汩吾心始乎入吾之心吾心之所不可入則日以之動

擾夜以之傾撼吾心無所守則必徇乎事之所奪往乎物之所營然則山野之間亦如市鄽何也閑花野草可以眩人目幽禽麗雀可以瞶人耳乎非隱其心而欲隱於山者可乎。古先賢哲隱山之意固如是隱山之事則不然世俗趍於利風教溺於慾沉醉乎名利之鄉憂寵乎人我之域出生入死而不知貪罪賂福而不覺是聖人之所憂故聖人之所隱也聖人所憂。不在乎心之憂而憂其人。聖人所隱不在乎出之隱而隱其心。是故苟徇乎人含靈之形而金玉乎人含靈之性是非質其形於山之外而亦妙其性於山之內惟聖人知之子欲聞山中之味山中之旨乎夫山之爲山人人之爲人人亦不欲必乎山而後隱山亦不欲必乎人而後存存乎山而隱乎人者殆猶魚鳥之飛躍天淵也適其所樂而已矣其樂非耳目之樂而後樂非情識之樂而後樂樂者在心不可以形容不可以見知心之樂者隱者之樂也於山無預也以清淨爲道場以恬退爲法事以安樂爲眷屬不欲與世交不欲與物累其修身也不事乎百骸其養形也不滯乎

五味視死之日如生之年孰有之物如無之用其安禪也雲溪煙巃其經行也月洞風林有麋鹿以爲朋有松竹以爲隣有春韭秋菘之富有晨霞晚露之貴語其衣也編草而紉蒲緝茆而綴葺語其食也炊參而糗苓飲松而飼檜飲石骨之冷泉哺山肝之腴泥行枯木之前坐古巖之下住深林邃谷之間卧長松幽石之上日則長嘯於泉雲之幽夜則孤眠於煙霧之深其寒暑也心暑乎道而不知夏之暑心寒乎道而不知冬之寒知冬之寒則冰霜冽其膚而不變於

栢之容風雪凍其形而不改山石之操知夏之暑
陽瀝其汗而不生惱熱之心炎火熾其歩而不起煎
煩之念况乎茆廬竹舍草氊松爐不可以爲寒茂林
修竹冷風寒泉不可以爲暑笑傲煙霞偃仰風雨樂
人之所不能樂得人之所不可得有葉可書有花可
碁其爲琴也風入松其爲酒也雨滴石其寧心有禮
其煉心有行觀虎狼如家豚呼熊兕如人僕其孫如
寒猿夜號其閑如白雲暮飛不可以朝野物其心不
可以身世窒其志以此修之謂之隱以此隱之謂之

山其爲山非世間之所謂山其爲人非世間之所謂人人與山俱化山與人相忘人也者心也山也者心也其心也者不知孰爲山孰爲人也○可知而不可以知知可見而不可以見見純眞沖寂之○妙則非山非人也其非山非人之妙如月之在波○如風之在竹不可得而言也客曰請事斯語○

屏睡魔文

人生無百年能有幾一日况百年三萬六千日總有三百六十萬刻且如一刻但撚指間而晨興暮寢古

今之常也一百年內以百五十五萬刻可以應酬以
百五十五萬刻可以寢息除寢息之外人生只有五
十光陰矣況不滿百年者乎今但好睡曾無知草木
之不如也元神離舍渙散無歸真氣去体呼吸無主
雲掩心天波渾性海慧鏡生塵智劔無刃以興爲寢
以明爲晦冥然如黑山黯然如鬼谷其酣兮如酒醉
不醒其瞑兮如藥酸酩酊其滋味兮如莨魚入網羅
其意使兮如饑鼠貪蟲飲其鼾兮如雷霆攪萬山其
鼾兮如波濤落崖井以慧刃攻之不破以智索挽之

不四明窓淨几之淨辦素篁小桃之清裁內而處合
貯萬神外而大塊宅百骸雙眼如膠漆也四肢如委
石也睡魔來也與心猿意馬而作伍也謟君心而不
臣覲谷神而不拜占吾身之瑤臺玉闕作睡魔之營
寨其勢高萬丈其力重千斤賊我之魂魄戕我之精
神盜吾家之丹砂劫吾家之寶祭幻出窟宅變現物
象追之不敢以符籙順之不可以鬼醉於是娶青州
從事呼黑甜喚黃妳而召雲腴使者授以劒一使之
斬之恬然而不動干戈恬然而不改聲色睡魔[illegible]熾

遂命黑松御史鬼頴中書玄王騎吏剡溪都尉驅龍役虎而戰之寒鼻緘舌氣以耳聽耳以眼視眼其睡魔也潛身於華胥戢迹於槐國化而爲蝴蝶改而爲螻蟻兩楹之間歔欷有聲遂乃結柳輿而緝草舟盛楮錢而囊竹黍盡牛而輓車繪龍以棹舟三揖睡魔而語之曰聞子欲去久矣擇日具舟車汝等當辭吾有飯飽幾盂有酒醉幾壺携汝朋儔行不可復滯居倏然如雲飛瞥然如電馳汝曾自問心有意於行乎屏息而潛聽其言退眼而內視其形啼笑不成恍惚

不寧縮肩而竦頸張眼而吐舌初疑其有無今知其
爲睡魔也如有言曰睡本無魔汝心自黑汝寒我不
衣汝饑我不食與汝無絲毫之怨與汝有膠漆之契
今欲歸而無家雖辭子而安得不落溕我鬼也非人
也奚用乎舟車奚用乎飲饌吾欲餐而無口吾欲衣
而無袒吾欲車而無路吾欲舟而無岸汝能推及思
非吾爲汝患汝但洗心而習定可以對形而閑神也
復語之曰汝徒聞我靜坐則窺我戶牖汝徒見我默
思則越我宮墻吾非陳摶夢入鴻荒吾非襄王夢入

高屑不可妖我劈汝天斧睡魔四五面面相覷亦復有言曰吾雖曰睡魔之精乃汝自身之一靈神清則睡魔去神昏則睡魔生但睡其形而不睡其神可也聚之爲元精蓄之爲一靈融之爲大虛放之爲太清今子住舍而留形可以不死可以長生余笑曰不知我之屏睡魔乎睡魔之屏我乎

道堂戒論文

道從古有乃萬物之祖萬法之宗堂自近興非一日之功二人之力此乃延賢聖之舉豈容敢教之徒不惟

道衆生嫌且被俗人厭賤既掌教即當闡教而知堂
務要開堂先明正己之方以作律人之法汰去冗頑
之輩剗除老病之徒不惟飽食無慚抑又醉顛作鬧
口裏盡無規之語胸中皆不檢之謀七尺堂堂自是
凶徒之惡少三餐閬閑只多游手之奸雄人皆謂余
養虎自遺後患我亦思爾牧羊先去敗群復興玄關
正一之風以開學者自新之路向來前輩皆千辛萬
苦以成真今者後生惟雜工異術以從事不去莊嚴
仙境界徒能狼籍道家風今秉清規章嚴峻令屏逐

邪魔以後一如古始之初爾等諸人肇今以往改好色貪財之念爲樂天知命之心念白髮以磨青春各修道業煉紅鉛而入黑汞結就丹砂食不耕衣不蠶汝當知愧恃是憐罵是惜我亦何心從今努力下工夫管取他時成道果倘能如是顧不偉哉

論

修仙辨惑論

海南白玉蟾自幼事陳泥丸忽已九年偶一日在乎巖阿松陰之下風清月明夜靜煙寒因思生死事大

無常迅速遂稽首再拜而問曰玉蟾事師未久自揣福薄緣淺敢問今生有分可仙乎陳泥丸云人人皆可況於汝乎玉蟾曰不避尊嚴之責輙伸僭易之問修仙有幾門煉丹有幾法愚見如玉石之未分願與一言點化陳泥丸云爾來吾語汝修仙有三等煉丹有三成夫天仙之道能變化飛昇也上士可以學之以身爲鉛以心爲汞以定爲水以慧爲火在片餉之間可以凝結十月成胎此乃上品煉丹之法本無卦爻亦無斤兩其法簡易故以心傳之甚易成也夫水

仙之道能出入隱顯也中士可以學之以氣爲鉛以
神爲汞以午爲火以子爲水在百日之間可以混合
三年成象此乃中品煉丹之法雖有卦爻却無斤兩
其法要妙故以口傳之必可成也夫地仙之道能留
形住世也庶士可以學之以精爲鉛以血爲汞以腎
爲水以心爲火在一年之間可以融結丸年成功此
乃下品煉丹之法既有卦爻又有斤兩其法繁難故
以文字傳之恐難成也上品丹法以精神魂魄意爲
藥材以行住坐卧爲火候以清淨自然爲運用中品

丹法以心肝脾肺腎爲藥材以年月日時爲火候以
抱元守一爲運用下品丹法以精血髓氣液爲藥材
以閉嚥搐摩爲火候以存思升降爲運用大抵妙處
不在乎按圖索駿也若泥象執文之士空自傲慢至
老無成矣玉蟾曰讀丹經許多年如在荆棘中行今
日塵淨鑑明雲開月皎總萬法而歸一包萬幻以歸
真但未知正在於何處下手用功也陳泥丸云善哉
問也夫煉丹之要以身爲壇爐鼎竈以心爲神室以
端坐習定爲採取以操持照顧爲行火以作止爲進

退以斷續不專爲隄防以運用爲抽添以育大氣薰蒸爲沐浴以息念爲養火以制伏身心爲野戰以礙神聚氣爲守城以忘機絕慮爲生殺以念頭動處爲玄牝以打成一塊爲交結以歸根復命爲丹成以移神爲換鼎以身外有身爲脫胎以返本還源爲真空以打破虛空爲了當故能聚則成形散則成氣去來無礙逍遙自然矣玉蟾問曰勤而不遇必遇至人遇而不勤終爲下鬼若此修丹之法有何證驗陳泥丸云初修丹時神清氣爽身心和暢宿疾並消更無夢寐百

日不食飲酒不醉到此地位赤血換爲白血陰氣煉成陽氣身如火熱行步如飛口中可以乾汞吹氣可以煑肉對景無心如如不動役使鬼神呼召雷雨耳聞九天目視萬里徧體純陽金筋玉骨陽神現形出入自然此乃長生不死之道畢矣但恐世人執着藥物火候之說以爲有形有爲而不能頓悟也夫豈知混沌未分以前焉有年月日時父母未生以前焉有精血氣液道本無形喻之爲龍虎道本無名比之爲鉛汞若是學天仙之人須直是形神俱妙與道合真可

也豈可被陰陽束縛在五行之中要當跳出天地外方可名爲得道之士矣或者疑曰此法與禪學稍同殊不知終日談演問荅乃是乾慧長年枯兀昏沉乃是頑空淡天仙之學如水晶盤中之珠轉漉漉地活潑潑地自然圓陁陁光爍爍所謂天仙者此乃金仙也夫此不可言傳之妙也人誰知之人誰行之若曉得金剛圓覺二經則金丹之義自明何必分別老釋之異同哉天下無二道聖人無兩心何況人人具足箇箇圓成政所謂處處綠楊堪繫馬家家門闢透

長安但取其捷徑云耳王蟾曰天下學仙者紛紛然良由學而不遇遇而不行行而不勤乃至老來甘心赴死於九泉之下豈不悲哉今將師傳口訣鋟木以傳於世惟此泄露天機甚矣得無譴乎泥丸云吾將點化天下神仙苟獲罪者天其不天乎經云我命在我不在天何譴之有王蟾曰祖師張平叔三傳非人三遭禍患如何泥丸云彼一時自無眼力又況運心不普乎噫師在天涯弟子在海角何況塵勞中識人甚難今但刊此散行天下使修仙之士可以尋文揣

義妙理昭然是乃天授矣何必乎筆舌以傳之哉但能凝然靜定念中無念工夫純粹打成一片終日嘿嘿如雞抱卵則神歸氣復自然見玄關一竅其大無外其小無內則是採取先天一氣以爲金丹之母勤而行之指日可與鍾呂並駕矣此乃已試之效驗學仙者無所指南謹集問答之要名之曰修仙辨惑論

玄關顯秘論

一言半句便通玄何用丹書千萬篇人若不爲形所累眼前便是大羅天若要煉形煉神須識歸根復命

所以道歸根自有歸根竅復命還尋復命關且如這
箇關竅若人知得真實處則歸根復命何難也故曰
虛無生自然自然生大道大道生一氣一氣分陰陽
陰陽爲天地天地生萬物則是造化之根也此乃真
一之氣萬象之先太虛太無太空太玄杳杳冥冥非
尺寸之所可量浩浩蕩蕩非涯岸之所可測其大無
外其小無內大包天地小入毫芒上無復色下無復
淵一物圓成千古顯露不可得而名者聖人以心契
之不獲已而名之曰道以是知即心是道也故無

則與道合有心則與道違惟此無之一字包諸有而無餘生萬物而不竭天地雖大能役有形不能役無形陰陽雖妙能役有氣不能役無氣五行至精能役有數不能役無數百念紛起能役有識不能役無識今修此理者不若先煉形煉形之妙在乎凝神神凝則氣聚氣聚則丹成丹成則形固形固則神全故譚真人云忘形以養氣忘氣以養神忘神以養虛只此忘之一字則是無物也本來無一物何處有塵埃其斯之謂乎如能味此理就於忘之一字上做工夫可

以入大道之淵微奪自然之妙用立丹基於頃刻運造化於一身也然此道視之寂寥而無所睹聽之杳冥而無所聞惟以心視之則有象以心聽之則有聲若學道之士冥心凝神致虛守靜則虛室生白信乎自然也惟太上度人教人修煉以乾坤爲鼎器以烏兔爲藥物以日魂之升沉應氣血之升降以月魄之虧盈應精神之衰旺以四季之節候應一日之時刻以周天之星數應一爐之造化是故採精神以爲藥取靜定以爲火以靜定之火而煉精神之藥則成金

液大還丹。蓋真陰真陽之交會一水一火之配合要在先辨浮沉次明主客審抽天之運用察反覆之安危如高象先云採有日取有時劉海蟾云開闔乾坤造化權煅煉一爐真日月能悟之者效日月之運用與天地以同功夫豈知天養無象地養無體故天長地久日光月明真一長存虛空不朽也吾今則而象之無事於心無心於事內觀其心心無其心外觀其形形無其形遠觀其物物無其物知心無心知形無形知物無物超出萬幻確然一靈古經云生我於虛置我於無是宜歸性根之太始及未生之已前藏心於心而不見藏神於神而不出故能三際圓通萬緣澄寂六根清淨方寸虛明不滯於空不滯於無空諸所空無諸所無至於空無所空無無所無淨躶躶赤洒洒地則靈然而獨存者也道非欲虛虛自歸之人能虛心道自歸之道本無名近不可取遠不可捨非方非圓非內非外惟聖人知之三毒無根六慾無種頓悟此理歸於虛無老君曰天地之間其猶橐籥乎虛而不屈動而愈出若能於靜定之中抱沖和之氣

守真一之精。則是封爐固濟以行火候也。火本南方
離卦屬心心者神也神則火也氣則藥也以火煉藥
而成丹者即是以神御氣而成道也人能手摶日月
心握鴻濛自然見槖籥之開闢河車之升降水濟命
宮火溉丹臺金木交併水土融和姹女乘龍金翁跨
虎逆透三關止升內院化為王汞下入重樓中有一
穴名曰丹臺鉛汞相投水火相合纔若意到即如印
圈契約也自然而然不約而合有動之動出於不動
有為之為出於無為當是時也白雪漫天黃芽滿地

龍吟虎嘯夫唱婦隨玉兜湯煎金爐火熾雷轟電掣
撼動乾坤百脉聳然三關透徹玄珠成象太液歸真
泥丸風生絳宫月明丹田煙熳穀海波澄煉成還丹
易如反掌七返九還方成大藥日煉時烹以至九轉
天關地軸在吾手中經云人能常清淨天地悉皆歸
則是三花聚頂五氣朝元可以入衆妙門玄之又玄
也更能晝運靈旗夜孕火芝温養聖胎産成赤子室
於脱胎神化回陽换骨則是玉符保神金液煉形形
神俱妙與道合真者也張平叔云都來片餉工夫永

保無窮逍樂誠哉是言蓋道之基德之本龍虎之宗鉛汞之祖三火所聚八水所歸萬神朝會之門金丹妙用之源乃歸根復命之關竅也既能知此則慾不必遣而心自淨心不必澄而神自清一念不生萬幻俱寢身馭扶搖神游恢漠方知道風清月白皆顯揚鉛汞之機水綠山青盡發露龍虎之旨海南白玉蟾幼從事先師陳泥丸學丹法每到日中冬至之時則開乾閉巽留坤塞艮據天罡持斗杓謁軒轅過扶桑入廣寒面鵷尾舉黃鍾泛海槎登崑崙佩唐符撼天

雷遊巫山呼黄童召朱兒取青龍肝白虎髓赤鳳血黑龜精入土釜啓熒惑命閼伯化成丹砂開華池吸神水飲刀圭從無入有無質生質抽鉛添汞結成聖胎十月既滿氣足形圓身外有身謂之胎仙其訣曰用志不分乃可凝神灰心寞寞金丹内成此子之所得也如此施有吾之詩曰氣是添年藥心爲使氣神若知行氣主便是得仙人惟此詩簡明通玄造妙故佩而誦之自然到秋蟾麗天虚空消殞之地非枯木寒泉之士不能知此子既得此不敢自默太上玄科

曰遇人不傳失大道傳非其人失天寶天涯海角尋遍無人不容輕傳恐受天譴深慮夫大道無傳丹法湮泯故作玄關顯祕論蓋將曉斯世而詔後學以壽金丹一線之脉也復恐世人猶昧此理乃復爲之言曰以眼視眼以耳聽耳以鼻調鼻以口緘口潛藏飛躍本乎一心先當習定凝神懲忿窒慾懲忿窒慾則水火既濟水火既濟則金木交併金木交併則真土歸位真土歸位則金丹自然大如黍米日復一粒神歸氣復充塞天地孟子曰善養吾浩然之氣者此也

肝氣全則仁肺氣全則義心氣全則禮腎氣全則智脾氣全則信若受氣不足則不仁不義不禮不智不信豈人也哉人能凝虛養浩心廣體胖氣毋既成結丹甚易可不厚其所養以保我之元歟學者思之敬書以授留紫元云

性命日月論

性命之在人如日月之在天也日與月合則常明性與命合則長生命者因形而有性則寓乎有形之後五臟之神為命七情之所係也莫不有害乎吾之公

道一受於天爲性公道之所係焉故性與天同道命與人同欲命合於性則交感而成丹丹化爲神則不死日者擅乾德之光以著乎外月體坤而用乾承乎陽爾晦朔相合日施月魄月承日魂陰陽交育而神明生故老子謂出生入死生之徒十有三死之徒十有三言每月月三日出而明生生至於十五日也每月月十六日入而明死死至於二十八日也日月於卦爲坎离坎卦外陰而内陽乾之用九歸乎中离卦外陽而内陰坤之用六歸乎中乾坤之二用既歸於

坎离故坎离二卦得以代行乾坤之道一月之內變見六卦垂象於天三日一陽生於下而震卦出八日二陽生於下而兑卦出十五日三陽全而乾始見此蓋乾索於坤而陽道進也十六日一陰生於下而巽卦出二十三日二陰生於下而艮卦出三十日三陰全而坤始見此蓋坤索於乾而陰道進也天地以坎离遞行陰陽之道周而復易故魏伯陽謂日月爲易陸德明亦取此義訓詁周易之字余竊謂在天爲明明者日月之横合在世爲易易者日月之從合在人

爲朋朋朋者日月之重合人之日月係乎心腎心腎氣交水火升降運轉無窮始見吾身亦與天地等同司造化而不入於造化矣

海瓊玉蟾先生文集卷第一終

海瓊玉蟾先生文集卷第二

南極老人臞僊重編
山陰　何繼高
　　　汪乾行仝校
新安　劉懋賢

記

虛夷堂記

上清大洞三景法師東嶽先生青帝真人奉行王府五雷考召大法提領諸司諸院鬼神公事趙汝澮字濬卿太宗派下濮王位八世之孫也父從金從古兩

覃恩授以承節迄慕淮南之尚從事符藥所濟甚衆毋姓盧方娠及孕夢斗極中甚光耀有一偉人冠星曳霞揖而出二囊畀之覺而娩矣少甚英鋭長益魁梧且賦性極灑落博洽經史尤長於舉子業頗閑於吟賦六舉不第鑄志參玄儉變簪纓之氣而爲冠褐棄書史之習而爲符籙平生鄭衛之耳化爲王音燕趙之眼化爲王烝歷拜至人畢傳上道復詣龍虎山訪祖師治靖歸三山其道愈價於前矣考召鬼神役使雷電神如也蓋嘗得大洞雌一之道九靈飛步之

書故能主賔帝晨㕘領陰治凡十餘年間士持齋醮拯救人民其於濟生度死之間悉冇道真達靈之旨遂於巳卯之春建堂宅衆成於辛巳之臘四方雲水聞風而來者如蟻乃以虛夷扁之更欲廣其規以殿玄帝之靈敞其居以廳醮藏之所噫吉人天相善事道助此特釐欬事耳夫以虛夷君道可慕法可貴心術可尚特喝水可冰矣此何不易之有嘉定壬午王春遣王蟾以總監備員爲黃籙之事虛夷以高功相貳一見如平生懽莫曾同僚王府或巳趍事琅霄也

且屬玉蟾爲文以紀堂之始末安可以辭虛之爲言寂也夷之爲言平也惟靜鎖萬幻逈然一真虛也真妄坦然不立一塵夷也是以虛則凝神夷則聚氣神凝爲靈氣聚爲寶靈寶即虛夷也虛夷固已知之聊書此告在堂之士云

太平興國宮地主祠堂記

陳氏源乎高辛其派如流泉漢曲逆侯佐沛公王關中卒成相業自兹世代煌煌子孫燁燁陽而侯封陰而廟食者代有人焉昔由頴陽徙居閩越者其世族古

無諸郡梅川侯姓陳晋代人也廟於南山李花林嘗
遜地以爲仙源洞宫古武榮郡莆田侯姓陳亦晋代
人也廟於壺山風亭驛亦遜地以爲清源洞宫有如
富沙之蓋竹侯臨漳之靈著侯皆陳族也名山大川
陳氏血食者莫知其幾唐朝隱居陳其姓莫知其名
或曰諱伯宣者晦迹康山注史記以行天下詔徵不
起就拜著作佐郎家儒世仕既居聖治峯之前開元
間明皇夜宿昭陽曉御靈光凡兩覲九天采訪使者
之相面奉聖訓使就廬山西北之隅委江州守臣獨

孫正樹廟勑差孟仙真等五人奉香火先是勑黃未
下隙無人知一旦有義星曳霞者詣陳門曰
涅元皇帝遣元夷蒼水使者持九魔五靈之節廉訪
九天九地生死榮枯之籍今
天子親詣使者欲於廬山建九天御史之臺五百年
後福被黎庶吾以爾所居瑤壑月王淵影天真勝
處也宜捐厥地而基其廟食矣陳既諾道士出門恍
失所在後忽迅雷烈風移所居於宫左卽其北以爲
祠焉祠既落成陳亦羽解遂得世爲此方地主矣厥

後移居德安縣之常樂里久而又分派於丁山之別
業兩被　國朝義門旌表之命遂以宮左故廬為地
主香火之地　國朝改祠為官而陳氏亦有躋鰲者
登瀛者擢蘭者入翰苑者坐釣臺者弦誦琅琅簪佩
鏘鏘閥閱堂堂旌旆皇皇盛哉盛哉其耳孫陳琢控
青鳧策黃鶴委宮門直歲道士向德新市楩楠價陶
埏撤而毁之塑神像十尊締神宇六間兩重門兩過
道翠桷凝煙朱廊浸月簷鐸風而遞響燈龕晝而長
熖花磚織地瑚甓生苔寶帳垂軒玉爐裊篆屋金碧爛

目朱紫鸞人氣熠威靈儼如解語聰明正直自古而
今此蓋前監宫事東谿杜道樞有以啓陳琢也昔逍
遥山金公避地以遯許旌陽桐栢山孫公避地以遯
葛大極與夫閩中二陳之所以遯地爲洞宫者其與
康山陳隱君一也隱君雖亡如存萬古一靈其必能
煉九乾六坤之鉛採三震四兑之汞修成飛仙之道
不爲清靈之寬則其去仙不遠尚何神哉夫神者易
曰大而不可測之謂神陰符經曰不神而神所以神
化書又曰萬神一神也隱君苟能神其神則可躡元

夷之域登
元始之鄉而與采訪真君同一喘息共一室廬豈區
區廟食而可以滯吾隱君也哉隱君神人也其敢以
告

太平興國宫記

皇宋嘉定戊寅清明福州靈霍童景洞天羽人白玉
蟾袂香趍敬九天御史臺下頊焉宫牧陳至和飲以
醴遠予之玉華也醉履飄忽弗違而邁承遣道士陳
守默陳如一約爲文以記其宫豈容遜也其文曰九

江故郡千古廬山乃仙靈詠真之洞天實紫元景曜
之神府琅庭琛館隱於丹崖翠壁之間羽衣霓裳混
於青牛白鹿之際猿啼玉澗鶴唳芝田地接炎衡雲
連灊皖金童戴月傳麻姑閣皂之書寶仗凭風赴委
羽括蒼之宴琪花開盡朱鳳飛來五老峯玉井寒深
白龍湧出三峽水松蒼石怪襟九曲而帶羅浮竹老
草靈輻三茆而轂大滌北頫紫極西睇青城域會楚
吳星分軫角神刹鬼劃諸峰三百六十巖山瘦溪寒
一夜八萬四千偈周時康子孝佩雷璽於林間晉代

訶旌陽飛鐵舟於木杪劉珹擁赤城於石裏雙尸疑紫金董奉種紅杏於溪東千朝騰碧落蔡李舉王棺而冲去鍾呂啓金匱以相傳馬瀑濺濕劉混成之衣虎溪淘碎陸簡靜之句靖節酒醒佛社親植西天蓮義之書作穀雨惜羨白露筍陟叢岡之勝槩採先哲之遺蹤剔蝸銀蛛網之幽玫草碣苔碑之舊欲揮椽筆以紀緋宮明皇開元十九年仲秋二旬有一日特遣殷勤之使俾新𥝱訪之祠爰究其原實基所始昭陽寶禁金鈴驚醒夢初回神霄天君玉騎迎歸天欲

曉靈符宮裏早朝憑几諭羣臣含元殿前雲鶴盤空
輝八極千幢萬纛霓旌鳳蓋飈晴霞三晃九旒風馬
雲車散花雨上清五百珠吏握蒼龍監兵之符太微
四六璒儛掌金虎飛雲之印十二溪女騎玉鼇而跨
金鯨一九江神御錦蛟而坐翠蜃三官執籍校天地
山海之圖六丁操戈守日月星辰之籙左防觀而右
護法金鉞橫霜前飛遼而後延精錦牙耀日四帥麾
節驅雷翁電姥之羣五岳旌旗奮風伯雨師之陣九
州社令把社稷城隍之書八海龍君捧龍蛇魚鱉之

典司命翼駕典禁侍軒簫鼓鳴空髣髴鈞天之九奏笙竽響翠陰沉禁漏之三更風遞琵琶宮女倚芙蓉而側耳露凄飈栗仙嬪舞芍藥以鷰鷁縹緲煙霞語出青冥之上依稀綸綍聲傳翠葆之前比登太清混元之天親奉五靈皇帝之敕文人鎮蜀玄命治舒吾於康廬西北之隅盍建九天廉訪之治十七世之後覃戩毅於生靈一二日之間運梗楠於基址但須斤斧庸治宮墻糾察禹靈發書四府應陰六元一之運司陽九百六之經言將訖而吳令善丹青事尚新而

李泚入竹帛麟輿像已去飈馭不可追一念感通千宮瞻禮令潯陽刺史獨孤正率群僚而營創祠壇遣神都道士孟仙真凡五人而焚修香火不雨而暴漲運水神作殿之材正晝而返風移地主所居之屋粉堊丹綠掘地而尋磚瓦石泥非人而至仙燈夜現衆真隱約於煙霾楮鏹曉飛萬鬼徃來於野渡木像入廟而流汗粉楹卧地以發光龍跳朱樓樓影高浮雲影亂鸞鋪翠瓦瓦痕冷織月痕花期歲工夫梧葉秋萬邦香火蓮花會稀山航海無遠不來星燭雲檀迄

今尤盛江淮貢金貝人如織而日如梭閩淛走香花袂成帷而汗成雨再瞻仙蹕遙當聖治之峯前爰相萊山遠及蘄黃之界外負仙鶴冲天之勢對遊魚上水之形自艮臨震屬貪狼正天醫王鬼之位析巽歸乾入姑洗乃鶉首金龍之鄉霜劒鐵獅更蜿蜒於西巘香爐石兒並盤礴於東峯控御兩三州環望數百里天寶爲廟而昇元爲府太平改觀而宣和改宮雖亘古以昭靈亦歷代而沿革太宗登天寶新翠輦玉釜之榮真廟握元圖特紫札金牌之賜粵從興國春

秋責兩醮於守臣逮至政和位號已三登於玉冊祥
符降蠲稅之令天禧賜度牒之恩月破御香三百斤
年設國齋五六會金虬玉蝶薦有寵光鳳畫奎文益
增鏤誌銘昌晃算騰景璲京星使護船玉鬣盤花枝
而現瑞皇華投幣綵雲帶華蓋以鳴鞭元豐煉師獲
銅錢於土年上神宗明詔上寶號於金庭四字相符一
時咸異建炎戮張遇顯龍馬於碧空開禧馘吳曦奏
犬羊於紫闕炳靈愈爍降祉彌繁蓋玉虛朱帝之尊
亦金闕赤皇之化靈姿妙粹秉太元碧君琳之圭瑞相

端妍衣九光紅霽之帔丹盈羽襹瓊華碧簪冠偃月
會晨之冠履天風朱光之履曳玉鋉之袂服海嶽之
裳五印凝丹一劍橫素分景作王煉火帝化形爲南
上真君其爲炎極之皇或宣太陽之政巡游三界監
御萬真初皇之九龍中皇之九都下皇之元都化爲
使者黃帝之真元堯帝之元一舜帝之太一皆乃真
形夏禹朝謂蒼水之神周穆世曰天靈之使唐朝降
迹宋代降禧琪木晨光擷五枝於秀嶧珠宮夕照摹
八桂於飛梁高雲舉讀洞經於錢塘親承降顧龔慶

長閟名籍於向氏備諭威靈昊太和而增丹艧之光
唐保大而葺黝赤之弊中厄兵熖半為草墟運星鎚
月斧之勞復煙榱霞甍之勝内而方丈外以三門輪
奐崢嶸金碧絢爛三宫殿四聖殿輔弼正宫道紀堂
抱一堂捲映虚室山光軒與擢秀軒而爭爽朱陵閣
共景陽閣以相高寳藏儲經開天上圖書之府華庭
申福爕入問箕翼之躔榜扁雲無心泉鳴人聽雨兩
廊絲壁繪絳衣碧弁之靈四面粉墻閑紫朱黄芝之
茂倉院粟紅而貫朽庫堂茶緑而水香崇禀齊山河

伯轉輪而舂穀香廚蒸霧原夫饇飯以擔新霞帔星
冠萬指之張願待哺月壇風峙幾代之棲仙宅靈面
乎聽後彬山背彼飛雲洞門外古石樹爲劉仙之亭宮
後莪暈聿建靈潭之廟道院十九所居鳴琴笑劍之
流宮廨三五間延秣馬脂車之客碧流遶含綠蘚封
堦天籟一鳴山鳴谷應風竽幾動水動煙寒萬枝紅
女媚芳塘千丈蒼宮迎古路真神仙之窟宅況泉石
之膏肓素瀑紫巖側援星江之地白蘋紅蓼再游溢
浦之時朝家太平興國之宮爲侍從奉祠之所真君

應元保運之號乃聖明纘典之封古今幾何年曾未鐫翠珉之字髫齔一小子詎可賦白雲之篇有命奚辭聊詩以記

九嶷真人元夷君笑騎玉龍飛紫雲手持五帝伏魔印霓旌羽仗朝太清親受混元皇帝敕浮鴐萬鶴下紅塵之軿一掛仙韶響千騎屯空驅火鈴照陽宫中夜月麗樓殿燕幕風泠泠明皇夢裏與神遇乃知九天使者名寥晨輦出明光殿宣諭百辟閱且驚玉庭再設香花席羽蓋瓊輪泛杳冥忽聆青鳥鳴一聲舉

首天際瞻羣真風雷震吼雷氣騰麟車鳳駕森少點
三十六宮散天花千官羅拜如雲朋開元天子一稽
首翠葆深中語如綸傳言太上愛黎庶遣使廉訪游
八紘九天九地萬品彙盡我掌握今枯榮廬山西北
地可廟千歲之下崇香燈言終奄忽入空碧詔遣獨
孤老守臣殷勤天使捧金[illegible]磬建宮朝福生靈一夜
無風氷自溢千章杷梓飄山根市妖運斧山靈奔明
年秋風吹落成萬家共結蓮花會龍樓鳳閣插天星
寥寥五百春桃花落花流水洞天春我來炷栢九頓

首神霄故吏問山人爲言聖宋啟天祚五朝明主增
寵榮歷言春秋國一黜宸畫光燦龍鳳形項年逆寇
忘國恩仙飈親控蒼龍兵神通變化不可測萬民陰
受雨露均金鏤賜牌名景貺寶笈朝凝瑞雪馨彤霞
爾駕騎北斗飄忽虛極嬉蓬瀛白鶴青鸞杳不歸博
山香穗一縷青清都絳闕渺無際醉拍玉欄呼雷霆
九霄真人分萬化景飛飈舉夜吹笙聖主煥文耀層
漢鏤玉填金藏翠京國朝爲烈等天地充塞天地涵
魚鳥小詩何足紀盛事聊歌至德光林泉持蠡酌水

歸去來一枕清風千萬年

詔建三清殿記

君人者欲表儀天下無以示國家尊祖之意凡今諸郡之天慶觀所以祠聖祖也人本乎祖矧我國家仙源衍慶聖系流積肆不藏崇上靈之祀其何以炳聖祖在天之靈也孝宗皇帝有旨平江府天慶觀建三清殿殿成親洒宸翰金闕寥陽寶殿六大字扁之殿眉示吾尊祖也若夫漢太初之建神明通天之臺宋元嘉之用淨輪天宮之法蓋異矣姑蘇佳山水秀輔

未央懸蓮闇闢鼎定辛巳寎月既望臣小纖長橋將
如虎丘過自祖庭目其正殿雄偉爲諸郡冠詰其所
自知爲詔建之也自祥符中額此觀矣建炎戎爐之
餘紹興乙丑太守貳卿王侯喚剏于朝賜緡錢復殿
聖祖而未暇二清適以召去弗遂黄冠朱直猷鳩
衆市財欲踵其志復以疾奄淳熈乙未道錄李若濟
奉御香藏醮于兹回奏得旨令都候殿撰陳峴發公
賄屬吳縣尹黄百中董役經始於乙未之春訖成於
丁酉之冬星鐩月斧旦暮庀工霞拱雲甍人神胥慶

賓大洞法師陸景平主其盟爲甚力嗟乎事物之興機會之來必遲其人然亦有所待也瓊檐寶楯星月相攢金戺玉墀雲霓爲御金碧膏燦粉藻華鮮螭礎千蟠暈楹萬舞觚稜峭拏結綺流丹恍覩九光何殊三境儼爲華闕蔚慶壯基幻王清上清太清之規模奉天寶靈寶神寶之晨梵是宜六龍宴駕九虎巖閽鳳導飈輪鸞驂羽乘錫爾戩穀貺我國家此殿長寧與宋無極良由仙靈之所宅是以明聖之留神昔仙翁葛孝先煉丹此地丹井猶存雨夕風朝時流丹現

於皇聖朝高真應世聖作明述衛教崇真非特奉禋祧是亦爲爾冠裳之地也晨登陛檻目注帝真盍思所以報國家者乎無使曰朝帝夕燭藐藐而已冲隱大師馬大同嗣陛景平之後憫往事之已遠畏來者之弗知應相謂曰此殿既成幾五十載屬臣爲記且如天上成王樓地下修文關往昔人間士以爲記文今茲廟謨所式當代盛事帝監不遠宜不得辭臣於是黽勉不逮弗思而成但覺如操觚弄槧於蕋珠之上虛皇之前也

羅浮山慶雲記

淳熙改元十月既望惠州守臣王寧奉天子命藏醮事於羅浮山山即十大洞天之一朱明曜真之府也先是唐天成中洞出古劍迹其篆文已應太祖皇帝丁亥聖君之讖我宋受命時遣中使奉金龍玉簡之典歲修國醮著在令甲孝宗皇帝始登大寶爰致祈敬是日也御香既上藏事薦成步虛升聞環佩作停天容紺碧風日清美珍禽舞馴鹿悅仙花瑤草滿洞芳妍醮壇之西北隅有五彩光華出焉上亘霄昊是

謂卿雲輪囷郁麗華景繽紛中有金龍𢌞翔蓊鬱天人交慶寔應太平夫太平無象也然而瑞慶大來亦于其人不于其天天意以之昭格山川於焉出雲雲物精祲猶登臺以課之建官以紀之秉筆以書之自祥符初泰山慶雲現令焉復應猗歟盛哉河清嶽潤信有其時廣東漕臣繪圖上之踰年有旨令禮部每遇郊恩給降祠牒以度其年勞者使修香火求爲典故寶慶丁亥道士鄒思正該覃恩霈州家檄之知冲虛觀事輿懷休符命爲記文而繫之銘曰

祖之潛龍也古緜出焉孝宗之飛龍也慶雲翔緜所以化龍於地雲所以從龍於天易曰雲從龍風從虎聖人作而萬物覩

常寂光國記

玉蟾翁笑傲乎清虛之都住持乎寥落之境朝餐紅霞暮飼紫霧四大怡怡然一性申申然不知春秋之欲寒暑我而日月之欲陰陽我似醉似夢若佯若蹶天無翳雲晨曦眩目俄而竹洞風冷烏雲閟彩微雨清塵山昏水暮鳥飛魚伏未幾陰霾開霽天氣可人

温然如春淒然如秋彩雲翔碧霄之南中有人焉冠逍遙自然之冠履如理實際之履衣虛無湛寂之衣食禪悅法喜之食十目不可覩其形四聰不可聞其聲須彌盧山不能高其身薩婆若海不能廣其意其步趣也白雲流水其語默也翠竹黃花已而有言曰我無位真人也子知之乎世尊與螻蟻共胎兜率泊鐵圍同境子可罷司聽之臣黜職視之吏可以形影相弔於無陰陽地翁諾大塊其心枯木其形乃與真人會恍若曾邂逅契若未交處真人與翁杖一切無

念之杖張大用現前之蓋且行且憩罔測晝夜約十
萬八千餘里始乎歷五蘊之山泛六慾之海離無明
之鄉出貪嗔之慾忽之一方真人曰此大慧明天常
寂光國戒州禪那縣無何有鄉涅槃里也真人乃是
國之君真人之居心空之殿解脫之樓真如之亭寂
滅之臺圓覺之宮真觀之堂其國地無塵泥天不晦
顯國中君臣父子聖凡含識同形同相無姓無名其
莊嚴不可稱其受用不可量真人擁五明之輅駕七
寶之輿闢虛淨光明之藏竪神通自在之幢翁與真

人遊乎知見峯之下有幽玄洞慈忍江功德水四睇久之涉般若之園無相之圃八還死圍四處垣墉遶三摩之林步四諦之山眞人欲還乘般若船渡平等海不彈指間往復無際眞人揖翁宴坐於清淨之軒敞六通戶牖嚴萬花階庭焚五分之香獻六味之饌薦八自在之茗酌八功德之泉呈五眼之珠示一眞之印訣行止任滅之網燭見聞知覺之燈眞人俄而隱翁回首遂失其所在翁愕然而省煥然有失告諸天人彼眞人者媲我形類我志我非寤寐我非酣酪

我寧遺其所真執其所妄乎乃喟然長吁曰吾即直
人也真人即吾道吾將逝矣乃命管城先生暨松滋侯
者令陶泓白起等記

日用記

予年十有二即知有方外之學已而學之偶得其說
非曰生而知之蓋亦有所遇焉後數年洞究其妙由
是知三生之因緣達四大之變滅漸不甚留意於其
學矣自二十三歲以後似覺六賊之兵浸盛三尸之
火愈熾不復前日之身心太平也然幻緣如此冷眼

知之任其所如縱其所欲蓋曰劫灰散後天地依然業風淨時神性無忘虛生浪死如海中漚一罪一福隨心起滅何足以芥蔕於襟情哉若夫大椿三萬二千年爲一歲蟪蛄朝生而夕死此又聽之稟賦如之何也已生於人世爲乎人之事今日今日而已明日又明日一回首齠齔之事今皆不復記憶性月雖明情雲[illegible]陷心塵愈塞神室爲蕪暇日乃以起居食息之道録而記之切恐柳杞爲柸鴻鵠將至仳目於几案之間考吾疇昔之見庶幾頑可以廉濁可以清脅

可以儉情可以勤昔之所厚者不旣薄乎前之所淡者不旣濃乎當然者然之不然者變之乎性無他嗜好平時所與豪俠少年游特不爲輕薄之事喜談兵而不喜博弈喜縱橫家而不喜猜搏每日漏殘鐘動矍然而起扣齒數十聲頃而玉漿金醴生於齒頰之間復作數十嚥徐而具冠屨懶於盥櫛便食湯藥即進以酒或三杯或五杯或但從此連飲至暮或於中時食少湯餅然多喜食菓蔬蘿茹葷厭食猪羊鵝鴨之肉遇有山翼水鯇則飽而後已亦不甚能食之

或遇客談笑竟辰或與對飲偶然得錢則携出市至所在忽覺神思移徙無容即獨酌或有歌倡舞妓延之侑觴凡兵危之虞或闕則求之於所知平生雖得道法未嘗效炷香之誠但消閑自若嘗謂人曰禍如可免人須諂福若待求天百量以故觸事卜心心口相語每有方鑿圓枘之遇静默識於不與世人語也日間無事或偃臥至夜既夜而和衣達旦自覺神爽清徹亦無甚夢有夢則灵時或遇夜則出露仰數星辰若將憑虛御風泠然於汗漫之上登玉帝之庭

遊王母之房下蕭臺入蘂殿可也白雲無信黃鶴不來青霄冥冥紅塵擾擾浩歎久之而止乃攬衣無語而歸故所吟所賦類皆凄苦之辭人或謂余曰人生寄一世奄忽若飈塵何不策高足先據要路津乎乃斥之曰去我非汝所知

授墨堂記

潯陽乃天下江山眉目之地廬山蓋仙靈詠真洞天虎谿福地也嘗聞之晉鍾離權樓隱於山中唐呂洞賓過山中遇鍾離獲刀圭之傳後與之俱仙矣紹聖

間輪囷子杜瓊著冲真先生胡公遇仙傳胡公則太平興國宮道士也宮則九天采訪之司也居廬山之陰凡聖同居隱顯莫測胡公諱用琮眥爲山中道正時有道人姓回冠華陽青綃之巾衣開元紫玄之服垂飛雲玄纁之紳躡寒雪素絲之履美鬚眉豐臉頰緑鬢而隆準碧眼而方顱氣宇昂昂風神燁燁過宮中莫有延之者獨胡公款以杯茗既而語笑自若乃指壺以點胸索酒以待酌一壺不竭百杯有餘由昕而夕飲不知醉復欲邀胡公飲于邸籌新糟膾小鮮

胡公辭以日暮而回道人乃撚髯長笑去矣宮之距城有一舍之遥翌日胡公謁郡侯款城闕尚未啓鑰道人又自城而出笑與胡公相顧而去閽吏云子夜道人已此候門久之胡公心亦異其人矣後數年弊衫破帽葦帶麻鞵自稱大宋客扣胡公之幽院自肩二酒鐔指爲行李傾鐔示胡皆黄白之物取碎銀以鬻酒鱠飲至日昳以鐵刀剔土瀝殘酒漱津和土成墨擲之几上錚然有聲胡公醉臥胡牀而客拂袖不知所之滿室異香彌日馥郁其刀皆金色人爭市之

乃以墨研酒而餌其半宿疾頓甦胡公年及七旬顔
貌如處子酒量不減八仙誠異遇矣若夫大宋二字
切音乃洞字也二鍾者呂字也所稱容者賓也則呂
洞賓相遇明矣胡公由是漸厭人間一旦留詩蛻形
而去向之醖墨之地忽湧泉五支左丞王公家過之
爲名墨仙泉侍郎宋公伯友與左丞皆有墨仙酬唱
之什有緑膏換得朱顔廻白鬓不用黄精拂之句大
尉譙國曹公勛清虚真人皇甫坦釆其事實以聞於
德壽殿高宗甚異之胡公之居先曰遇仙堂改爲

綬墨重樓複屋瑞氣葱葱古井寒泉四時瑩碧奇哉
廬山異事也故爲之書將以補仙史之遺云

南康軍成蹊菴記

紫陽真人云學仙須是學天仙惟有金丹最的端夫
修金丹者先採本原次知蹊徑入門之初辨水火識
龍虎然後採太玄真精以爲金丹之母觀烏兎升沉
龜蛇交合故能三室開明六窓晃耀於内景之中蓬
萊方丈昭然可覩億真萬聖其來如雲森然宮庭香
花繚繞紅樓翠閣鍾梵鏗鏘中有六靈五城之神禁

丹邑司華池衛神室郎日丹成與道合真然修煉之
者結茆廬創丹室耕玄圃而後可以致八瓊之藥三
琛之丹齋天享年謂之天仙廬陵李處仁少業儒志
在雲水甫弱冠眼空四海植錫於廬山之陽學金丹
於柴湛然柴蓋得之王玄谷王柴俱仙去李乃鳴此
道於星渚由是闡其所入之門使人知有歸宿之地
昔朱氏建成蹊菴舊矣李從而新之外表以桐原原
之內扁以仙徑甃淵泉於門之左挻燎洞於門之右
額其菴仍曰成蹊綉三間之素堂敞六通之鶴窗壁

間石刻龍虎二大字方丈餘營為殿輪奐甚宏麗奉
玄帝粹容模龜蛇千史如活登殿致禱者風凜其
背東則函丈琴劒掛壁緗史疊床琳館煥然古畫羅
列客至不能輒去西則棲雲之堂五湖四海蓑笠若
蟻晨夕香燭茶板飯鍾氣象清高號為小蓬萊當東
之輿則堂以為廚廡以為厠闈西之偏寮曰延壽以
遇衛和者四圓以墻萬瓦櫛比蒲園佳蔬畦水碧潤
殿下臨天井繪祠山像塑里域神以奉之重樓複屋
翬飛際天淨几明窓頓與俗隔壁耀海月簾橫湘雲

鐵笛無聲銅爐不火簷鐸風而遞響燈龕晝而長熖
園中竹甚盛依竹而廬圜若覆甕如一壺天函丈之
幽山茶噴紅瑞香吐紫開花壓草秀不知名棟以數
椽謂之丹室蓋於此而煉金丹焉天下列郡郡各有
堂以宅方士堂各有主人然未若南康成蹊之爲勝
何哉李乃箇中人明箇中事故夫建堂之時曾不出
疏而入自遺以金穀星鎚月斧不日落成雲棟霞甍
五采爭麗茲蓋發明金丹之機顯露金丹之用有如
此堂也李孫介少交游怡然三十年起居飮食於屋

渚之濵力以此道躡而悟衆殆未有可印可證者也吁聖凡相莪麥於其間隱顯莫能睚眦也一旦有美鬚眉者道其衣作呂洞賓相於壁間數筆立就既去浹旬忽一枝薜荔盤據其壁獨其相於外人皆訝之安知其非呂之儕皆詣是也南山章攀倖是郡然亦味道者榜其室之一壺曰青華宫處之一壺曰純陽谷蓋叅太一於左而通於右青華木之義純陽金之義旣此堂以人丹旨文於此而寓金木間隔之意焉堂之地實學録朱暐捐以基其菴朱與李甚相厚朱文

章士也邦人目爲經笥然亦不喜科名頗嗜方外也
李自號牧菴混俗和光道俗頗山斗之主是菴者許
時非真得金丹之大義者不能也此菴謂成蹊者何
歟菴前多桃李故取桃李不言下自成蹊之語也道
本無言道若大路名其菴者正謂是也凡入斯菴者
毋徒以菴爲菴當知其所以菴也如斯謂之成蹊客
有契李牧菴之意者乃爲之記然菴中神芝之誕於礎
瑞雀集巢於楹異哉

龍雷閣記

記識事也怪不足語而鬼神之事縉紳先生多所難
明往往有齊諧志怪傳奇小說舉弗能塞世之惑福
之爲州而職方以爲尚巫又多淫祀州之寓公若隱
君子者彭季益盛年吏詮得選迄不調闕揚袂而歸
耜其名鶴林其號謂所親曰時多厲邦輒旱暍民或
爲蜮所幻是天地清寧乎吾求仕則志於君民之間
湔剔朱紫寧欠人一耜何俟爲帝者師乃從赤松遊卒
歲脩意人間事得道出於深造得法本乎自然杜門
不接要几蓋世俗所莫測識者耳年已四十三春秋

益自尚不屈嘯命風霆廣民漠古循良吏不過如是
用力亦有功於世者也龍以丙戌賓慶秋七是月丁
巳祀雷既休震烈隨響樓居之上金蛇跨天鱗甲蜿
蜒繞溝壁柱如是氣鬱倏復轟轟聲不躡去風電循
然信宿不休三日殷號季益醉怒仗劍問之示以典
刑詰其精祲雷神聽命應手貼然季益自曰此吾所
常祀雷之所雷會於丙龍會於戌丙戌之祿乃在於
巳此五符起雷之訣矣是日也必有神人過之天地
百神按察於此孫是以其所而禱以龍雷之閤呼亦

悖矣乎是不可不書余嘉其志而龍神雷電爲之答響因思昔吳猛得丁義之雷書後授之許遜遜授其徒彭抗抗嘗役龍召雷於海昬殆類是乎

筆架山雲錦閣記

昔有仙曰浮丘伯者其所歷於華蓋山與約王郭二仙子以訪之而華蓋爲江南之劇山始訪之未過時凡江南支山靡所不歷今臨川之華蓋山郎浮丘所駁之舊也越華蓋以東距臨川以北而有山焉寔王郭之曾經也神剏鬼劃狀如筆架陝山之巔而有水

與觀焉觀字甚麗上有積翠樓下有羣仙閣海南有
客聞而謁之初謁是山慨浮丘之遠矣慕王郭之何
之揖空翠於杳冥嘯天風於凄寞凭欄而嗟曰一江
凝蒼千山潑翠開萬古煙霞之國殷四時風月之天
彼何人斯今安在哉既凭而嗟既嗟而曰與心言夫
得道之士與天爲徒與造物者游呼吸一元驅駕萬
象交友混沌出入浮黎策空駛浮乘飈控景鞭雲叱
月給雨批風彈壓鸞花節制烟水呼一炁以爲父齊
萬物以有朋方爾有言儵焉心形俱醉口耳俱喪有

所遇焉視之不見恍兮有象迎之不見其首隨之不見其後若冲而虛若希而夷吾不知其名而字之曰道頊而圓若倚蓋聽之無聲堠之莫極其家尺之莫極其人形如雞子無聲無臭吾不知其名而字之曰天是二人者其一曰道其一曰天吾於是乎拜道於無何有之鄉逍遥游之堂拜道訖道乃奴飛雲于清風嫭晴霞妻明月吾亦若有所得復徃拜天於虛無之京廣漠之野拜天訖天乃青其山緑其水沽落日鈞蒼煙吾亦若有所領道復遣天詔萬物有能歌空

舞仙者當秉道之敕歟萬物莫不各應詔道問天
曰今夕何夕天曰龍漢之明年攝提之次春道曰宜
得六人各執六枝以演真常之音狀太無之形使萬
象森以待焉天曰有之有舞玄裳者有吹蒼笛者有
韻玉簫者有鳴瑤琴者有飛銀盤者有擊金劍者道
曰舞者爲誰曰鶴也吹者爲誰曰猿也簫者誰曰竹
也琴者誰曰松也飛盤者誰曰月也擊劍者誰曰電
也道默然天亦寂而耳目之吾時在其間欣不知夜
方命鶴而舞玄裳也沆瀣下梧桐泣星斗墮松爲濕

次命狽而吹蒼笛也天宇空石崖裂月淒淒水嗚咽
竹方韻玉簫也顯顯然兮飛廉之前淒淒然于姮娥
之邊霓旌縹緲羽衣翩躚松方鳴琴也飄飄然於
高岡之首嗚嗚然於流泉之口玉童翱翔瓊妃窈窕
乃邀月而飛銀盤歟雲粘碧樹風吼青山天落滄海
人在廣寒蟾歟金餅兔移玉丸乃召電而擊金甌歟
玄濱未歸雷霆作怒古木吞煙飛沙塞路雲族于空
鳥屯于樹擊劍既罷道奄乎虛天忽乎無執六技者
亦各隨之而返虛無之居人間正秋天下皆雨千崖

秋氣萬籟而聲客踈然而獨曰道無形而用之有形天無聲而用之有聲彼執枝而有爲者出乎自然而能蓋亦天之異用道之異名其實一物天與道并物無所物與道合眞吾其有所[illegible]矣遂在羣仙閣之上又安知羣仙之會我我之會羣仙也酩酊之餘沉吟久之俄而永興觀主周君師深者出而語其客曰羣仙之閣蓋飛天法輪之面瓊章寶室之腹因是而名之客曰吾適有所悟也付天地於片雲想雲霞於機錦周君曰有是乎豈非夫子神游飛天之輪心

入瓆童之室而得斯悟乎況在其中而俯仰也客方沉思周君遽又請曰羣仙名閣對景寓象或將易之枚乘有詩曰天地晚來巧雲織錦江山何如以雲錦而領之也況道藏所儲其經寶也歛以雲錦之囊覆以霜羅之巾以則爲閣名有所謂也客曰以天地爲機以日月爲梭以煙雨爲經以鶯鳳爲緯以天而織之以道而彌綸之則是閣也其以雲錦爲宜名亦莽吾之所悟周君笑而唯之客醉亦忘其名尚能稱吾而自謂曰然則雲錦之名佳哉龍虎山亦有雲錦溪

廬山五老峯亦有雲錦閣霍童山亦有雲錦屏也宜乎哉道士黎盤雲脊毛錐等而禱客曰周君欲以雲錦代羣仙而名其閣美則美矣夫子盍爲文以記之客乃濡毛錐染楮氏遂以所悟而錄以示之文不甚華其所稱吾者皆客之辭也客何人哉白氏子玉蟾也

龍沙仙會閣記

山圖海誌述符讖多矣方言古語於推步有焉昔九州都仙太史高明大使許君上昇之日垂語有云後

吾一千二百四十年間五陵之內當有地仙八百人出世而師出豫章以郡江龍沙生塞驗之今將如所謂矣浦雲吳君遣際其逢鄒將聞有道起之主席玉隆為黃冠者轄四方風巾雨帽如蟻斯集舊有雲堂老矣吳君愀然視其危將壓焉乃撤而新之且建閣其上以龍沙仙會扁之仙人好樓居固其所也已而紫清白玉蟾道人掛航三湘浮沔江歷廬阜人言玉隆為天下第一真仙之居緜歷風雨微賢主人十綱九頹今有人焉克振墜緒鬱然勃興帝后聞而賜之

緡錢侯伯見而爲之藩庇黃冠師咸敬慕之廉頑立
懦謂之吳浦雲者王蟾曰浦雲君吾别已久往伺謁
者至則君爲倒屣暑餘道行閣中諭以名閣之意且
舉其徒而勉之曰此西山神仙之會府江漢湖海之
士不遠千里而來既已飽煙霞飫風月矣弭杖於壁
間卧屨於戶內相與婆娑偃仰游居於此致身高明
寓目閑曠可以詩蒼崖白雲皆句也可以酒紅泉碧
芷皆味也淡煙芳草可以入吾畫古藤怪木可以入
吾書幽禽晝啼琴台橫膝與鳥夜語笛自倚欄人靜

院深劒或鳴風茶清香冷碁或敲枰點易曉窓丹砂研露横經午案寶磬傳風塵囂不能擾其天真是非不能汨其瑩聽信起居惟適之安矣亦豈思龍沙之識乎逆其數但百數寒暑而近有能爭先快覩勇悟漸修内以煉三龍四虎之精華外以陶七烏九蟾之造化窮理盡性而至命積精累氣以成真則第神仙八百之選爲無難矣苟尚有意當世用力斯民棄渭川釣月之竿釋鄭谷耕雲之耒振衣巖袖濯纓澗泉下嵩高上

兵書講壬遁待詔金馬門追蹤柱下

史則固不得而留也若但以棲居自娛玩愒歲月非特為修仙學道者之憂抑亦為主盟斯道者之羞諸君盍簪宜相勉旃衆心納而首肯之噫余自戊寅迄今已三過西山矣仙凡參肩不可測識高凭此閣悠然興懷矧今吳君之相期望者如此又安知豫章之師其不在茲乎併錄其勸進之語而為之記君名惟一字允中浦雲其自號也

隆興府縣山北洞道院記

老氏以清靜為宗道家者流流而為虛無人謂是虛

無然未虛無已也蓋實有矣何哉誦其書行其所爲
若乎炊者無不熟種者無不生爾國朝以十科取其
尤拔其萃是何今日之諸子但祿祿如許出而應高
士選者皆妄庸因而拜先生號者皆癡鄙雖曰清修
又曷嘗有一琴一鶴之士而不謀生也雖曰行持又
曷嘗有一符一藥之士而能策效也視茂松清泉無
媿乎所以巖棲谷隱茹芝飲瀑者蓋與爲伍良由實
學茫茫是俱少小游惰平昔泛常之子彼烏知如何
之謂道妙如何之謂科教如何之謂法術必也如徐來勤

魏伯陽陰長生張平叔而後知烹龍煉虎之道妙如陸修靜寇謙之張清都杜廣成而後知濟生度死之科教如房山長費長房鄭思遠葉法善而後知芟邪馘毒之法術若不然者高臥白雲其如爾何從者曰不然吾不知矣麻山福地人人能清修代代效行持老者知道妙壯者知符術少者知科教余過之乃須余文以記諸道院之壁如余之至蒼山萬重綠竹千畝蟠松壽檜白晝陰森古澗幽泉清宵觀爽飲於壁鱗堂風床月枕展轉無眠攬衣獨坐於碧瑶堂嵩褒

衡嘯山雲起星斗垂光林壑駐影微行乎深谷少立乎尋幽至如拂雲掃月之庭迎薰養素之戶若蘧天壺天若隱室斗室若無塵絕塵曰喜清日蝎隱曰虛白曰冰壺曰蕭爽此皆幽院客房明窓淨几恍不知人境耳其它如南軒靜菴亦藏修之所省齋近思齋乃宴習之地謂竹軒之與貫時軒報安堂則皆竹處也黃昏凜若蛟龍之府清曉森如氷玉之圖清妙殊未可量余輒以所見者紀之最可喜者凭欄之頃耳聽目接蒼灣雙鷺翠塢一蟬蓋有觸乎騷人之機軸

也余先所以病乎黃冠者之習者亦救時拯俗之言矜不曰凡今之冠褐者等此可病耳亦有能吟能畫能琴能酒者能丹竈能內煉能知兵能符水能醫卜者是皆余四方之所交彼不傲乎林丘則隱乎朝市時未至竹宮桂館以備崆峒之間也因麻山諸友之可敬併得以緒醉後之高談歟昔有觀觧牛於庖丁而得其養生問牧馬於童子而得其治天下學釣魚於詹何而得其治國今之學道者知梁鶱之養虎也夫知紀渻之養雞也夫

玉隆萬壽宫雲會堂記

昔余嘉定戊寅來西山與道士羅遵菴胥晤良密既而與彭玉隆作道院記凡宫觀冠偈之原亦曰有可考矣茲焉胡止菴攝領宫事復以雲會堂見屬爲文以記之夫有道[illegible]山不深林不密惟恐人聞其名若夫跡接縉紳心交利禄不預焉嘗議之矣彼世剃俗之道未若鏟聲華之心跡爲人不可爲然後起人之敬吾道賴以不朽也吁有是哉道之爲道冲如春煥如夏漠如秋嚴如冬大如天地湛如虚空未足

以言道矣人學道者當如何巢居穴處木食草衣僕
虎兕而吏猿猱友麋鹿而隣雉兔鳳餐芝术雨卧煙
霞所養胎仙所儲氣母俄而丹熟名香道成行著四
方同志一旦沓來方欲拒之彌久弗去或出力斬菅
以薪其炊或發心刈茅以廬其止執箒趨走頓首後
先凡可以效心竭力彌月漫歲覬有金篦刮膜之語
使獲階仙陌聖之程烏有所謂華宮殿美飲饌溫氈
涼簟明窻淨几精巾篚奇杌衾也玉隆雲會堂久矣
方茲求記姑以道家可語者告之且使止菴椎鼓升

堂以聲其衆曰汝黃冠師此堂現成行住坐卧受用此堂折旋俯仰如意自遂汝能於此灰心泯慮形如槁枿煉火還丹脫胎神仙則汝何殊於徐來勒魏伯陽矣後之張用成石得之無媿之也汝能於此修鉛辨汞撑地結友煉九轉藥換骨飛仙則汝何殊於旌陽尹勾漏令矣後之徐抱黃劉海蟾亦無媿矣如所否者丁公縱姹女以晨遊黃婆抱嬰兒而夜奔丸城被圍五官受傷泥丸崩裂精海翻枯六賊擅權於朱宮三彭搆妖於黑域勞人費賄喪命失身汝又否乎

於此而琴悟成連海水之鳴於此而棊參王喬斧柯
之旨更不然者能如陶隱居役心禪那陸修靜留神
蓮社至若聯石閩而誚侯官下蒿草而過昌黎運六
丁之兵而助諸葛孔明出五解之書以授長孫無忌
猶賢乎哉否則鶴辭竹林鹿竄松壑山靈抵掌廟鬼
聞驚吾恐失汝爲黃冠之義矣汝黃冠師者亦知乎
風符雨印龍兵虎騎濟生度死通真達靈此所謂法
喚蜂化鴿誘蟻呼龜飛劍斬星投簡擾龍此所謂術
該法術而言之亦知斗杓爲萬法之功曹耶天罡爲

萬術之媒師耶法術之妙不過乎是得之則可以贓
洪都之毒虯縶博羅之黠虎起白骨於芳草束黃魂
於蒼郊天魑效奴石妖請罪獄抵乞命井女獻珍汝
黃冠師生當末世弗邇匠師何如且究三洞四輔之
書七元六甲之法於此而上可凭扶搖泛汗漫之三龍
四虎朝黽暮蒙五龜二一鮀晝姤夜復六月而息三冬之
以成彼有煙瓢雨笠重跡四方雲衲風巾畏糧千里
爲何事哉不如吾言定應沽利名釣榮遇者也或貽
怒於其師資或取侮於親鄰不得已而回首爲方外

之遊每到楓村水館烟嶼風旁有米無[illegible]衝寒冒熱未免有去國懷鄉之思則其尋師訪道之志淺矣入此堂者人不愧汝汝不自媿乎知有此堂有利有害有損有益乎何以言之及其臥酣睡蛇餓忘及其坐穩夢蝶縈晝至於靜處心路生雲所以素餐性根受蠹曾不思星冠月帔神仙中人霧閣雲窗風塵表物昔之在天不能爲神仙墮而爲人今復不能爲人則將墮而爲鬼長夜萬苦去天幾塵又復不能爲鬼則散而爲萬趣之殊吾亦不知矣主此堂者居此堂者能

調碧玉之絃能吟碧雲之章朗詠步虛清馨摇空閬
光垂簾金花聚鼎講究玄牝知天地根握擒陰陽煉
日月髓燃燈於海底鏤冰於火中知黃帝之金砂得
廣成之黃輩辨張正一之明窓塵飲呂純陽之刀圭
授魏華存之一七如是則餐青飲緑苦節昭昭衣紫
曳黃清姿濟濟聖胎圓熟道果馨甜則有所謂火鈴
賞詔於栢庭太帝降經於玉局矣葛仙公曰神仙可
以學得不死可以力致近年而言百歲之内有升舉
有尸解有坐脫有立亡者居多可不勉旃抑又思之

内蘊至美外示汙狂人皆怪之此堂亦不可以處之
也所以者何爲規儀人心藥石後進而設又奚庸汝
所謂狂且怪而敗羣哉余舊聞老子之道今日觀之
正所謂道德有負於矜心聰明不及於前時尚能以
所授於師爲有力於學者告

王隆萬壽宮道院記

道家者流學宗黃老黃老之道其原自天黃帝鑄九
鼎以製金丹老君基三山以創神室自鼎湖御黃龍
之後凾谷駕青牛以來天不愛道人漸知仙故黃老

之學風動天下水行地中矣今之冠褐皆黃老之學者徒也所謂宮觀則始於尹喜之草樓其所由來尚矣周穆王之時建樓觀招幽逸平王東遷增置道員於是得道之士始有以別白於當世烏虖堯舜無爲之風已頹秦漢相戮之俗已兆當是時故以甲爲有道之士乙非有道之士混沌已死太朴盡去矣然道之在天下堯得之則仁舜得之則孝禹而功湯而德苟失之則爲丹朱爲商均爲桀爲紂所以古之人居巢處穴以全其天茹毛飲血以保其元自世降人澆

故曰得道者仙失道者凡殊不知所謂仙者黃帝之役雷霆穆王之騄飛燕皆人君也傳相之騎箕尾莊漆園之凭扶搖皆人臣也豈獨隱山林者謂之道士哉秦之徐市漢之曼倩亦道士也特所遭者窮兵黷武之始皇好大喜功之武帝其道不售於時耳後人以道士岐而爲六如廣成子務成子鬱華子高玄子中黃真人河上丈人謂之天真道士也尹喜烈禦寇杜仲軌魏伯陽徐來勤安期生黃初平謂之神仙道士也許由巢父四皓王倪齧缺子綦蓋晏卷謂之山澤

道士也宋倫彭諶彭宗王傑封君達王子年陳宝熾
李順典杜光庭羅公遠葉法善謂之教法道士也錢
鏗冷壽光王浮葛稚川梅子真謂之顯貴道士也王
訓欒巴馬明生左慈郭璞崇明儼王喬李亞謂之技
能道士也然皆仙矣亦豈斯世之幸耶凡厥有生均
氣同體獨以此爲有道之士則世道亦未如之何也
已余過西山訪仙蹤于王隆友人止菴胡士簡遵領
宮事一日焚香淪茗囑余以道院記文余聞煉師羅
若虛多識前言往行試往質之羅謂余曰子不聞乎

黃帝內傳有道士行禮之文而具茨之山問牧馬童子即有天師之稱漢張道陵魏寇謙之皆曰天師後周武帝時衛元嵩封蜀郡公隋文帝以玄都觀主王延爲威儀都監唐有左右街威儀高宗時葉靜能入直翰林爲國子祭酒其徒孫法善玄宗時授銀青光祿大夫鴻臚卿封越國公尹愔拜諫議大夫李含光賜玄靜先生開元二十九年置道學生以生徒肄業崇玄館習老莊文列謂之道舉復置九科以待試焉五代末周太祖因唐之左右威儀避諱改爲道錄我

宋開寶五年賜玄祕大司馬志通議大夫太宗賜陳
搏希夷先生增置道副録都監鑒義首座知教門公
事神宗朝張靈賜冲静處士是特與舉其顯者也歷
而言之代有其人然不若宣政之盛别命以郎大夫
侍晨校籍授經以次具有職名燦然大備余得其説
以告止菴止菴曰子盍爲文以記之余嘗見韓文公
送嵩高張道士詩與韋鄭公送雲林薛道士序蓋知
乎道士者非止於晨香暮燈板粥鍾齋而已要當虛
緣葆真於雲山水竹之表煙扉月舘之下擒离宫之

三龍馭坎府之四虎煉黃婆於土釜產赤子於金房十月胎圓九罡火足乘飈扇景策空駕浮與天爲徒與造物者肖游夫如是而後可謂之道士矣其次則户吾教於後世挹上靈於前古拍康續張藴之肩背躡子晉方平之轍迹亦庶乎其可也茲地舠爲旌陽故宅真風不泯垂今千年植楠蓋耐於歲寒遺白儼存於香澤無遯弗屆禱之則靈凡我後人尚須勉旃

棘隱記

丹樞先生結廬於武夷五曲之奧扃户絶粒一旦有

女道人自東陽而來訴所求道之狀遂歷試以枯淡復語之以風俗薄惡又言居巖谷之難如此學道業之難如此誅茅裁草之難餽糧給膳之難乃默然良久而謂先生云糲粒可以為粥麋弊納可以為垢衣藜藿可以餐虀芋可以欬但欲覓片地可以安茅茨編蘭而為簑榾柮之火亦可煨無使雨我頭無使霜我肌父母未生前寒暑何所思枯骨既火後無復可訴饑山中已如此辦道亦可宜餓而道果成鸞鶴滿空飛先生笑而曰入道之易如窮猿投林叛道之易

如游魚躍岸道之在心卽心是道汝能終始吾何幸
焉於是納之此道人者劉妙清若擬議其童年時娉
婷無媚使人駭心動目據以道眼觀之臭皮袋裏一
泓穢膿是酸苦之蟲釣迷之餌也故妙清於紅塵中
卓卓然作撑撐大丈夫氣槩吾意其仙游之夢禪化
之臯所以能矍然回觀返照把本來面目作自巳本
命元辰向髑髏中打觔斗譬如洗面摸著鼻孔豈
費纖毫之力耶妙清亦作數椽茅屋棲[illegible]究生之廬取
名曰棘隱蓋取何仙姑所謂幽居山林闤荊棘隱此

身之句青松翠竹瀟灑脩然鶴唳猿啼寒煙漠漠風
寬月皛皛瀟灑無際此棘隱之樂也夫棘隱之中其所
用心者何如哉吾謂如此棘隱之設渠必欲覬覦片
雲隻鶴佰長裾大袂葦也淵然如蟄龍之未雷寘然
如海鷗之正睡湛然如春空之不雲寂然如秋潭之
有月悠然如遊魚之躍藻瀟然如寒鳫之棲蘆爽然
如梧桐之晚風寥然如芭蕉之曉雨恍然如書夢之
已覺渙然如沉痾之脱体了然如久訟之釋因杳然
如竹逕之夕陽的然如松林之夜雪冲然如者曳之

欲老耄潰然如嬰兒之未孩安然如海上之三山灑然
如江心之萬頃悄然如千林之欲曉浩然如萬物之
正春冷然如泛水之點萍渺然如浮空之一葉快然
如剛刃之破竹迤然如寸絲之繫石其為妙也不可
得而形容其為機也不可得而測識此又非棘隱之
用心乎心故不可用也吾必置之於空閑無事之地
使其與溪山魚鳥相化而為一團清虛冷淡之氣又
使其與林泉風月俱點而為豈子奇特清妙之氣味
既如此其人必蓬萊之靈裏弱水之羽衣也蓬萊弱

水之間鳥飛不盡而雲煙渺浩自非若人豈容百千
舉武一程兩程而可以亭堠其地乎古人有女仙傳
亦有列女傳皆女流中之丈夫人也如此謂如張天
師之妻能飛昇而女亦飛昇許旌陽之妻能飛昇而
女亦飛昇葛仙翁之妻能尸解而其女亦尸解劉洞
天師之妻能尸解而其女亦尸解夫修真煉元之士
煉穀食爲精煉精爲血煉血爲髓煉髓爲炁煉炁爲
神煉神爲道煉此一念之道而爲聖人自非内有所
養而外有所固則古之列女何以羽化登仙若是也

且如驪山之老姆青城之蕭氏王室之童氏霍董之葛氏武夷之胡氏李氏魚氏至於洞庭間皆有神女所居而莊子亦言藐姑射之處女神仙有無乎其疑信考古今所傳簡冊所述則女仙信乎有之仙果可學也學仙成道何患乎其不仙乎人既能返老還嬰則必能回陽換骨人既能留形住世則必能變化飛昇用神仙之心信神仙之事學神仙之道證神仙之果學仙非爲難出塵離慾爲甚難哉神仙長生久視之道既可學也則出塵離慾夫何難之有劉妙清既

如此用心則必可望也吹簫之女尚能跨鳳採去之女猶可駕鶴吾所以爲之點頭伻來求誌援筆書所可言者云

喜雨堂記

昔浮丘大仙與王郭二真君來自南岳過豫章越魏亭郢麻山麻山乃麻姑授道之所厥後有包道者或曰諱道仙尋常嗜鱘魚行如飛雲人有覘其洛則白龍也能致晴雨今山中稱爲聖井白鷺仙君也嘉定甲申孟秋之朔百里閔雨民憂暍死鄉巫井厓其技

巳窮邑士唐肇與弟將仕應時常歲平糶如黃承事
也平旧賙急如實諫議也至是判家資奉仙馭於家
祠巳霏微市謔猶偕及醮應聲雷電三日爲霖人有
悅色懽歌載路旗帯蔽空香花成雲送仙還山山中
建喜雨堂此皆唐氏友于之陰德所致余諸羽褐又
足以感鬼神動天地者哉

雲山玉虛法院記

上清大洞寶籙奉行玄天真武秘法統領玉虛三陣
將兵同管壯極驅邪院事曾安時籍太平興國宮居

雲山菴出知南康軍天慶觀事建飛天法輪與締殿宇賫繦錢數萬時人皆壯斗之少留神道壼初拜大都功登盟威佩赤天元命之文嘗杖屨四海過閤皂山遇異人授以玄武玉笈及諸秘訣悉考召鬼神之書歸故山以符水活人無量山妖爲之一動山前嘶其德者皆更生之者所著靈異甚富邦人俱德之後遷大洞真人分司西嶽佐白帝領治玉局如是者亘三千秋不替寒暑惟行是稔其松姿鶴容霞標芝範幅巾大袖廣顙修鬚今年六旬有八髩緑顏酡眉蒼氣

豈非懷沖抱虛能若是哉即其菴居之東闢一堂以
宅玄帝之靈號爲玉虛法院所塑赤劍皂纛之像蒼
龜紅蛇之形儼然如元和遷校府也屬王蟾以爲之
記況嘗簽書右勝府事是爲玄帝故吏也義不得謙
其文曰
淨樂天子善勝后有子玄武居北極武當四十二寒
暑功滿三千行八百太清有詔歸九華授以劍一印
亦一默佩乾元樞斗文上應虛危太陰曆披髮跣足
衣皂袍金甲銀裳丶工東帛前驅飛廉後雷霆左命天

罡若太乙囑命天丁叱火鈴一劒不血殄鬼蜮人所
累氣騰太微帝使分別人鬼籍七日七夜宇宙清所
至雷轟而電擊命爲太玄大元帥仍使九天掌文籍
兼充漕運扶桑侯提領北酆九陰獄三月三日發英
祥香花紛紛沸萬國九月九日登紫宸但有武當古
仙蹟月明歘火峯頭雲風次青陽濕下石九龍池中
藏虎符靈應殿內遺鳳幘部領三陣龍虎兵飛應是
大舊捷疾水位有情真妙容脚踏龜蛇威赫赫雲屯
萬騎馳八猖煙鎖九霄飛四直金闕真靈應元化三

界四府日遊奕太華妙行古真人毗沙穢跡今黒煞雲山老人曾大洞少而得此玉虛訣篆丹劍水三十年手掌北天玄帝勑一堂宛若佑聖府金碧絢爛煥九色天開地軸儼如生直疑此是太玄域先生之意敬玄天欲使後人趾厥勣今賦之但紀實此文不工但塞責笑指堂中一炷香香雲縹渺千萬劫

福海院記

瓊山居士白玉蟾曰嘗謂象者數之体數者象之用經營建立存乎象興廢盛衰存乎數惟佛也超乎象

數之表其所立之教無乃囿於一家數之內歟天下最勝福地曰廬山距潯陽以南山之前後菴巖三百六十其尤勝者今福海也昔自梁朝有謙禪師不知何許人一錫東來誅茆結草於鐵船峰之下修法華行德馨道腴遐邇皆北斗之武帝錫以御札蓮華貝葉仍賜福溪以名其菴由梁而唐改溪爲海菴爲院遂以山腹秀麓之中址廠院焉　聖宋靖康間遭丁元二紀碣不存紹興之初無相長老谷堂彥詳禪師禪德馨著度僧六七人以甲傳乙流水住持詳既寂弟子

雲菴光譽大德趾其往勳造佛塔塑佛像設香燈供
具種種莊嚴譽亦西歸上足惠月嗣其道兢兢業業
勤儉宗和樹法堂建僧舍將謀一新未遂志而厭世
月之長子志勤嘉泰初被複江浙遍參耆宿發明心
地密印機緣已而賦式微者何月老將復有湖海志
無何月老圓寂是時此山未有宰者徒弟四五人義
遜夷猶前太守今文昌袁公燮帖僧録集其徒請鈐
齋躬自勘辨選可主者次與志勤論議一問一荅如
印圖契鑰函蓋符節公首肯之即席命筆給符請畫

是剎勤礽祝院事取表裏未完廊廡凋弊蓋其嘗廿又田
遊方眼闊志大觀此隘陋未愜意也繇是鑿囊竭技
撑材運甓刻栱雕甍月斧交飛星槌競舉丹青粉堊
中外一新今焉佛有殿僧有堂行有寮客有省爨有
厨粥有魚齋有鼓茶有板警有鍾坐有軒寢有室儲
積有庫粟麥有倉君舉動經行各得其所周載落成儼
然一化樂天宮也見者聞者咸如敬嘆謂言山陰諸
律此其甲也院之田不過二頃院之徒日食不下三
百指常仰給於斯朝鬭與曲與暮演靈詮法律森嚴香

燈汗漫規行矩步濟濟蹌蹌皆勤之繩墨也雲衲憧
憧延迎不倦來者懽去者讚院之居林巒環抱松竹
周遭狀若鸞翔形如燕處院之左則有月輪雲頂羅
漢祥雲翠巘千重峨峰萬疊是真法窟如幻龍宮院
之右則有碣石之門錦繡之谷茶香水綠花媚草靈
河伯飛輪曼殊現相天地聖燈萬顯呈祥爲瑞屋頭
妙音窣堵七層倒影分形水底綿雲密布彩霧輕舒
居其前則有崇岡一七里蔚二九峰龍係虎溪連
珠東西大林映帶西乎淮甸背彼鐵船萬壑風清千

岩月皎野猿獻菓仙鳥啣花桂子飄香木奴爍彩霞不老水石長秋是院也始創於蕭梁中振於李唐迄於有宋至是僧勤始大盛歟豈其象不因數也物換人非不知其幾歲興墜起廢不知其幾人嗟乎勤公何其高也佛言五百世後苟擔如來續佛慧命建佛塔廟當知是人莊嚴刼中曾供養十二百轉輪王有大功德海大福量海其勤公之謂乎塵沙刼中嘆莫能盡聊書小偈以祝　南山云

廬阜新蘭若龍天古道場殿椸金彩煥佛放白毫光

竹長真如翠花開般若香禪波風浩浩慈陰日穰穰
鼻祖其譙老中興乃谷堂僧勤今繼志萬載一爐香

靜勝堂記

紫陽眞人張君平叔與白龍洞劉仙書曰靜以勝勤眞以勝僞鉛者汞之毋汞者金之父此足以知道之要矣夫道者天地之根陰陽之原天地有動靜陰陽亦如之此則鉛汞之旨也非有道者無爲之妙乎嘗謂躁靜兩岐勝負殊勢惟其靜也乃能勝之一靜可以制萬動也方其動心之時六窓煙昏七竅風號中

因荆榛靈府猿猱龍悲慾海風墮世羅生死岸内人
我山高功德寨林化作蓬蒿清淨眷屬變爲干戈輕
舉妄動躁圖狂操憂悲於患難之塗老死於名利之
窩易曰吉凶悔吝生乎動者此也及其靜慮之時心
天雲朗性海波澄丹田花開華池水生夢遊瑶臺神
謁玉京物我俱忘寵辱不驚松風蘿月與爲第兄巖
猿溪鶴堪結友朋逍遥乎幽寥之内徜徉乎碧虚之
濱經云歸根曰靜靜曰復命者此也動靜之機其所
繫如此也所謂天地陰陽之機亦然也斯道也已世

人以玉帛爲貴鍾鼎爲榮吾所貴者煙霞所榮者泉石世人以名利相高子女相華吾所高者松筠所華者丘壑世人之貴榮高華不過爲歡喜桎梏耳吾雖爲清虚之膏肓閑雅之沉痼不猶愈於世人乎吾方將社雀牙鼠角於無心之地息蟲臂蠅頭於無事之域有琴可以鼓夜風豈不勝於笙竽之沸耳乎有酒可以澆晚曦豈不勝於綺珉之惑眼乎有羣逸人以爲風騷之交有諸羽士以爲方外之友寧不勝於鵷行鷺序趍翔廟堂躡蠹篆刻苦勤燈窗也吾且朝煉

黃芽鉛暮採白虎汞聚神爲室萬劫不枯結精爲樓
三界莫擬是所謂人間萬樂莫吾勝也於是謝紅塵
步青霄遷帝房籍仙秩何其榮哉又甞思之方尺之
木置之危竿躡之則顛方咫之木置之平地躡之則
穩非木之大小非所置之不安蓋心不靜而神不寧
也燕遊於庭日親於人人亦巢之雀躍於庭日畏於
人人亦網之非人之有好惡非其類之可去留蓋疑
人者人疑之撓人者人撓之此其靜勝之謂歟子古杲
則存齒剛則以柔能勝剛也火燥則息水濕則洳濕

能勝燥也是柔之與濕皆屬陰陰主靜固能勝陽之剛也○閬山楊仁叔黃冠師也知所謂靜勝之理葺堂以扁之予過而問焉仁叔頫而不答予雖欲辯而不可得是亦以靜而勝之也予知之非欲以靜而敵世非欲以靜而過人○蓋將戰寒暑於不兵之鄉奪清閑於無刃之場○若夫言中有刺笑裏有刀者遠之矣受炙灼者不熱而衣葛者熱揉凍瘃者不寒而擁貂者寒是皆爲寒暑所勝不能靜以敵之爾予爲之言曰天道不爭上善若水爾無心兵方寸太平所以堂之

扁額以斯名仁叔字也其名大榮

牧齋記

閤皁黄冠師劉貴伯以牧名齋屬予爲記予聞之黄帝呼牧馬童子爲天師釋迦指牧牛小兒爲菩薩乾馬坤牛何以牧之聖人故曰謙以自牧牧之爲義如牧羊則先去敗羣故無觸藩之虞天子置羣牧以牧民均此義也貴伯詩甚騷而以懶辭酒甚雄而以醉辭碁甚捷而辭曰不智琴甚清而辭曰不古能煉內丹能役五雷皆以不知爲辭其謙謙者如此是自牧

也不勞鞭繩蓋已馴熟矣僧人所謂人牛俱失道家所謂翁馬兩忘誰爲牧之蓋自牧也貴伯得之矣

儆齋記

盤盂几杖皆有銘示儆也屏扆房牖皆有箴示儆也子張書諸紳范丹筆其柱亦示儆也今黄君瑩中以儆名齋是則動靜語默道在其中飲食起居惟此一事儆其耶不爲施揚所肓儆其耳不爲鄭衛所聾儆其心不爲蠻觸所惑夫如是斯可謂之儆也儆其思慮則榮辱兩歧儆其去就則得失異域日當三省事

出九思防意如城守口如瓶斯微也學中周旋事機諳練世故其所以微者非止於一念慮一語默之間也則必曰冊房有藥苗枯耗之微神堂有火候差違之微曰虛三彭時障六鬲使心天無雲性海有月乃其微之所詣之地也微所微猶不惟是又必曰枯木巖前差路尤甚夜明簾外作者猶迷猿驚馬嘶龍奔虎逸是可不於日用中微其所守所養者乎天人路上生死岈頭如苟用力不昧所微若夫屢空之顏一唯之曾未有不自微者噫非苟知之亦允蹈之乎

泉州上清五雷院記

臣肉輅輿神爲業風飄墮乎湘南桂北迺者鶴林彭耜顓使以蕪死生且將桂隱諸葛琰書諗臣云泉山雷祠成始因嘉定辛巳之暮春種不入土郡檄道士埶菴莊致柔禱而雨卒有秋李震龍謝震聲各帥邦人請立祠以祀雷太守少卿宋鈞嘉其請命法掾黃從檢踏玆址寔郡治之震龍山之乾脉坎面離皇嶽崎其東帽峰跨其西海上有金鞍寶蓋貢其前陰陽家謂雙蛤驟龜以象形此仙靈之鎮也紛蝶萬維環

之剌桐山壯海雄紫翠朝揖福利左裹咸營右翊其
地千尺而邃三十弓而袤諸葛瑛與僧惠音慶地胥
宇寓公菊坡諸葛直清主其議甚力經始於壬午上
元迄癸未重五恭塑五雷法王王清真王之象以保
德福德二聖配其日大雷電越季夏十有三得鶴林
所刊雷經納諸至堂聖像啓明霆聲隨震一雨甦旱
人罔不歡心重九後三日落成靡金三百餘萬且未
經時而成之速如此殆神相也中晝魔試卒不可搖
千乘萬騎形於人夢者衆五風十雨利於此邦者效

請記之臣記致柔　師禮於臣因桂隱之薦授以紫霄嘯觀鞭霆之書致柔東有道行去力於著邦人信之篤若夫祠之有葬據事之有條例臣知諸葛琰殫所帑私糜所心膂獨多焉臣備位香案之餘受知菊坡散人且久菊坡静退琰子尤賢敬洗毫濯研以紀始事之歲月天家事秘霆策律嚴臣復何敢言

登山記

歲在已卯春月閏三白子與客聯鑣而游東山之上是日也朝曦霽靉東風浩蕩步兵百丁前呼後唱草

木無盖溪山有光既而馳昇相與舉白遣然卯飲訖
客俱醺方將據胡床友鶴枕前峰猿嘯後樹鶯啼於
是枕籍巳甦瞿然登雲外之亭按冷風之臺撫摩右
龜之背嘲儆久之風起樹舞雲與海悲千雷一鳴萬
雨四飛有從天外來者玄裳縞衣朱頂翠足徘徊木
杪翱唳空翠來自西北久而漸沒或曰鸖也或曰鶴
也翩翩有六坐客以爲今古之鶴以六爲臺豈是鶴
也爲鶴林而出歟予顧語鶴林白叟人非觸物而不
能與感而物亦待時而故然示人頃則雷消風止雲

潰雨收天氣豁然人意亦好予若有感於是乎書

辭

讚救苦經辭 集救苦經句

太上靈寶天尊說救苦經者雲藏寶笈乃東華帝闕之真書煙鎖琅函爲太乙慈尊之秘典空中灼灼妙哉大洞之經天上冥冥皆成大道之方第一委氣而第二順氣以制九天覔東南度命而東北度仙遍滿十方界還將上天氣寥寥化作泥丸仙以伏諸魔精渺渺高超仙源路天上六六而地下六六其數如沙

塵刼前三三而刼後三三自然有別體使衆生如言
見日月以威神救拔諸迷途成無上道而作無上尊
以威神力救一切罪而度一切厄以通祥感機混然
無分天氣歸一身之內善見救苦虛空皆遍體之真
故成萬法而主光明乃領無邊而歸太上初發玄元
始不知空洞有虛皇普濟度天人但見紫雲覆黃老
誠太妙至極之旨皆玄上王宸之言壞嗟罪障實可
哀我今念誦無休息朗詠罪福句自然心垢之清是
名三寶君我本太無之際向來諷誦此經者莫不代

天尊而演說經教體大道以引接浮生再明玄貞萬福之宮香花繚繞星拱玉虛明皇之殿花雨繽紛天堂享福而地獄無聲慶雲開生而祥烟塞死玉寶皇上乘旛下人開光門無量太華敕命上登朱陵府念太靈虛皇之號劍樹化爲騫禮真皇洞神之尊火翳成清暑之池非遊咸見同聲救罪人飛天神王由是委氣聚功德化形十方界道言諸大天尊作頌仰尊顏自有無鞅數衆神鬼如在逕上元始天宮靈識昭然超度三界苦趣三塗八難勤學無爲六道四生自

悟真道無名無我逍遥乎清淨之鄉不迷不荒超詣
於虛無之岸稽首諸仙衆頌畢皋聞經

疏

化憑元功德疏

道本無形豈因繪形飾像人須見物方纔隨物興心
是宜盡所不可盡之容所以曉未曾曉之者青鸞朱
鳳在剛風浩氣之前白鶴蒼龍於浮靄太空之上簡
中元有象其物非強名旣心存目覩之猶堪豈粉飾
金粧而不可恍恍惚惚儼然聖賢之雲臻簡簡穰穰

宜爾福祥之川至

化修造精舍疏

膏單秣馬爲尋仙子而來竊此寢園未愜遊人之意欲剗蘿烟蘚雨之地廣爲松風竹月之廬以數椽上漏下濕之憂屬幾載左枝右梧之篤艤舟岍畔皆酒酣耳熱之餘落蒼庭前正詩與心狂之甚相逢不拈出後會幾時來

緣化度牒疏

白髮老聃過函關只得尹喜黃冠莊子任漆園惟接

李伊妙處從來父子不傳知音亦有檀信成就都
抵箇喫飯鈔隨緣喚作護身符戴玉霄冠頂上幔亭
之夜月衣欝羅服袒邊　天柱之春雲特憑　太上
家傳教救賢豪樂施但得飛鳧來白水何須騎鶴上
楊州

迎仙堂鶴會疏

黃鶴樓前玉龍嘶斷今何處丹霞洞口鐵蹄飛還又
幾年五岡襄沔事昭然三入岳陽人不識白蘋紅蓼
再游湓浦廬山玄裳縞衣數度蒼梧北與巍得隮中

日月更無老去乾坤賞歎十四枝苦竹君方生高第桂華三五夜老樹精政誕仙師三畫純乾一陰欲姤恁麽時打翻筋斗到今日喚作生辰吾此螺江歲異鶴會小堂戸道人裏面凡聖同居大櫃越神仙中來懽喜布施磨鏡賣墨坊須貶眼相看破巾弊袍不可當面蹉過青虵躍起白鳳飛來箇是知音結緣則箇

會真堂疏

道友往來不知其幾數間破屋饘粥全無以此話頭問諸好道者結緣則箇

絶粒休糧總不是作家伎倆虛心實腹須還他本分
生涯極頽柱傾奈歷歲涉時之浸久香寒火冷徒勞
風上雨之交攻斬新請箇風月主仍依舊續此水雲
故事一千箇圓玉粒半觔細銀條待哺張腮那得會吞
霞吸露揮毫落紙不無望嚼水成冰

化塑朱文公遺像疏

武夷文公精舍欲塑文公遺像不知當時摳衣者
如之何則可
天地梏日月死夫子何之梁木壞泰山頽哲人萎矣

兩楹之夢既往一唯之妙不傳竹簡生塵素壁已暗
唆文公七十一禩玉潔冰清空武夷三十六峯猨啼
鶴唳管絃之聲猶在耳藻火之像賴何人仰之彌高
鑽之彌堅聽之不聞視之不見恍兮有像來裘斯文
惟正心誠意者知欲存神索至者說

四名七山房竟書籍疏

石渠清邃翠鱗横撲於蘭臺天祿崢嶸玉蟬酣聚於
芸閣古者東壁圖書府謂之道家蓬萊山蓋縣纖插
架之繁如汗牛充棟之盛此館監諸公之所見豈山

谷餘子之得觀韓昌黎藏書於泰山之陽石徂徠創屋於泗水之下濂溪有院白鹿爲堂如李君所儲於康廬僅得九千卷若劉侯有造於岳麓復建五十楹彼雅志與衆共之而弊山竊慕此耳曩留雲麓之舉也屬朱冲妙以竟之夫六經九流之文與諸子百家之典搜羅無術俯仰於人幸當路士夫慕韓石慨然之作使此間風物追李劉卓爾之規或家塾可檖墨之書或郡齋費緡錢之籍廣種小山之叢桂奚須潤屋之籯金俾人人皆有餘師無專門自尊之病則處

處盡弘文教何翰林未見之嗟莫言金口木舌之不雲自有竹簡葦編之可覆蕉遥瞻於往哲庶有禱於將來行且迎周孔揖老莊相會葛孝仙丹爐之側坐申韓庫楊墨華集丁令威華表之旁顧不偉歟非敢後也

洽公懋求進納疏

都茶楊會子如今尚烏有先生文思院勑綾得之則黄冠道士世人喚作喫飯鈔檀越況有騎鶴錢然雖白雲無心爭柰青霄有路前箇後箇只這箇千時百

時恰限今時大書特書不一書多得少得不如便得

請紀知堂住華陽堂疏

扶桑海底龍逞攫霧拏雲之頭角華嶽山頭虎奮擒風攪雨之爪牙若非作家宗師如何主張道法共惟其人少年方外英聲藹滿四叢林散聖家風鐵鞋走遍六天下遇至人而傳鉛汞之訣藥熟已多年施妙手而牢金石之權道傍起枯骨嬰童煙霞保社孰不瞻依今兹雲水生涯可憐隳墜其如僉議咸慕高風于木隨身文且逢場作戲劍鋒在手自然喝水成冰

酌丹井不竭之泉祝
皇帝無疆之壽

第二册

海瓊玉蟾先生文集卷三

南極老人臞僊重編

山陰　何繼高
　　　汪乾行仝校
新安　劉懋賢

說

無極圖說

夫道也性與命而已性無生也命有生也無者萬物之始也有者萬物之母也一陰一陽之謂道生生不窮之謂易易即道也○道生一◉者混沌也一生二

㈠陽奇陰耦卽巳二生三矣純乾☰性也兩乾而成
坤☷命也猶神與形也乾之中陽入坤而成坎☵坤
之中陰入乾而成離☲乃心之象也㈡所謂南方之
強歟坎乃腎之象也㈢所謂北方之強歟夫心者㈣
象日也腎者㈤　象月也日月合而成易㈥千變萬
化而未嘗滅焉然則腎卽仙之道乎寂然不動蓋剛
健中正純粹精者存乃性之所寄也爲命之根矣心
卽佛之道乎感而遂通蓋喜怒哀樂愛惡欲者存乃
命之所寄也爲性之樞矣性與命猶日月也日月卽

水火也水火者離象也懲忿則心火下降坎水者坎象也窒慾則腎水上升君子黃中通理正位居體美在其中暢於四肢於是默而識之閑邪存誠終日如愚專炁致柔故能以坎中天理之陽點破离中人慾之陰是謂之克己復禮復還純陽之天吁萬物芸芸各歸其根歸根曰靜靜曰復命窮理盡性而至於命則性命之道畢矣斯可與造物者游而柄其終始

五寶說

老聃有三寶一曰慈二曰儉三曰不敢爲天下先許

旌陽有八寶曰忠孝廉謹寬裕忍容呂洞賓有四寶曰無妄一也不苟二也至誠三也守一四也陳泥丸有五寶一曰智二曰信三曰仁四曰勇五曰嚴臨事多變使人莫測謂之智尊心致志守一如常謂之信濟人利物每事寬恕謂之仁處事果决秉心剛烈謂之勇謹勿笑語重厚自持謂之嚴東方蠻雷仁者也能為風雨長養萬物南方蠻雷勇者也申明號令賞善罰惡西方蠻雷嚴者也肅殺元氣霹靂群動北方蠻雷智者也伏藏坎位過時而起中央蠻雷信者也

四時蜚伏令不妄發子今行五雷之法須得此五竅方可以動之吾得之於先師泥丸久矣今以告子此乃心傳之秘大抵是真中有神誠外無法子可佩而行之

夢說

神農夢天皇與之以嘗草玉書黃帝夢到華胥大庭之國舜夢拜乎丞高高宗夢得說孔子夢見周公老聃夢游劉賓此皆夢也彼乃不睡之睡非夢之夢也謂如莊周夢為蝴蝶又與呂洞賓夢為螻蟻大故殊途

也南華經云其寢無夢其覺無憂此所以凝神不分
聚氣不散而然也彼皆就羲皇心地上著到故所謂
夢者乃神交氣合誠而爾也非睡中妄想之夢也若
不明夢中無夢之理則飛識游蕩泛然而無歸冥然
而不返將見於見聞覺知境界而化爲胎卵濕化之
歸也況夫酬酢萬機唱履百念事物膠擾方寸不寧
此乃開眼之夢也何況於睡乎昔賢謂世間無眼襯
鼾齁一覺睡者此也嗟乎今之人也糟醨其一靈塵
八一性甚矣古德云幻身是夢

贈盧寺丞艮菴說

䷳其背不獲其身行其庭不見其人无咎彖曰艮止也時止則止時行則行動靜不失其時其道光明艮其止止其所也上下敵應不與也是以不獲其身行其庭不見其人無咎也象曰兼山艮君子以思不出其位䷳䷳前輩云觀一部華嚴經不如讀一艮卦緣華嚴經只於止觀然艮有兼山之義山者出字也雖止於晦而出於明所謂行到水窮處坐觀雲起時也

簡

爲煙壺高士求翠虛妙悟全集書一幅

即斯時江上一葉楓向淡雲新月之外狀出秋意山林中人心境兩清爽矣嘗於水雲中慕韓景李之久南風北枝未之面也海南先生言煙壺高士沖鍊太和白膏盈體天女散花道候真淨古熈曰與心言瀛山道院聞有翠虛妙悟全集。正在渴中能周旋此人回否秋氣瀟杖屨只此六百清妙溪山鞭青牛邀汗漫訪我於崆峒之間否乎睥睨論金蘭翹首望前阜圓雲鶴一長唉耳

篇

○○○鶴林問道篇上

海南白玉蟾過三山次紫樞真官之　居鶴林彭耜過之問以道法之要曰愚嘗究金丹大藥之旨所謂日月龍虎鉛汞坎离火候周天卦象之類與夫偃月爐朱砂鼎等語名既不一事亦多端未審一物而分衆名邪其或衆名而各一物邪在內求之則無形在外求之則有象或妙在作爲或妙在靜定古者嘗言有所作爲即非道也又曰溺於靜是枯坐也憒然不

知其所以入之蹊徑到之堂奧願聞其說答曰先聖仰觀天文俯察地理近取諸身遠取諸物創爲丹訣以長生不死之意以淑人心其實一理也其始入也在乎陰陽五行其終到也歸乎混沌無極知丹法所言盡有所據第互立一說各執一見所以衆楚不可一齊要在吾所遇所傳所得如何耳在天則爲日月星辰在地則爲禽獸草木在人則爲夫婦男女以易道言之則乾坤坎離也以五運言之則金木水火也以藥物言之則鉛銀砂汞也以丹道言之則龍虎烏

兎也用之則有壇爐鼎竈之名行之則有升降交合之象體之則有浮沉清濁之變則之則有陰陽寒暑之候聖人故曰採以藥物煉以火候結而成丹超凡入聖所以取之於內而不泥其內象取之於外而不求其外物是所謂無物無象者也謂之先天一炁混元至精則是大而不可知之之謂神之意也其體或聚或散如輕煙薄霧然也其象或有或無如夢幻泡影然也天地與我同根萬物與我同體徃古來今本無成壞以生死流轉情識起滅如浮雲之點太清

如黑風之翳明月。聖人憫世澆漓，詔人修煉，使從無
入有，謂之成；以有歸無，謂之了。其運用之要，在有動
動出於不動，有為之為出於無為。不過煉精成炁，煉
炁成神，煉神合道而已。若有作用實無作用，似乎靜
定卻非靜定，如龍養珠，如雞抱卵，可以無心會，不可
以用心作，可以用心守，不可以勞心為。此乃修丹之
要，入道之玄。

復問曰：劉惟一云：夫人常不死，形死性不滅，豈非老
子所謂死而不亡者壽乎？似與釋氏佛祖性學一理

矣又何鉛汞龍虎之龢如許哉答曰鉛汞龍虎此道家之丹法　人固難曉此皆玄妙之談謂如釋氏有木人二石女泥牛鐵馬金剛圈栗棘蓬龜毛兎角麻三斤乾屎橛之類是亦鉛汞龍虎之旨也但道家把本修行由徑入庭而釋氏因指見月覩忘指也釋氏之所謂性道家之所謂神其實皆道也然性如海大無不包細無不入而神猶室其小無內其大無外要須有凝結不變之理則可到混融無間之域道本一也教自三之夫教之理烏得不三是家家門口透長安

之意也在吾閑門造車出門合轍如何耳先聖觀此道在乎目前分明太甚故創爲奇譚使人參究譬如河東小兒不識爺字歸家問其父乃知父是爺也

又問曰古者入道以調心爲要以精思爲妙精思則是存念也調心則是把捉也存念既久則其念或差把捉稍緊則心轉難調或者謂存念不宜久把捉不宜緊愚竊謂曰存念不久則其念必不真把捉不緊則此心何可調答曰存者有也亡者無也存者存我之神想者想我之身閉目見自己之目收心見自己

之心有物則可以存謂之真想無物而強存之謂之
妄想此乃精思存念之妙操者存也捨者亡也操者
操真一之炁存者存太玄之精凝一神則萬神俱凝
聚一炁則萬炁俱聚順我之物可以無心藏之逆我
之物可以無心順之至如真妄本空逆順俱寂則三
際圓通一靈晃燿此乃把捉調心之要也蓋緣一念
起動則萬念起一竅開則九竅開此無他乃是以神
馭氣之意我自無始以來無名煩惱業識茫茫不可
消釋於頃刻而寢息於目前也故古人有心息相依

息調心靜之語此非調心乎文如用志不分乃凝於神等語此非精思乎先聖有曰制心一處無事不辦所以譚真人云忘形以養氣忘氣以養神忘神以養虚只此忘形二字則是制心之旨雖然與其忘形而心遊萬物曾未忘之所不如何耶吾所以忘者非惟忘形亦乃忘心心境俱忘湛然常寂

又問曰道者法之體法者道之用道法相體用二者同一致今之行法者於章奏則視爲虚無於存念則視爲妄幻故符水之効或遲或速而神鬼之狀半幽

非顯與古人驅役鬼神呼召雷雨者不可同日語抑
傳之不妙乎抑行之不至乎抑信之不篤乎荅曰正
一真人曰人能六根清淨方寸澄徹久而行之可以
坐役鬼神呼召風雨只將此語細而味之何符水之
効不靈何鬼神之狀不顯今之學法之士不本乎道
不祖乎心而以階銜法位爲美觀又以諸家法書爲
多覽譬如萬弩射一鵠也行法之士貴乎凝神今若
以美觀多覽爲眩耀則神離氣散曾不若未行法者
况又東參西究不能無疑朝作暮輟豈得常應今但

專佩一籙專受一職專行一法專判一司文字專用一符一水無往而不一得一可以畢萬何患行法之不如古人若能如是非惟行法已是默契乎道也已

又問曰道家之因緣契合釋氏之時節因緣固亦不偶然矣今而有人迷而不學學而不遇遇而不行而不成抑時節未至而因緣未熟邪抑賦分良薄而宜不可仙邪答曰古人目擊道存未語先會蓋在我已純金璞玉惟求巧匠之定價若泛泛無統茫無所據朝參師暮參師李今年學道明年學法今日勤

明白嗜若如是以尋直是所謂自假不除更求他真也但以信之一字爲入道之階以勤之一字爲行道之本以無之一字應物以有之一字凝神久久行之天其使聖師爲子發蹤指示矣學道之士思之鶴林彭耜於是稽首而退

鶴林問道篇下

海南白玉蟾再過螺江之濱鶴林彭耜詣之而謂曰比者嘗聞道於先生以所問荅之辭著爲鶴林問道篇矣噫視之古人三不荅四不知者若未底乎道也

然道本無言不得已而有言使其名言若寂則世人見黃花翠竹謂何物耶徒見夫子之言性與天道不可得而聞又以子罕言利與命與仁竟視以為甚高難行之事當時孔門或於一字仁一字孝一字誠一字禮而用心矣有屢空者有屢中者異日冠者五六人童子六七人風乎舞雩詠而歸不曰無人矣以曾子之一唯視其它嘵嘵者為如何哉後世聞道付之風影鳴呼中庸謂何曰誠也大學謂何曰明德也無非自正心誠意而始也以之修身以之治國平天下

如清風明月取之無禁用之不竭也則昔人有所謂
皇皇八荒皆在我闥孰曰天下不歸吾仁等語其斯
之謂乎曾不知會其有極歸其有極但以齊物我一
死生爲虛無妄誕之談若曰道也者不可須臾離也
古今能幾人哉今吾之所以步驟乎老釋之域者蓋
亦不敢私爲畦畛之說夫道本無秦楚也詎可藩籬
吾心哉先生然之否乎先生曰然
又問曰古之繫易者惟窮理盡性以至於命固嘗究
之矣夫性與命其一理耶二理耶荅曰先聖不云乎

天命之謂性率性之謂道修道之謂教實一理也
又問曰釋氏有云達磨西來不立文字直指人心見
性成佛亦嘗可其說矣夫所謂見者豈非楞嚴經云
見見之時見非是見見猶離見見不能及也耶如是
則眼不見色耳不聞聲舌不沾味鼻不知香身不受
觸意不法法曾枯木之所不如也又曰佛真法身猶
若虛空應物現形如水中月何耶若夫圓覺經云無
作無止無任無滅是爲圓覺之理與彼禪學所以一
眼一用雙放雙收者又如何耶愚嘗學佛矣終未達

乎心法雙泯心境俱忘之地亦常疑真覺證道歌不求妄想不求真之説設若自信則無明真性卽佛性也而能喝摧刀山吹滅爐炭乎否則寒灰枯木一念萬年然則然矣其孰能之如其不然則曰父母未生以前何曾有絲毫欠少也因甚復有此身耶答曰四大分散以後依舊父母未生前也昔者爲甚生來今者爲甚死去耶是不可瞞頇佛性　而騁無根之語以芻狗天地醉夢死生也此愚之大疑願先生有以啟悲之答曰佛之教人有頓有漸有權有實彼之教

有云三無漏者曰戒曰定曰慧由戒而生定由定而
生慧此乃三賢十聖入道之路也粤自達磨於梁魏
之間以見性成佛之旨建大法幢由是知有頓教使
人頓明心地悟佛知見然後知兜率與泥犂同境諸
佛與蠛蠓共胎竪窮三際橫亘十方了然空身入佛
性海則前輩有謂靈光獨耀迥脫根塵體露真常卽
如如佛也今之人不知則落在無事境界坐在無參
窠臼至於眼花墜地大似螃蠏落湯者也若曰不假
修證本自如如則祖師又有用付於汝善自護持之

語何耶如六祖既悟菩提無樹明鏡非臺也而五祖又於中夜授之何事而復送之渡江付以何語持此一事可謂是疑殺天下人也且如前賢往哲若非心傳則是口授而天下豈曰無祖耶若以禪理可作無字會則三家村裏朴實老人只知喫飯屙屎而死時亦自分明又何必祖祖傳燈佛佛授手哉後世有敎人持話頭者與古人調息之說看鼻尖之意是皆入道之門念茲在茲念念相續如雞抱卵暖氣不絕打成一片體露堂堂臨崖撒手便肯承當絕後再甦欺

君不得所以古人云大死人再活時如何不許夜行投明須到等語則是佛之本旨方可說得終日喫飯不曾咬著一粒米終日著衣不曾掛著一莖線有一堅密身一切塵中現方知道昔本不生今亦不滅又何有於我哉豈不見竹原和尚云參學之人若大法未明大法既明爲甚脚根下紅線不斷此是脚踏實地之語吁入門不遇作家到老翻成骨董毫釐有差天地懸隔此之謂也源源無盡生生不窮子子孫孫千百億化謂之金仙不亦可乎

又問曰昔者僧靈鑑煉金液僧道光煉刀圭是皆深造乎道者也然則老氏所謂金液還丹者先則安爐立鼎次則知汞識鉛然後以年月日時採之以水火符候煉之故匹配以斤兩法象以夫婦結丹頭飲刀圭懷聖胎產嬰兒則可以身外有身此修仙者之學也愚亦嘗入其壼奧而終有龍虎之疑烏兎之惑不知先生能出標月之指乎答曰壇爐鼎竈本自虛無鉛銀砂汞本自恍惚水火符候本自杳冥年月日時本自妄幻然而視之若無而實有也在乎斤兩調勻

造化交合使水火既濟金土相融苟或不爾則黃婆
縱丁公以朝奔姹女抱嬰兒而夜哭故先輩盡削去
導引吐納搬運吞咽呼吸存思動作等事恐人執著
於瀣嚥精津氣血之小而不知專氣致柔能如嬰兒
之旨也嗚呼妙哉結之以片餉養之以十月是所謂
無中養就嬰兒者也大要則曰有用用中無用無功
功裏施功又曰恍惚裏相逢杳冥中有變然雖如是
要須親喫雲門餅莫只垂涎說饆饠
又問曰老氏之所謂金丹與大道相去幾何道無形

安得有所謂龍虎道無名安得有所謂鉛汞如金丹者術耶道耶答曰魏伯陽參同契云金來歸性初乃可稱還丹夫金丹者金則性之義丹者心之義其體謂之大道其用謂之大丹丹即道也道即丹也又能專氣致柔含光默默養正持盈守雌抱一心不動萬緣俱寂丹經萬卷不如守一守得其一萬法歸一是故天得一以清地得一以寧人得一以靈谷得一以盈日月得一以明萬象得一以生聖人得一而天下平道生一一生二二生三三生萬物道者一之體

一者道之用人抱道以生與天地同其根與萬物同其體失道一而巳矣得其一則後天而死失其一與物俱腐子之以一以爲基揀之以一以爲藥煉之以一以爲火結之以一以爲丹養之以一以爲聖胎運之以一以爲抽添持之以一以爲固濟澄之以一以爲沐浴由一而一一至於極謂之胚胎極其無極一無所一與道合真與天長存謂之真一聖人忘形以養炁忘炁以養神忘神以養虛道非欲虛虛自歸之人能虛心道自歸之子欲得衣一與之衆子欲得食

一與之糧子欲得飲一與之漿子欲得居一與之堂子欲得寒一與之霜子欲得熱一與之湯虛其心忘其形守其一抱其靈故能固其精實其氣全其神三田精滿五臟氣盈然後謂之丹成一於一可以長生先聖有云後其身而身先忘其身而身存此誠有以也

又問曰愚夙昔寅奉天假其逢極荷大慈剖示玄旨如所問道則示之以心如所問禮亦示之以心如所問金丹大藥則又示之以心愚深知一切惟心矣恍

然若有所得雖欲喻之而無物可喻雖欲言之而無語可言噫愚自髫亂時素有慕道希仙之意于今犬馬之齒三十有三矣遭遇明師不負素志非天而何但天機深遠道要玄微雖知藥物如此分明而於火候則猶有疑焉答曰二十四炁七十二候二十八宿六十四卦十二分野此乃天地推移陰陽運度如是也夫一年有十二月一月有三十日一日有十二時總計百刻其間六陽六陰無非一炁升降在乎人身則何以異於天地哉此煉丹之法所以攢簇五行會

八卦法天象地准日測月分排卦數布位星辰以時易日內修外應上水下火二文一武故有進退之符抽添之候固濟之門沐浴之時色象之變造化之妙謂之火候一如月魄之盈虧潮候之消長此却簡易不容妄傳以有此身天能譴之以其奪天地之造化盜日月之竅鬼故也夜三更吾將盟天以告子矣先聖有云雖知藥物而不知神室則不可結胎雖知神室而不知火候則不可成丹非子其孰能與此

又問曰舊時諸先輩所謂行持道法不過只一符一

印數句咒語而已動輒呼召鬼神驅役風雷神哉今則不然人自爲師家自爲學以驅神附體爲奇以移光入景爲妙以影跡妄想爲神及觀其真實則病未愈也鬼未去也何耶或有步罡又步罡念咒又念咒不勝其勞而求靈驗則未也今而法書盈籤法印盈匣其所召之將吏則千百姓名其所補之法職則卿師使相或者以其文勝質而僞過真所以不如古人者有以哉又如行雷法者則兼樞極二院之事奉行數階者則有同管諸法院之稱或入他法之訣而雜

正法或指别院之法而歸一司問之則指爲依科别之則執爲師授嗜邪師過謬非衆生咎一盲引衆迷迷相指哀哉愚覺力排而深闢之矣向承出示都天大雷玉書仍與依正科補正職使專一奉行雷司事亦嘗口與心言萬法歸一豈虚言哉愚見如此未審當否願先生印可之荅曰子之言然嘗觀天心紫文有曰天心正法正法天心心天法天心正法正心法既正無法非心法法心心外無法嗟乎盡之矣又如釋氏有謂心生則種種法生心滅則種種法滅又

如老氏亦云萬法因心生萬法隨心滅法滅心不滅法法皆心法如佛祖更有無心亦無法之語今子之言殆謂是也夫附體考照特法中末技耳子今所行之法曰都天大雷豈不聞昔者天子登封泰山其時士庶挨挨獨召一縣尉行轎而前呼曰官人來衆皆靡然天子曰我不是官人也此語誠有謂也鶴林彭耜於是稽首再拜而言曰耜雖不敏請事斯語矣

碑

有宋盧山養正先生黃君仙遊碑

先生姓黃諱知微字明道世爲江州人少隸太平興
國宮道士稟性冲淡賦形豐偉執心謹慤治身嚴潔
元豐間即本宮奉采訪真君香火蓋其職也舒州潛
山體道先生崔君聞其名自舒之江訪之授以一九
谷神之道金液論景之旨從此若徉若蹶狂易無度
時人呼爲黃風子遂自賦黃顛歌益自汙晦先是宮
中養正堂得業令以養正先生呼之曩與崔君游有
所謂泥丸萬神刀圭一粒之語復爲一詞以自表即
集中御街杯行之云也按猴溪蔡子高所著之記大

梁司馬之白所述之傳先生嗜酒匆醉則浩歌歌罷顛狂自君常於宮前朝真橋上疾聲大呼若有所呵一衲百結裸露不顧隆冬盛夏恬無寒暑權貴士夫有施惠者隨手散去或走竄林壑之間或歌舞城市之中終日醺醺一切不爲常帶兩衣囊每遇便溺和以糞壤悉用紙裹而置諸囊與夫餅餌藥物雜置一處殊無穢氣其囊自號錦香時大雪朴壑冥濛草木變白獨先生所居之室其頂無雪常指室傍壁罅而示人曰此吾游蜀之路也初不知書而新談多史傳

間事不能文而所出皆高妙之辭至如詩云買紙一
百東繫筆一千管紙盡筆頭椿不說胸中半稱曰此
漢高帝詩不可致詰者也又如雲溪拂地送殘雨谷
鳥向人啼落花及萬里碧雲開慕色一條銀漢在秋
天等句出於自然皆學者所不能到宮詞所知曰酒
能敗德必須戒之吾所以飲酒與人飲興又曰雞在
卵中已含造化於人有功安可餌之善哉言乎由是
士大夫多禮接之樂其道而忘人之勢遺棄形體處
人之所惡宮詞風顛者也宮中道士五百輩時或飲

酒雖不邀先生亦一造焉人以爲饕餮先生不羞也或恐其知者則客以爲期臨飲則先生不期而會賓主交愕乃坐先生於席末癡飲大嚼旁若無人醉輒叫同禍厭之唶噫氣以自快每噫時不停聲響徹霄久之乃已蔡猴溪年十八九時勉其學道蔡方業儒詬以有父兄在先生笑曰車下有水時何爲不可蔡自是數得 顧遇之與蔡嘗問先生如何久不噫氣先生不荅再問而噫且曰大噫一聲天地靜落花烟淡水朦朧又同宿道士聶叔彬之燕處堂先生語

蔡曰近有金道人自北來見在道堂中爾可往見不果往先生起而坐口占一絶曰將身輕步入名山四海雲游盡可攀大道自然隨自過飛禽瞻仰白雲間久與夜坐溪上指東方一星爲題曰入夜明星拱紫微東西南北共光輝通天入地無人會惟有清風明月知又見蔡眼中有黑花而吟曰腎耗元精必眼有黑花生郤得蓬蒿力遮藏見太平又同飲而取蘿蔔置酒中自食一半分一半與蔡食曰二性無虧酒色荒元精混淹歸渺茫真人惠送清凉藥换得朦朧曉

夜光蔡出門便覺眼花不復有矣崇寧末先生年已九旬餘貌若處女肌膚如玉然顛狂之態如故也人皆忽其態故失其編年叙事之詳蔡子高司馬之白俱慷慨高蹈之士獲與之交時有崔風子高赤脚亦皆異人往來廬山斯時斯人誠難其遇也宣和末年遣使召之先生堅不起有司強之登輿至九江終不肯前乃曰今二天子矣我往何爲哉既而淵聖登極赦至矣宮庭未回祿日先生於採訪殿上掘去其甓植蒿一根坐其旁若歌之曰明年了來如是連歌數

四而去次年韓世清賊馬焚毀宮廈乃植蒿之日也
㷄燼之後舊址之上獨生當來所植之蒿別無繁類
先賊馬臨境之際人心動搖不遑寧處多就卜其去
就之理得其語者後皆可驗有遇先生或謂曰爾得
或曰爾休所謂爾休者委之溝壑莫知所在謂爾得
者喪亂之後悉皆無恙先生居常語人禍福初不經
意久而有驗神如也兵燼之後先生死山側瘞之矣
後數年有自蜀中來者曰黃風子今在蜀昨於成都
相會衆疑之後因便寄書一封回山開緘乃喪亂後

所存道士姓名也於是怪而發其棺惟衣履在焉舊傳本宫道士王三一頗知其出入隱顯之事然神仙之跡千變萬化不可枚舉粗據其傳記大畧以碑其仙游之躅云若夫警世歌樂道歌及詩詞等作散亡之後僅得數十篇山中道士熊守中編之先生所居舊名養正堂內有風玉軒先生仙去遂改其堂曰大隱今復易名黃仙菴羽流夏師古别築數椽之茅於菴之後以祠崔君暨我先生焉一旦其裔劉道璿者請余碑之余生晚不及見先生但多慨慕而已敢爲

銘曰廬山之下湓浦之瀕山高水長不見斯人竹月涓涓松風瑟瑟遐想仙姿風清月白

題

題無上九霄玉清太梵紫微仙都雷霆玉經

武夷張元瑞僑寓仙城積善之家也刊施雷經韋蓋其句字求其義遣其子著訂訛於余余謂之曰楊柳姮娥之語此雷部隱旨也不可不致詰神之毋忽

題張紫陽薛紫賢真人像

昔李亞以金汞刀圭火符之訣傳之鍾離權權以是

傳呂巖叟，巖叟以是傳之劉海蟾，劉傳之張伯端，張於難中感杏林石泰之德，因以傳之。泰，邠州人也，事成游毗陵，授之於蜀僧道光。光之門有行者道楠，號爲陳泥丸，即先師也。偶緣道過太平宫，覩壁間張平叔、僧道光之像，感前賢之已蜕，嗟塵世之不留，思鸞鶴之未來，對江山而無味。張乃紫陽真人，太微第四星也。道光姓薛，號爲紫賢。石公乃翠元先生。先師則翠虛真人也。海南白玉蟾因訪知宫蔡長卿，於是乎書。

題周圓通笊籬歌

上清靈寶圓通法師周君以寧舊諱大邑字國寶少游方外歸賦笊籬歌四海學者畢纘樞趨户外滿屨投詞山峙靈通妙應在人耳目公享人間九十壽一從仙去得公法者何啻二三百人甲以告乙乙以傳丙圓通一派幾何人哉惟紫樞林君晋中深味淨明之髓以壽圓通之脉又從而續公之歌愚不知笊籬所謂恐只於詮圓通之大義也否則龐居士何爲而業於笊籬歟周君作於前林君述於後余復跋之是

謂三人謠嫗成鼈者也讀此歌者毋徒於筌籬而求圓通當於筌籬外索之可也

跋

跋上清靈樞山雷火雲秘法

關尹子曰衣搖空得風氣噓物得水水注水即鳴石擊石即光知此說者風雨雷電皆可爲之蓋風雨雷電皆緣炁而生炁緣心生猶如內想大火久之覺熱內想大水久之覺寒知此說者天地之德皆可同之仙人譚景昇化書云動靜相磨所以化火也燥濕相

蒸所以化水也水火相勃所以化雲也湯盎投井所以化雹也噀水向日所以化虹霓也由是知風雲可以命霜雹可以致陰陽可以召五行可以役雷嘗得其說矣因著數語以跋法書之後使學仙奉法之士有所稽攷毋疑焉

四言詩

寄三山彭鶴林

鶴林彭耜自號也玉蟾於彭耜則仙家父子也相別久之故作是詩也

瞻彼鶴林在彼無語鼓山之下螺江之隈瞻彼鶴林
在彼長樂髙山之上螺江之角一別鶴林春聿雲杪
青山之外落花啼鳥一望鶴林迴首千里斜陽之外
白雲流水日復一日思我鶴林鴈斷魚沉實傷我心

暑熱

玉友避嫌竹奴專寵聽官窑閑詩勇不將

古詩

紅巖感懷四首

山髙兮風寒煙濛濛兮雨漫漫雨霽兮雪飛半夜無

人兮倚欄明月兮空山
須啼兮鳥哀風颼颼兮雪皚皚雪霏兮雲收思我故
人兮傷懷古徑兮蒼苔
風悲兮花落鳥哀哀兮水簌簌水寒兮石蒼蒼幽人自
感兮悼獨古洞兮枯木
草青兮煙冷山蒼蒼兮水楚楚山深兮地僻青鳥不
來兮凄苦斷煙兮荒草

孤鸞辭

芝田長相依瑤池長相隨雲泥共悲歡生死同襟期

行啄林莽間斷翅誰與醫往者不可復病者不得飛
極月青雲中臨風翹以思思深不復啄一唳天容悲

楓葉辭

丹楓隕葉紛墮飛撩撥西風盡倒吹雲外飄飄呼莫
回四方沉冥鴈爲悲辭柯一去遐不歸已判此秋長
別離生者有盡死有期凭高望遠深相思手揮絲桐
送斜暉

臨安天慶陳道士遊武夷贈之

七閩多山水兩淮好風月瀟湘之烟雲巴廣之雨

收拾歸武林細與今師說

孤鴈嘆

孤鴈聲嘎嘎戞如司馬生君不見煮豆燃豆萁人者斗米尺布渠豈羞知有鶺鴒在原不知有棠棣之華不

梧州江上夜行

雲去雲來幾點星城頭畫鼓轉三更草深螢聚渾成燐月暗鶴飛惟有聲何處夜航鳴櫓過滄江如鏡煙平破忽然長嘯驚沙鷗飛入前山不留箇

悲風曲

山風凄兮山木悲虎不敢嘯鬼夜啼溪聲暗繞蒼苔路翠羽絲毛寒不棲幽人此時樓上立葉照松梢露珠泣有酒欲飲飲不成丹華縹緲煙光濕

紅樓曲

紅樓貯飛瓊夜夜令人憶回眄千山外天遠暮雲碧西風白芙蓉往事殆陳迹爲我收眼纈織得愁成疋

暮雲辭

雲行太虛中瀟暮何冥冥仰望青松梢上有白雲翎

千巖舞落葉萬樹羅翠屏流水咽寒澗湛露濡香蘅
幽人一回首家世渺浮萍蓬蘽在何許絳闕邈太清
青鳥杳不來白雲去玉京夫我何悽其悵哉此紅形
注目玉霄峰青猨一聲聲

有贈

我見千家鬧管絃金瓶玉水養春妍一朝花落空枝
在爨下焦枯亦可憐曾聞李白之詩否以色事人幾
長久斷蘂殘英尚未衰月明人立黃昏柳

筆架山

吾是瑤臺翰墨仙操觚弄槧玉皇前翻雲爲墨海爲
硯一片寒空如雪牋兎豪象管用不得倒醮崑崙醉
鈎畫當年染寵八角芒金闕上章求放逸三峯坐斷
江南天臨汝城頭蒼蒼然狀如筆架翠起伏與吾閣
筆齁齁眠山靈驚呼猨鳥亂淸竄復被風吹散起來
吁問山前人幾度松枯白石爛

積翠樓

飛雲灣浪天邊來翠色逕空攙不開逸人憐此一崔
嵬峩疊危巖倚翠堆客來樓前認林樾坐久神爽愈

飛越移時雙鶴何處歸遥見前山兩點雪

妾薄命

妾居西北方容貌亞氷雪妾長嗟無媒孤影對明月頭綰墮馬髻脚襯凌波襪釵梁濁金鳳舞帶蒙錦纈頸搓素玉圓胸瑩新酥滑翠靨中娥眉瑤花彈鵶髮腰裊柳絲輕臉潤桃花發出郊乘紫騮簇目舉青繖不敢一回首煙際暗愁結誰家白面郎志氣何飄揚使妾一過眼吾肉燔如湯自惟父母嚴折花回倚墻

陌上桑

春深陌上桑柔蠶頼以食餧蠶妾之事采桑妾之職

桑老蠶繭成幸而皆實繰之復紡之妾復躬紝織

織成一端練干以爲祖裼使君一問桑干車輒思感

妾固願相從妾夫不足惜人得以婦人而減使君德

使君勿內熱妾心堅如石

孤鴻曲

秋陰薄薄天風淒蕭落霜空孤鴻飛志在江湖叶何

悲桂枝初花來幾時得非往者失塤篪雲情月思哀

獨歸青霄高處更危機胡不少棲欲何之霜翎雨翅

不自持非無稻粱與菰麋食不下咽情永辭江頭
影鳴飢儔嘹唳之聲矧可思

初至梧州

夜半江風吹竹屋起挑寒燈憐影獨荒雞亂啼思轉
多點鼠嘯躍眠不熟舊曲情聲覺悲凉故園心眼時
斷續何當牽犬背蒼鷹錦帽貂裘呼蹴踘

歲晚書懷

歲事忽婉娩旅懷良爾悲風霧起無邊雨雪凄霏霏
豈無銷金帳唱飲羊羔兒寄食他人門屏息從所依

鵰鶚翔九天鷦鷯巢一枝煙霄有熟路我當何時歸
人間自富榮信美非所宜朱顏日已改華髮漸復稀
觸目思遠人勝賞懷昔時園林向衰謝青山吞斜暉
坐久露華重吟殘雲意遲晴空清已曠寒月滿我衣
莫言一杯酒容易相對持病鸖棲草亭曾須吹聲飛

黃葉辭

男兒鐵石腸遇秋多凄凉節物遽凋變今古堪悲傷
西來白帝風暗驚萬葉黃[illegible][illegible]舞零落此意付夕陽
堪嘆遠行[illegible][illegible]景天一方佳人去不返蒼煙共八荒

對此一黯然而鬢沾吳霜自顧蒲柳姿恥在煙水鄉
晚汀慨鴻鴈夜浦羞鵞鶩何當從宋玉同路遊高唐

明妃曲

行行莫敢悲一死復千怨脫身歌舞中姊姒不足戀
鑾帳紫茸氊雖畀固不賤昔在後宮時幾見君王面
君王有鳳偶不數芹邊燕儻曾賜御覽豈爲畫所幻
粉黛相嶮巇亦懼人竊變但念辭鄉國遠遣堪慨嘆
此時漢無策聊塞呼韓願非無霍嫖姚而國慮塗炭
欲寬公卿憂隻影非所羨敬將金繒行不覺淚珠濺

請行安得辭心心存漢殿所憐毛延壽旣殺不可諫
馬蹄蹴胡塵曉月光燦燦悽愴成琵琶千古無自見
他時冢草青漢使或一奠

公無渡河

君不見猨啼蒼梧煙風捲瀟湘水雙蛾無處挽重瞳
粉篁點點凝春淚又不見鶴飲蓮池月露泣龜臺花
百官極目望八駿青鳥寥寥空暮霞嗚呼不自愛惜
甘蹈死亦不聞乎千金子公無渡河河要渡河公要渡
河爭柰何

長歌行

厥初由閥閱吾志在林泉爲舜不無地驕顏儘有天負重猶可佛雞犬皆登仙顧我非六六荷天良拳拳幼時氣宇壯長日文彩鮮琴劒徹暖席江湖動經年興乎二三子撰契彼五家禪既已出洙泗從而師佺肩依洪崖石道在靈運前所得既天祕與交又國賢可圖大藥資以辦買山錢東訪眀湖浪西尋蒼梧煙一寸百煉剛半生雙行纏簪紳非無欲魚鳥從所使逸興五湖闊虛名四海傳飽餐青精飯細讀黄石編

頃自七閩出放馬迷市廛紅塵刺人眼名利交相煎
富貴已嘗飽雲霄當著鞭蹉跎度青春遲暮即華顛
且有安期棗與夫泰華蓮高陵易為谷滄海俄成田
光景亦倏忽物華隨變遷仰天時一笑顧影長自憐
紫府何冥邈青鸞何沉綿蓬萊雲渺渺小有月娟娟
策足青霞路收功黃芽鉛上以游太虛下以窮九淵
輦轂氣所王湖山樂無邊飄然復何往此去如蛇蟬

聽猿

三樹五樹啼寒猿一聲兩聲落耳根吾疑耳到猨啼

處却是猿聲隨風奔猿聲不悲亦不怨吾亦於世何
所戀夜深月白風籟寒聽此忽然毛骨换

谿鶴

白雲無消息黄鶴杳不歸華表風露冷臨臯星斗稀
不念桑田變但向瑶臺飛盍不歸來乎翩然點翠微

挹爽

高人今居筆架山蒼煙冥濛常風寒西壁千巖青未
了萬頃嵐光薄清曉曉來軒窗敞且明風櫺月牖一
壺冰雞聲未斷鍾聲起起飲沆瀣朝紫清人間紅塵

剌人眼世上蝸蠅徒爾亂豈復知此爽氣隹已被高
人俱占斷

舒嘯

豁然登高臺四天一何眇舒懷摩丹田靜境萬籟悄
前村生孤煙半山吞殘照倚劒呼黃鶴遽然發長嘯

姚魏堂

青帝收成功乃王木芙蓉姚魏久爕理功成盍受封
向已魁梅花此當相芍藥桃李寂不言蜂蝶寔無托

希夷堂

道人久矣泯耳目蕭然自如脱覊束朝隨扶桑日西起暮趁崑崙雲脚伏青牛過關今幾年此道分明在目前昨夜琴心三疊後一堂風冷月娟娟

秋霄辭

秋色何凄凄忝此可憐宵銀河望不極萬籟凉蕭蕭雲花遠縹緲月影寒寂寥一雁蹲滄洲羣螢飛斷橋仰盼蒼松枝顆然不自聊

其二

長天滑如紙皓月寒如水今人成古人人生復能幾

顧此清涼夜此情不自已聊以寫懷抱黷黷泣神鬼
所泣復何言已矣復已矣

其三

仰觀銀河月千林散寒光佳人今何之遠在天一方
悽聲酸我鼻秋色斷我腸夜深倚西風清淚如雨滂
世有千里馬可憐無王良

其四

空山寂無人出門但明月悲哉誰與論對此一愁絕
清露襲衣裳涼風過毛髮淚雨忽復晴愁雲悄自滅

顧影青松下此意在絳闕

其五

長天與遠水極目煙冥茫暮鴻孤悲鳴霜林萬葉黄

倚松望翠微數點寒螢光吾非長夜寃墮此寂寞鄉

衷情憑誰訴空山草木長

其六

月華明如許秋色清可掬小立西湖道瀰漫芰荷緑

人生真是夢造物不可覆英雄受凄凉嬌騃飽粱肉

湖山却見知對人長青目

其七

眇哉青松梢高高九千尺兩班森道傍暮起淒顏色
嗟彼昂藏姿山林端可惜浩然呼西風夜深鳴蕭瑟
此意偶相似歎息復歎息

其八

孤月明秋空清影跨洞門彼美嬋娟姿的是姮娥魂
淒然到書帙悄然入酒樽不歸廣寒家夜游天竺園
無人知此懷靄煙籠啼猿

其九

吾身如浮雲縹緲歸無家又如孤飛鴈不鳴蹊蓼花路傍多青草無語閱歲華野外亦有蘭抱香委泥沙夫豈造物者故欲孤此邪

其十

清秋薄湖山蒲柳生寒煙悵望荷花中誰家鳴筦絃豈複念伊人孤影芙蓉邊吸風咀月露照水時自憐暗懷夜光寶長吁不成眠

其十一

佳人遽成古冰蒐嗅不饜料得冥冥中憐我身如僧

松間一太息樹吼蒼雲崩幽愁積如山心上一層層
成連與瓠巴枯骨悲荒陵

其十二

此身非我有在世聊爾爲於此儻有得失復何所悲
遂將鬱抑懷寫作悽苦辭如彼深閨婦暗起鴛鴦思
蒼蒼亦有耳此情知不知

凝翠

香爇飛紫煙茗花湧白雪坐對松竹林已換塵俗骨
前山多翠色凝然暮欲滴凭欄拍掌呼天外鶴來一

述古

黍大青混沌此此卽萬化鞘盤古不得窺鑿之忽七竅
太樸既脫手銀蝠乃夜嬭乾坤兩餅分日月雙丸跳
九鵰方夔天致淚共工鬬額血不周山山裂天西漏
媧皇煉彩石一發大庭笑宓犧方蛇蟠商契亦燕鷩

其二

帝子御飛龍駐湖吁奚爲玉京鸞崔鬼銀河泥瀲瀰
俯首視紅塵萬蟻紛何知乘雲遊八極手甓珊瑚枝
湯武事干戈此事矧肯期但聞穆天子八駿會瑤池

其三

河水一鏡清中有驪龍舞波心呈寶圖始脉造化祖燧人鑽燹烹炎帝餌甘苦身披獝狨衣口服觳觫乳此時至尊者帝階三尺土嬴政築阿房鑱鑱纔偪僂

山中憶鶴林

碧桃兮花落青鳥去兮春寂寞風止兮雪霽望美人兮天一角

可惜兮春光芹泥香兮燕忙花紅兮水暖望美人兮天一方

白雲兮孤飛鴈向北兮燕南枝青山兮方疊望美人
兮天一涯
蒼崖兮巍巍對落花兮倚斜暉猿啼兮鶴唳望美人
兮天一隅

栖霞

冷煙纏山腰暗水冽石骨欲風松先鳴未雨苔已滑
洞前多琪花洞裏多紫霞高人得所棲日永蒸胡麻

習劍

劍法年來久不傳年來劍俠亦無聞一從袖裏青蛇

去君山洞庭空水雲逸人習劍得其訣時見巖前青石裂何如把此入深眷爲國瀝盡匈奴血

夜坐

硯水寒欲冰燭蠟凝成淚月夜天飛霜瑣窗人不寐萬竹舞風青孤松瀘露翠樓前呼黃鶴淒然發清嘯

百丈巖觀水

手携青藜杖巖上俯清池池水夜來冰凍礫殊未澌戲以藜杖尖斷破黃琉璃橫杖擔兩岸忽東巖前嬉愛日怡我神涼風吹我衣不應念石季倫銷步錦金圍

終夜燒紅獸徂飲甘如飴矣豈知山林清寒益我多

此意誰與論巖下青松知

少年行

寸心鐵石壯一面氷霜寒落葉鬼神哭出言風雨翻
氣呵泰山倒眼吸滄海乾怒立大鵬背醉衝九虎關
飄然乘雲氣俯首視世寰散髮抱素月天人咸仰觀

大霄觀風竿軒

蕭蕭從何來撼我青琅玕笙簫動天籟雨露生秋寒
鐵笛不用吹瑶琴不用彈聽此夜不寐山月落邯鄲

明月曲

月色一何明不堪顧孤影倚樓暮風寒舉手挈衣領行雲若相憐徘徊西風頂强飲不成醉幽情默自省莫道負明月明月亦應知只知今夜我不覺瓊樓時我記在瓊樓醉弄珊瑚枝枝頭月明好何曾觧相惱今夜涕洗瀾只恐朱顏老

雁

嘹唳嚋爾憐凄凉去何渺寧無稻梁謀豈是江湖小昆仲畏弋繒奴儓失侶曉關山夜月寒風雨秋天杳

贈紫巖潘庭堅四首

我穿雙不借已辦一莫難背劍嗟緉鋏腰瓢獨金丹
歲晏乃得子努作青眼看行矣各努力歲月颯已殘
得君四律詩何啻百木難我老非田光何以酬燕丹
俯挹流泉漱仰把青天看絳闕遙相期莫待瓊花殘
無愁是雲愁無羞是雲羞我非雲與雲何以白我頭
日出雲自消雨晴雲亦休盛年輕棄擲不及且娛遊
富貴非足羨貧賤不足羞張儀但有舌周朴不惜頭
我少亦學劍到此万年休知君耿素抱曷不遠行遊

阿孁昔吞月誕日非指李少長與强襄世家得源委
誰言空桑生乃嗣白仲理少傅任唐朝香山號居士
不曾受衣盂漫自訪根柢長是娛林泉靡復問都鄙
光景長如綫功名大似米留情十種仙托契五窮鬼
塵埃日以遠雷貫雲而已允矣躬清明聽之自贊毁
且非筆不鋒自信文甚綺接踵李杜壇信威屈賈壘
既而倦釣鰲何以更呼蜭此念輕萬鍾所懽在四美
直帝御山河東風管紅紫煙寒綠柳攢日暖黃鸝喜
當此醉則歌悠然起而舞槐陰清晝長蟬噪新聲止

修竹森羣賢瑞蓮六葉僞妓頓忘蝸蝇心坐洗箏笛耳
月色凝氷壺桂花落金蟻風松嘯長林霜雁過寒水
於心豁然凄肴酒多且旨及無蟋蟀吟漸至芙蓉死
臘雪飛鵝毛江梅吐玉蕊吟詩三嘆之對景一莞爾
亦以寸心堅於焉百念弛往時丱角間縱步禪關裏
香象截河流凍蝇透窗紙洞搜到户庭何異喪考妣
手接祕魔杈胸當石鞏大最初悟苦空旋復學久視
雖殊斵雪功同一標月指鑿井求丹砂斸雲種枸杞
矧當偷蟠桃亦欲追騄駬神授嚥日書帝錫驅雷璽

邪知天可階是蓋道在邇吾生詎已而君子誠樂只
回首三十年如之何也矣舊嘗習騎射馬鞍謾傷髀
亦嘗習劍擊鐔欄屢擣齒籌略成無膺韜鈐誰可比
東方罷奏書南郭歸隱几澡慮服茯苓潔身佩蘭芷
然雖羨簪纓棄若蔽刀匕展也趣清虛終焉知本始
頃年事四方重趼啻萬里海嶽靡不周風煙莫能紀
東游衡廬顛北逮濳皖趾南登蒼梧眷西噉青城觜
雲伴金華棲月依天台巘羅浮山以南彭蠡水之涘
橫笛岳陽樓飛觴金山寺武夷須相呼委羽鶴久俟

禹穴鬱嵺嶆，秦城兢頹靡。桂林嵐光嬌，麗越海氣詭。
閤皂青崔嵬，麻姑翠迤邐。醉尋張陵孫，走遇許遜婿。
澎浪若山高，浩溪與天峙。曾樵鴈蕩中，亦釣太湖底。
所交皆英豪，矜不介彼此。素志騁龍鸞，寒廚赦犬豕。
苦吟思嘔心，俗狀厭擎跽。徘述煑筍經，笑補遺民史。
風騷追蘇黄，寂寞造陶姒。饑寒莫縈惑，煉養有憑恃。
余有黄芽田，旦暮舉耒耜。余有白雪蠶，左右置箱篚。
儘使閑姓名，浩然滿朝市。方將山水蒙，毋怪天地否。
顏舜足儕驕，廣聃敢肩擬。但令心以灰，世事盡糠粃。

造物神與游天公氣可使伏槽待賞音焦尾吋知巳
投閣辱太玄舞雩風一唯行藏固不同領畧貴有以
浮海慨槎仙臨風喚月姊或疑有屡屡豈謂惟薏苡
若士乘大鵬⿱丮足音卜嫩蟢陰陽誘曰深血脈微可揣
畔岸誘曰遐舟車容可庇孤鵄喚晴暉拱鼠濯清泚
鼅鼄伏歛⿰虫皆雞犬待咒舐不愁松栢凋秪畏桑榆徙
意馬息驅馳心兵遂消弭身中玉樓臺赤子處非侈
身外金埒垷虎臣治不圯疇能弗馮鷽而又戀枌梓
未免畏白圭禔身蹈廉耻非將獻黃金賂天丐福祉

決之西則西可以仕則仕荷鍾死便埋歸鬦生爲謀
愴神眺高遐懷寶謳攄屐我往蓬萊山世人勞卿企

丹丘同王茶幹李縣尉高會

偕友品學坐寒宵未渠央竹亭天籟動梅塢月華香
酒與我爲春我瘦如松蒼遇酒輒一笑梅竹待我旁
以詩互塤篪笑語逐飛觴酒行三四周五官舞明堂
王郎信矣偉心胸浩琳瑯咳唾亦珠玉氣習無膏粱
頃來赤城天謁我九華房期俱控綠煙汗漫遊帝鄉
李郎自可喜舉闊俄四霜少日珠庭豐今愈奕有光

手伏六尺蒸叩我青錦囊不思蓬萊路徃昔同商羊
年時鼓高志海上弄千將笑撫蒼崔嵬眇視碧浩落
一别何沉縣再見欲飛飈胡不買酒男相與形骸忘
燭花已三灺醉墨方琳瑯此樂良難當人生易夕陽

相思

蕭瑟兮楓林嗚咽兮巖泉於此明月夜撥動相思絃
音容尚如昨恩愛空自憐天風吹廣寒夜露飄飛仙
夫豈不垂念孤鳳誰與眠人生亦客寄胡不俱死遄
使我向闌干淚雨如涓涓

目謂

造物果小兒可得問天公一生負到骨萬感悲塡胸
形神本塵坌身世相覊籠安得騎王喬耿然追冥鴻
錦步四十里濁哉一石崇東閣萬張顧哺一公孫洪
銅山流臭泉到了埋鄧通何如德行貴騎顏師仲弓
文苑麗長春學海深無窮入自涇渭水我但夷齊風
貂裘有何異羊裘遠不同人生水上萍世事江頭楓
三思欲四休一拙勝萬工火宅煎殺人此身如甑中
於道有所味觸意無復怫心杓指以南性水決而東

鍊得身如鶴始可沖秋空道人亦不貧朝灌三畦松

懷仙樓歌奉呈鶴林尊友

闔爲昔無諸山水實秀嫵其間多神仙後先各軒翥
任敦丹井寒董奉杏壇古雲飛鄧伯元風御王玄甫
烏石隱士周霍董仙君褚王覇騎白龜徐登躋黒虎
趙炳石室空薛丕梅溪舉何家九弟兄黄老一宗祖
無處覔稲花魯顛但煙雨此身猶埃塵不得奉笑語
偶亦嗜好同於焉問出處彼美彭鶴林往在神霄府
名位居瑤臺觴詠揮玉麈不入鵷鷺行甘與猿鶴侶

清譽塞江湖大手壓燕許西北有高樓懷仙爲其所
生晚不同時悵欲與爲伍青蛇吼雷霆黄鶴耿星渚
去去無消息忡忡鎮凝佇天上多歡娛世間厭淒苦
鸞鳳相招携雲泥少間阻幾回心欲飛不覺手自舞
倚欄數百年歸日指可僂先謁南華宮次謁西王母
獻之以玉環酌我以璚醑何必偷蟠桃儘可擘麟脯
回首視蓬萊三點煙如縷

江子有懷二首

寒夢去易回歸心動復止天涯一逆旅身傍玉窮鬼

渺渺三山雲浩浩九江水幽窗風雨夜此情竟誰委
人生一夢耳夢中復作夢一夜月許明千里思與共
我且執詩籌爾或臥酒甕夢回自搔首此夢亦無用

游簡寂觀

手把武夷竹江山滿吾目落花稱意紅芳草無心綠
雙澗瀉翠璃羣山斷蒼玉青林隱成帷碧洞深如屋
煙鎖花間猿雨驚巖下鹿藥爐坤白雲丹井浸枯木
虎岫聳錦屏龍湫噴銀粟晉人陸修靜於此曾卜築
飢則餌嫩松寒則披老衲惠遠同種蓮淵明共採蘜

當年學向彌飛神到天竺舊有曬藥臺荆棘蔽幽谷
舊有朝元石霧靄籠飛瀑園桃曉猨攀庭栢夜鶴宿
何人建琳宫先生留寳躅鐵板時敲茶銅鐘曉喚粥
冠褐靄鏘鏘車馬來僕僕巨壑有魚飛寒池足鵝浴
天高星斗寒更深鬼神哭到此風骨清直欲騎黄鵠

結菴

結菴居深山静中觀萬物緑苔封曉雲蒼藤縛夜月
啼鳥掛巖頭暗水洗石骨風起山若雷海翻浪似雪
少年不歸來人間空白髮

玉澗橋

長虹飲玉澗飛下蒼松灣高僧一指呼蜿蜒依青山
澗底綠水寒倒影卧波間行人此駐錫直透趙州關

明發石壁菴

有客東北來翩然袖青蛇掀髯石壁前人間日已斜
前望羅浮山千峰如排衙魚龍吹海水洒雨行天涯
何處安期生種棗大如瓜見說蒲澗中尚有九節芽
後來葛稚川亦得飯胡麻自汲水簾洞笑嚥黃金砂
海山冥古今縹緲煙月賒急呼南海神采采扶桑花

我欲騎天風去歸五雲家整衣謁紫皇及此鬢未華

嗟彼紅塵人還如兎在罝胡不學飛仙白日昇九霞

題友人夜光詩集

海底有明月圓於明月輪得之一寸光可買萬古春

石上栽花者火中撈雪人步行騎木牛乃知無價珍

贈譚倚

丹山金鸑鷟絳闕王麒麟氣宇秋潭月文章閬苑春

青雲露如掌策騎上龍津

贈秦止齋

名顯不如晦身進不如退水澄秋月現雲散春山在
神棲方寸間心照大千界虛室乃生白天光始發泰
可以止則止知止則不殆冥茫無有邊不在天地外

瓊姬曲

深深芙蓉城鳳笛聲何長綽約六銖衣雲中弄明璫
瓊姿夜月暖玉唾春風香去去勞悵想峽猿嘯高唐

憶留紫元古意二首

東風若有情吹我夢魂飛燈前半夜醒枕上三山歸
二子相與言相親不相違何處一聲鍾寒淚滴征衣

爲山莫太高太高常苦寒愛莫太深太深別離難
黃鶴今何之白雲不復還暗想紫仙堂月照雙飛鸞

○寒碧

清秋訪林館寒碧凝瑤風冷入琅玕聚涼生琛玉叢
枝枝撑明月葉葉起清風朝雲卧餘翠夕照擁殘紅
斷鴻噪方宿鳴鳳棲復冲扶疎玉兗府析萩水晶宫
露花滴翡翠煙縈纒蛟龍萬竿響竿竿一林撼絲桐
飲罷身欲蜕聯鑣翔太空

樓前雨霽

飛蕉驅鐵騎萬雨飛落地煙淡松自蒼風起竹似醉
倚窗横膝琴政有作詩意白鳥忽飛來點破一山翠

病起

我愛山水清淘洗詩中俗場來山水間白晝臥茅屋
天公知此癖復還我以病病中翫山水詩句覺愈勝
我欲抱病吟生怕病忽愈錮口莫湯藥静對山水語
君看病中句不特苦且清長如酒後時雄吟畏酒醒
行帶瓊臺雲隨風下山去回首山上菴記在猿啼處

戴月游西林

惝然無人聲但有一杯月誰家鳴乳雛萬籟静不發
蒼鬚指前路滿地鋪翠樾清露滴秋衾夜氣飛霞骨
蓬岑有無中煙渺天空闊劔光衝斗牛長嘯蒼崖裂
山行二三里詩腸思酒渴冷雲戢山腰暗水洗石骨
勒馬過斷橋枯木凍欲折枝頭驚鳥鵲草根鳴蟋蟀
試問夜如何孤猿啼不歇柴門自推敲殘燈更明滅
回首古招提地僻居窮髮紅裳照經幢紫殿閑鎖闥
題名墨未乾壁上龍蛇活秉燭出雲房古徑蒼苔滑
歸來倦拂床聯句鬪擊鉢老蒼擁地爐坐把寒灰撥

黃雞啼四更驚破梅花雪

月庭

佳人氷雪姿奕奕紫芝之眉中懷徑寸珠曉夜光陸離
似月竟其庭謂是亦良非乃知可憐宵誠與姮娥期
四座生虛白一笑搴其衣挾子出紅塵相與游瑤池
舉頭呼風伯招手邀雲師高折丹桂花縱身空中飛

題三山天慶觀三首

渺渺神霄天玉京何岧嶢瓊花露泣蘂琪樹風鳴條
瑤妃待雲笈羽童舞金翹嗟彼世間人紅塵徒朝劬

紫瓊飛淸都翠雲護絳闕不見有星辰俯視但日月
下世二千年不敢向人説吾已成金丹留下飛仙訣
玉皇香案吏金闕禁垣卿寶鑪烹日月鐵尺鞭雷霆
曉煉西山雲夜煎北斗星城南告樹精吾家在瑶京

鶴林賞蓮

玉洞生翠霧瑶林映素霞天飛明月英夜浴白蓮花
碧水香以淨松聲吹露華衆仙鸞鶴散寂寂五雲家

荷風薦涼爽于御風臺者六因賦古意示諸
同我

黃昏六點星飛墮天南方蕩蕩無邊秋水色涵天光
紫壺如朱槿鮮妍敵露霜紫瓊如芙蓉風韻何清涼
紫煙如芝蘭澗谷含幽芳紫雲如木犀內秘天家香
鶴林如甘菊端可壽而臧滿泛九霞觴與客秋興長
紫清如芰荷堪製仙人裳願言六人者駕月賓帝旁
先拜紫皇前次謁王母房人間塵埃子白日空茫茫

秋風變

一從佳人去念念思香魂頃刻不離懷夢寐常溫溫
幽人非好色脂粉何萬羣良馬只一鞍好花只一春

流水去不返青霄徒白雲香竟在九泉夫豈不酸辛
人間尚寂寂陰府復何言造物畧不悲蒼天不我憐
南風復西風景物易變遷獨有一寸心朝暮佳人邊
幽冥不可詰寧忍度歲年此身當如何何當委荒煙
若夫世間人豈知道義堅孤煞不自惜悵望瑶臺仙
置之勿復道時時淚漣漣不堪酒醒時月下與風前
有夢夢不成所思長緜緜萬里亦可到一死今杳然
相憶而自歎蒼天復蒼天

夜闌

試問今宵月今夕何爽約遂令山中人倚户守寂寞
上界足官府天門有關鑰雲鎖烏鵲橋風把鳳凰閣
蟾吞不夜天兔搗長生藥否則廣寒君尚或事梳掠
如何二鼓去桂影更不作幽人惟太息遠趣在碧落
伊本不窈窕我非業諧謔如此良夜何不飲何時樂
倏然舉大白清嘯散萬壑那有揚州鶴那有揚州鶴

定齋爲楊和甫賦

水澄秋月現雲散春山出鏡内影去來杯中形出没
釋氏慧之源儒者誠之骨忘軀見天機灰心契造物

落花問啼鳥流水噪幽石不如窓間雲不如屋角月
此意誰與論知音更何説悄如寒巖煙寂似陰崖雪
棲神要山林晦迹老巖穴吾當㕤張葛起與共散髮

贈侯先生

腰懸龍泉劒背負寒玉琴閲世幾秋雨隨身一紙衾
蒼髯怒更直碧眼笑仍深今過青城去人問何處尋

蒼瓊軒

竹巳萌千龍水自走萬馬人在蒼瓊軒笑傾白玉尊
飲到月華落醉倒洞之下一堂皆酒仙拋遠無人盡

贈李道士謁僊行

蓬萊空夜月瑤樹不秋風霜畦老芝朮煙闕多麟龍
靈龜不知歲孤雲杳無蹤白鶴忽歸來紫鸞鳴雝雝
誰種蟠桃核花開崑崙峰一曲舞胎仙瑤池讌已終
手持三尺霜浩氣渺太空坐斷壺山景杖頭風月濃
玉皇知何時錫詔下霄濛玉膏滿甌雪刀圭一粒紅
贈子謁仙行金鷄呼曉鍾喚起老飛廉羊角舞巽宮
爲君吹夢寬橫飛過海東

春日道中

春光入萬象天意開百花鶯雛戲雲錦鳩婦絡雨紗曉日晴弄柳夜雷暗驚茶溪帶縛洞口醉歸鞾正衙

安溥命 有感先師故作

長天雲茫茫流水去不返寂寥不可呼死者日已遠舊事常在心思之輒淚眼修書勞悵想寒夜百展轉夢裏時相逢醒後細思忖門前青衿子相顧吾安恐羅衣疊空箱久矣廢櫃板月明燕子樓風清荷花館置之勿復道此念增纏綣自憐妾溥命鴛衾爲誰煖冉冉冥中魂尚或暗相管鄰家琴聲悲精爽竟難挽

凭虚兮御氣乘風兮駕浮朝罷兮歸來天邊兮月一
鈎
百年兮一炊黍萬幻兮一漚吾不知兮此身騎鯨
兮醉游

古别離五首

右臞菴李侍郎説

有婉孤山梅香根寄霜雪早被東皇知占斷西湖月
天風何狼籍吹付壽陽人騎箕棄鴛鴦百花空自春
青青冬嶺松高出寒崔嵬憶昔可憐宵聲如灘瀨堆

氷霜剝肯摧枝葉故條暢一夕乘風雷龍化失羣

右回菴譙大卿 令憲

彩鳳何毰毸有王飛則立竹林失所依梧枝夜露泣
鵷鸞爲羨九苞鵷鸞䳒五毛伊獨怨德衰簫韶如之何

右覺非彭吏部 演

溶溶空中雲膚寸能滂沱旦暮依神龍所至蒙恩多
歸來太山阿巳罷澤民志溘然登崑崙猿鶴爲歔欷

右盤莊黃檢院 庸

彼美幽汀蘭開花滿國香悵無與同心隔水遐相望

皓月澤清姿涼風憐幽芳不及見粧臺委之田舍郎

右竹莊蘇筠州 森

步虛四章

昔在神霄府飛雲步玉天玉天三十六六梵聚飛仙

太帝昇煙殿東皇駕鳳軿真靈來億萬聽演太靈篇

玉清長生君錫命青華房上念神毋言下慰天八方

八方俱紅塵塵埃何迷茫誰復念玉府飛神登蒼蒼

帝在蕊珠殿鶱林白鶴翔方會琪花宴遽聽青鸞歌

雲籠六六天下界徒嗷嗷爾不慕玉府輪廻復柰何

◎

清都五雲天天中飛紫瓊上皆青琳府中有白玉京風露淒且冷藍宮雲冥冥冥王童折珊瑚下弄銀河星

易水辭

天爲燕丹菑趙高風鳴易水止荆軻不令劉季身秦怨却速吳陳此水過秦王環柱劍光急尺八匕首手死鞅伊獨徙木信市人殿下鈴奴嬴得立

鶴謚八首

鶴者胎化之禽兮明明後玄鵠兮前蒼鷹冲若舞兮太清

鶴者還丹之使兮洋洋縞雲衣兮玄綃裳喚以下兮

郴陽

鶴者冲虛之梯兮冥冥朱霞弁兮翠錦襴浩然歸兮

遼東

鶴者飛仙之御兮英英十二禩兮六六領翻而來兮

華亭

鶴兮鶴兮芝田兮遐征不可望兮倏去忽來兮

鶴兮鶴兮瑤池兮若有控以御兮杳不可詰兮

鶴兮鶴兮玄圃兮是必有以致兮將爲誰來兮

鶴兮鶴兮丹丘兮下界塵土腥兮何當致我歸兮

懷仙吟

我懷仙兮神仙侶霞裾搖曳兮居何所見鶴長吟猶可覆蓬萊果在半步許空留寶墨落人間字句成行秋鴈序正心誠意語猶奇誰識忘形相爾汝

見鶴吟

紙上畫仙掛古壁朝朝暮暮被煙熏泥塑鍾離木雕木不是元皇大道君近來塵世無丹訣啞口道人俱不說武夷散人不辱仙只圖一日三碗雲白鶴白鶴

何方來丹墀絳闕幾時開空中莫作嘹唳聲片雲冷
風何快哉鶴作聲時我無耳鶴振羽時我無眼蓬萊
只是半步許一生且做老擔板

五言律詩

白雲菴

宿霧戀喬木落花粘瘦枝鳥聲人静處山色雨來時
霽月成相約涼風解見知僧房安一枕海氣濯冰肌

海豐道中

海近疑無地山長僅有天蛇崗嵐霧濕魚市水風膻

苔色陪巖草榕陰昌浦蓮由來金翠盛遮莫酌貪泉

閨清醉中

東風正月二吹我上梅溪白雪方纔散黄鶯未見啼

半空萌雨意一蝶訪桃蹊醉卧黄三店夜深聞竹雞

順昌郎事

筆下千機錦胸中一滴金乾坤春甕闊風月夜樓深

世絶夫君操人誰梁父吟只尋雲外路誰復聽寒砧

郎事寄紫元

老雨餞秋菊孤煙醖暮嵐鴈驚十月北梅早一枝南

往事風吹帽良宵月掛簪晴哉亦難得我已到無參

五更解酲梅竹之間徘體

宿鳥能傳語殘風且點心山情憐澹坐月色笑孤斟驚我梅花睡聞他竹葉吟清歸無所得得句貴如金

雲霄菴會宿

春自如情暖夜何如語長酒醲成水淡詩妙奪花香月出星轉閙雲行山似忭起來携素手擁被視農秧

秋夜

有客眠孤館更闌擁紙衾清風千里夢明月一聲砧

素壁秋燈暗紅爐火夜深寒猿啼嶺外惹起故鄉心

得鶴林書

東望吾彭栢晴窓墜一蛛萬金何足抵尺紙寄來迂夜後燈花喜朝來鵲語符手中舒復卷久別可長吁

博羅縣驛

虎嘯月生海猨啼風撼山夢回三鼓盡身自九天還雲氣浮窓外泉聲入枕間問心宜富貴爲復要清閑

景泰晚眺

海岸孤絕處晴沙露遠汀潮花人鬢白山色佛頭青

夕照雌黄筆秋煙水墨屏天空杉月冷鶴夢幾回醒

○十月十四夜

十月十四夜燈寒燄寸長披衣臨曲水把筆向清霜
月透詩情冷風吹醉面涼故人知得否空斷早梅腸

温學士再訪山中

炎帝辭朱節清晨立素秋借緋皆木葉脫白滿林丘
流水高山興疎風冷雨愁詩人應自樂歌笑海東州

○張道士鹿堂

清夢繞羅浮羽衣延我游新茶尋雀舌獨芋煮鴟頭

春鶴飲藥院夜猿啼石樓丹爐猶暖在聊爲稚川留

春日詞

春日何遲遲東風吹紫微子規愁句句楊柳恨絲絲

上帝無消息仙飈杳去期水長更天遠跬步成相思

再會薛黄庭

别來眞夢耳相對各潸然一向於湖海如今更市廛

知心能有幾顧影獨與憐自歎吾衰矣猶期子勉旃

送春

草木從交代溪山無故新更斟些子酒尚是霎時春

雨止鶯如怨花飛柳亦翬東皇催上印生怕子規嗔

述懷

吊影自憐孤消愁得酒壺客悰迷曉夜夢事付江湖
雨壁琴絃潤風窗硯水枯晚蟬知此意爲我噪高梧

有懷

紫綺輕衣穩青綾廣被長明珠懷夜月孤劍匣秋霜
氣貌今諸葛襟期舊子房西風一長嘯草木正淒涼

紅梅

人賦紅梅少予詩爲補遺霞融姑射面酒沁壽陽肌

太潔遭時妬　獨醒爲衆疑　漫隨春色媚　自保歲寒姿

感物

月生看柳瘦　風起笑花癯　事業三盃酒　勳名九轉册
神凄身外蝶　夢黯鏡中鸞　爲問金堪帶　如何玉可餐

春日道中

洞口鳥呼鳥　山頭花戴花　風篁蒼韻玉　煙樹晚籠紗
懐白一樽酒　遨盧七椀茶　春光索彈壓　萬象曉排衙

月牕寫悶

不分庭前柳　長啼月下烏　半生嗟命薄　中夜正心孤

勳業看雙鬢歌吟在數鬚從今閑草馬休得更江湖

泰定菴

太極函三性千燈共一光猿啼盧阜月鴈叫洞庭霜
夜半氷生水風前麝出囊吾師知箇事念念守中黃

舟中遣興二首

江水皺寒綠山花帶淡黃斷雲漫遠浦歸鴈背斜陽
客恨何淒惋詩懷墮渺茫人生本蕭散我欲問漁郎
暮樹煙凝翠秋花雨著黃萬松羅谷口一鶴點山陽
霜葉夢零亂雲山望杳茫眼稍林下寺髣髴數支郎

小桃源

好事開三徑栽花滿一園前頭平俯水裏面曲通村
自有鳩夫婦仍多竹子孫醉歸迷去路題作小桃源

八月三日卽事

煙冷渾沾水溪清可數魚鴉翻千點墨鴈草數行書
今日征帆下前年上國初詩盟曩復講無酒興何如

泊頭圓照堂

脫白來求法披緇去出家此心如水月結屋老煙霞
翠長真如竹黄開般若花寄言劉鐵磨自識趙州茶

○和張紫微韻題清虛菴
鷄犬聲村市煙霞古洞天晨壇凝玉露夜井浸珠躔
鳳翼團宸畫龜趺負古鐫千湖詩去後今昔幾千篇
睡起
眼瞌蚊方鬧燈微蛾更來汗珠流似雨鼻息響如雷
蝶魄遊仙去猿聲驚夢回夢回嫌簟濕怒把枕頭推
五言排律
○明堂禮成
豐年有萬禀宗祀舉明堂玉輅迎閶闔銀蟾躍未央

虎賁森鹵簿龍袞照紵常寶幄燃紅炬璇霄降紫皇
竹宮循漢古琁屋法周瑞雲藹簫韶暖風融黍稷香
典刑存鬱鬯陟降奉圭璋水酘方諸氏星沉析木鄉
金鷄懽舞蹈翠鳳播琳瑯何日當封禅如今尚小康

皇初平故隱

昔日登山願今年破夏償乘壺斟雪白獨酌判黃昏
有許松俱老皆爲鶴所房能多雲壁絮若箇石爲羊
懷古與三嘆凭高眺八方歸歸天籟起一我正詩狂

贈鶴林

骨氣秋江月文章春苑花片心窮萬法半語辯千邪
朝罷鷄司曉醉酣蜂報衙未爲三島客笑指五雲家
騎月遊滄海鞭霆步太霞鬼神私側目袖裏一青蛇

挽覺非先生彭吏部

公本籛仙後緣何出自閩東山爲別久西浙得書頻
投老欣添歲歸閑剩得春滿朝俱歎譽入秩向精神
見說臨終日鞭霆謁上真不能躬桂爵千里一霑巾

海瓊玉蟾先生文集卷第三終

海瓊玉蟾先生文集卷第四

南極老人臞仙重編

山陰　何繼高
　　　江[illegible]行　仝校
新安　劉懋賢

七言律詩

靖通菴

靖通菴外鎖晴雲壁瑩飛瓊玉疊鱗野鳥無心一聲曉巖花有意四時春鑿開風月長生地占斷煙霞不老身虛靖當年仙去後不知丹訣付何人

澹菴

平生只要樂清虛占斷人間靜處居古壁空懸三尺劍幽窓閑却一床書遠山青色日初染枯木凉聲風自梳細嚼清閑滋味別雲霞收拾作糧儲

假山

一林幽竹幾時栽怪石花磚砌緑苔羽客遊岩乘雨至仙翁採藥破雲來天台猶在眉毛聳鴈蕩依然眼睫開昨夜摘珠人報道海中失却小蓬萊

贈慵菴盧副官

山色凝雲翠幾重鳥聲驚落夕陽紅要携琴去彈秋
月且撥棊來對晚風一度醉眠知事少數番吟暢胷
心空慵菴不與人相與閣上柴門滋味濃

石谷菴

半天突出一奇峰小小柴簷滋味濃夾道新松招夜
月滿林幽竹囀秋風迎人野鳥間關語惱客巖花爛
熳紅策杖且隨流水去柴門時倩白雲封

怡齋

逸士幽居松竹林小堂偃枕北山陰夜深冷月窺蓬

方曉起清風爽楮衾把劒更飡盃內酒收書動破壁
頭琴自從一見羲皇面千古誰知養浩心

雨中題旅館

風攪長空秋雨颼路如苔滑懶搖鞭入門指僕買盃
酒磨墨倚窓吟一篇黄竹繞簷黄蟻戰白蘆映水白
鷗眠一聲長嘯便歸去回首孤村空暮煙

游楊梓巖

天半秋風鳴萬松黄花半落夕陽紅寮煙暗鎖仙壇
古野意深藏丹竈空入採紫芝何處覓我來白晝不

相逢一聲簫管笑，湯袂秋色消懷詩興濃。

贈吳草衣

聞道青城有老吳，話頭入耳十年餘。偶同婆女無客來，到天台撞見渠。身上衣衫惟布素，口中談吐盡丹書。想君已是千餘歲，誰道神仙世上無。

贈天台老樊

別後俄經幾許春，相逢一笑把南薰。灰頭土面無人識，木食草衣嫌俗紛。在浙之台今已久，姓樊名鄧寂無聞。為君傳此新詩去，寄與鈆山趙翠雲。

胡中隱菴中傷春

盡把天工付祝融東皇歸去太華宫稜稜山色翠蒼玉湛湛波光浸碧銅楊柳入天鳩要雨海棠落地蝶嫌風好將杖屨西園看萬紫千紅一夜空

景泰山送友人

白雲影裏話三生起坐相從夜共行誼與雲天高也薄道於泰華重邪輕酒非貪飲惟知己詩不求工貴適情但使忘年成莫逆何須肉袒負渠荊

醉中賦别

話別應知太去匆　明朝馬首定東風鏡中人瘦如花
瘦溯上春濃似酒濃行色已如天色好道情不與世
情同如今老眼渾無淚酣頸當筵似玉虹

溫林靈素墳

衆僧莫怨趙歸真唐武宗用道士趙歸真毀者僧此是容成太玉君
溫州容成太玉洞天姑蘇四年曾乾曰政和六年赴召宣和九年放歸相將五
秩郎[illegible]雲還山二載卒四十五帝心俾立神霄教徽宗令天下並建神霄萬
溫州額由昇應道軍建炎改元罷之泉石依然冠劍冷至今
雷雲鎖松墳人有犯其墳則風雨立至

嘉[illegible]辛申閏月五日聞 皇帝升遐

哭鶴啼猿然滿懷[illegible]燄露[illegible]淚盈腮一鉤桂月千林黯半夜松風萬壑哀不御六龍昌寶祚遽驂人驂駐瑤臺小臣泉石膏肓了無任冰肝玉膽摧

武昌懷古十詠

南樓

凭暖朱欄醉已酥樓前眼纈望中疎漢陽草樹看來短淮岸漁家淡欲無薄暮鴉翻千點異晴空鴈草數行書多情庾亮吟兒遠風泛蘆花秋滿湖

黄鶴樓

白雲黄鶴跡成遺，何獨當年丁令威。洞裏不知朝市改，人間再到子孫非。笛聲吹斷秋江黯，月影飛來夜漏稀。大醉倚樓呼費褘，蓬萊山下幾斜暉。

赤壁

不說江山笑老權，盡稱造化戲曹瞞。飛鳥遶樹孤回首，斷戟沉沙怒激湍。豪傑已隨霜葉盡，興亡儘付浪花翻。畫堂莫唱坡仙賦，戰骨草中吟夜寒。

吳王宫

不將膽命付周郎安得兒孫見太康三國興亡成夢事一川煙草斷人腸黄旗紫蓋伊巴蜀翠殿朱樓自武昌縱謂西山非王氣金陵能得幾時王

靈竹寺

孝之一字協天倫信可通天感鬼神霜滿竹林安得筍心傾盆雨自生春祇聞郭巨曾埋子豈得曾參亦殺人鑿隧及泉愚爾耳斯人盡是舜之臣

奇童臺

登臺日費萬緡錢須從如雲劒履騈食鼎歌鍾移楚

地貎金珮玉甃唐天緬懷瑊鉞能旂裏尚有氷辭雹
詰傳偃月堂中人用事牛家僧孺得稱賢

江漢亭

西風黃葉滿秋城水鳥飛無沙磧瞑淮浪白如頭似白沔山青與眼俱青何人得見蓮花女此地空餘江漢亭一自鄭生雙珮斷幽情渺在蓼花汀

鸚鵡洲

無人爲吽禰平原表祖觕人豈識文鶴在鷄羣懷月露豹將虎變欠風雲鳳凰池上繞方酒池在城南鸚鵡洲

邊已自墳道大不容才見邑漁陽檛斷不堪聞

西塞

落盡桃花水滿湖西山西塞長新蒲斜風細雨今如許青笠綠簑誰又無聖主龍飛邦有道醉仙睡到日高梧何時堯舜無巢許我也人乎粘壁枯

南浦

越禽胡馬易空疎水遠天長夢亦迂南北故人鴻去外古今陳跡雨晴初雲連碧草別愁黯風眇綠波征騎孤三徑凄涼一盃酒夜深重讀寄來書

潮陽謁靈山大顛禪師

天地神祇不可誣小人君子費分踈我無其事初何衂自揆於心或未如豈是大顛留乃服只聞刺史造吾廬誰能脫略形骸外孟簡尚書謾寄書

次韻朱秀才

晝弄朱曦夜弄蟾知他何處地行仙殿前昔奏三千字腰下曾纏十萬錢得句直疑無李白草書真箇過張顛有時興發臨風舞飲似長鯨吸百川

暑夕有懷

幽人避暑海城西西北浮屠儘得棲更漏有無風逆
順紙窗明暗月高低石泉未到秋先冷野虎偏從夜
即嘶記得去年常德府武陵今夕況桃谿

藍琴士贈梅竹酬以詩

手補天工筆法奇笑將造化作兒嬉胸中夜雨澆龍
蜍紙上春風舞玉虆雲水一生無别好琴心三疊有
誰知今宵松殿相期會彈到西山月落時

送黃心大師

如今摒用繡香囊已入空王選佛場生鐵脊梁三事

祠冷灰心緒一爐香庭前竹長眞如翠檻外花開拱

若本萬事到頭都是憂天傾三峽洗高唐

奏童歸

王殿朝同夜巳深三千世界靜沉沉微微花雨粘琪樹浩浩天風動寶林煙鎖崑崙山頂上月明娑竭海中心步虛聲斷一回首十二樓臺何處尋

泛舟黃橋歸廬山

清風爲我送歸船數粒青松起薄煙帆影驚飛秋水雁櫓聲攪斷夕陽蟬幾人家在溪頭岸一片雲生水

底天滿眼良朋無好酒此心已挂九江邊

○留别鐵柱宫葉法師

不嫌來往日詩筒春與無窮我欲東二雨放行三尺水萬松回納半帆風且將南浦難題是寄在西山絶頂峰柳處酒家花處寺併留他日欵游從

次韻彬上人見惠

象輪何事過毗耶詩窾禪關事一家自古行春難盡美非風卽雨輙成差我文柔似三眠柳君句清如六出花應悟巳公茅屋下擬之早巳涉河沙

送王侍制自温州移鎮三山

去[illegible]收塗歌里詠喧䳘衣百結過蘇天九重親擢公爲此百姓皆云我自然五馬重來尋墨沼一麾又去鎮閩川廟堂相位猶虚左已築沙堤在日邊

見浙翁琰禪師

謂師有道國人皆何必文殊更五臺棒喝交馳聊復爾離微不犯亦奇哉且言風動還幡動莫問船來與陸來不道相逢不相識儘教寒拾笑哈哈

爲李縣尉壽

惡雪迷葛迴雨聲頻今朝鄹笠游方外舊處煙霞失
主人好去著鞭行所得他時相見話頭新

述翠虛真人安樂法

收歛神光少默然頂門一路聚雲煙且昇陽炎烹金
鼎却降靈泉灌玉田交結只於牛渚外分明正在鵲
橋邊功夫九九數六六此是人間安樂仙

天籟堂

到此[redacted]玉骨寒四圍紫翠玉回環玲瓏倉壁竹敲
竹重疊盡屏山間山猿笛曉聞宜漠外松濤夜吼有

無問我將喚起陳知白蜺卻塵軀跨綵鸞

寄鄭天谷

况此三晴三雨天孤村寒縮纏蒼煙客來長是有蝴蝶春去不堪聞杜鵑漢蕨可羨今已嬾胡麻未飯必須仙九江城裏鄭天谷肯許結焚香瀹茗緣

題棲雲堂

高人占斷一生閒長得青山在眼看碁子縱横星點亂琴絃戛擊玉聲寒無心門掩苔三徑觀化庭栽竹萬竿中有玄機人不會清風明月兩无丹

女蟻遶菖蒲萬水軍香穗橫窓盤瘦影著花浮枕鬪清芬琴心三疊畫眠覺熟讀數篇韓柳文

○翠麓即事

千峰萬峰翠入門一樹兩樹啼斷猿出山後山前鳩喚婦舍南舍北竹生孫煙迷洞口苔三徑風吼松梢月一痕與藥未花春未老客來到此倒芳樽

快軒書懷

滿樹牡丹相次紅客來不放酒盃空三分春色二分去一處風光是處同柳絮打殘連夜雨桃花飛落五

更風與君飲到如泥爛我欲明朝杖屨東

清明

新除小畾燕方謀又拜晴蜂萬戶侯占破清明三五日實封芍藥一千頭花間作夢碧蝴蝶柳外談禪黃栗留物物是題吟不盡卻煩酒作釣詩鉤

題天開圖畫

四時風物現安排醉上高樓眼豁開雲散遠山元不斷池成明月自然來夕陽粧點丹青樹煙雨和勻水墨梅此是天工無盡巧何曾染惹俗塵埃

次李侍郎見贈韻

家居瓊館海山隅腹內包藏三教書明月清風爲活計蓬頭跣足走寰區玉爐丹熟酣瓊醑金闕朝回唱步虛要識我儂真面目廣寒宮裏看蟾蜍

○春日飲酒

拍拍浮浮幾酒樽梅花入夢酒歸魂平窓寂寞猿三咽滿戶蕭騷月一痕山後山前婦喚婦舍南舍北竹生孫天明醉醒策霜竹春在江天蘆荻村

呼喚體自述

只貪飲酒與吟詩，煉得丹成身欲飛。曩劫曾為禪一士，前生又是派禪師。蓬萊舊路今尋著，兜率陀天始覺非。料我年當三十六，青雲白鶴是歸期。

○題淨明軒

淨几明窗興味濃，老僧心下萬緣空。黃鸝睡起推開竹，白鶴飛來點破松。此子溪山藏夜月，無邊花柳惱春風。真如般若頭頭是，坐斷蒲團子細窮。

華陽堂二詠

幕天席地做生涯，凡聖同居氣象佳。撥過浮山供醉

眼斬新新風月入詩懷花間自舞三臺鶴竹外空歌兩部蛙不是道人多計較是渠諸聖　安排

不著人間一點塵滿堂盡是學仙人衣衫總帶煙霞色杖屨相隨雲水身鐵笛横吹滄海月紙袍包盡洞天春而今會聚十方客認看何人是洞賓

贈慮隱居

日高丈五尚酣眠心下無愁不管天野蔌山肴酬白醑乾柴淨米煑清泉不須求仕如藏用且自烹茶學玉川。占東短笻松竹下清閑便是地行仙

陪莊庾栗夜坐小酌

偶然氣分頗相同道院新移喜畢工坐把詩吟中夜月笑將酒灑一窗風博山香篆浮青蛸古壁燈光吐玉虫君已酕醄吾酩酊化為蝴蝶入槐宮

○悲秋

庭皐一葉夜來秋柏塞乾坤爽氣浮有客放船芳草渡何人吹笛夕陽樓鱸魚蓴菜李鷹興鴻雁蘆花宋玉愁碧水映天天映水淡雲如幕月如鈎

桐柏山書懷

桐栢山頭避俗囂篇詩斗酒自逍遙九峰野草迷丹
竈三井飛泉噴石橋萬頃白雲蒸緑野一聲黃鶴唳
青霄人言華頂高高處東望蓬萊浸海潮

挽知宫王月谷三章

去年五月扣松關方與先生一解顔今我杖藜尋舊
隱闢君琴劍蛻空山交朋滿眼今無幾羈旅傷心爲
一潸自嘆洞前東去水不若逝者若爲還

去年五月風颸颸人在方瀛山上頭見我飄然動行
色有詩因爾話離愁早知如許歸仙速悔不遲遲爲幾

日留聞道先生歸七日千巖萬壑正中秋

去年五月訪丹元月谷先生與我言將謂此生共老舍不知何事速雲軒親書數卷空懸壁舊隱三間半掩門雪冤氷冤無處覓秋煙秋雨暗孤村

陪王仙卿登樓

身在煙霞縹緲間此心已學白雲閒遺懷把酒自酌月無事捲簾常看山老去碁休死戰年來詩債遂時還于今養鶴多栽竹縛住時光且駐顔

搗藥禽

靈禽悲噪白雲邊人到天台古洞天點化春愁三月暮喚回曉夢五更前有如搗藥璫璫響非秋非春自憂煞毛羽也知仙可學聲聲要結煉丹緣

贈夏知觀

早歲江湖走一遭歸來姓字籍祠曹未還風月煙霞債又主香燈粥飯勞捲雪樓前更襆襢駐雲堂內飲蒲萄新涼要過廬山去擬欲從君借小艘

張子衍爲至德知觀鄒冲真求詩

一簇樓臺水上居琅風韻竹動笙竽魚龍飛舞半帆

雨歇鷺眠呼兩岸蘆雪覆高低春王樹月明表[illegible]
氷壺漁郎倚櫂桃花落認得扶桑官殿無

○羅適軒淨明軒

占斷人生百歲閑絳宫有路透玄關明如雪夜潭心
月静似春天雨後山萬籟無聲人不寐一塵何處夜
將闌琴心三疊倚樓坐黄鶴悠悠去不還

題平江府靈巖寺

萬松挾嶺壯招提上有琴臺與墨池佛殿尚存今智
積娃宫曾館古西施太湖遠水如奩鏡木瀆平田似

局碁策杖訪回無際塔日晡聊看草書碑

○泛舟松江

白酒黄封冽以妍鱸魚買得一雙鮮舟行無浪無風
夜入在非晴非雨天醉熟不知天遠近夢回但見月
嬋娟垂虹亭下星如織雲滿長洲草滿川

題筆架山積翠樓

萬頃平田指掌間松梢直上與簷干雲粘暮色月華
濕樹顫秋聲天籟寒窓外好山千翡翠屋頭修竹萬
竿樓中嘯罷玉龍去浩蕩天風生羽翰

題鶴林宫

王鄧諸公焉在哉雲屛煙嶂鎖蒼苔大千國上無雙客第一洞天遊兩回太極光陰忘甲子九霄雲氣接蓬萊桑田海水今如許贏得朝猿暮鶴哀

柳花

閑傍珠簾散漫祕垂垂欲下得風扶繡床漸滿圓還碎醉目遥看有似無只見魚吞池面水不知萍滿岸頭湖往來無數香毬子粘綴春衣自不須

白石巖

平野巉然石一拳千崖萬岫翠相連鳥飛不到疑無路雲與齊高直接天下面仰看巖是屋上頭仍有王爲泉李仙丹熟山魈遁尚有宸章寄紫煙

送蜀李道士

我居瓊海子潼川相望西南路八千乃祖昔年今不返子家白鹿尚閑眠雲萍莫測真如夢琴劍相逢亦宿緣多少西風黃葉恨待須貰酒泛湖船

次王齋廬臺韻

莫便真人離此山白雲黃鶴云遊還意行但任杖屨

樂別後豈忘詩酒灌不謂業風吹我脚只將明月嘗
君顏未知雲水何時會煙雨蕭蕭暗碧壇

次韻東坡蒲澗寺二首

蒲山紅白福桑花蒲澗深中儘可家景泰得泉從阜
錫安期種棗說成瓜豈無仙化羊如石尚有書蹤壁
似鶉一飯招提共僧語法華經裏問牛車

陳蹤行覽寺門前自取椰瓢酌冷泉山下果然無白
地洞中儘自有青天更誰識得安期事且去慕他景
泰禪冠蓋如雲自來往如今何處有神仙

○賦梅奉呈陳大博

霜清木脫嫩寒森驚見孤英吐竹林不負雪期如有信偶先春事本無心月橫瘦影池塘淺風遞微香院落深莫問調羹并止渴枝枝且候醉來簪

次韻王將仕

詩壇勍敵我何堪只把新詩著意參韻險有如行棧閣句香何止食餘甘江寒風落餘章謁鳥過身輕一字斟飯了相陪閑笑語錦囊非我許誰探

題南海祠

何處人間得五羊海城鼓角咽昏黃無心燕子潮來
越有口簷鈴說漢唐九十日秋多雨水一千年史幾
興亡聖朝昌盛鯨波息萬國迎琛舶卸檣

秋日有懷

一點秋光寄畫圖秋來吟鬢似楓踈晴煙染樹看何
足缺月梳雲狀不如暑退涼生蟬有語水長天遠鴈
無書此心直欲鵬南舉不學蜘蛛結網居

舟行遣興

天知一舸過扶胥排辦千山作畫圖暮靄催詩歸彩

筆秋光入酒透冰壺篙頭點水月破碎雲脚行天星

有無岸柳江楓共相爭西風吹我出貢隅（一作入羅浮）

丹詩

太乙壇前偃月爐不消紫[illegible]金翁[illegible]瑩

闞姹女騎龍到雪壺採得三斤寒水玉煉成一顆夜

明珠從玆只用抽添法産箇嬰兒一似渠

夏夜宿水館

松脂明滅已更寒蛙市無聲萬籟沉千里清風孫館

夢一輪明月故人心欲眠還醒推簾枕驟熱仍寒弄

擁衾搔首起來顧清影斷煙低鎖荻花林

清聽堂

白龍過澗玉琮琤澗外松聲擊戛鳴煙鎖簷牙春一月月移蕭額夜三更琴彈白雪陽春調曲轉高山流水聲清聽堂中杳無夢我將乘興跨長鯨

游山

廬山山下倒芳樽八九人家煙水村千尺雲崖春上蘚幾重月樹夜啼猿人騎黃鶴去不返草没丹爐今尚存攜子高歌醉歸去一溪寒碧遶山根

別李仁甫

君向星江結草廬我來抵掌笑相於三盃碧液漲甆盞一縷青煙纏竹爐劍舞春風花爛熳琴彈夜雨竹蕭踈明朝拄杖知何處猿叫千山月滿湖

俞樓

十二欄杆秋月明謫仙曾此宴飛瓊半窗樹色粘山色隔岸風聲送水聲織翠回紋傷薄倖香紅染袖悵都城酒愁花恨無人訴賴有延年俞秀英

贈儁野

不嘆勞生行路難，自憐雲水許閒關。別來五載多懷
感，待有尺書無往還。微白一鈎天外月，淡青數點海
邊山。襟情欲向何人訴，與子剪燈到夜闌。

呈萬菴十章

歸山

生死輪廻第幾番，塵塵劫劫不曾閑。一潭湛綠是非
海，千尺粉青人我山。性地靈苗思水國，心天明月掩
雲關。衣中珠子無尋處，今且隨邪煉大還。

採藥

五蘊山頭多白雲白雲深處藥苗芬威音王佛隨時
種元始天尊下手耘石女騎龍攀雨木木人駕虎摘
霜芸不論貧富家家有採得歸來各一斤

爐鼎

須信先天事事無陰陽陶鑄此形模真空平等硃砂
鼎虛徹靈通偃月爐九竅可風壇墠暖二時失火藥
材枯只茲一點無明焰煉出人間大丈夫

火候

無位真人煉大丹倚天長劍逼人寒玉爐火煅天尊

膽登鼎湯煎佛祖肝百刻寒温忙裏準六爻文武
中看有人要問真爐鼎豈離而今赤肉團

沐浴

藥爐丹鼎火炎炎六賊三尸怕令嚴無去無來無進
退不增不減不抽添愛河浪静浮朱雀覺海波深浸
白蟾一自浴丹歸寥室太陽門下夜明簾

温養

金翁姹女結親姻洞口桃花日日春拾得一輪天上
月煉成萬劫屋中珍黄婆即是母之母赤子乃其身

外身龍漢元年消息斷威音前面更何人

脫胎

青天白日一聲雷撒手懸崖了聖胎有眼如盲光爍爍無繩似縛笑咍咍黃金殿下千株柳碧玉堂前萬樹梅寧負鴛幃人寂寞秦樓宴罷盡歸來

金丹

佛與衆生共一家一毫頭上現河沙九還七返魚游網四諦三空兎入罝混洗何年曾結子虛空昨夜復生花阿誰閫內尋丹藥枯木巖前月影斜

冲凞

自從踏著涅槃門一枕清風幾萬年弱水蓬萊雖在
路釋迦彌勒正叅禪誰將枯木巖前地放出落花啼
鳥天兩箇泥牛鬪入海至今消息尚茫然

叅同

道人家在海之南來訪廬山老萬庵露桂燈籠同請
舉僧堂佛殿總和南山河大地自羣動蠢動含靈共
一龕虀甕裏魚淹未死此香炷向活瞿曇

謝鶴林見訪

我方一枕午風眠君正然香未解船知問無爲三不
荅廣洛王毋幾寥然分明翠竹黄花意何必紅鉛黑
汞篇寄語鶴林老居士甚時叱鶴過西川

大都督制侍方巖先生召彭白飲于州治之
春野亭因和蘇子美韻

夕陽花木丹青活煙月山林水墨昏碧縷倦飛縈寶
鼎紅波驚漲溢金樽掀髯醉接君謨筆擊缶吟招子
美魂因逐尚方雙鳥至亦隨桃李入春園

題天寧寺海月亭

囂潮夜汐大江東江上東南寶刹雄飯了從容陪海

月禪餘宴寂享松風寺有松風堂主賓無間諸塵淨心目

相忘萬象空燈熱手香吟筆滑餘情渺在夕陽中

和王簿家兄贈別韻

接耳交肩話綺疎扶搖九萬此南圖對床風雨人皆

有協韻塤篪我獨無偶爾詩家鴻鴈行爲今酒島鶺

鴒徒情知一舸鴟夷去臨欲出門燈影孤

峽山寺

重樓複屋梳層崖想有殘碑鎖翠苔但見蒼山如壁

立不知綠水自何來巖花滿眼紅而紫谷鳥呼名去復廻便欲買舟從此隱豈惟一處子陵臺

峽中見芙蓉

峽畔尋常有虎蹤峽中聞說有蛟龍心知峭壁生如劍目送清波去似弓繞樹盡皆青薜荔舉頭忽見白芙蓉西風爲我吹殘酒最喜千峰翠色濃

初至肇慶府硯巖

峽口青門東碧流天生雙劍割清秋可憐柳葉黃如此曾見蘆花白也不本意買舟歸楚國此行爲硯訪

端州渴來欲吸三江水洗出胸中萬斛愁

梅花

損之又損玉精神松竹新來漸卜隣月夜一枝香暗度溪淺數點影橫陳直須何遜爲知己始信張良似婦人從此東風還入手管教桃李十分春

三月芙蓉

豈論春夏及秋冬事事皆由造化工誰道一生無好運何緣三月見芙蓉騷人猶恐東風誤醉眼真疑芍藥紅便是重陽開未晚且傳好意取歡容

柳塘送春

急雨將雷過柳塘春因底事亦歸忙經時不放荷花葉昨夜盡收梔子香判斷千林成夢去安排一夏納風凉開眉無覓愁來處數筆晴雲盡水鄉

暫別游德聲監税

風檣小艤水中央接袖交肩話柄長貸粟莊周輕得失倚樓杜甫重行藏情知此去無多遠未別一聲先斷腸排辦新詩消遣酒高吟大笑渡番陽

賦月同鶴林酌別奉似紫瓊友

婀娜姮娥處王宮，秋來梳洗越當空。陰晴圓缺天何意，離合悲歡事與同。好去畫樓歌舞地，莫來清館別愁中。應知人不能如月，月且團圓月月逢。

題諸葛桂隱書堂

豪俠相逢好弟兄，竹離茆舍聚雙星。青松影裏詩鴻鴈，白石巖前酒鶺鴒。筆下驅回千鐵騎，胸中包得幾滄溟。令人憶著張華劍，三百年來無血腥。

題華嚴寺

匹馬追風訪地靈，山啣夕照鳥飛驚。裴休雖是參黃

槃韓愈何曾嗣哲兄竪拂拈槌吾不會篇詩斗酒過

平生儂家自有修行處夜夜丹爐煉月明

草廬

劉禪材非天下君出師一表貴殷勤臥龍夢破隆中

月列鴈轟開蜀口雲雨得江心成八陣柰何天意要

三分木牛流馬今何用賴有玄仍繼策勲

不赴宴贈丘妓

舞拍歌聲妙不同笑携玉笋露春葱櫻花體態香凝

雪楊柳腰肢瘦怯風螺髻雙鬟堆淺翠櫻唇一點弄

嬌紅白鷗不入鴛鴦社夢破巫山雲雨空

夜宿太清悟真成道宮

朱樓紫殿貼晴空前後千峯更萬峯蝶殢秋花黃淡佇猿啼曉樹翠溟濛斷霞煙重苔粘露薄暮雲興夜起風醉倚玉欄弄明月嗟嗟身世等萍逢

栩菴以氷字韻求大風詩口占

山高萬籟作秋聲六月胡床冷似氷浩浩拍窗人不寐颸颸到枕夢難成掀開雲幕飛蒼鶻推出蟾輪碾素璃幸有許多閑氣力何如吹我上瑤京

寄桂隱

指點篇書說向誰武侯之後獨公奇許鄒却大堯天小巖瀨應高漢座畢夙世已償霖雨債我身今結水雲知何人桂樹中間隱莫作南陽一睡驪

舟行西湖詩贈諸友

二十年來雲水身今九七度踏京塵絲長歲月能多少粟大功名徒苦辛白日戲陪人世事緑煙鎖斷洞門春雲巖月岫今何處一聽猨聲一愴神

繡香亭招飲

海棠開後雨冥綿寒食清明又一年勝賞挨排三月朔嫩晴將息百花天水光山色供圖障燕語鶯聲助管絃我自吟邊閑拄頰笑人陌上拾花鈿

悟空寺

迷則僧祇悟刹邪遍將此事勘禪和春深未解桃花旨日永其如燕語何曉殿冷凝山色重夜樓閑占月華多西來祖意憑誰委只有門前窣堵波

春夏之交奉呈胡總領

殘紅點點尚春光小立芳臺送夕陽鶯語只聞花裏

滿船明月浸虛空，綠淨無痕夜氣濃。詩思浮沉檣影裏，夢魂搖曳櫓聲中。星辰冷落碧潭水，鴻雁悲鳴白蓼風。一點漁燈依古岸，斷橋垂露滴梧桐。

奉呈天谷

底事英人便養高，角鷹放了棄弓刀。六壬八遁成韜晦，四塞三邊婁繹騷。九十日秋涼氣少，一千年事亂時多。長歌大笑不對飲，柰此水光山色何。

蟠龍菴

五乳峯前第幾峯，碧潭深處有蟠龍。半巖冷落孔明

雨一枕蕭騷少說風變化爪牙君子竹埋藏頭角大夫松高人凄此結茆屋天下蒼生怨旱虹

王壺睡起

白雲深處學陳摶一枕清風天地寬月色似僊人起早泉聲不放客眠安甫能蝴蝶登天去又被杜鵑驚夢殘開眼半窓紅日爛直疑道士夜燒丹

携友生詣桐栢

藍輿過盡幾山丫夜宿天台仙子家我昔巖前種芝草爾來雲表飯胡麻金前錯落楓猶葉玉靨飄零菊

更花霜露逼人心興倦無窮舊事散天涯

山中

天台山頭梅花時天台仙人去不歸曉後夜鶴不堪聽丹井藥爐何所依老竹數竿瀕碧澗寒鴉幾點餞斜暉幽人無限縈心事未得工夫隱翠微

謁鵞湖大義禪師

古塔寒龕幾歲華粥魚齋鼓響巖丫滿湖春水浸明月一帶晚山橫彩霞石鹿至今空卧草金鵞終不再嘶花寥寥此意無人委欲界無禪果是耶

醉裏

道人天地便爲家慣見溪山眼不花竹月光中詩世界松風影裏酒生涯醒時吟笑揚州鶴夢見常騎月府蟇是則官家麽好爵此生只合飯胡麻

寄泉州　侍郎

海山迢遞信音稀静對斜陽獨倚扉回首八千餘里路覺今二十一年非白雲流水聊相伴絳闕清都未得歸昨夜樂丘殘夢覺窻前明月照鶉衣

知足軒

得隴還爲望蜀謀貪心來往似江湖誰知一死乃所
欠若曰四休渠不消田氏三千人食客元家八百斛
胡椒更烹侍妾充殽饌何事貧顏但一瓢

除夕客桂嶺

誰使詩狂墮桂林鳴鞭裊雪一傷心自憐襏襫衣何
薄安有酴酥酒得斟真箇飄蓬將欲老何曾鹵莽似
如今黃劉不喜瑜蒙喜須信甘寧有賞音

卧病

故故抽身入翠微頭昏背痛便相隨只今得病緣身

有待我無身更病誰天際寒雲糊遠岫松梢歸鶴
枯枝青燈獨照黄昏影且自扶頭强賦詩

轎中

紅輪荏苒向西頹筍乘鴟蹲手拄腮搓兀形神生睡
思按行水石得詩媒山光走向簷前拱溪響飛從閫
畔來邊見青山如雪白心知箇是數枝梅

。趨金粟洞

白雲亂山深復深洞口枯樹鳴幽禽玉雪影梅春寂
寞琅風韻竹夜蕭森海流城外青羅帶嚴聳天邊碧

◎

玉霄之半日醉懷無柰顧影自憐抱明月以興悲向西風而思遠謾拈禿兎姑慰心

猿寄鶴林友

夜涼莫聽野猿哀覺我枯腸轉九廻淅淅秋風吹性水淹淹暮雨滴心灰自憐孤影青燈下曾作神霄故吏來若待此生塵債足鳳凰閣下已青苔

留别鶴林諸友

千林涼葉顫秋聲前庭後庭新月明聚頭舉酒固自樂秉燭遊園聊適情此去寒衾仙骨冷可堪清夜淚

◎

珠傎人生聚散渾無據相約同遊白玉京

見孏翁

一掬精神迥出塵孏翁自是不凡人淵明松菊遲猶綠靈運池塘草正春巳把芝田栽枸杞不將苔砌展蒲輪家傳衣鉢歸龍鳳自指氷壺嗣潁濱

復盧良菴韻

擬占朝班最上頭宦情冷似一天秋風花雪月千金子水竹雲山萬户侯海客盟鷗終不動塞翁失馬更何求明窓淨几華胥外蝴蝶翩翩自夢周

翛然軒

不著人間一點塵翛然一室貯幽人清霄甕下酒中聖白晝筆頭詩泣神芳草惜鋤憐綠淨落花慵掃愛紅勻碁聲隔斷華胥路自把博山燒暮春

夢中得五十六字

醉醒曳杖訪松關正在黃昏杳靄間既去復來秋後暑似無還有雨中山澗邊幾葉晚花落天際一鈎明月彎白骨餘煙埋屐齒行行印破蘚痕斑

謁雲都靈濟大師

雪裏僧伽已寂然不知香火幾何年般勤琢雪雕氷

語懺悔嘲風弄月愆林壑烟霞容有分廟堂鐘鼎得

無緣天池舊拜金燈了却袈兜羅一袖綿

次黃提刑雪韻

久晴忽爾雨絲絲既雨還晴亦不疑賸六假寧催入

局趙衰回避乞壽醫搗霜碾雹此來僧剪水雕氷片

子晴一夜悄然飛到曉滿天滿地化琉璃

早秋諸友真率相聚

白帝如今已有權驕陽退避漸凉天兌支一霎風來

享供送三更月與眠山水秋來渾是畫賔朋酒後總
成仙暗螢彈鑷知何處遠樹長川忽耿綿

春夢

我亦頻年飲太苦吟髭撚盡爲詩魔夜來斗轉參横
後夢在吳頭楚尾多所喜江山無滿滿可憐故舊平
消磨水車自轉如誰踏枕上松聲奈老何

送彭侍晨

鋏髭鶻眼兩顴酡走遍江湖所得多脚踏雷車朝帝
極手持斗柄戽天河劒尖指處乾坤暗冊篆書時鬼

◎

魁號名滿四方今老矣請歸王府掌西曹

呈沈同知

三面俱江一面湖古今畫作水晶圖門臨車馬紅塵
道身在氷霜碧玉壺何道兩山俱翠紫雲君三水合
清汚岸頭笑與黃冠語為問東林沈在乎

別蔣都轄用歸鴈韻

別來不覺八周星過盡長亭又短亭霜鴈貼天飛去
去戈人何事慕冥冥梅開春信賓南國草勁秋聲警
虜庭我亦年來還慷慨亭前一笑萬山青

三衢舟次

柿葉飜黄楓葉紅一江漲起蘆花風水清石露沙痕瘦日落雨來雲意濃詩思動揺帆影裏夢魂揺兀艣聲中黄昏有底愁如織南外寄書無去鴻

再用前韻

困獸猶强翎未紅少年羞見白蘋風心寒赤縣神州遠興入胡庭沙漠濃(一作陰陽出大漠)誰謂阿蒙猶洛下禾應老亮更隆中年來弓矢渾無用只好江頭射暮鴻

偶成

倚篷小立拂征衣沙上漁翁理釣絲舉世更誰閑似我只今何事未如伊莫將水動疑天動且道舟移是岸移家在神霄歸未得釣周釣漢笑人癡

午飯羅漢寺

林間一徑似驚跎中有禪關隱紫霞煙鎖蒼松遮寺額風搖翠竹撼簷牙客來寂寞盤香穗飯罷從容瀹茗花到此徘徊歸去晚夕陽挂樹一聲鴉

北山

驛酒沽來滿滿斟現成詩句不須尋輕雲閣雨風聲

軟溪霽籠雲日影沉夾路梔花香野水隔山杜宇響喬林草菴飯了從容睡門外通衢無古今

清貧軒

一味逍遥不管天日高丈五尚閑眠溪魚村酒别般味野蔌山餚不用錢豩牖[redacted]門闌小逕乾柴白米煑清泉有時拄杖青松[redacted]便是人間快活仙

春日遣興

大家放下杖頭雲夜宿南安煙水村蝴蝶夢殘天拂曉杜鵑聲斷月黄昏蜂王遣使使花塢蟻陣分屯屯

華門自是吾儂適懶處詩山酒海一乾坤

乞紙寄諸葛桂隱

翰墨耆嗜二十年纔親筆硯便垂涎東陽魚卵寒霜幅嵊縣溪藤妙雪牋一日禿除千兔穎霎時磨盡萬松煙洛陽市上今無價直欲昂頭寫碧天

春日卽事

伶倫竅管夜飛灰萬紫千紅賭剪裁微雨績天煙織雪寒風皺水月篩梅壽詩鳩索婦花前笑鰥燕呼雛柳外哀春色無邊茶未萊社前猶欠一聲雷

次韻紫巖潘庭堅二首

人情不似吳戕厚世路常如蜀道難兩鬢已將沾雪白寸心尚自炳楓丹君還有意憑誰說我亦無言把劒看相對一窗風打雪通紅榾柮謾燒殘

何人皮裏有陽秋誰絹能包得許羞草趣黃書丞相押莫空白了少年頭既無顧戀於人已便請清閑袖手休豈必滅秦安漢後始來尋個赤松游

七言排律

題仙槎寄呈王侍制

道人身世已盟鷗便好乘雲御氣休何足風波吾一點盂思舟楫彼迷流從教水擊三千里別是煙飄十二樓松以浥濤成夜吼山爲翠浪接空浮初非孔聖乘桴志薄類梁僧渡葦謀廬阜撐篙空木來武夷停櫂尚巖頭爭如太乙真人葉往盪須彌絕頂秋昔者天孫失機石我疑博望乃牽牛却無滄海桑田事底用浮家泛宅愁箇裏且吹無孔笛向人只下直針鈎而今性水涵孤月休遺禪河起一漚逝者如斯曾不返憑誰爲我問陽侯

捲雪樓

煙水蒼蒼古渡頭神鴉噪罷纜方收泊舟島渚鷗汀晚夜入蘭宫桂殿秋緑葦黃蘆悲落日白蘋紅蓼閙滄洲冥冥千古今如夢浩浩長江不管愁鴈陣歸時雲似幕風檣高處月如鈎驚濤飛起銀花舞萬頃寒光十二樓

歌行

山月軒

老蟾飛上梧桐枝蒼屏煙冷猿夜啼瀲灩金盤掛癸

獄嬋娟玉鏡沉清溪風前松竹盡起舞姮娥徘徊不
歸去人在廣寒天在水滿天星斗知何處幽人爲我
鳴瑤琴山前月下千古心不知明月幾圓缺只有青
山無古今醉持盞吞金餅塵世無人知此景青山
無言人酩酊浩歌卧斷桂花影

送談執權張南願歸廣州

七月送我東西道八月送我西南道西南江沙黃茫
茫東南海水白浩浩海水飛作潮頭來潮頭卷取潮
舌西江沙一望渺千里千里亦此一江水水外青山

山外雲雲邊蒼樹樹邊村村有酒酤酤不得小船寂寞愁黃昏大丈夫不拘此無酒便如何有酒亦樂只爲問東南海水西南江如何滔滔獨未降豈不亦笑老先生有如此水亦迷邪君但歸歸去好人生有情爲情惱明朝輕舟當徑度不須回首端州路

杜鵑行

杜鵑哭杜鵑哭微雨村遠煙巖山花紅江楓緑一聲殘一聲續一聲一聲復一聲不管世間銀髮生啼盡天涯夕陽影又向空中啼月明山中憔悴人無緒傷

春色今古興亡一吐肝脾臨風再拜君得知兩行苦人含
蒼煙淚滴破浣花溪上詩

題楊家酒樓

碧落散郎下人世騎雲鞭霆日日醉楊家三杯松花醪眼花渾不醒天地知有溪山無名利鐵笛吹破西山翠

友人陳標得楊補之三昧賞之以詩

梅花不清是水清最是一枝溪上橫梅花不明是雪明凍折老梢飄碎瓊梅花不暗是雨暗隔籬和雨粘

珠糝梅花不淡是煙淡煙鎖江村煙慘慘梅花不枯
是霜枯霜後不俗霜前麁梅花不瘦是月瘦月下徘
徊孤影峭梅花不寒是風寒落英飛上玉闌干梅花
不濕是露濕冷蘂含羞曉鳴咆雪明偏見梅花魂筆
下六花堆爛銀水清偏見梅花骨筆下一溪寒浸月
煙淡偏見梅花情筆下一片黃昏晴雨晴偏見梅花
貌筆下娉婷向人笑月瘦偏見梅花真筆下蟾蜍弄
早春霜枯偏見梅花操筆下飛霜送春耗露濕偏見
梅花奇筆下冷蘂吐百琲風寒偏見梅花意筆下篇

騷奪雲蒸有人身心似梅花寫出清淺與横斜補之
若見亦驚嗟機杼迥然别一家繁處不繁簡處簡雪
迷曉色月迷晚更得一些香氣浮陽春總在君筆頭
覺非居士東菴甚奇觀王蟾曾遊其間醉吟
一篇舊風以紀之
一甌之閩古無諸山奇水秀真畫圖霍童山在閩之
隅天下第一神仙都神仙渺茫不可見桑田滄海幾
遷變三山崒嵂青至今堪嗟山下人如蔦螺女江頭
十萬家西湖十里碧蓮花滿城和氣濃於酒一天雨

露饒黍麻東有鼓山榴花谷南有方山小王屋王覇
煉藥怡山西老任跨鶴昇山北距城以東七里餘丹
崖翠壁凌太虛天閟地藏一蓬壺神刹鬼劃畫不如
種橘仙人來瑞世况是籛翁其後裔蒼松筋骨鶴精
神謂之覺非老居士居士少時覯此山便擬歸隱乎
其間及其賦罷歸去來此山尚鎖青煙寒平生使節
半天下秋霜夏日大聲價咄哉富貴非吾願何以歸
來一茅舍百丁持钁雜荆榛寒巖怪石翠崢嶸奇花
異草不知名地靈似泣猿鳥驚天然一石大如屋裂

闡發露五雲錦滿池璀璨黃金沙地下掘出玄玉
度其廣袤築層巘鵁鶄峭聳鸞翥鋪人來山下擡頭
看直疑上有神仙居夜靜星辰挂朱楯萬丈華表立
雙鶴山童指向游山人高處更有兼山閣閣邊數石
羅翠屏倚崖建一介隱亭一登雲外忽舒嘯醉歸小
山風月清雙石削成闘紫戶猶勝武夷石門塢一石
俛仰狀如龜一石踆蹲露如虎巖頭千尺煉丹臺錄
泥丹砂朱草堆臺上鑿開四小涔不見爐竈空寒灰
石眼有泉迸山腹可成一池足鵶浴千山萬山翠打

圍稻田萬頃如棋局於中突出五石巖紫雲蒼霧纏
松杉吾嬉鬪中四五輩向者曾此話同參粉墻圍住
萬竿竹白鳳飛來枝外宿山前山後多麋鹿疎栽蘭
蕙密栽菊何年種此千樹梅滿山雪色白皚皚晚來
山風掃落英五色虹霓明緑苔隔林髣髴聞機杼人
家知在雲深處何處招提最近傍早暮送鐘齋送鼓
晃汀鶴渚白蘋洲小溪流水横斷橋盡出一派瀟湘
秋莊家秋色入漁樵長江浩浩數千里浪花噴薄蛟
龍起棄棄扁舟古渡頭目力所至海門止僕家不住

青城邊去此迢迢路八千對面窣窨高插天恍驚天柱落樽前覺非居士高且潔時把黃庭玩歲月丹山碧水我樓觀蒼椿翠檜我幢節客來到此贊仙菴披蒙茸今登巉巖龍盤虎踞甚形勝大江以東斗以南酒空核盡人亦醉眼花渾不醒天地壁間醉墨止淋漓夕陽已挂青山外

題浯溪

芙蓉睡足西風冷漁陽捲入來無影不思夜火笑驪山甘欲庭花唱宮井馬嵬山下杜鵑聲羅襪空淒花

草馨誰謂覺裳非有情倚腔猶韻雨霖鈴胡人先毋而後父此語悟君君不悟天下何思復何慮華清目送豬龍去已矣去知不知悲莫悲於南内悲危猶危似西狩危伊人事定有所制但得抱女成獻欷元都朱顏太師截禄山骨爲之字瀝禄山血爲之辭未千年事幾如此風雨剥蝕蒼苔碑禹啓乘雲去亦久客舟空艤浯溪湄

賞梅感興

千樹梅花明如月一天月華皎如雪幽人心似梅花

清梅花亦作如是說銀色世界生梅花水晶宮中明
月華醉臥月華嚼梅蘂滿身清影亂交加今夕幽人
換詩骨花月即是詩衣鉢明朝花作雪片飛花下鶴
雛啄苔髮

贈陳高士琴歌

昨夜西風起白蘋從前湖海幾酸辛感今懷古無限
事往頻閑思一愴神瓊窟先生叢玉琴一調一弄符
我心屈平宋玉不可挽西風黃葉爲知音初聞如風
吹悟桐次聽如雨鳴芭蕉淒然如鴈聲遥遥温然如

鶯暖天天忽而轉調緩復急海風吹起怒濤立夜深
星月嘯蓬山神官不管蛟龍泣頓又換指清而和牡
丹芍藥香氣多露橋月榭風雨夕如此杜鵑愁柰何
浩浩長風送急雨寂寞孤鴻落寒渚昏昏月色老猿
啼藹藹風光新燕語又如晴鶴唳蒼煙倏似寒鷄噪
晴川良宵砌畔響秋蛩清晝林間悲風蟬我思此聲
不堪比使人欲悲復欲喜五月葛亮渡瀘溪九月荆
軻過易水此聲喜喜復哀哀我志湫然在江淮方且
琵琶亭下坐倏又鬱孤臺上回琴聲展轉我心碎我

心多少平生事絃中招我棲林泉指下呼我入富貴
上界瑤池王浪寒鳳凰閣下羅千官紫皇宴坐蒼琳
宮豈復知我猶人閒龜臺煙冷風蕭蕭十萬彩女歌
雲璈自憐蹤跡今塵土安得金妃復賜桃青琅真人
騎白鷥日往日復王京山不念曾與同僚時清都絳
闕何時還紫清夫人侍帝軒朝朝嫣然妙華門盍思
人世此凄苦金魚王鴈憑誰傳琪花開遍翠微臺彩
鳳舞徵霄雲仙麒麟守任虎関嚴獬豸時復森其前
不成終身只人世吾身不翮心亦翅粗且神霄覔一

官早作嘯風鞭霆討此曲此曲君休彈老眼無淚徒悲酸自知逍遥時節近與君一笑開懽顔太華宮中多白蓮以金爲花玉爲根上有瓊甲金絲龜夜吸珠露花間眠紫琅殿深不可詰時有火鈴飛出入殿中仙君乘雲軿三千玉娥傍侍立此般景象猶未忘所以思念時悲傷聞君琴聲洗我心自盍泰然發天光我昔神霄西臺裏雪肌玉膚冰霜齒長歌一曲[illegible]閶闔解使八鸞舞神水又嘗飛過廣寒宮一見嫦娥瓊玉容不敢稽首便行過倏復呼我醉瑤鍾水府左仙

蕚綠華身居東華帝子家時以瑶琴鳴五霞一聲
落瓊臺花上元太真安長仙日事玉皇上君前玉龍
嬌癡不肯舞獨自奏帝鳴鸞愁此聲遠矣吾不見人
間琴聲更多變誰能以此清淨心許多悲懽相練纏
瓊窟先生然我言我是霆司筆墨仙昔爲東華校籍
吏屢亦舞筆靈君前失身墮世自嘆息東華欲歸歸
未得翠娥掩淚香骨寒長天遠水日相憶君知否吾
將呼起大鵬駕瓊雲手持百萬蒼鷹兵前驅天下後
火鈴飛罡躡紀下太清又將東海補金鯨騎之去謁

白玉蟾集 卷四　四七

蟾蜍精却持萬陣貔虎人下來紅塵揚鼓鉦更煩先
生試一舉爲我調中作金鼓爲我喚起李太白與我
浩歌拍掌舞君琴定是天上琴天上曲調人間音爲
君醉中一狂歌千巖萬壑白雲深

一覽亭

千山萬山聳寒碧桃花李花正春色客來登此一覽
亭東望長江渺無極煙飛松搗曉蒼暨雨過竹林晚
翠滴人家樓閣下參差天宇雲霞上縹緲平湖青草
覆白沙峭崖斷岸幾千尺蘆荻叢中鷗鷺閑來往漁

舟三兩隻柳陰濃淡夕陽斜鮮巖石磴滿山赤落鵶
噪下枯樹枝雞犬聲中半樵笛疎籬小屋可容膝目
對青霄一太息滿城車馬走紅塵何人知享此幽寂
竹爐焚罷栢子香甕杯傾瀉碧玉液。飲到如泥臥石
鼓醒來瀹茗自閑遙嘯詠太空歌一曲風吼千林月
華白一覽亭前雙目明詩成自覺天地窄雲崖煙樹
幾重重三百六十真奇峯我將持斧扣洞門借問蟠
桃幾時紅流光瞬息付一電萬事轉頭如去箭南康
有個陳參軍心鏡如如成一片自笑浮生若春燕。

題潛菴

已把功名等風絮鶴氅星冠懶成趣谷口人尋虎跡來林間菴在猿啼虎好向青山白雲中衆取翠竹黄花句道人珎重老維摩明日千峯萬峯去

贈崧菴造墨

水銖膠法仙而點萬杵玎璫肩欲脫龍尾磨開紫玉腴鼠鬚點動青霓活洒然作雲昇太清沛然下雨驚四溟何當點開衆生眼大千世界常光明

飛仙吟送張道士

夜騎玉鸞採明月蕊珠殿瑤臺寒徹骨三十六天不閉
門風吹琪花散飛雪簫韶鳴處隊仗多八萬霓裳獻
一闋紫皇宴罷駕方出整衣端簡去朝謁火鈴將軍
呵一聲左右萬真聳毛髮奏云臣是雷霆卿舊因罪
去辭金闕紅塵埋身平至耳餐青飲綠守苦節飛神
登天來正渴見帝有酒覔一啜賜臣一醉放臣歸歸
去人間向人說鳳凰閣下問歸途頭童玉女却問予
天上日長太清虛人間還似此間無擡頭不若徑拂
袖白雲耿耿迷清都洞中猿鶴更相認白石爛兮青

松栝○

詠雪于清虛堂火閣

長空慘慘晝如夜嚴風刮得雪片下寒猿傍樹不敢聲江梅羞開恐易謝萬山無限落葉愁處處凝煙纏草舍枯槎凍僵不復活飛廉截住陽春放餓虎呼雛入巖卧過鳥如梭鑽樹鏇園林蕭索無一物幾夜霜威煞無藉欲雨不雨數點霰雪意沉吟天似詐滿空飛起楊花絮三日兩日凍不化眼前幻出白玉樓誰敢登陟空嗟訝肌膚生粟鼻流水前村新醅復增價

漁翁溪畔笑收網魚亦不知鈎有廚洗鐺簇火煎茗茶垂簾疊足説清話呼童鑿碎硯中氷呵手團欒結詩社詩成此景尚自爾安得王維收入畫

波羅密 并序

廣州東南道其南海廟之王殿左堦前有焉狀如瓜稟形如佛髻云是達磨翁達奚司空自天竺持來也於是遣道士來玖乞其一王從之是時有羅浮之興同舟共濟之人聞予得此欲何為予笑曰偶欲得之耳吁亦異也前此蓋未聞有賦之者臨

風舉酒憮然有作

南方有此波羅密人所厭棄鬼神惜大如瓠笙身拳攣長如囊橐枕針歷刺天回故是來處逢天南亦有能相識君不見北人不夢象南人何處夢駱駝蜀犬吠月越吠雪識與不識吾柰何

悲秋辭

蟲聲樹聲各已變吾知流年暗中換晝烏夜兎忙如箭秋光漸入蘆花岸蘆花白兮蓼花紅鴻鴈跧躋瀟湘叢牡丹海棠如夢中蓮藕香散池館空人生歲月

去如水燕去鶯歸一彈指星鬢磨老道人心滿目世
人紛如蟻感今慨昔令人愁兮知宋玉悲秋江山
紫翠餞漢唐風物不復追商周古人混混去不返今
人紛紛知何限古人憐今今憐古夕陽影裏雲影亂
此身飄飄如游塵身體髮膚皆他人尚餘方寸管喜
怒不敢漏泄天公嗔向時歡娛成冷落誰與感慨憐
蕭索定知悲喜聚散因世世間果無揚州鶴所可悲者
貧且孫覽鏡自笑清而癯安能十事九如意定數豈
復人能踰秋風起兮秋水寒秋心悲兮秋與酸佳人

一去不復還顧影度此時光難此心寥寥秋夜月務光散入寒光闊夜深月落無人知江上漁翁空網撒不堪猥此向愁人使人泣下肝腸裂何人爲我調素琴疊疊疊爲我寫孫襟府令鬼神伴伊泣山空樹冷風蕭森

○題歐陽氏山水後

平沙斷岸幾千尺樹色煙光渺無極一葉扁舟歸去來漁翁放棹倚蘆荻八九山家雲水村白蘋紅蓼數漁船沙寒石瘦木葉落一鈎淡月照黄昏小橋跨水

碧溪淺蒼壁丹崖半苔蘚樵子歸擔何兩竿落霞孤鶩天邊遠千山萬山風色清四桂茅亭立晚江花紅草綠山水靜獨步亭前秋月明山前一陣梧桐雨落花驚斷山禽語誰家樓閣隱青林老僧歸寺立溪濱一溪流水遶雲根草舍茅庵常閉門客來倚棹一回顧直疑此是真桃源洞門紫翠交相映林巒山屏更清勝何人作此無聲詩展開如入溪山鏡

永州花月樓

春風夜飛招月檄檄月司花月供職月落千嬌百媚

叢諸花爲月妍爲容樓東月照樓西皎樓西月向樓
東笑月與花戲天中流花與月浴江中浮月皆不管
春風怒花爲月歌爲月舞舞者媚綠歡嬌紅爭憐妬
寵鸞春風出有入無多變異花竟不曉月之意江花
惱天天花愁東樓月掩西樓羞花亦自睡花自醉月
倦欲歸歸未至去緣曉鍾呼月回月回花醒花不知

燕巖行

有客來從天竺一峯渡溪溪恰趂一篙風秋風著力送行
李吹入燕巖松竹青青松竹淒淒天作秋空寒空去空

中峰高巖萬丈聳空碧仙翁騎鶴去無迹丹爐不火草芊芊數間巖屋掩寒煙下有龍潭綠無底瀑布懸崖千尺水夜來月影滿空山石鍾一響生秋寒玉燕何年巖下舞飛時化作滿天雨盡言此巖多仙靈白鶴點破一山青煙霧冪山石常潤莓苔滿地翠無盡我欲誅茅此煉丹奪取人間千歲閑有箇高人陸巖主抱琴對我彈中呂勸我他年歸去來此巖莫被煙雲埋

卧雲菴醉後

千巖萬壑深復深洞口枯樹鳴幽禽蘿月影松天靜
淡琅風韻竹夜蕭森暮雲獻碧出孤岫夕鳥拖紅投
暝林孔明終久須朝日安石不來誰作霖然則從龍
雖有志定知化鶴去無心先生不是終南子滿洞蒼
煙何處尋

景德觀枕流

寒泉瀉破青山腹青山不改寒泉綠幽人一心泉石
心倚溪著此數椽屋憑外飄噴萬斛珠枕邊玲瓏一
片玉山澗金龍嘯欲飛澗底銀蟾清可掬敲磬愁驚

曉鷺眠停經坐看昏鴉浴香浮茗雪滋肺腑響入松濤震崖谷清淨耳觀絕絃琴廣長舌相無生曲客來坐此亦忘歸溪南溪北千竿竹

將進酒

秋山蒼蒼秋雲黃鴉浴咸池忽扶桑一月二十九日醉百年三萬六千場嗟君千丈擊天手而有萬卷懸河口亂花飛絮心擾擾不如中山千日酒瓮黃鑿落赤叵羅姑射真人注寶雪廣寒仙子行金波玉蛆初泛松花露瓊螺再薦椒花雨米大功名何足數鴻毛利

害矣自苦醉則已睡則休水浩浩天悠悠君知否昔在甲辰堯嗣位迄今嘉定之辛巳其中三千六百年幾度寒楓逐逝川

秋思

蒼崖高處雲濛濛雲氣深中有碧鴻萬里青冥飛徑度依然又掠西風去此時桂花開未開故人不來鴻鴈來一瞬四方無覓處不堪回首瀟湘路我方拄頰吟夕煙徘徊欲賦空茫茫然故人有酒坐秋夕似我兩地遐相憶一寫此詩聊問秋江楓岸柳替人愁縱然

對面亦如夢幽情付在王三弄玉笛淒涼遠不聞不
念山中有白雲

聞鶴嘆

霜翎雪羽臙脂頂玄裳翠距白玉頸何年乘風下太
清芝田煙暝瑤池冷天台山上玉京天何似青天玉
帝前曉雲黯淡但欲唳夜月淒凉那得眠君不見東
海蒼魚浮吞舟一朝失却風濤秋陸地螻蟻俱逆謀
又不見南山白虎嘯裂石一朝不得山林力平原貍
狌[illegible]食[illegible]役爭圓蠅不知天池翔大鵬如彼布褌

風不知白鸞舞空碧世間炎涼相渭涇是非寵辱無限情彼鶴暫爾耳自警聊自鳴山靈更須勤愛護忽然鼓翅翔四溟上有崑臺琪花紅下有蓬山芝草青山頭知音復能幾幾人得如華與丁那堪九霄去人世無此聲

道過成蹊蒼偶成舊風一篇

笑把青藜出武夷不辭千里訪幽奇吐吞風月一壺酒拈弄溪山萬首詩道過星河駭雙目萬竈清煙纏華屋老巖峭拔森羅舛太江東去流蒼玉樵人弛薪

指似子中有玉洞藏仙都樓閣參差美輪奐神仙隱
顯知有無夕陽掛樹暮山紫行行到此欲脫屣門前
三徑綠苔深浩蕩春風醉桃李子然放步成蹊奄其
一仙翁樂笑談蒼髯綠鬢兩眸碧霞標芝宇清巖巖
青牛人去幾千載源流尚有玄孫在身裹蓬萊十二
樓杖頭雲水三千界大隱從來只市廛年來教法況
蕭然先生駐錫盧山下混俗和光四十年琅庭琛館
五雲起五湖四海來如蟻天下三百六十洲未見堂
宇高於此自非先生真棟梁安能玄關顯輝光煙霧

上黃昏月黯黯邪堪送客聞琵琶況對怨女不傷感
洛陽城外蝦蟆陵下有甲妓何娉婷花落色衰婚舶
客獨守孤舟伴月明手撫琵琶意嗚咽挑攏撚抹緩
復急大絃哀哀小絃悲孤舟嫠婦豈不泣霓裳纏歇
六幺鳴四絃盡作裂帛聲碧落黃泉兩淒苦幽愁暗
恨不堪聽凛如猿咽梧桐晚欵若鶯啼春晝暖鶤絃
轉處如胡笳宮調彈時若羌管江州司馬一斷腸燈
前老淚如雨滂老婦低眉嬌滴滴琵琶掩面羅衣香
初彈如珠後如縷一聲兩聲落花雨訴盡平生雲雨

心盡是春花秋月語羅衣揾淚向人啼妾是秦樓浪子妻流落煙塵歸未得青樓昔在洛陽西今嫁商人豈妾意一曲蕭騷夜無寐秋風吹破居士心琵琶聲聲嗁珠淚居士左遷鬱小郡爲志願猶未降聞其曲聲見其語萬斛愁腸如秋江江花江草廬山下春江花朝秋月夜江風颼颼江水寒不見長安十年話當時風月亦有情爲伊翻作琵琶行居士悲樂似此婦此婦激發居士情居士還朝此婦死琵琶古聲今巳矣邦人江上建此亭古往今來亭下水柿葉翻紅

◎

楓葉黃荒煙壓蓬月隱檣星霜磨老香山句香山骨
冷今如霜亭空江闊情何極一思古人一歎息兩岸
黃蘆今盡樓山水窟中安樂國江國凄凉人自愁香
山一去三百秋長江不管愁人恨淚與江波還共流
九江風月嗟無主旅月依然幾今古江頭愁絕到三
更琵琶不作亦凄苦我來適是九世孫思賢懷古獨
銷魂悲風如舞琵琶調哀鳥如歌琵琶絃古人去去
不復返孤亭寂寂寒江邃琵琶無聲萬艇橫留得盧
山遶醉眼

酌月亭

夜深花前月落酒花前舉酒月在手一杯嚥下月一團併把青天都吸了酒沃詩腸猶醺醺月乃渺渺深入雲從知我醉認不真所嚥只是兎魄蟾蜍精天又領月盃中走月還把天杯中攬臨風酌盡我欲眠一聲雞唱千山曉

觀魚歌

君不見東海有鯉釣不上馮夷翻江春浩蕩漁者歸舟載月明一聲雷震桃花浪又不見北溟有鯤能吞

碧落但見一輪月在天如何千江千月圓月還似水
水似月千眼所見皆同然今方得月爲詩侶月亦有
情但無語延月不久月竟歸我欲乘風游玉宇

贈畫魚者

昔日僧繇所畫魚三十六鱗依翠蒲徐高畫中多畫
魚鼓鱗揚鬣今爲圖古人妙畫猶不朽今人妙處古
未有郭丹青者冠古今天下畫魚第一手畫到妙處
手應心心匠巧甚機智深紙上溶溶一溪水放出鱗
鱛二三尾金鱗錦鬣紅玉鬐圉圉洋洋戲波裏小魚

如針同隊行喚喁水面隨風萍擲頭掉尾浮沉勢三聚二散游躍意筆分濃淡計萬鱗劃鬚點眼勻墨痕狀如拋尺量波練復似穿梭擲水紋宛然鱍鱍巢青藻漁翁未釣先吹火壁上魚躍水不流稚子睥睨敲針釣君今盡到入神處此畫一出聲名著魚雖無腸有活意王波浸荇澄寒渚深恐後夜或雷雨化作龍飛禹門去

雲游歌

雲游難雲游難萬里水煙四海寬說着這般滋味苦

教人怎不鼻頭酸初别家山辭骨肉腰下有錢三百
足思量尋師訪道難今夜不知何處宿不覺行行三
兩程人言此地是潼城身上衣裳典賣盡路上何曾
見一人初到孤村宿孤館烏啼花落千林曉明朝早
辭又起行只有隨身一柄傘漸漸來來與花軍風雨
蕭蕭欲送春惟一空身赤骼髏囊中尚有三兩文行
得艱辛脚無力滿身瘙痒都生蝨痄然到此赤條條
思欲歸鄉歸未得爭柰旬餘守肚饑埋名隱姓有誰
知來到羅源興福寺遂乃捐身作僕兒初作僕時未

半月復與僧堂時作別火雲飛上支提峰路上石頭如火熱炎炎畏日正燒空不堪赤脚走途中一塊肉山流出水豈曾有扇可搖風且喜過除三伏暑蹤跡于今復劍浦直箇徹骨徹髓貧去荒郊一夜梧桐飄黃昏四顧淚珠流無笠無蓑愁不愁偎傍茆簷待天曉村翁不許住簷頭聞說建寧人好善特來此地求衣飯耳邊但聞慚愧聲問誰可具慈悲眼憶着從前富貴時低頭看鼻皺雙眉家家門首空舒手那有一人憐乞兒福建出來到龍虎上清宮中謁宮主未相識

前求掛搭知堂嫌我身繿縷恰似先來到武夷黃冠
道士或罵時此兒餽飯冷熱水道我孤寒玷辱伊江
之東西湖南北浙之左右接西蜀廣閩淮海數萬里
千山萬水空碌碌雲遊不覺已多年道友笑我何風
顛舊游經復再去來大事忽忽莫怨天我生果有神
仙分前程有人可師問于今歷練已顢頇胸中不着
一點悶記得兵火起淮西淒涼數里皆橫尸幸而天
與殘生活受此饑渴不堪悲記得武林天大雪衣衫
破碎風刮骨何況身中精氣全猶自凍得皮迸血又

思古廟風雨時香爐無火紙錢飛神號鬼哭天慘慘
露冷雲寒猿夜啼又思草裏臥巖霜月照蒼苔落葉
黄未得此ゝ皃真受用如何禁得不凄凉偶然一日天
開眼陳泥丸公知我懶癸丑中秋野外晴獨坐松陰
說長短元來家裏有真金前日辛勤枉用心既得長
生留命訣結跏靜坐白雲深煉就金丹亦容易或在
山中或在市等閑作此雲游歌恐人不識雲游意

題諸葛纖香園

碧桃枝上東風轉一點陽和開柳眼何人收拾羅浮

春藏在此園天不管每歲東君召勾芒玉壺淡淡晴
煙暖佳人有恨嫌花遲王孫不來空草偃南陽公子
筆下詩先遣一番風雨趲底事鶯啼似駡春山川失
色花神赧淺碧牡丹呈一枝嫩紅芍藥開數本小池
水脉漲春波古洞燒痕鋪翠巘寒泉漱玉奪琴聲舊
竹移陰侵酒盞如人畫出香鎔圖任與白雲自舒卷
海棠落地春閑門杜鵑聲斷蜂蝶懶秧針刺水盈南
畝老桑脫樹蠶方繭其他花圃皆春歸酒酹花魂不
可挽此園春色無撈損主人不肯扃池館荷花吐出

十丈紅芹秀泥融燕空卵茉莉避席方夏闌芙蓉彊冠已秋晚面蘭琢句詩清新賓菊開樽意蕭散丹桂風中金屑飛早梅雪裏璃香遠曉來泣煙枝上猶夜静吠月花間犬壺中景富人榮華身外天寒苦日短醉後焚香厭濁醪詩成入口勝金鑾水晶簾捲翡翠屏何必蓬萊和閬苑諸郎青衿輩佩㑩一觴一詠心燕衎紅袖佯醉倚莆萄白丁不敢躡苔蘚詩翁一字輕華袞南來見此亦希罕主人青眸終日阮會將此詩刊翠琬

丫頭巖

君不見武夷九曲溪之東三峯號爲玉女峯當時嫁與大王峯至今擲雨而梳風又不見廬山三疊江之湄大姑小姑凡兩磯小姑聘與彭郎磯至今波眼而淚眉湘夫人寂寞湘水濱巫山女窈窕巫峽浦亦有有情者亦有無情者鬼物託物以爲靈俗子謂之山石精吾來丫頭巖下坐已覺此身本非我朝雲暮雨或有之年來心下已無火兩峯相並各嶺翠對人長是嬌媚色過者見此如雙髻雲鬙霧鬂蒼髻髮我來

適值天方秋孤懷猶抱不能愁巖下行人幾回老
巖依舊與了頭

麻姑山

瑤林猿嘯春坡月玉淵蛟舞秋崖雪伊獨脯麟飯胡
麻仙爪背埋君毛髮往事王遠徵蔡經苔碑寂寞顏
真卿嗅柑羽人叫無處鶴飛上尋真亭

常山道中

既雨山色晴轉佳望洋雪色脂麻花白雲無邊鳥聲
暮目斷遠水明殘霞流螢飛出衰草叢宿鵲走上枯

松丫行人路土暗囬首月下獨對溪頭沙

久旱得雨晚涼得月奉似鶴林

驕暘羞明曉失威前村落罷雨絲絲四方萬里共明月五嶽六輔生涼颸我亦白雲一逋客幸不龍門遭點額尋常袖手不爲霖直恐風生天地黒

余方在閩清縣治祈雨文字名之曰大宋濟世金書書成錄寄鶴林靖未寄間聞本靖亦閔雨詣嶽祠有禱禱且應諸黃冠皆有詩以美之余亦以寄之併爲吾法之勉

飈縮虁天草木頽請檄上清火鈴君爲我挽斷晝巨泊
源併與我撼搖蒼海根我亦弗信神龍頑我亦弗疑神
雷鑾速須霆雨如傾盆鶴林眞人事奏函白晝添濛
昇天門東井箕甚生訪白羊靈霳急速追玄溟宇宙聆
鑾一彈指郊外萬絲懸如繩人疑袖手倦作霖豈知
此心冥太清夙世已是神霄卿
王仙君上昇時留讖曰皂木不結子結子人
得道其皂木之側有一煉藥壇亦讖曰枯木
不用伐壇壞不用修壇之前有一井白龜吐

泉於其中亦識曰吾乘龜往來龜歸吾亦歸仙君在日煉水火成藥千日藥成遂倚皂木蟬蛻而去以此觀之其白龜應西方白色爲之金龜亦可白龜吐泉蓋金生水之意也皂木上應奎婁星乃南方火宿此蓋皂木應火宿則是火生於木也皂木白龜泉猶存復有古壇乃合真土之象仙君得魏伯陽煉丹之旨其所以攢簇五行者實寓意於此夫白龜者屬西方而皂木應火宿者屬南方張紫陽

有詩曰藥在西南是本鄉又足以見仙君深
藏不盡機白龜應金皂樹應木仙人煉金丹
要須識金木間隔之義也
持蠡一酌白龜泉滋味有若醍醐然白龜上合玄武
精碧溜耀玉寒消消何人汲水灌皂木樹必開花趙
春綠前人遺識人不知皂木本應奎婁宿金水木火
結成丹後用真土築爲壇阿誰會此造化機千日藥
成登雲端

秋思

萬蟲懼寒皆向蟄千巖凉風舞黃葉雨痕印水如撮纈虫聲入夜如彈鑷酒澆心緒轉悽愴帶減腰圍增瘦怯夢向西湖采芙蓉覺來山外青猿泣

可惜

人間何似神霄府我今面目蒙塵土年來無夢到神霄一度傷懷淚如雨風前無柰倚欄干雪裏不堪聞杜宇此情欲訴有誰知只有春風知我苦竹籬斷兮啼鶯顛桃花落兮猿聲哀白雲漠漠去無盡青鳥杳杳何曾來不愁我死故自惜有此枯骨知誰埋芳草

連汀雨如織春煙添愁畫不開可惜可惜復可惜
懷欲吐不可得神霄有路平如掌青雲可梯星可摘
可惜袖中一卷書可惜手中一枝筆南方有人無消
息對花對酒長相憶

行路難寄紫元

贈君以丹棘忘憂之草青裳合懽之花馬腦游仙之
夢枕龍綃辟寒之寶砂天河未翻月未落夜長如年
引春酌古人安在空城郭今夕不飲何時樂

懷仙吟 二首

自哀猿聲不住那堪一夜瀟瀟雨使人吟盡哀憐句休休心月君亦賢人生不死空百年掀髯四大驚魚龍蹴破碧潭深處天李白騎鯨去捉月知章水底眠霜雪古人猶自水中逝昔得水化超生訣吾與心月係渠師來此憐憐烟正飛天空水寒千山暗酌水一醉心含悲西風吹此兩行生鐵汁去作笛中聲又急

清勝軒夜話

殘燈結花滿堂紅酒興未已詩興濃寒雲靄靄星鎖翠空一林幽竹夜呼風逸士倚樓嘯玉龍秋聲泣露落

梧桐把酒論文開心胸黑甜相催話未終香篆飛虹穿簾櫳鄰雞喚曉何處鍾摩挲醉眼欄干東茶鐺無火召王童三千芒鞋七尺筇躡破前山綠幾重

冥鴻辭

夜來烏鵲棲寒楓蒼天萬里煙霞濃海神洶湧翻怒濤風伯鼓舞吹冥鴻霜翰不入矰繳內星眼直射煙霄中下嗤鳥雀戀籬落俯視鷺鷗偎蘆叢雲間矯首巳萬里天外鼓翅期四通鐵爪裂破帝乙網銀觜笑折由基弓知音鯤鵬擊溟渤嬌騃鸚鵡遭牢籠數行

縱橫灑天面一聲嘹唳悲秋客來時蹤跡度衡湘昔者音信通鎬豐豈念稻粱在一粒如彼仕宦迷千鍾橫飛直稍林罊表自是挺出風煙雄易水荆軻業已圯大澤蘇武勢須東好同鷹鸇彈燕雀滿地莽蕪毛血紅

有所思

蒼官無祿花有封花王開國胙春風不念蒼官秦大夫竹君亦嗔梅兄聾夜寒愁吟正無思青燈喚人補殘睡夢為蝴蝶宿花回畫角吹香春業被

樊之柵亡座歸育王

一雙膝脛兩條鐵一掬精神一團雪草鞋尖燄上翻
身篤幃不把丁香結風吹香囊滿路香知君也結欽
山轍忽然洗面摸得鼻孔知皮下各有血急攜栢子
禮孤雲後來足跡遍江浙阿育王山倉廪空百指張
願欲嚼舌延壽堂中幾病僧囊無挑藥寒徹骨見君
把箇無孔笛吹起還鄉曲一闋此來灌泉走一遭麗
翁由在波旬滅拄杖挑起空中雲鉢盂漉上波心月
默隨春色歸故山江路梅花先漏泄遂邀君來香一
爇重把篇詩呈醜拙此行拗折老藤條選佛場中作

英傑君今三千里外行不涉程途猶自別恰似一壺氷千古光瑩徹

端午述懷

方瀛山上風颼颼五月六月常如秋松花落地鶴飛去萬頃白雲空翠浮夜半蟾蜍落丹井琪林深鎖寒葉暝滿天白露點蒼苔蛙市一散萬籟靜三樹兩樹啼斷猿樹冷樓禽夜不眠數點飛螢戀沙徑山腰石潤悲笑泉鍾聲隔斷華胥路不知蝴蝶甚何處摩挲兩眼揩紙衾人道今辰正端午曉雨初霽梅子肥龍

孫脫籜新燕飛山居蕭然無一物摘薺搗麥充晨炊
憶着往年五月四葛巾羽扇鸞溪市龍艘破浪槳萬
枝鉦鼓聒天旗掣水紙錢飛起函原祠行人往來如
蟻穣桐花入鬢緑繫臂家家禦疫折桃枝庭前緑艾
制緑虎細切菖蒲斟緑醑羨鵝鱠鯉辦華筵冷浸水
團包角黍今年寂寞坐空山山雨山風生曉寒默菴
令我休噫氣作詩畧述山居意安得兩服生飛翰與
君飛上元寥閭免使在世賦辛酸

仙巖行

醉携七尺霜前竹雲錦山前灣幾曲溪頭秋雨添寒緑蛟龍冷浸一壺玉蔓花錦岸紅欲流稻田高下鋪碁局碧巖聳出碧天半鳥不敢飛縮雙足古洞無人石酒酢峭壁仙倉積天粟老猶指顧猶驚呼神剜鬼劃出崖谷搗藥聲乾人已仙萬丈冊井一泓泉風擊古松飛翠蓋日射蒼苔鑄緑錢藤蘿拽樹壁輕煙黄鶴一去今何年天欲夕陽空鳴蟬夜深嶺月向誰圓古寺老屋留數椽殘僧一二掩柴門鐵像面壁蕭蕭然丹爐無火古殿前寒鷄到窗簷息消暮雲衰草覺

山瘦猎衾不煖不成眠虎聲入耳猿聲又幾點殘
落梧桐丹巒紫翠高相鬬何當汗漫跨青牛曉露泠
泠自玉樓

短歌行

我適越君適秦舟掛越帆猶柳下馬回秦首更入江濱
江濱綠柳多煙靄岸下碧水生風鱗四海交游不易
得一州雲月聊相津向來君亦何爲者空自紅生滿
袖塵君行無遽行感我思古人詩禮謾撩虞頓牧笑吾
刀自取苟楊喧君不見趙璧生還燕圖死輕肥關心

不顧身又不見鴻門舞罷已成陳怒撞玉斗豈無因夫誰擊笏血朱泚或者明年貴賈臣題柱高司馬弃繻壯終軍君去幾時回此別休愴神百萬呼盧銀燭夜十千買酒玉樓春

琴歌

月華飛下海棠枝樓頭春風鼓角悲玉杯吸乾漏聲轉金劍舞罷花影移蓋珠仙子笑移蠋喚起蒼潭老龍哭一片高山流水心三奏霓裳羽衣曲初如古澗寒泉鳴轉入哀猿凄切聲吟猱撚抹無盡意似語如

愁不可聽神霄宮中歸未得天上此夕知何夕瓊樓
冷落琪花空更作胡笳十八拍君琴妙甚素所慳知
我知音爲我彈瑤琴琅珮不易得渺渺清飈吹廣寒
人間如夢只如此三萬六千一彈指蓬萊清淺欲桑
田君亦輟琴我隱几爲君歌此幾操琴琴不在曲而
在心平煒如苦萬緑縷一笑不博千黃金我琴無徽
亦無軫瓠巴之外餘可哂指下方爾春露晞絃中跣
覺和風緊琴意高遠而飄飄一奏今人萬慮消淒涼
孤月照梧桐斷續夜雨鳴芭蕉我琴是謂造化柄時

乎一彈混沌聽見君曾是蕋珠人欲君琴與造化並
昔在神霄莫見君蕋珠殿上如曾聞天上人間已如
隔極目靄靄春空雲

食生菜

殘風剩雨放春晴久醉欲醒何由醒枕上扶頭更解
醒五官六吏皆失寧滿園萵苣間蔓青火急掣鈴呼
庖丁細膾雨葉縷風莖酢紅薑紫銀鹽明豆醬麻膏
和使成食如辣玉兼甜氷毛骨灑灑心泠泠

海瓊玉蟾先生文集卷第四終

海瓊玉蟾先生文集卷第五

南極老人臞仙重編

山陰　何繼高　汪乾行　全校

新安　劉懋賢

五言絶句

立春

顓帝位方禪，勾芒印已交。芭蕉有封事，黃鳥莫譊譊。

早行

店遠鷄聲近，月斜人影長。卌三謝風露，拜賜一天凉。

風窗

窗隙針來大，霜風聖得知。耳邊如箭急，直把菊花吹。

遠景

岸樹冥茫外，人家點畫中。斷煙分紫翠，殘照抹青紅。

梅花

影上酥花虬，枝頭蠟糝清。姮娥約滕六，夜半過江城。

江頭

江上初收雨，雲頭尚戀山。歸帆巡古岸，晴草守滄灣。

許旌陽故宅

詩多唐代刻栢尚晉時青想得真君劍猶餘鼓角

示周道士

人行秋色裏詩入畫圖中笑指白雲頂猿啼第一峰

得友人書

千里如天遠三年不此來書從雲外至手把月中開

五夜

五夜風吹露林間鳥喚羣鍾聲和月落驚起四山雲

步自玉乳峯歸

薄暮一凝佇歸鴻千有餘倚松吟半餉月影滿庭除

山色重枯出秋雲似削平可憐松下路月黑不堪行

曉晴

昨夜天成雨今朝水滿池睡酣渾不覺想見竹聲奇

月落松方暗花非鳥正啼青山春窈窕碧草曉凄迷

泊舟順濟廟前

梧葉落滿地西風洗九天鶴聲明月夜曾此繫吾船

山居

月落雞吹角夜長鷄報更山中無曆日日出即天明

山前散策

月影黄昏後詩天限界寬野香尋得見石背一枝蘭

有懷聶尉 五首

身豈能爲患心何可得安想應知鶴怨未得伴鷗閑

北闕投封事南山返故廬李衡千樹橘張琰一園蔬

月濕松梢露溪鳴竹裏風是中有詩味何日一樽同

不是無知己相忘獨有君孤襟開皓月往事付浮雲

劍浦猶殘堠螺江始問津向來風浪惡回首謝靈均

徐道士水墨屏 四首

鷗側風前字烟凝雨後情不知誰氏子持釣立江城

人遠看來短山遥淡欲無水邊漁舍密天際客帆孤

亂山草斜出危岡竹倒懸人家春樹裏山色夕陽邊

霜月沉青嶂汀鷗卧白沙曉風刪竹葉秋霧補山丫

春宵有感　八首

春夜常如歲何妨秉燭嬉百花俱中酒萬竹自吟詩

安得安期棗如瓜恐不然楚江萍似斗秦華藕如船

百念今何女何年遂大刀瑶池春不老誰復敢偷桃

憎卦堤邊柳青絲復爾長自憐愁裏鬢不覺暗中霜

月落知何處夜長無了時幽人春自感鶯燕亦何知

書來相借問客至欲如何自草黃庭去歸來管割雞
命駕承千里論文且一樽春高人易老風雨閉柴門
多愁君自爾不樂我何曾西北山如削明朝約共登

閑吟 三首

東園風雨霽一巷海棠開曲折穿花去深行忘却回
回首鳥啼夜傷心月滿樓直成花命薄不及柳風流
啼鳥千山暮輕風一路清草連江色暝月對夕陽明

聽琴 有序

夫琴滌舒即心喜憂心逸琴逸心戚琴戚琴感諸

心心寓乎琴心乎山則琴亦山心乎水則琴亦水心平風月琴亦倚之而於絃外求之斯道也巳黃庭三疊可舞胎仙紫經九靈可諧造化瓠巴死人非鍾子期鳴呼琴在人亡世無琴矣廬山杏溪高人吳唐英延帝一於絳宮召太和於丹府瀏其所傳而養而嫁之於琴也乎過聽之絃指相忘聲徽相化其若無絃者也故作是詩以美之

十指生秋水數聲彈夕陽不知君此曲曾斷幾人腸

心造虛無外絃鳴指甲間夜來宮調罷明月滿空山

聲出五音表彈超十指中鳥啼花落處曲罷對春風

山菴曉色

燭影奪明月鍾聲撞曉雲蘂盤餘栢子傾作一爐焚

雪窓

素壁青燈暗紅爐夜火深雪花窓外白一片歲寒心

贈船梢

苦海無船渡衆生到岸難勸君齊着力結取萬人歡

風臺遣心 三首

春色濃於酒梅花瘦似詩長青今歲葉染白去年枝

鵶報千林曉梅供一枕香曉來春思倦餘夢尚悠揚
青盡池邊柳紅開檻外花數時長病酒今日且分茶

王艷亭即事 五首

正月梅花盡一溪春雨香燕方尋故壘蜂已葺華房
夙酒縈懷處芳亭桂殯間一鶯黃翠柳雙鷺白青山
黃鳥新聲變青山霽色妍預爲寒食地晴放海棠天
犬見行人吠牛尋熟路囬烟光迷碧嶂花片點蒼苔

偶作 二首

風雨平安日山林富貴天簩芽青露爪蕨萁紫伸拳

露滴中宵月松搖古谷風三身紅菩薩四智碧芙蓉
雪後竹君子霜前松大夫梅殘半點白猿叫一聲孤

飲徹

美事般般四艮辰盞盞雙霜風氷硯水山月影軒窓
盈

褌裏無供給褌頭儘受降賜之湯沐罷投置不毛邦

山齋夜坐 二首

嗅花風入鼻掬水月浮身夜靜焚香坐空山一箇人
驚夢後三咽窺帷月一痕無人空大吠依舊掩柴門

護國寺秋吟 八首

雁過天成畫魚驚水作紋簷牙宵吐雨殿脊曉馱雲
酒弄三竿日詩成一枕風寒聲落鴻雁秋意著梧桐
樓影秋江白苔碑卧夕陽水昏沙暮起一一雁南翔
嫩竹容歸鵲寒松捧落暉危紅和露落空翠撲衣飛
竹手擎雲重松肩荷月高烟收天地闊醉目數秋毫
犬吠月如畫馬鳴人渡橋更無詩與酒虛度可憐宵
香篆孤烟裊燈龕寸火微夢和明月冷心與白雲飛
星似螢千點雲如鶴一雙孤吟寒不寐落葉打空窓

春日散策

水長二三尺梅餘六七花明朝須不雨今晩已成霞

柳眼開何媚蒲芽長得伸寒花方謁日新燕已參春

寒食

日落千山暝風吹一路香燕依花色紫鶯體柳絲黃

冬暮

風落松梢雪山收竹外烟清吟凝醉眼獨立聳新肩

倚馬觀二鶴

對舞鳴仍和雙飛去復回歸家千載遠丹竈付蒼苔

卜居

路似羊腸遶溪如燕尾分青山相領略許我一丘雲

感春

晴少春光淺寒多酒力微一聲山鷓過數點海棠飛

山前行散

人在鶯花裏春歸杖屨中風迎何處鶴宿我洞門松

水蛭

屋宅纔蝸大身軀與蚓般楚王吞不得物賜鷺鷥餐

春日自省 二首

熟語今生莫花開處世紅不知終日醉何以謝春風

雪洗桃花面烟描柳葉眉與春同是夢安用賞春爲

○春晚

我惟東風黠暗知春欲歸盡將楊柳絮剪作雪花飛

六銖 五首

身衣六銖衣笑折瓊林花豈知人間世有人服苧蔴

人間百春秋天上一晝夜六丁驅日輪長過咸池下

紫皇坐瑤臺勑我草洞章落筆三百首飮我白玉漿

我着紫綺裘俯視蓬萊洲手把八空炁縱身雲中游

我醉輒拈麾莫向太帝説要煉五彩石去補西天缺

棘隱壁 三首

苔空綠錢死松老清陰瘦結廬臥白雲栢子燒春晝

幽鳥噪巖谷寒煙鎖薜蘿忽遇金蟾蜍無人自呵呵

碧草正春風雨晴竹落涕白鳥忽飛來點破一山翠

霞隱

仙翁棲紫霞顏童髩不華客來問玄機笑指菖蒲花

露珠

秋河一滴露夜嚥即珠然吹入玉盤裏走盤如許圓

六言絶句

題丹晨書院壁

春晝花明日暖
夏天柳暗風涼
秋桂月中藏影
冬梅雪裏飄香

冬夜巖居 二首

回首青巒何處
長空萬里蒼煙
中酒梅花月夜
懷人松籟霜天

孤澗月華明水
半簾梅影香風
惆悵謫仙何處
無人共倒金鍾

田舍

清閑實天所惜富貴於我何如野馬書空咄咄鹽雞擊缶烏烏

苦雨

櫻桃大如紅乳芍藥開似巨舩不念蝶蜂苦雨姑煩鶯燕祈晴

偶成

柳葉枝枝弄碧花梢點點粘紅尚有幾分春色還我一半東風

午睡

簟織湘筠似浪帳垂空翠如烟一片睡雲驚散綠槐

高處風蟬

秋熱

槐窗過兩項雨竹榻無一張凉風揭蓮花白起月篩

桂子黃香

謝棐文思惠茶酒

先將茶糵薰酒却採枸杞烹茶子謂人非土木賢知

吾豈匏瓜

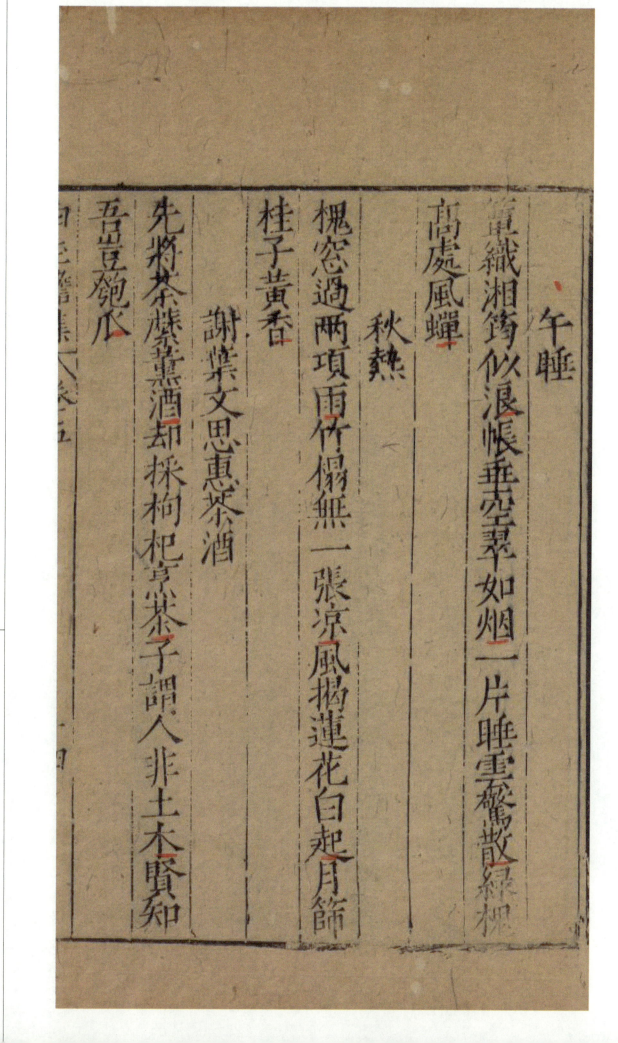

呈嬾翁 六首

倦子冷居姑射居士高臥毗耶鍾置詩盟酒約只自焚香喫茶

酒惡頻將花喫睡醉便把茶澆秋到梧桐枝上夜來風雨蕭蕭

金醴青如竹葉玉娥白似蓮花聞君微恙脫體杖藜欲訪君家

蓮漿嫩風狼籍稻苗得雨精神翻憶武夷九曲去秋艤棹溪邊

[illegible]時梳上化蝶睡起筆下生蛇日長心下無事[illegible]

只是餐霞

秋雨織愁成叚暮雲過眼生花樓鳳亭中寂寞武夷

舊看仙家

七言絕句

武夷有感十首

春

雨霽煙凝正夕陽子規啼斷幾人腸東風不動柴情

思無限落花春自香

夏

鶯喚綠楊抽嫩葉，蝶催碧藕發新花。颯然一點薰風至，日落前山噪亂鴉。

秋

雨餘秋蘚幾堆錦，日出朝葵千簇金。對景適然發清嘯，野猿驚泣綠楊深。

冬

幾尺雪藏山徑暮，一枝梅發洞門春。溪頭昨夜冰寒綠，鳳捲彤雲發曉寒。

曉

風吹萬木醒棲鵲月落西山啼斷猿雲捲翠微深處寺一聲鍾落碧巖前

暮

碧雲紅樹晚相間落日亂鴉天欲昏人去採芝之不知返草廬空自掩柴門

行

兩脚初收起暮煙芒鞋竹杖翠雲邊東風解發陽春意放出落花啼鳥天

住

月冷風清三徑竹猿啼鶴唳一窓雲開門放入前山翠試把星見栢子焚

坐

千山猿吽月如晝萬籟風號天正秋霧濕蒼苔煙漠漠白雲飛夢過瀛洲

臥

巖下煙深人不來白雲寂寂擁蒼苔松花落地鳥聲寂一枕清風送夢回

題精舍

到此黄昏颯颯風巖頭只見藥爐空不堪花落煙飛處又聽寒猿哭晦翁

漁舍

江上蓼花紅似血江頭沙磧明如雪前山後山寂無人一犬夜吠松梢月

午頓

笋方合爪蕨拳好與同參詩裏禪居士闡部令已久爐峯爲我曉生烟

酌貪泉因弔吳隱之三首

人其祿士爲饕盬谿壑民財飽未厭不識隱之心與口酌泉依舊只清廉

酌之一似取廉名未酌泉時本自清向使無泉亦無語不貪不酌更分明

晉人相扇以清名何事因泉始立清清到饑寒妻子地此清太不近人情

栩菴方高士與同散步二首

老槐蒼蒼嫩槐綠小麥青青大麥黃椹已生雛鶯已

去落花不管蜂蝶忙
功名不直一杯水富貴於我如浮雲詩句清妍仍淨
遠游絲飛絮聽繽紛

示如淨講主

浩浩春風泛碧梧娟娟秋水照芙蕖天師佛法無多
子居士身心本一如

重九

蹴風冷雨北山南時見歸鴻度碧潭重九日人多是
醉兩三枝菊總斜簪

閩中曉晴賞牡丹

晴窓冉冉飛塵喜寒硯微微暖氣伸喚醒東吳天外夢化爲南越海邊春

憶鶴

洞裏不知城市改人間再到子孫非有誰尚自看華表何處如今呌令威

夜半

夜半風吹遠夢回直從海上忽飛來回頭但見山三點徹席猶餘酒一杯

朝斗

夜樓一穗玉爐煙，飛入三天最上天。朝罷滿空風露曉，世人應是更貪眠。

過石梯

小傘輕包手自携，步需脚力過危梯。入門失問翁高姓，看盡壁間前後題。

城樓晚望

女墻罵月于城東，暮色初來詩興濃。綠暗紅稀春結局，望中白鳥入青峯。

仙居樓

萬籟沉沉清夜闌樓前獨自倚欄干金雞叫罷松風動三十六天秋月寒

折梅

夜半披衣凭玉欄天風吹露灑琅玕前臺後臺月如水雲去雲來梅影寒

一朶寒香已自奇髙丫兩朶更清姿樹前樹後花都絶折了南枝折北枝

幽興

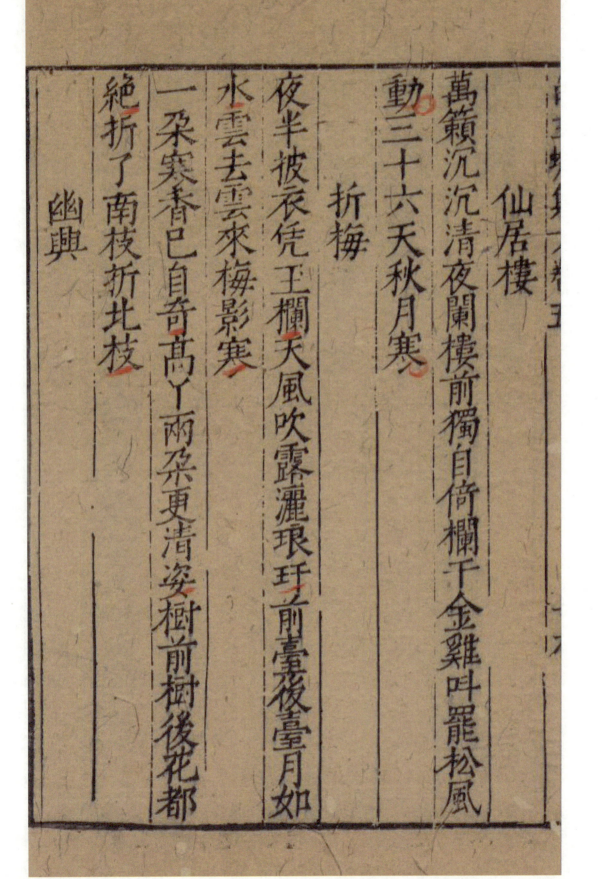

一春病酒廢登臨風攬石楠花滿林山色有無煙聚
散溪光動靜鴨浮沉

夜深

一晚尋思未得詩樓前只有月相知夜深欲睡還貪
坐坐到五更鍾動時

冬燈

觀裏多時道士僧只知貪酒百無能黃昏鍾了無人
跡借得鄰房一盞燈

偶書二首

手撚荼蘼綠酒惡十二欄干凭一角歸興應如春[illegible]
濃前亭後亭花自落
絳闕清都何時到滄海桑田誰與憐三十六天歸路
穩撚花對酒一凝然

墨竹

虛舟惠我一墨竹紙上森森一枝王展向庭前與鶴
看今宵不許枝頭宿

鶯

踏折海棠花一枝一枝花落濕金衣梢將粉蝶直飛

去却在綠楊深處啼

春晚憶故人

車痕馬跡遍江湖且捲琴書又草廬芳草兩堤三月暮故人千里一書無

贈相士徐碧眼

碧眼何須青白爲冰辭虛語不吾欺君看袞袞腰金着曾見騷壇大將誰

雪晴 二首

桃李無言蜂蝶忙曉寒乘昔放春光花將計會千山

雪風爲裁埋一夜霜

早上新鶯語尚蠻花無氣力倚雕欄幸蒙殘雪回頭

早又遣東風薄倖寒

梧窓

夜半山風響翠梧一窓皓月照琴書試將筆架山頭

屋間有清幽似此無

世事如塵掃又生梧窓終日坐寞寞有時飲罷却行

樂並着風吹閣上鈴

盤雲

今古無門閉是非無心出岫已知機千今收拾歸山
谷不逐春風上下飛

筆架山頭一片雲般旋巖谷不求伸時人只恐清風
起吹作皇都雷雨春

戲鶴林

柱下固能官老子漆園亦可禄莊周鶴林不仕知何
意快取青氊趂黑頭

覽鏡

歲事輪輕好送窮頭今未雪臉猶紅一回覽鏡一回

老天已安排欲我翁

○黄岡

海山千里起風沙拂拂籃輿細雨斜雲裏桂松連岫碧自酤市酒慰蕉花

贈別徐監觀

曉來自點素馨湯兩朵蓮花隔宿香夜醉至天今猶未醒荔枝取次對離觴

送鄭陽春

前身莫是鄭安期井竈重來跡已遺瀾底菖蒲無可

來共君細讀漢時碑

蝸牛

有宅一區長自負受田百畝不能耕壁間銀篆方猶濕早已枯然夢兩楹

早秋

雲來雲去狀秋陰細雨籠晴夕照沉半夜月明千籟靜一聲猿叫萬山深

七仙寺石屐

踏遍三千及大千除非鐵脚始能穿當時達士屌持歸

去何事傳來到七仙

古人參罷祖師禪已證如如不動尊想見脚根堅似鐵履鞋化石儼然存

次韻王將仕

散髮披襟樂醉鄉從朝笑語到斜陽坐來一片蟬聲夕不信人間有此凉

白霧重重山後山山光樹色有無間是中紫翠皆詩料病起無聊着句難

示周道士

前山隱隱起雷聲細雨絲絲濯旱氣何處飛來松上
鶴晚風吹斷九天雲

秋日書懷

桂花已是上番香楓葉飄紅柿葉黃社日雨多晴較
少秋風晝熱暮差涼

檢點秋光莫問天只從鴻鴈見推遷未霜楊柳老多
病既雨芙蓉美少年

秋風秋雨索人詩雲放千山翠色奇重九數來還漸
近木犀開了不曾知

殘春

昨日春光更水涯水涯今日已春賒春歸只道無蹤跡尚有青苔一片花

蕭侍郎故居

玉笥山前蕭子雲手攜白璧戲青春碧壇夜夜松風起八十二人朝玉宸

行春辭

一斗百篇誠有之無人知我只春知吟逢蝴蝶即莊子醉見海棠眞貴妃

春來春去不知時只有詩人冷眼窺夜雨措磨好山
色曉風擡舉舊花枝
匠園是日是花開我又何辭不醉來并有人焉蛙兩
部日之夕矣蝶三毫
借彼笙簫鼓笛中詩人隨分得春風提壺處處著監
酒布穀朝朝講勸農
幾日春功似有加曉來萬象盡排衙羣鶯主管園林
事一雨巡行桃李花
終日尋春入醉鄉不知何處見春光風條舞綠水湯

柳雨點飛紅山海棠

政是風嬌日駃天薔薇粉褪海棠蔫貴人那得看花福多在綠窗猶醉眠

綠楊無力暖相依不管黃鶯訴落暉水被魚吹成百點花爲蝶攪逐風飛

寶馬香車政踏青豈知已自過清明燕雛告訴花都落鳩婦丁寧雨速晴

山歌

中秋夜月白如銀照見東西南北人古往今來人自

生月落幾番新
典釵賣釧買中秋買得中秋醉又休明日酒醒無米
煮兒啼妻怨甚來由
人來人去唱歌行只道燈明不月明月不如燈燈勝
月不消觀月但觀燈

農歌

上田稻似下田青乳鴨兒鵝陣陣行稻熟酒新鵝鴨
大村歌社舞賀秋成

春晚行樂

一點春山一點愁一絲暮雨一聲鳩病中況去支緣詩
苦夜去可堪無酒休

今夜逢知春欲歸望春不極立多時草迷野渡黄西
岸月挂寒松上下枝

曉雨初收翠靄濃此番二十四番風忽驚春暮翻爲
雪乃是楊花飛滿空

落紅庭院緑池塘語燕啼鶯亦可傷露釋柳吹花春已
老嗔槐成幄日初長

舟中晚眺

立船倉揭起篷晚來帆幅飽西風望他鴻鴈一雙
去過了峯巒千萬重

不成無語立江濵事事堪吟句句新白鷺前身真釣
叟青山今日是詩人

江上散縱

欲曉江頭杖策徐一一峯西去衆峯趨不知林裏猶僧
寺少立忽聞敲木魚

○話舊

風露三更月一簾共君握手不能厭酒盃瀟又榴花

色燭焰斜抽柳葉尖

夏日遣興

枕簟來尋李盟銀床金井已關情牡丹芍藥成前
輩茉莉素馨方後生
素馨熏點粉描筆紅藕花開金鍍杯乳燕新蟬相對
語詩人何日不亭臺
因醉青山翠打圓詩人坐久澄忘歸橋邊荷芰歌頭
衣底蜻蜓仰面飛

聞子規

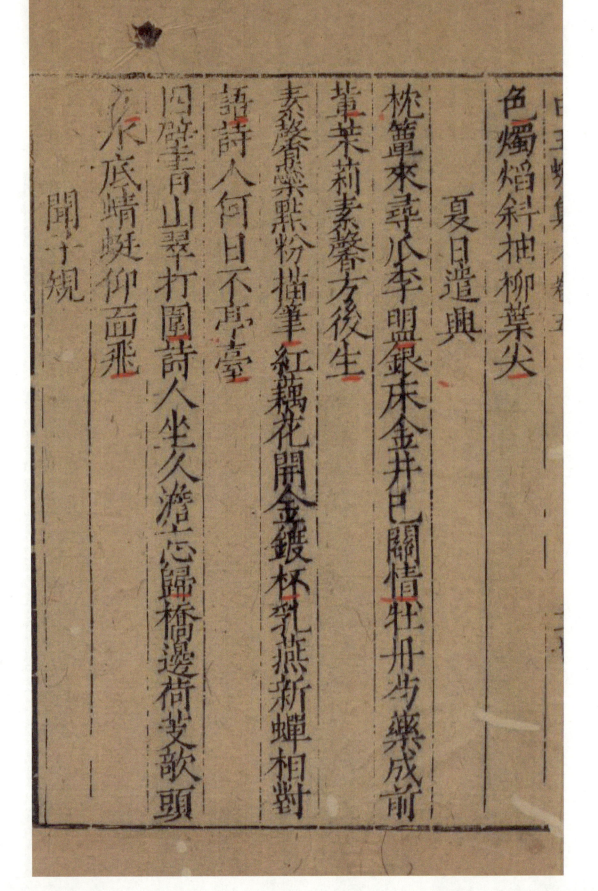

二十年前怯杜鵑枕邊時把淚珠彈如今老眼應無
淚一任聲聲到月殘

問子規

緑柳陰中問子規勸人歸是勸春歸人須回首春須
暮何不成都西去飛成都一作青城

潤夫飯僧畢春相款信宿告歸

夢中也學雲峯路未老來游蒲澗山無數老僧閑道
士笑人騎馬出松關

送鄭道人歸羅浮

鐵作橋梁雲作蓋石成樓觀水成簾歸時猿鶴煩傳

語記取前回白玉蟾

贈徐鍾頭

樓上踈鍾撞月明五雲影裏一聲聲九天星宿皆朋

斗人世曉雞渾未鳴

問春

不教蜂蝶略來此乙意是春神病酒耶燕語鶯啼今幾

日風魔雨難許多花

舟行

梢子歡呼御曉風詩人亦自起推蓬數來數去山都亂忘却前峯與後峯

秋園夕眺

木犀倜儻散麩金松舉笙竽竹奏琴臨水芙蓉自見女鏡邊刺繡晚沉吟

夏夜露坐

披襟岸幘藕花橋一片哀鴻度碧雲新月出來真解事嫩蟬吟得自無聊

春宵酌雨

◎

更無半點海棠飛一聽黃鶯雨裏啼啼得碧宣紅紫
破淡煙芳草滿長堤

嘲杜鵑

杜宇聲聲蓋自嗟春殘何事更天涯不歸則是歸還
是伊是無家或有家

曉巡北圃七絕

隔水人家似畫圖鬢邊香露綴成珠日高丈五雲猶
宿鳥鵲已歸三哺雛

柳色花光映曉雲半窓紅日已東昇行人隔水自相

語無數鶯啼聞不曾

蜂蝶如知春欲歸雨餘鶯亦縷金衣東風盡把楊花

剪吹作滿城輕雪飛

池邊弄水手猶冰藕臂風寒更栗生柳葉春深槐葉

淺桃花夜暗李花明

非雲爲侶更無人獨倚雕墻詩思冥日色淡紅煙色

紫山光濃綠水光青

雨餘花點滿紅橋柳雪粘泥夜不消曉霧忽無還忽

有春山如近又如遥

游人脚踏杏花泥花片吹風風點綺衣爲復蹙否催杜
宇是他杜宇喚春歸

水村吟霧

淡處還濃綠處青江風吹作雨毛腥起從水面縈
嶂恍似簾中見畫屏

巖下聞鵶

行繞松林不見鵶只疑山後噪査査更移數步俄回
首縮脰蹲身立樹丫

枯松

霜鱗雪爪一枯松恍似湖心見白龍想得呂仙留眼
化筆雲攫霧欲騰空

示英州風僧

宗門老衲舊威儀刑配字年來老轉青誰道南能無一
物如今英石盡銅腥

江亭夜坐

月冷松寒露滿襟天容紺碧鶴聲沉夜深獨把欄干
拍只有長江識此心

東山道院

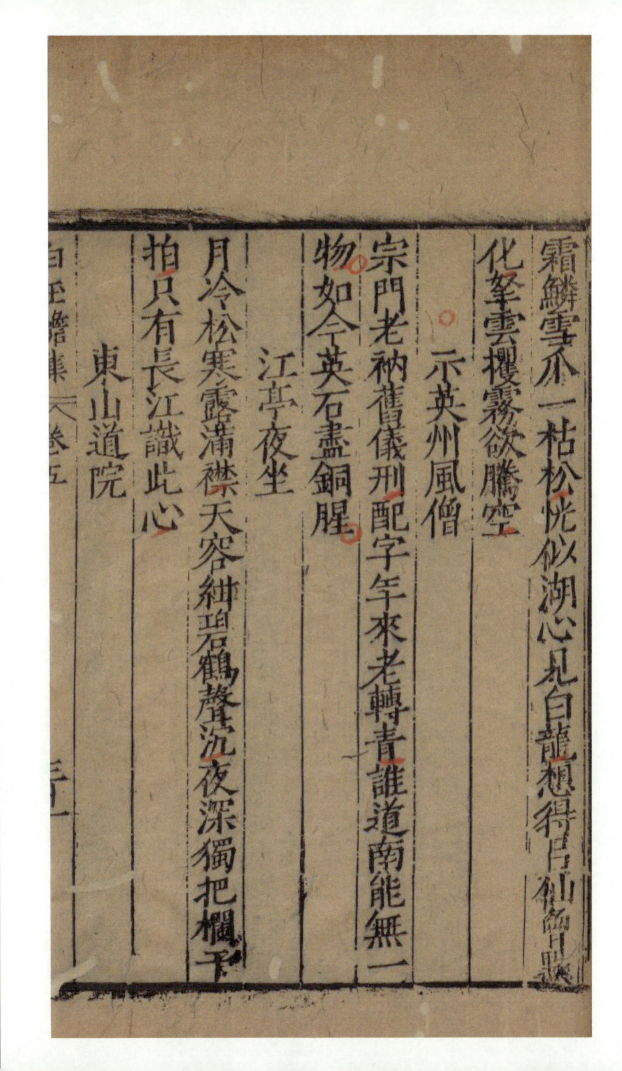

煙月荒凉野色寒松梢滴露夜將闌人家朧絶無鷄
犬一鶴飛來點翠山

暮色

江煙漠漠月昏昏一點漁燈貼岸根風攪長蘆鷗睡
起游鱗觸動水花痕

牛渡問舟

歲晚行人苦欲分山昏水暮鳥尋羣舟行棹進空回
首一望蒼梧但白雲

泊頭場劉家壁

春深空度可憐宵江岸風沙好寂寥人問孤舟多少恨五更寒雨報芭蕉

羅浮山上過鐵橋

飛雲頂下見羅浮五色珎禽繞石樓行過鐵橋猿嘯罷稚川丹竈冷颼颼

繪蓮

筆底荷花水面浮纖毫造化奪工夫爲誰畫出生綃上泰華山頭玉井圖

濃淡色中勻粉膩淺深痕上著臙脂華堂展處南薰

起二似西湖六月時

劍池

人間無處著青蛙池水清泠浸落花幾度清風明月夜悵然無語憶張華

九曲雜詠

流水光中飛落葉白雲影裏噪幽禽入間幾度曾孫老只有青山無古今

一曲昇真洞

得得來尋仙子家昇真洞口正蜂衙一溪春水漾[illegible]

碧流出紅桃幾片花

二曲玉女峰

插花臨水一奇峰玉骨冰肌處女容烟袂霞衣春帶
雨雲鬟霧鬢曉梳風

三曲仙機巖

織就霓裳御冷風玉梭隨手化成龍天孫歸去星河
畔瀨洞白雲機杼空

四曲金雞巖

水滿寒潭潭著月山藏空谷正吞烟金雞初報洞中

曉咿喔一聲飛上天

五曲鐵笛亭

滿天沆瀣起清風白鶴飛來上翠松月冷山空吹鐵笛一聲喚起玉淵龍

六曲仙掌峰

仙子捫蘿上翠崖巖頭舊有煉丹臺至今石上留仙掌千指春葱漬綠苔

七曲石塘寺

高僧參透趙州禪披寺移歸兠率天天聖二年四月

朔一宵雷雨撼山川

八曲鼓樓巖

萬丈高巖聳石樓雲靄烟樠瞰寒流幔亭昔聚曾孫
宴石鼓峯歸古渡頭

九曲新村市

落日移舟上碧灘桃花林外見青山耳邊忽[illegible]聞雞
犬不遇劉郎不肯還

九曲櫂歌 十首

武夷

三十六峰真絕奇一溪九曲碧漣漪白雲遮斷不知
處誰道神仙在武夷
一曲
幔亭峰下泛仙船洞口瓊花鎖翠烟一自魏王歸絳
闕至今哀怨嶺頭猿
二曲
山下于今幾代孫當時簫鼓寂無聞丹爐復爾生春
草玉女峰前空白雲
三曲

仙舟停棹架巖頭黃鶴歸天今幾秋滿洞桃花人不見一溪緑水爲誰流

四曲

萬頃秋光無著處滿潭清水瑩青銅金雞叫落山頭月淡淡寒烟颯颯風

五曲

聞道誰知鐵笛聲石崖轟裂老龍驚當年人已服丹去千古荒亭秋草生

六曲

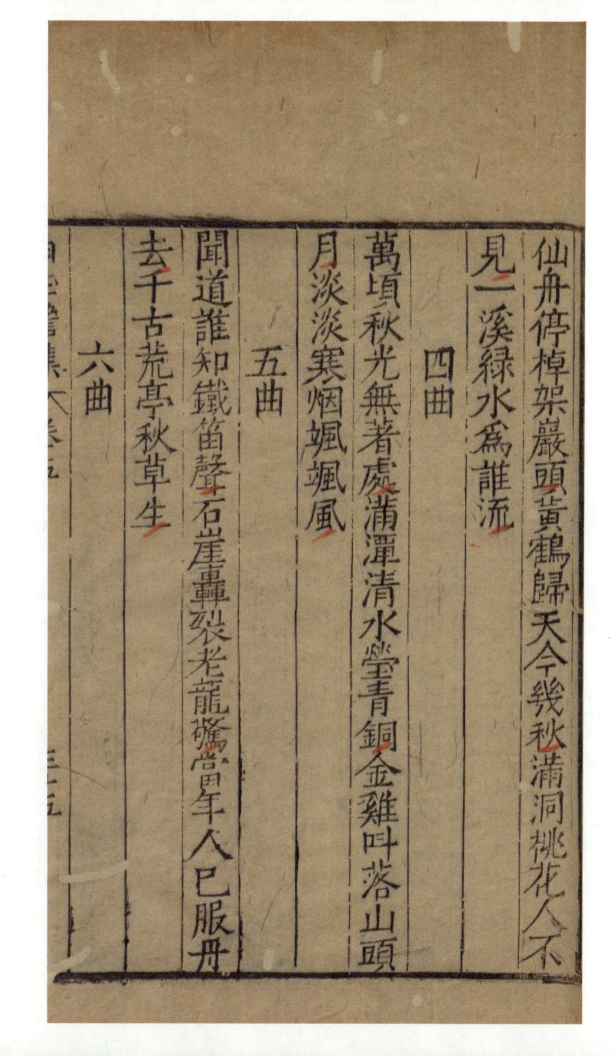

仙掌峰前仙子家客來活火煮新茶主人搖指青煙裏瀑布懸崖剪雪花

七曲

寂寂秋烟鎖碧灣往年此地有禪關水神移入龍宮去三夜風雷吼萬山

八曲

幾點沙鷗泛碧流蘆花兩岸暮雲愁鼓樓岩下一聲笛驚落梧桐飛起秋

九曲

山市晴嵐天打圍一村雞犬正殘曛稻田高下如棋
局幾點鵶飛與鷺飛

華陽吟二十二首

家在瓊崖萬里遙此身來往似孤舟夜來夢趁西風
去目斷家山空淚流

海南一片水雲天望眼生花已十年忽一二時回首
處西風夕照咽悲蟬

白雲和識到天台眼入青山意豁開到彼山中結茆
屋空餘千古夜猿哀

拄杖隨身入武夷幔亭峰下雪花飛行從九曲山頭看萬壑千巖翠打圍

武夷結草二年餘花咲鶯啼春一壺流水下山人出洞巖前空有煉丹爐

得訣歸來試煉看龍争虎鬭片時間九華天上人知得一夜風雷撼萬山

白馬江頭咲一聲紅光紫霧水中生急抽匣內青蛇劍攪得黃河徹底清

移將北斗過南辰兩手雙擎日月輪飛趂崑崙山上

去須臾化作一天雲
戲泛金船到海涯暗隨海水度流沙一從登著蓬萊
岸去看瓊臺閬苑花
人身自有一蓬萊十二層樓白玉階姹女金翁常宴
會學前夜夜牡丹開
性事教人唉幾迴男兒今也會懷胎自家精血自交
媾身裏夫妻真妙哉
一吟一醉一刀圭真炁真精精滿四肢若到酒酣眠熟
後滿船載寶過曹溪

元神夜夜宿丹田雲滿黄庭月滿天兩箇鴛鴦浮綠
水水心一朵紫金蓮
饑餐一兩黒龜肝寒向丹田猛火山但見心頭無點
事不知人世有饑寒
青牛人去幾多年此道分明在目前願識目前真的
處一堂風冷月嬋娟
片餉工夫煉汞鉛一爐猛火夜燒天忽然神水落金
井打合靈砂月様圓
一泓[illegible]水滿華池夜夜池邊白雪飛雪裏有人擒玉

兎趕教明月上寒枝
不動絲毫過玉關關頭自有玉京山能於山上遍來
徃風攪九天霜雪寒
誰識週天造化工于今變在片時中只將鉛汞入真
土煉出金花滿鼎紅
昨夜三更雷撼山九天門戶不曾關曹溪路上分明
見有箇金烏入廣寒
悉蓋山河心膽麄不能學劍不搜書夜來掇得乾坤
動火候溫溫守玉爐

拈弄溪山詩伎巧吐吞風月酒神通且將詩酒賺人眼出入紅塵過幾冬

贈詩仙

學詩有似學仙難煉句難於學煉丹換骨脫胎君有訣烓香特特扣詩壇

題光孝觀

偶然騎鶴去游仙來訪泉山古洞天一劍當空又飛去碧潭驚起老龍眠

贈藍琴士二首

江湖見說老盧公今日相逢在玉隆竹樣精神梅樣骨兒君梅竹在胸中

逍遙閣下暮烟生相對無言坐復行彈盡胡笳十八拍床頭劍吼月三更

夜來莫說西山冷見說廬山夏有氷直恐與君相别後鶴聽猿嘯作琴聲

清靜經

大地山河一卷經拈來題目甚分明山花野草皆談說蠢動含靈側耳聽

招賢道士

解鞍默默對斜暉無限詩懷在翠微一句秋鴻來入耳兩行客淚下霑衣

秋思

滴盡池荷無奈雨吹飄井葉可憐風溪毛山骨猶無恙尚有蘆花對蓼紅

徐仙 崇安縣黄連坑

採樵有遇纔三日歸路還家已十年自古得仙非苦節此坑安得號黄連

憶西湖

銀月窺人夜漏沉斷蒲踈柳怱關心西風為報西湖
道留取芙蓉供醉吟

問花

驀地詩心到海棠問花開未曉來忙村童熟睡不知
喚惟有流鶯語似簧

梅花醉夢

紙帳梅花醉夢閒了無它想鼻雷鼾鴛愁鳳悵不入
枕睡覺身幾在廣寒

栢子家風

山居剩得靜乾坤竹鼎時將栢子溫會似趙州參得透等閑莫與俗夫論

首夏三首

懶中倍覺我神清煩惱如今葉似輕青士庭前銷晝暑蒼官枕上送秋聲

日與浮雲相往還落花啼鳥總相關初無東觀北門夢只在西山南浦間

滿目晴巒總是詩詩情飛絮逐遊絲雨肥碧澗落花

水風瘦青松啼鳥技

與求興觀主梅

破袖懸鶉鬢髮蒼山前山後樂相羊三更月影如酥白一樹梅花似雪香

玉豔冰英絶可憐即之時復一嫣然姑蘇日暮逢西子采石江明見謫仙

春詞

春光若海渺無邊日暮歸來泛玉船紅釅海棠紅似雪翠嬌楊柳暗如烟

千紅萬紫競繁華，賞燕多依富貴家。上巳蘭亭修禊
事，一年春色又楊花。
瘦沈皤潘莫自匆，花邊有酒且從容。春三二月東風
裏，鶯百千聲翠柳中。
柳困花慵風力輕，脫禪衣裌過清明。喚晴喚雨鳩無
準，飛去飛來燕有情。
日上禪衣試綠羅，情知春去亦無何。風吹一架荼蘼
雪，酒惡頻將玉蘂挪。
晴簾暖幕咲如烘，春事還歸縹緲中。紅藥一枝寒食

過東風萬點海棠空

春色將窮詩未窮聞樽姑為慰東風偶然行到青青上尚有殘英一片紅

祈雨伏虎菴

梵相無言旱氣杳三農無飯欲蒸沙猿頭香積咸禾穗塵尾天花化雨花

冬夕酌月

半規新月滑如瑿流入清樽一吸無明日定知廣寒殿姮娥失却水晶梳

兔冷蟾寒桂影疎化爲霜露瀉庭除已驚植物冰台

齒莫弄梅花累爾盧

二毛可惜雪霜侵日有清都絳闕心夜冷鵲飛詹外

影庭空鴻唳望月邊音

贈明講師

昔從師在月巖時我過鵝湖郎語離每見孤鴻每生

感不曾一日不相思

豈謂東吳得再逢二俱老盡少時容來從上國鶯花

裏隨在輞川圖畫中

雪中

朔風吹冷裂窓紗重把羅幃繡幕遮青女先將霜起早素娥始放雪飛花

暁來紅日尚羞明四外彤雲欲許晴一夜九天開玉闕六花萬里散瑤英

飛廉滕六逞寒威費酒陪詩爲解顧雪待夜深飛落盡梅嗔風惡放開遲

龍虎山祈雨早行有作

兩三條電復無雨六七點星微上雲鞭起卧龍我騎

去揮戈叱問五雷君

題棲鳳亭

亭前緑窑王成叢鳳宿枝頭烟雨空簫管一聲人未
寢蕭林明月浸清風
竹也多年管風月鳳兮幾夜宿雲烟林間有客吹簫
去竹化成龍鳳入天
潘氏亭前飲一宵酒酣對竹嘯瓊簫不知棲鳳來多
少鳳去人歸竹寂寥
聲傳琴瑟鳳生棲影瀉琅玕月滿庭白鳳飛來枝外

宿夜深點破一林青

梅花有嘆

蒼苔玉甃委西施玉膽冰姿尚伯夷春色一般清濁
異梅花亦自有安危

中秋月

千崖爽氣已平分萬里青天輾玉輪好向錢塘江上
望相逢都是廣寒人

卧雲

滿室天香仙子家一琴一劍一杯茶羽衣常帶煙霞

省十二闌干謾雨絲

琴

夜靜無雲月似銀青宵鶴唳一傷神子期王骨寒於雪世上知音能幾人

天窓

屋頭除却數條椽政好臨風對月眠行客只從門外過豈知屋裏有青天

七臺山

六月泉[illegible]寒斜陽染出淡紅山白雲纔惹青[illegible]

老不見龔劉振錫鐶

春風

一一鬚稍一霧珠曉來雨意尚躊躇落花也避東風惡水面相驅韓向隅

燕燕于飛引蝶狂嬌鶯歌懶咲蜂忙庭前嘗草臺前竹也學春風舞綠楊

底事東風若欲寒不教詩客縱游觀無端虛把鞦韆送落盡梨花似雪團

遠草將人雙眼行飛花誤蝶乞流鶯更饒一夜東風

勞且博三朝五日晴

觀物

蜂占薔薇封食邑蟻侵蜾蠃借軍須雨天風急鳩呼婦水國烟寒鴈喚奴曉鷺守溪圖口腹暮蛛借屋許家生不羈野馬空中駛無端蝸牛壁上耕

荷池追涼

清曉無人知此涼岸巾植杖立銀塘晴霞燒眼收將斂荷葉坐風綠水香

舟程苦遲

水馬輕便勝陸行衝風遡水友多程溪流詰曲成千摺雲色陰晴沒十成

曉醒追思夜來句

孤夢歸從偃月城清寒入骨倚危亭雪花散作楊花片酒色酣來竹葉青

茆屋蕭然詩滿懷一天風雪白皚皚身如紙帳梅花夢心似香爐栢子灰

孤雲野鶴寄山家不料寒空瑑六花越樣月明渾不

夜箇般天氣好分茶

竹林如洗静娟娟雪意猶酣曉色鮮雲纏山腰腰帶

緩雨沾水面面花圓

立馬待舟

拂曉匆匆馬首東嫩寒初破酒無功自知霧帽清珠

濕少立霜橋脆玉鬆

夕眺風泉亭

風泉亭壽光涵空爽氣在野岡嶺伏羅烟嵐飛浮

風吹雲來自送鳥去欽爾神會恍如天游幽泉琮

琤不能自已於是乎詩

苒苒斜陽戀竹邊秋陰慘昧響寒泉如何今夜成無
月却遣西風一問天

拄杖相尋訪夕陽詩肩獨聳到昏黃且頻洲土西風
起黃葉聲中秋意長

西風黃葉夕陽村山水蒼寒霧靄昏手撚菊花都是
淚枯松骨並綠毛鬈

鳳簫閣翫月

一醉高寒清到骨四無塵滓月當空光芒萬里今道

昔宰落十年西復東暮靄收無歸鳥盡鳳簫閣上聽松濤宿枝不穩鷄飛起照水當中月上高

畫閣巋然百尺危吹來花片懸春坏黄昏壁月溪心浴白晝銀盤水面飛

鳳簫吹斷無人見但有寒光拂太虚仰面笑天天亦笑此心如月月何如

栩菴同步偶成

枯木冷灰甘寂寞片雲孤月自優游君生平事皆如

夢我兩眉間不著愁

同鄧張舟林片雪二友晚吟

扁舟如葉片帆孤少霽臨江得句無雨竹似人扶酒病風松學我撚吟鬚

君非愛此數峰青青戀扁舟尚蓼江群鴈橫空成一字孤螢度水似雙星

江天漠漠但黃蘆鴈鶩相呼日已晡雨過月如金趙壁烟深山似紿秦圖

上元觀燈

張樓

前度相逢一似曾瘦覓金鐲可憐生綠窗來戶如無恙酌我百杯秋月明

中秋

風卷青天落大江江風江水白春撞萬千人看中秋月十二樓開八面窗

黃樓

文章道德今誰似事業功名我不無十載江湖一杯酒夜深說與董歸女

對月

深秋荷敗柳枯時霜蟹香橙副所思月要人窺嬌不上風知我醉放多吹

醉袖舞低千嶂月清歌遏住九天雲鴻歸燕去傷秋老鶴唳猿啼覺夜分

烟鬟雨鬢到今朝嫩火温香破寂寥月下飲殘千日酒雲窗間吹斷一聲簫

水澄熊白成壺酒楓染猩紅滿路旗坐待西風迎素月青天唉我獨詩癡

谷簾下

紫巖素瀑展長霓草木幽深霧雨淒竹裏一蟬聞竹外溪東雙鷺過溪西

步入青紅紫翠間仙翁朝斗有遺壇竹稍露重衣裳濕松裏雲深夏亦寒

棲真觀

鞭雷斬蛇震南昌拔宅昇天謁玉皇西嶺雙楓南瀑布自言曾識許旌陽

感興

又見荷開滿故園底紅昨紫儼然存畫梁飛燕前身
趙曲檻歌鶯阿姊樊
酒與詩狂似蝶蜂終朝上下逐東風梁間燕共何人
語庭下花無百日紅

夜坐憶劉王淵

多多瀉酒愁無況久久吟詩淡有情花作雪飛深一
寸月隨雲上恰三更
夜已三更忽坐忘吟魂醉魄政悠揚孤鴻見召聽寒
角殘月相辭過粉墻

冰枯雪老尚天台使我詩腸日九回歸去來兮須歲
暮歲去暮春矣不歸來

蟋蟀二首

白髮秋來又幾莖萍蓬湖海困平生三更窗外芭蕉
影九月床頭蟋蟀聲

秋暮何聊飲不多素空皓月舞傞傞也知落葉風前
拍似應寒蛩砌下歌

贈觀菴主

蹲鴟味美還師獨榾柮烟青喜我同拄杖出門誰會

得松梢浩浩嘯天風

湘江遇雨

騷人載酒泛瀟湘，預約寒鷗立岸旁。雨點斷蓬休作梗，浪聲與枕始相忘。

寘鴻閣即事

臘雪飛如真腦子，水仙開似小蓮花。睡雲正美俄驚起，且喚詩僧與鬭茶。

雪白霞紅雲色黃，晚風先辦曉來霜。吹開一路江梅蘂，薰作九天沉水香。

贈沙書先生

生蛇滿地走知飛入石三分未是奇機取恒河歸掌
握掌毛不動始知機

陶弓手棄役入道

青黑文身志氣豪生擒六賊脫塵勞當年尚有彎弓
手射殺三尸入大羅

山居

松竹成林雲氣深洞門風冷綠苔陰落花飛盡青山
在幽鳥聲中野客心

悄衾滴破松梢露草屩淘穿石縫泉猿在嶺頭聲未
斷道人月下伴雲眠
一片幽心臥紫霞松稍凝翠夕陽斜尚無心緒聽啼
鳥那有工夫掃落花
竹風瑟瑟野猿號月下酣眠不脫袍恐致丹爐傷白
蟻懶燒松燭惜飛蛾
天靜無塵夜半時鵲鳥啼罷衆星稀數峰明月光無
盡一洞閑雲淡不飛

即事君子堂

墻頭榴火正燒空風削蒼雲作數峰避葉荷花知避
暑病香愁態若爲容
南薰喚起蓮花悟西照催歸燕子忙自洗霜刀來切
藕傳君嚼玉嚥冰方
招風竹下涼生扇弄水荷邊香滿衫自拾落花揩面
汗喚將紅白酒相攙
枝頭尚有爛黃梅次第荷花白者開庭雀被人驚得
慣作群飛去又飛回
自點雌黄改自詩學衣不著著蕉衣前山何故枯松

上半月巢空鶴不歸

雙谿館

雨點文章翰墨崖夜翻雙鶴入青宜樓前為憶張華劍八百年來無血腥

書懷

一春十病九因酒三月都無兩日晴明日乘驢芳草路綠楊深處聽啼鶯

山色未教晴日染松聲時聽晚風梳韶光九十去無幾春雨春烟鎖翠蕪

奉酬瞿菴李侍郎 并序

愚嘗爲觀使侍制侍郎鳴珂枌社觴詠自娛游雲宿簷奇峰走案心融目悟與物爲春動容周旋義聃左右自非服雲餐吸月液者不能爾也方茲霜醉雪嬌酥擢玉葵蜂鬪露葉雀搶風英發爲聲詩五雲絢目豈山野之所宜且豪義暖情香詞珍翰綺得之如嚼玉饕香於玉山之前矣勉强次韻聊以解頤學伯夷者未得其清先得其隘學柳下惠者未得其和先得其不恭蠻語侏離然雖續貂其殆

類狗者也

坐對梅花撚白鬚吟邊有酒不須酤松窻昨夜冰生硯凍合銀床讀易朱

南枝纔放兩三花雪裏吹香弄粉些淡淡着烟濃着月深深籠水淺淺籠沙

全是山林居士風不知位重更官穹名書玉几金甌內心在蒲團紙帳中

滿月世界琉璃光通宵不寐據胡床語言玉潤篇篇錦心膽氷清字字香

酒紅沁面暈成霞笑撚吟髭數暮鴉不入朝廷鴛鷺侶自甘白髮插梅花

見鶯

夜來新長水三尺雨過橫流春一溪翠柳顰眉花閣淚亂鶯空對婦鳩啼

鮮怡寡樂負清明簾外花如紅淚傾又是殘春將立夏如何到處不啼鶯

一鶯飛去一鶯啼桃李一空春已歸踏破蒼苔殊可惜坐看流水挽斜暉

幽居雜興

岸花洗面初收雨江草搔頭已怯風獨立無聊聊送
目西邊落日叫孤鴻
陽春有脚三杯酒野戰無譁一局棋見說王門甚炙
手抱猿弄鶴不曾知
月來佐酒如隨牒花自從詩名寄名盡把煙霞歸節
制閑中排日聽泉聲

流懸

蒼崖萬仞倚空寒一道飛泉瀉半山到此倚欄聊植

杖少時款款入松關

洞明軒

夜坐幽堂聽玉泉松號風吼不成眠蒲團裏面真消
息猿叫千山月正圓

元旦在鶴林偶作

東風吹散柳梢雪一夜挽回天下春從此陽春應有
脚百花富貴草精神

酬顔宣教

柳梢黄鳥韻綿蠻屋雨將春晴鎖關鎮日吟詩無好

句坐看乳燕語梁間

螺青山下皆地錦花

螺青山綃青螺髻地錦花鋪錦地衣雨過花嬌山色

僑凝山解舞欲狂飛

許天游見過

彈外西風風外葉雁邊落日日邊雲詩仙世界無疆

場一片青山共子分

江口有懷

霜將楓綠染爲紅風把蘆花縷作茸雲自暮天誰釘

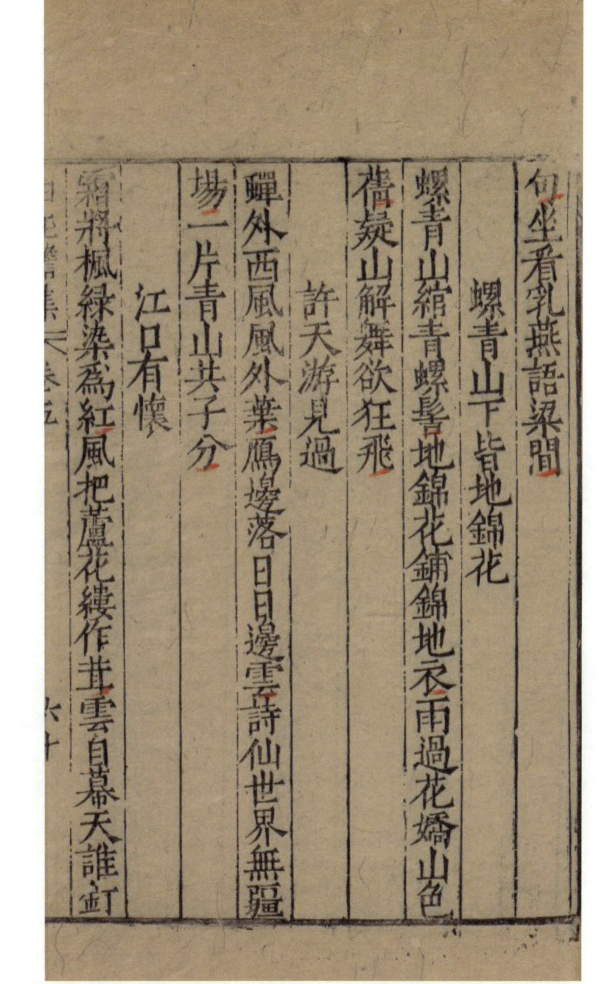

掛月來佐酒與從容

丹楓偷落風無覺白鷺徵行魚不知兩地南樓今夜月一般清皎百般思

飛行

飛行三十六天門我是東華上相孫戲把蟠桃剜出核玉童持去種崑崙

劍光長啖古劉家不斬流星只斬蛇縱得歷年三四百蟠桃猶自未開花

龍潭

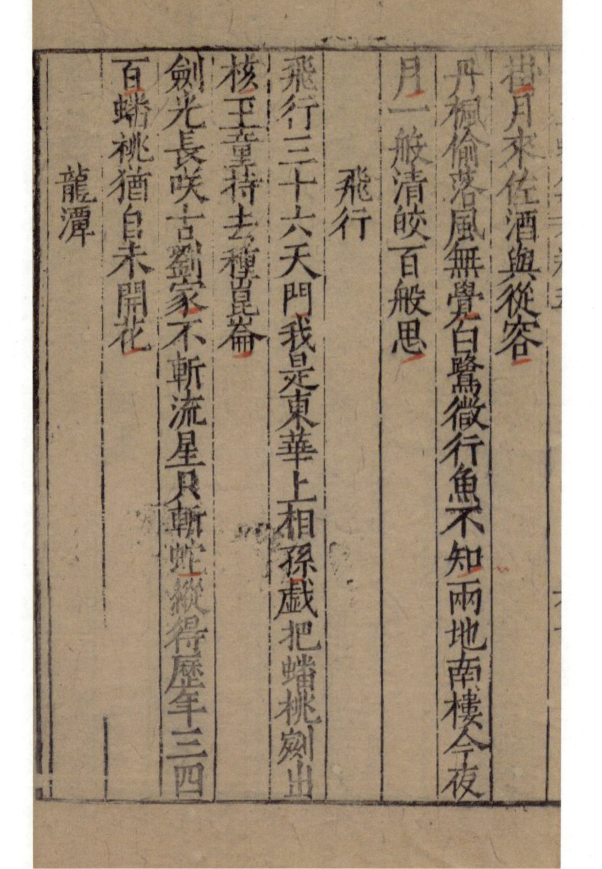

尖峰簇簇穿林笋曲徑盤盤繞樹藤中有古潭深萬丈老龍獨卧似禪僧

鷲崖却立挨斜日老檜前臨接斷烟水鳥負暄閑整翼山禽相賀已晴天

雙蓮

一池蓮蒼淥紅霞並蔕雙花足賞嗟醉面相看誰得似三郎夜飲王真家

傷春詞寄紫元

幽人抱膝掩柴門八九漁家烟水村坐對青山兩無

語春風春雨送黃昏
幽人何事苦傷春春雨無端愁殺人不但幽人獨愁
然江頭多少柳眉顰
孤村古館雨凄凄客裏愁聞鳥夜啼桃冷衾寒纔閉
目春風吹轉夢魂迷
望眼生花淚已枯青衣也合遞歸書客情無柰春風
雨更問春空有鴈無

次韻永興王宰游鍾成觀

萬斛蒼烟戀釣磯一川秋綠漾清暉空明隱映流光

薄翻憶當年蘇紫微

眼力招田西去山風蘋烟蓼白鷗閑歸舟滿載斜陽

返欵乃一聲空翠間

霜夕吟月

神飄骨竦影悠揚獨燃吟鬚惱醉腸霜月慰人於冷

寞溪梅挑我以清香

吟魂縹渺邁霜空立影惸然翠閣東素臺半鈎西面

月生憎一箭北頭風

月夕書事

悲秋念遠夜將闌黃葉乘風直斬關微白一鈎天外月淡青數點海邊山

疑潮

卧聞雨吼是潮奔直恐橫舟墮海門凡百可疑多若此萬今千古共誰論

落梅

惆悵風前問落梅既開不久底須開芳心未忍輕離折更遣殘香度水來

贈何畫梅

一枝照夜向清寒況似孤山䇿馬看却恐春風各手
賴泄他消息貌他顏

舟次吉溪

十年三過吉溪灘想被溪梅笑往還塵暗壁間題跡
舊滿斟杯酒慰寒山

送晉上人游鴈蕩

嶺外猿啼秋樹月林間鶴唳曉松風此行鴈蕩須參
透依舊歸來至凡峰

嘗青梅

青梅如豆試嘗新脆核虛中未有仁勘破收香藏白處冰肌玉骨是前身

荷花

小橋劃水剪荷花兩岸西風暈晚霞恍似瑤池初宴罷萬妃醉臉沁鉛華

春雨

柳色烟光正鬭青桃花落盡杏花殘風從窓眼窄中入雨在簷前滴到明

春興

草根未放曉霜稀驟冷初暄蝶倦飛行到碧桃花下
看新花良是舊枝非
未快幽櫛且看雲空翠濛濛霧色分日線穿窗蜂透
出隔窗花影動欣欣
茜草葉交萱草葉桃花枝映李花枝餞風餞雨休相
惱教我水邊林下嬉
曉日激昂山吐霧東風從臾水生波燕繞邂逅鶯相
款花自將迎蝶見過
細雨如毛暮靄濃山光水色醉春空認來認去燕遂

含吹落吹開花使風

望中白鳥入空無一帶青山似畫圖宿雨初醒雲半斂垂楊微困水平鋪

嬌烟嫩靄弄晴暉誰見詩人太息時風主庭前花壽天水占溪上柳安危

晚春遣興二絕

不但風饕雨更吹落英滿地訴春愁時人分韻留春處一句韓詩七箇閹

臨臨春去却成晴花落無聲片片輕一句桂鶴香國

溪半簾皓月故人情

春夕與西林老月下坐

燕子呢喃君得知深談實相妙難思久參貝葉云何梵二見桃花更不疑

一物言無也大奇知何半夜却傳衣於知見處生知見在是非中起是非

竹園

可惜洋州不再生此君只許伯夷清霜刪近覺林方瘦筍礙渾無路得行

一片琅玕香淨天風吹細細雨娟娟龍孫始學斑衣戲鸑子從談王版禪

自咲園丁職事新一春風雨爲供申筍如滕薛皆爭長辰似朱陳已結親

萊菔

一卷仙家煮菜經宰夫失笑太官驚藍田山裏空餐玉豈識聞韶别是清

扇

懷袖相忘去不能也知輕薄惡蚊蠅南風雖汝持權

栖只恐秋風見汝憎

山歌 桐峯悟道書示同參

幾家娘子守黃昏多少郎君醉打門睡了不知明月好三更三點似金盆

與趙將軍

見君除授千牛貴過眼光榮一蠓微人爵未如天爵美脂韋只道布韋非

醉頭一月不曾梳共整編冊又太湖昔日舞雩多一唯他人陋巷只如愚

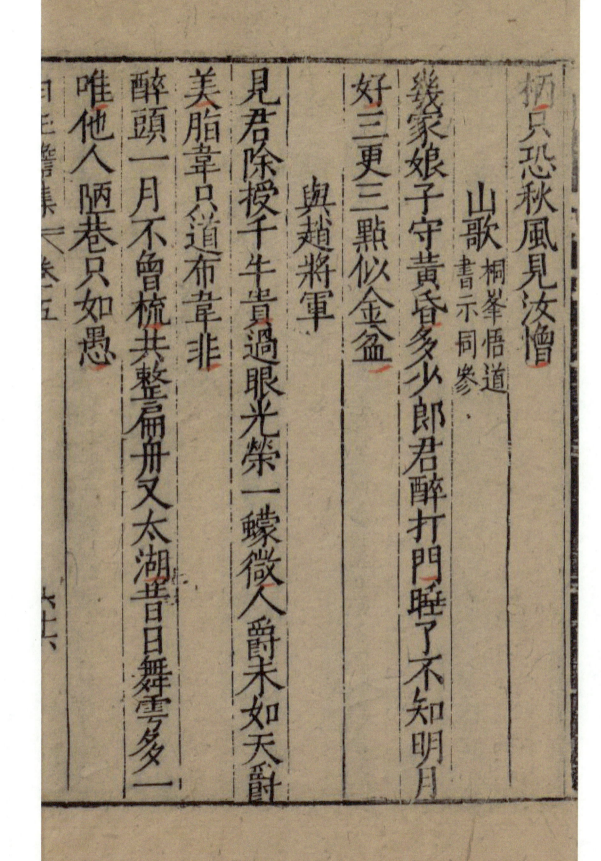

芒鞋布襪與青蓑朝市迷心忽幾時料得山中猿鶴
冷多應相怨不相思

瑤臺散天花詞

夜半冷然御八風下觀四海氣濛濛舉頭忽已三更
上上有瓊樓十二重
諸天綵女一雙雙十二樓前並捧香太乙真人乘白
鶴雲中端簡候虛皇
翠幢絳節忽紛紛空裏笙簫節奏聞碧玉宮中花似
雲擁珠殿下鶴如雲

竹裏桃花

風吹雨洗王猗猗雲捲霞舒錦陸離竹夾桃花花映

竹雅如羣幛綉西施

水欄

火宅煎熬不自由就中滂漉幾沉浮飄身得入清涼

國也合甘心喫水休

烟中梅花

烟裏梅花別是清略無風動亦寒馨如焚古鼎龍涎

餅坐對幽窓水墨屏

湖上偶成

葭蒲灩蕩起晴烟總屬霜鷗雪鷺天一片紫菱開十字中間放過采蓮船

湖天清曠萬緣虛暫借僧房作宔亭夢覺風涼歸去晚滿空飛翠撲籃輿

睡起

清似垂竿釣楚江酒兵已退睡魔降霜風吹破梅花曉霧月飛浮竹影窗

次韻王御帶

曉風吹醒桃花醉暮雨添成柳葉愁醉了又愁愁了

醉鶯前燕煬過春休

徐處士寫子真

心潛天地笑藏春月珮雲衿絶一塵前世率陁天上

客今生大宋國中身

次韻曾丈探梅

夜半風吹雪滿堦頭巾不裹把窻開南枝暗訖江頭

發一點香從月下來

紅梅

明皇愛雪響雲管侍宴宮娃不許名守等太真眠未
起醺然秉燭到深更
王妃初醉下瑤臺緊霧深深樓不開却恐錯穿桃杏
徑高燒銀燭照歸來

題武夷　五首

不見虹橋接幔亭空餘水綠與山青客來剔出此奇
勝五曲溪頭大隱屏
龍驤仙掌岩頭水鶴唳幔亭峰上雲但得明窓塵一
七躍身去謁武夷君

芳草暗分流水綠老松剛借遠山青獨拈鐵笛溪頭
立吹與洞中仙子聽
顯道真人去不回幔亭不見舊樓臺曾孫倚着寒松
立日落風悲猿自哀
山聳千層青翡翠溪流萬頃碧琉璃遊人來此酔歸
去幾箇親曾到武夷

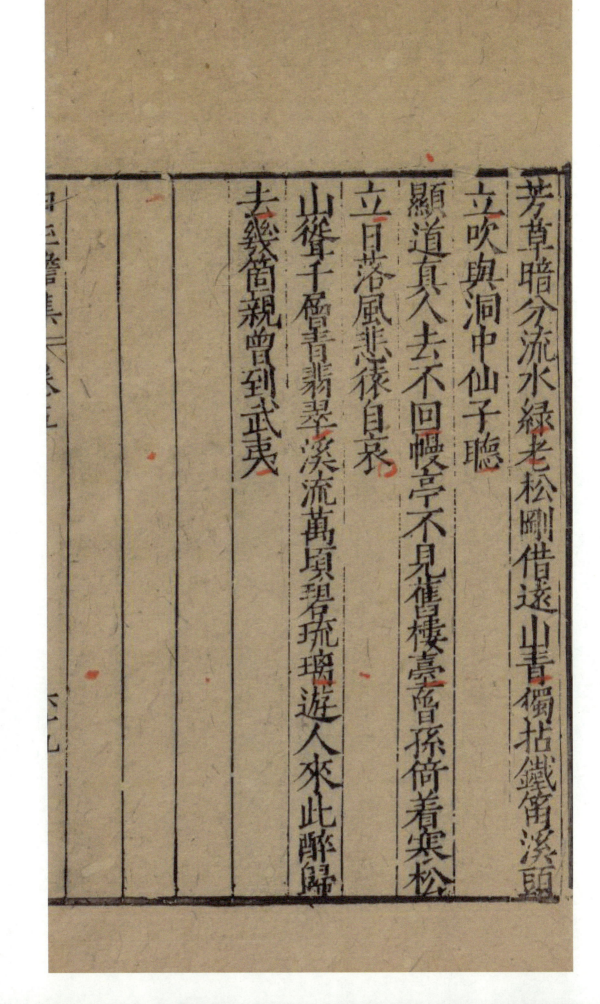

海瓊玉蟾先生文集

3

宋 白玉蟾 著

明刻本

第三册

海瓊玉蟾先生文集卷第六

南極老人臞仙重編

山陰　何繼高
新安　汪乾行　仝校
　　　劉懋賢

聯句

盱江舟中聯句　嘉定癸未仲秋之朔偕黃天谷道盱而渝舟中聯句

倏忽僧千兎尋常迴百蠡白　眼光摩日月足跡遍山河黃　赤壁聊化鶴黃庭浪換鵝白　秋聲歸欵乃雲影

映婆娑黄夜後謁焦尾風前舞太阿白待藏班婕扇
却援魯陽戈黄點爾言其志處兮奈若何白道緣寧
撑地世事總隨波黄萬象由彈壓千篇在切磋白酒
徒從御至詩客聽相過黄輟我昔不借就伊金叵羅
白峯巔餐地秀霞外挹天和黄拍手傲傲舞忘形踏
踏歌白力辭金殿客高應玉皇科黄八桂招六逸九
疑衰兩娥白清漪馴緑鴨列阜樹眠駞黄逸韻應無
敵清名到不毛白椎仙兮我席力士汗吾靴黄風流
腰何束霜濳鬢謾皤白懷丹醫舊病鶴壽餌鈎神鰲黄

爲問六國印何如一漁蓑月清風茶腕爽韶[illegible]

酡黃 且啾藕如臂從教晷似梭白 推蓬延月桂引襟

甑煙蘿黃 君已人登泰辭皆水導嶓白 藥宮清縹緲

雲闕鬱嵯峨黃 未到桑田變疑將銅狄摩白 誰知天

不管敢謂世無魔黃 觴政驩無忤騷壇今太苛白 玄

譚時膾炙傑句肆吟哦黃 大道真滇滓淨生但剎那

白 玉天還有詔應是典風騷黃

南臺舟[illegible]句

秋陽紅若柿曉雨翠如絲白 福地逢迎日江天笑傲

時（黄）蓮臙猶礴水，桂粟已粘枝（白）。波靜天一色，山低雲四垂（黄）。岳綸懷渭叟，縱棹擬鴟夷（白）。上水遲吾樂，西風壯我詩（黄）。

涑山舟中聯句

山影倒寒碧，波光搖虛空（白）。櫂凌千頃月，帆鼓一天風（黄）。列岸萬絲柳，遥岑數粒松。詩魂混鷗鷺，草聖驚魚龍（白）。夢斷江樓笛，吟餘煙寺鐘。電華飛我劍，虹暈掛吾弓（黄）。清嘯騎汗漫，朗吟泛冥濛（白）。誰云滓國小，樂亦在其中（黄）。

泊舟浮石寺前有善士百餘輩拜迎因聯句

书水濵民居之壁

三百六旬周復始二十四巖高且寒白法乳試流鋒士審諦腸罟露管中班黄山山日脚黄金軟片片梅心白雪乾白逢指煙霄呼緺鶴一聲清嘯水雲閑黄

冬日同王茂翁聯句

鑿氷添硯水白燃餘發梅花王踏破霜苔逕白燒紅雪樹槎王閑門風愈怒白送客日將斜王寒甚酒無力白閙多道有茅王楮衾眠不暖白葦壁破難遮王

他日瑤臺上　白　流傳仙子家　王

又

風箭射簾纖　白　寒稜入被單　王　幽棲悄無夢　白　神思靜常安　王　紙帳懸氷簾　白　霜華結玉盤　王　窻外竹敲竹　白　壇前旛動旛　王　青燈寒焰短　白　紅炭冷灰殘　王　暗香何處梅　白　徹夜相檀欒　王

燈花聯句　王㮣張雲友劉希古三友預焉

青燈知有喜花發滿堂紅　寶餅攢金蟻瓊釵綴玉蟲　白　根非滋夜雨蘂不綻春風　劉　照破乾坤事能攘日

月功 王 熠灩中夜露爐落五更鍾 張 蟾桂光無比冰
花巧不同 白 無香開瑞瓣有熠似珎叢 王 鵲噪歡娛
定蛛絲信息通今宵真有感好事喜相逢 白 不假金
烏照應非王斧工 劉 草蟲空亂樹野燐謾枯蓬 王 蛾
至渾疑蝶蛟飛不是鋒 劉 酒襯思杜老詩詠憶韓公
不昧本來者孤光耀太空 白

雪窓聯句

霜風寒襲人 張 梅香清透骨莫色冥九峯 白 月華澹
雙闕青猿嘯蒼虬 王 紅螢粘綠髮滕六欲飛花 劉 巽

二急催雪爐烹獸炭紅張簾捲鴛羅纈更燒古龍涎
白滿斟清風血堆盤老椿栗王託契舊瓜葛笑揮白
玉麈劉共說丹砂訣飄飄風志欲仙張酣酣耳正熱松
鶴驚清露白煙麋卧蒼檖一鴈過天外王孤鵲遶木
末隱約銀漢星劉微茫翠杉月燭花凍不淚張火柿
撥欲滅回首顧壁影白閒懷吐談屑結習三生路王
慷慨萬人傑聚散如浮萍劉死生猶幻沫萬事一置
之張四暗不渠劣夜深尸泣鬼白歲晚霜摩鶻泉涸
水涯涘王雲渺天空闊餓鼠齧枯藤劉凍蠅樓瑣闥

觴詠興未闌張焟堂谷燊發白

櫂歌聯句

西風起兮落葉黃兮黍稷香兮白擊空明兮泝流光兮天一方兮白彼美人兮遥相望兮彼蒼浩兮黎繫孤舟兮蓼花傍兮啼寒蛩兮黎

道中與謝紫壺聯句

陰晴荏苒風吹霜白山比山南稻正黄謝照澗芙蓉何綽約謝掠雲鴻鵠向微茫心同秋水與天遠夜折巖花和月香白嶺海青紅俱在目先隨夕照入詩腸白

戲聯食鱘體取其骨糜肉化之義

何其秀且明而況清以美不醉將如何無吟詎自已白凡與共此者但須行樂耳無意固必我可久速仕止黄離合忽復道光陰能有幾相對默不言漸勠多且肯白玄中難致詰聖處可勝紀何爲是栖栖未免聊復爾黄

戲聯从字體

一雨倏復霽旱瘧已退壘白遠水白浩蕩列岫翠迤邐黄古磧纏行帶宿鷺戀荻米白橫笛叫月姊伴我

啜緑蟻 黄

戲聯平字體

西風來無邊松聲塡虛空晴雲飛瀰漫凉蟾光玲瓏

棹航奔長鯨憑欄窮冥鴻詩成墒霜葉吹嘘呈天

公 黄

戲聯疊韻體

兩槳徃莾蒼芎蓬窮空濛 白 傴僂苦怒雨穹窿逼雄

風 黄 美茝迤邐紫叢楓朦朧紅 白 彼美綺里子終同

隆中翁 黄

戲聯回文體

水連天湫湫山映月亭亭尾櫂依鳧渚頭船過蓼江鬼神號瞑聳煙霧靄疏檽美醞浮觴玉甕衣拂劍星

夜船與盤雲聯句回文

烟山暮滴翠露葉秋翻紅川急回斜岸草枯凋蕭霜蟬寒嘶月淡鴈過喚天長船泊宜沙浦夜深同詠觴

潘紫巖與余賦雪約不得用色數并寔字及

比喻

不似尋常凍俄而散漫飛羞明猶欲落等伴未全晞

白

承得圓還碎看來是復非積深仍密密舞急轉霏霏

潘

弗是飾成細何如拾取歸令焉皆璀璨昨者只浽溦

白

掃去依元有呵來忽漸微亂飄寒轉甚相映遠生輝

潘

莫踏凹中滿逢知凸處肥嚴凝吟不厭凜冽飲無威

白

賞翫真堪樂豐穰不用祈嬋娟雖可待融散恐幾希

潘

疊字招隱

逐逐何時知足來歸山共種菊有松為酒有藜當肉亦有澗底芝亦有巖上瀑白日自覺如年青山長是對目閑雲與充封門人清風為作掃室僕朝宴息乎長松之陰夜偃仰乎冷翠之谷我無漱唾津精氣血液了絶喜怒哀樂愛惡欲練空碧毓紫沖兮身如玉乘烝御飛兮詠九霞之曲

再用前韻

逐逐且貪怎足戀松楸愛蓮菊食玉衣錦池酒林肉饔埋地閣鍾月瀉天窓瀑鄭衛殆塞其聰趙燕可盲

其目鏡盟叙詛謾交交馬跡車塵何僕僕名傷神兮寵辱若驚事掣肘兮進退惟谷一真妄兮故知空不空觀微妙兮常有欲無欲吾將先天後天明月之珠裁作左仙右仙賓雲之曲

紫溪偶成回文體

鸎黃並柳風飄絮蝶粉粘花露浥香離別恨深深院靜少年人去去途長

集句贈王秀才

富貴必從勤苦得名位豈肯卑微休勸君更盡一杯

酒與爾同銷萬古愁

頌

王眞瑞世頌

維皇宋嘉定　皇后崇尚神仙有志鉛汞　臣　生遇熙日獲覲　盛事謹製　王眞瑞世頌其辭曰

西華王母紫虛元君咀嚼九日偃仰三雲毛竹秦娥蕭臺周女夜騎天風曉詣帝所琪花開盛鳳鳥歌雍霞旌舞翠煙幢麗空天金莖露飛玉樹月淡蒼苔丹墀紅藥宋檻北斗后德陽春母儀飈乘鶴驅霓裳羽衣

懿淑靖都恭彔慧閑金玉淵海瓊瑶丘山聖學光明
寶翰芳美四海歌謠關雎麟趾仙儀沖粹道性熙怡
福祿來爲葛藟　斯金鼎凝霜玉爐煅月芝田黄芽
桂舘白雪青鳥不至翠蓬忘歸玉眞瑞世吾教光耀
詳延方士酬酢道要營魄守雌玄牝觀妙廣寒兎老
衡嶽松青至尊萬壽永保坤寧

鶴林傳法明心頌　二首

萬法從心生心心即是法語嘿與動靜皆法所使然
無疑是眞心守一是正法守一而無疑法法皆心法

法是心之臣心是法之主無疑則心正心正則法靈
守一則心專心專則法驗非法之靈驗蓋汝心所以

狗子佛性頌　僧問趙州狗子還有佛性也
無州云無乃爲之頌云

雨過西風寒蒼苔封戰骨可憐老將軍飲馬長城窟

銘

鶴林靖銘 并序

張正一定都功二十八治以乙巳生入隸本竹長
樂彭棺季益乙巳生弱冠時夢之一所恍如洞宫

夜散花雨成一洞府似非人間中有靈君鬚蒼臉丹
玉局尊祖黃鶴不返夕鳥歸飛洞門閉晚其地蛻仙
古今幾人豈曰無人胎神蟄靈神仙隱顯朝凡暮聖
影泡出没入大圓鏡鶴唳氏星竹凌壁宿本竹郭聲
鶴鳴張兆藥爐不火策空駕浮挹彼諸仙飛行大丘
如何老彭得此異夢適此二山映帶成洞定知郭張
遊戲閻浮進雉後人應此夢不武夷令昭洪崖老抗
皆籛流胄代有仙況今之鶴林古仙化形元命真人
南嶽先生都功三五盟威正一法掌東華職居南極

手綰雷霆定躡樞罡水火金液刀圭玄黄功盈三千

行溢八百鶴雲飄飄竹風瑟瑟夢中舊路飛還故山

麗堂雲臺遨遊其間回首霜畦芝术已老不知何人

得君火棗

得怪石研以贈鶴林仍為之銘

顔生冗鑪得石如砥胡為泥中渝久不變世如泥濁

心如石堅磨穿此石心平悠然

直清軒銘

虛心自潔勁節不渝與之俱化惟君子儒

慵菴銘

冊經慵讀道不在書藏教慵覽道之皮膚要道之要貴乎清虛何謂淸虛終日如愚有詩慵吟句外腸枯有琴慵彈弦外韻孤有酒慵飲醉外江湖有碁慵奕意外干戈慵觀溪山内有書圖慵對風月内有蓬壺慵陪世事内有田廬慵問寒暑内有神都松枯石爛我常如如謂之慵菴不亦可乎

日損銘

周唯道造玄域窮太始索太易知艮兊即山澤省念

慮究玄賾撙交游樂虛寂謹言語節飲食薄嗜好減
思索宇泰定室虛白返真觀習定息絕世事得慧力
道日損學日益即此是真端的

贊

瓊山白玉蟾暇日吮筆作伯陽悉達宣父三
君子之旨仍拾其語爲之贊云
谷神不死是謂玄牝玄牝之門是謂天地根
人心惟危道心惟微惟精惟一允執厥中
羯帝羯帝波羅羯帝波羅僧羯帝菩提薩婆訶

李伯陽贊三

三花聚頂五炁朝元入衆妙門玄之又玄道是太乙元君又是河上丈人渺渺太清之境巍然道德之身

蓬萊三萬里道德五千言一自青牛去函關烟雨昏

高祖聖師天台紫陽真人贊　姓張諱伯端一名用成字平叔

元豐一皂吏三番遭配隸空餘悟真篇帯此鉛汞氣

曾祖聖師真一還源真人贊　姓石諱泰字

得之

杏林驛雪之夕老師張弟子石凛凛清風生八極那些兒消一滴

師祖雞足紫賢真人贊　俗姓薛諱式字道原一名道光

禿頭儉相做盡模樣張平叔若不再來石得之不成信向你郎是道光和尚

先師翠虛泥丸真人贊　姓陳諱楠字南木

惠州是生緣嘉州是得遇漳州走落水潭州沒去處

虚靖先生像贊

七返還丹阿誰無先生歸去誰識渠時人要見真虚靖北斗西邊一點如

沖虚侍宸王文卿像贊

醉持鐵尺叱風雷玉帝綸言召兩回到得人間無鬼蜮依然長嘯入西臺

天師侍晨追封妙濟真人林靈素像贊

大宋天師林侍晨飛罡躡紀召風霆四十五年人事足中秋歸去月三更

許旌陽贊

曾傳諶母煉丹訣夜夜酉山採明月壺裏滿盛烏兎精劍尖尚帶蛟龍血一自旌陽縣歸來拔宅騰空入金闕但留作道八百年未教他喫東華雪

韓湘子贊

白雪滿空夜黃芽一朵春藍關歸去後問甚世間人

陳七子贊

一卷無人識千鍾對客談桃花開欲謝猶自戀寒巖

何仙姑贊

閬苑無蹤跡，唐朝有姓名。不知紅玉洞，千古夜猿聲。

曹國舅贊

竊得玉京桃，踏斷金華草。曇蒲簑衣內，有金丹寶。

黃風子贊

先生不狂是詩狂，先生不顛是酒顛。顛顛顛，狂狂人不識，歸去青城今幾年。曾將詩酒瞞人眼，不是酒仙與詩仙，只是箇蓬顛。

朱文公像贊

皇極墜地，公歸于天。武夷松竹，落日鳴蟬。

自像贊三首

日月藏蹤裏溪山掛杖頭有此〻難說處夜夜是中秋

千古蓬頭跣足一生服氣餐霞笑指武夷山下白雲深處吾家

神府雷霆吏瓊山白玉蟾本來真面目水墨寫霜縑

許紫沖求真容贊

虎已伏龍已降獼猴不復窺六窓萬籟無聲秋夜靜一輪明月照西江

廬山之下鱗谷之中一江夜月萬壑松風此意誰能委岳陽城外松

種桃齋寫神贊

南海瓊山子香山居士孫，晉文不若陸賈，晉武不如孫臏，八千餘里琴劍，二十二年水雲，偶過廬山之下，痛飲蟠溪之濱，縱饒畫得十分，似何似天邊一月輪。

周伯神喜神贊

方丈老仙客，寸心水一滴，雙臉紅朱砂，兩眼點黑漆，咄白鬚撫掌笑呵呵，白鶴一去無人識。

倪梅窓喜神贊

燕頷虎頭士，班超龍章鳳姿，晉嵇康高人，心地本無

象風清月冷倪梅窓

醉作觀音像仍爲書贊

柳絮多頭緒桃花好面皮夫是之謂誰東海比丘尼頂戴彌陀呈醜拙手持楊柳惹塵埃縱饒入得三摩地當甚街頭破草鞋花紅柳綠菩提相燕語鶯啼般若宗更去補陀山上覓雲濤煙浪捲天風

布袋和尚贊

布袋包盡太虛空拄杖擊破三千界世界若還擊得

碎拄杖何止如許大若言包得太虛空虛空却在布袋外如何偏愛此等物常與小兒作一隊問世人會不會奪了他拄杖搶了他布袋打殺許多小孩兒看他彌勒何能解彌勒撫掌笑呵呵明月清風無罣礙等到龍華三會時依前有一彌勒在

纖跡贊

寶杵動時天地黑鑠鈴震處鬼神驚釋迦臨入涅槃日六慾天中現此身現此身無邊際大圓鏡中點檢看箇箇三頭并六臂

戲作墨竹二本贈鶴林因爲之贊

新梢凝翠落照餘紅亂鵐噪罷葉葉清風 風筠

一枝嫩緑數葉老蒼夜半月明清露瀼瀼 露篠

偈

金剛經偈寄示西林總長老

以字不成八字不是如是我聞早落第二

喜無憂求偈

禪不用參道不用學行住坐卧是大圓覺

爲禪悟剪髮偈

一毛頭上一如來二一如來鼻孔開把得這般力在
手剪教斷了喚教回

鄭天谷寫神隨喜說偈

大道本來無形安得這般面背是你不合帶來只得
任他贊毀三分似人七分似鬼不是骷髏不是傀儡
這箇是第幾箇身這箇是第幾箇你有人更問如何
向道劒去久矣咄三尺浪高魚化龍癡人猶戽夜塘
水

詩餘　共一百二十七首

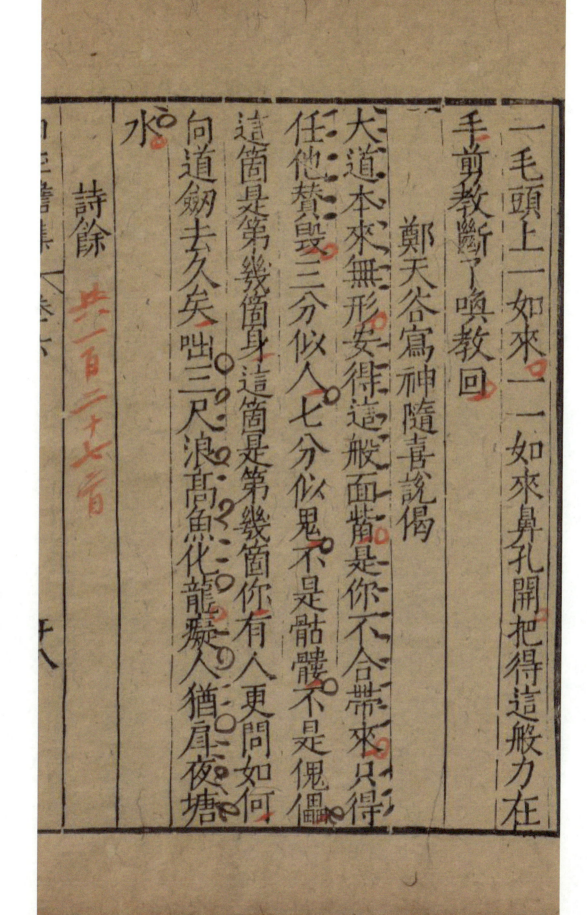

蘭陵王

一溪碧何處桃花流出春光好。尋箇小小籃輿謾行適。蒼苔滿白石澗底陰風凛栗疑無路幽壑琮琤峽轉山迴入林僻。　千峰呈翠色。時亦有聲聲樵唱牧笛。忽然一樹櫻桃白又迴頭一顧掀髯一笑詩情酒思正豪逸。虎蹄過新跡　羃羃霧如織。見異草珍禽問名不識。山靈勒駕雨來急欲游觀未已僕言日夕看來看去似那裏似少室。

又題筆架山

三峰碧縹緲烟光極色高寒處上有猿啼鶴唳天風
夜蕭瑟山形似筆格人道江南第一游紫觀月殿星
壇積翠樓前吹鐵笛　客來訪靈蹟聞王郭當年曾
此駐錫二仙爲謁浮丘伯從驂鸞去後雲深難覓丹
爐灰冷杵聲寂依然舊泉石　泉石最幽閒更禽靜
花開松茂竹密清都絳闕無消息共羽衣揮麈感今
懷昔堪嗟人世似夢裏驅過隙

又紫元席上作

桃花瘦寒食清明前後新燕子禁得餘寒風雨把人

苦僝僽梅粒今如豆減却春光多少空自有滿樹山茶似語如愁卧晴晝　幽人展襟袖惜鶯花未老江山如舊杜鵑聲裏同携手嘆陌上芳草堤邊垂柳一春十病九因酒愁來獨搔首甚處枝頭小應可惜年華辜負時候九十日韶光那得多問芍藥覓醉牡丹索笑三萬六千能幾度君知否

沁園春

嫩雨如塵嬌雲似織未肯便晴見海棠花下飛來雙燕垂楊深處啼斷孤鶯綠砌苔青紅橋水暖笑撚吟

髮行復行幽尋懶就半窓殘睡一枕初醒　銷凝次
第清明瀏南北東西草又青念鏡中勳業韶光苒苒
樽前今古銀髮星星青鳥無憑丹霄有約獨倚東風
無限情誰知有這春山萬點杜宇千聲

又

暫聚如萍忽散似雲無可柰何何天涯海角兩行別
淚風前月下一片離騷啼罷棲烏望窮芳草此恨與
之誰較多昏黃後對青燈感慨白酒悲歌　夢中作
夢知麼憶往事落花流水呵更凭高望遠沈腰不瘦

悵今懷昔潘鬢須瞞去燕來鴻尋梅問柳寸念從他
寒暑熬錯竈處但烟光縹緲山色周遭

又送王侍郎帥三山

錦綉文章珪璋聞望碧落侍郎昨履聲漸近星辰避
次竹符重剖湖海生光委羽天空石橋水冷每爲泉
生時雨滂君知不是民心繻袴吏膽氷霜　少須召
入鵷行也不念無人荷紫囊有本朝曾旦移春手段
舊家羲獻補月心腸此去三山却登八座已準金甌
姓字香還朔處雙鳬作對五馬成行

又

大丈夫兒氷肝玉膽礪山帶河羮此身此世無過駒隙一名一利未直鴻毛相府如潭侯門似海那得烟霄尔許高嘗初我是乘雲御氣幾百千遭 此生勳業無多也手種梅花三百窠又底曾嗅著廟堂鍾鼎底曾拈得帷幄弓刀玉帝遥知金書何晚時有鶴鳴于九臯如今且向風前浪舞月下高歌

又寄鶴林

三徑就荒松菊猶存歸去來兮嘆折腰爲米棄家因

酒徃之不諫來者堪追形役奚悲途迷未遠今是還
知悟昨非舟輕颺問征夫前路晨巳微　歡迎童
穉嘻嘻羨出岫雲閑鳥倦飛看南窓寄傲東臯舒嘯
西疇春事植杖耘耔矯首遐觀壺觴自酌尋壑臨流
聊賦詩琴書外且樂天知命復用何疑

又

乍雨還晴似寒而煖春事已深是婦鳩乳燕說教魚
躍豪蜂醉蝶撩得鶯吟鬭茗分香脫禪衣被囬首清
明上巳臨芳菲處在梨花金屋楊柳璚林　如今詩

酒心襟對好景良辰似有難念恨如芳草知他多少
夢和飛絮何處追尋病酒時光困人天氣早有秋秧
吐嫩針蘭亭路漸流觴曲水修禊山陰

又

吹面無寒沾衣不濕豈不快哉正杏花雨嫩紅飛香
砌柳枝風軟綠映芳臺燕似談禪鶯如演史猶有海
棠連夜開清明也尚陰晴莫準蜂蝶休猜　朝來應
問蒼苔是幾日都成錦繡堆念四方賓友不堪滑樹
一年春事已屬庭槐宿酒難醒多情易老爭奈傳杯

間結大還丹田裏有白鵶一箇飛入泥丸 河車運入崑山全不動纖毫過玉闗把龜蛇烏兎生擒活捉霎時雲雨一點成丹白雪漫天黄芽滿地服此刀圭永駐顔常溫養使脫胎換骨身在雲端

又

歲去年來思量人生空自沉埋既這回冬至二陽來復便須修煉更莫疑猜好箇鼎爐見成鉛汞片餉工夫結聖胎人身裏三千世界十二樓臺 周年造化安排只在這些真妙哉要先擒日月後攢星斗黄庭

中畔化作璃琱誰會天機分明說破恰似江頭雪裏
梅丹成後後儆此功行歸去蓬萊

又題桃源萬壽宮

黃鶴樓前吹笛之時先生朗吟想劍光飛過朝遊南
岳暮蒼梧下夜醉東鄰鐺煑山川粟藏世界有明月
清風知此音呵呵笑笑釀成白酒散盡黃金　知音
自有相尋休踏破葫蘆折斷琴唱白蘋紅蓼廬山日
暮西風蕭颯渭水秋深三入岳陽再遊湓浦自一去
優游直至今桃源路儘不妨來往時共登臨

又題湖頭嶺菴

客裏家山記曾來時水曲山崖夜灘聲喧極雞聲破曉匆匆驚覺依舊天涯料撇征衣寒欺曉袂回首銀河西未斜塵埃債嘆有如此鬢空爲伊嗟　古來客況堪嗟儘貧也輸他在家料驛舍旁邊月痕白處暗香微度應是梅花揀折一枝路逢南鴈和雨字平安寄與他教知道有長亭堠五里飯三茶

水龍吟

雨餘疊巘浮空望南枝一點春風至洞天未鎖人間春

好玉妃鬟墜錦瑟繁絃鳳笙清響九霄歌吹問分香舊事劉郎去後還誰共風前醉　回首暝烟千里但紛紛落英如淚多情易老青鸞何許詩成難寄斗轉參横半簾花影一溪流水悵飛鳧路杳行雲夢斷空自有三峯翠

又

層巒疊巘浮■斷崖直下分三井蒼苔路古鹿鳴芝澗猿號松嶺露浥鳳簫烟迷枸杞綠深翠冷笑携節一到登高眺遠是多少仙家景　長念青春易老尚

區區枯蓬斷梗人間天上喟然俯仰隻身孤影世事空花春心泥絮此回還省向瑤臺雙闕結間茆屋坐千峰頂

又採藥徑

雲屏謾鎖空山寒猿啼斷松枝翠芝英安在术苗已老徒勞屐齒應洞中鳳簫錦瑟鎮常歌吹悵蒼苔路杳石門信斷無人問溪頭事　回首暝烟無際但紛紛落花如淚多情易老青鸞何處書成難寄欲問雙蛾翠蟬金鳳向誰嬌媚想分香舊恨劉郎去後一溪

流水

十二時　鶴林靖作

素馨花在枝無幾秋入欄干十二那茉莉如今已矣只有蘭英菊蕊霜蟹年時香棖天氣戀是悲秋意問宋玉當日如何對此凄凉風月怎生存濟　還未知幽人心事望得眼穿心碎青鳥不來彩鸞何處雲嶺三山翠是碧霄有路要歸歸又無計柰何他水長天遠身又何曾生翼手撚英蕊耳聽鴻鴈怕有丹書望縱人間富貴二歲復一歲此心終日繞香盤在篆畦

兒裏

瑞鶴仙

殘蟾明遠照政一番霜訊四山秋老孤村帶清曉看鳴鞭歸騎亂林啼鳥青帘縹渺懶行時持杯自笑甚年來破帽彫裘慣得淡烟荒草

多少客愁羈思雨泊風餐水邊雲杪西窗政好疎竹外粉墻小念歸期相近夢蒐無杳不爲羅經寒悄怕無人料理黃花等閒過了

又

賦情多懶率每醉後踈狂醒來飄忽無心戀簪紱讒
才高子建韻欺王勃胷中絶物所容者詩兵酒卒一
兩時調發將來掃盡悶妖愁孽　莫說殺人一萬自
損三千到底𨉷硊懸河口訥非夙世無靈骨把湖山
牌印鶯花權柄牒過清風朗月且東之高閣休休這
回更不

祝英臺近

月如酥天似玉長嘯弄孤影十二樓臺昨夢暗尋省
憐露滿衣襟風吹毛髮渾無寐寒宵漏永　捧香鼎

翻起一片龍涎梅花對人冷庭户冰清何處鶴聲驚
少時燭暗梧窗烟生杏砌曉鍾動忽然心醒

水調歌頭詠茶

二月一番雨昨夜一聲雷槍旗爭展建溪春色占先
魁採取枝頭雀舌帶露和烟搗碎煉作紫金堆碾破
香無限飛起緑塵埃　汲新泉烹活火試將來放下
兎毫甌子滋味舌頭回喚醒青州從事戰退睡魔百
萬夢不到陽臺兩腋清風起我欲上蓬萊

菊花新

瀰瀰烟霄風露冷夜未艾涼蟾似水海山外五雲散彩三峯凝翠一鶴橫空何縹緲見殿閣笙歌擁羅綺笑勞生空如尺鸚戀槿花籬　於中青鸞唱美丹鶴舞奇有粉娥瓊女齊捧芳卮天真皇人陳玳席宴太姥思之暗生悲念如今紅塵滿面謾洒晚風淚

二

十二樓臺但前回舊跡想琪花似雪忘了還思■暮癡癡地只有老天知却自省玉堦金砌錯拋離　梧桐聲顫窗外草蛩吟細醉魂覺又聽秋鴻悲嚦極目

寒空嘆未有紫雲梯絳闕消息子也無一二枉垂落

三

寶鴨溫香訴絲誠寸意記當年事悶本愁基人間天
上只爭得那些兒喫禁持却念九霄風味　清晨麒
字二句句在天如在紙只得向風前默默自嗟惜業
債俱消還未了甚時已一日裏滴了掩兒來淚

四

念我東皇大帝兒是操觚弄翰之職飛落塵寰似此
度寒暑應奄向這裏安能領象景御氣　灰頭土面辛

河水把我如何洗縱便有銖衣已失眉峰翠着看皓
首瞞不過鏡臺兒除是去青松下碧雲底

五

弱水去蓬萊八萬四千里遠漠漠俯仰天水青無際
鳥飛不到船去難渺無依剪錦字雲信待憑鸞翼
青芝之素瀑草舍兒隱隱烟霞裏向閑處批風切月烹
天地三島十洲去有日幾何時胎仙就直待鶴書來
至

六

銅壺四水寒生素被夜迢迢烟月襄微池浸霜荷檻竹響井楓飛寶枕潭無憂念忡忡地　形留神往鎮日價忘食應忘寐省得起都是天上仙家事珠歌舞酌玉液飯雲子恁得麒麟脯更教知味

七

有箇隱甚處一向如癡醉獨倚住危欄坐咬無名指金魚玉鳫一從去絕消息念念懷天帝窓與寘奠晴霞照水嘆細草新蒲寒凄凄對夕照樹色烟光相紫翠花落鶯啼把往事似川逝光陰遠何時是伊歸

日

八

雪牖風軒度歲時聽芭蕉雨聲悽惻情多易感漸不覺鬢成絲忽又成千古詒如夢裏　西山南浦盡秋意一望芦花飛有一點沙鷗點破松梢翠凄然念起覺兩腋凉颸細詩興渾飛在漁鄉橋里

九

忽水遠天長笑把玉龍嘶一聲聲吹斷寒雲滄波裏幽愁暗恨弄皓月怨白日問太虛不尚則成休矣

雲心鶴性死也要冲霄乘風去分自有終合仙飛感
古懐今聊把筆落葉寒蟬悲使人增怨抑

菩薩蠻 送劉貴伯

閩山雲冷風蕭瑟野猿啼罷蟾光白聽徹太清絃斷
腸雲水天　金陵君此去秋入蒹葭浦與滿郎回棹
明年二月春

謁金門

春又去愁殺一聲杜宇昨夜海棠無　曉來聞燕
語縹緲佳人何處鎮日愁腸萬縷千里無家歸未

得春風知我者

喜遷鶯　鶴林靖偶作

吾家何處對落日殘鴉亂花飛絮四海五湖千岩萬壑已把此生分付怎得海棠心緒更没鴛鴦債負春正好嘆流光有限看山無數　歸去君試覷紫燕黃鸝愁怕韶華暮細雨斜風斷腸芳草暑往寒來幾度鎖却心猿意馬縛住金烏玉兔今古事似一江流水此懷難訴

水調歌自述　六首

金液還丹訣無中養就兒別無他術只要神水入華池採取天真鉛汞片餉自然交媾一點紫金脂十月周天火王鬧產瓊芝休休癡今說破莫生疑乾坤運用大都不過坎和離石裏緣何懷玉因其珠藏蚌腹借此顯天機何况妙中妙未易與君知

又

喫了幾辛苦學得這些兒逢頭赤脚堦頭卷尾打無爲都沒蓑衣笠子多少風烟雨雪便是活何身一具皆饑骨恐盡萬千饑頭不梳面不洗且憨癡自家

屋裏黄金滿地有誰知這裏一聲慚愧那裏一聲謝
數滿面笑嘻嘻白鶴青雲上記取這般時

又

有一修行法不用問師傳教君只是饑來喫飯困來
眠何必移精運氣也莫行功打坐但去淨心田終日
無思慮便是活神仙　不慈癡不狡詐不風顛隨緣
飲啄算來命也付之天萬事不由計較造物主張得
好几百任天然世味只如此拚做幾千年

又

一箇清閑客無事掛心頭包巾紙襖單瓢隻笠自逍遥只把隨身風月便做自家受用此外復何求倒榻兩三載行過百來州 百來州雲渺渺水悠悠水流雲散于今幾度賓花秋一任烏飛兎走我亦不知寒暑萬事總休休問我金丹訣石女跨泥牛

又

不用尋神水也莫問華池黄芽白雪算來總是假名之只這坤牛乾馬便是離龍坎虎不必更猜疑藥物無斤兩火候不須時 偃月爐朱砂鼎總皆非真鉛

真汞不煉之煉要何爲自己金公姹女漸漸才成一
塊胎息象嬰兒不信張平叔你更問他誰

又

要做神仙去工夫譬似閑一陽初動玉爐起火煉還
丹捉住天寬地覓不與龍騰虎躍滿鼎汞花乾一任
河車運徑路入泥丸　飛金精採木液過三關金木
間隔如何上得玉京山尋得曹溪路脉便把華池神
水結就紫金團免得飢寒了天上即人間

又

草漲一湖綠天壓四山青這千年裏幾多興廢不容聲無分貂金珮玉不夢歌鍾食鼎何處有車旌但念旌陽劍在自染蛟腥　生諸葛少馬援尚雲萍醉鄉日月飄然身世付劉伶知道東門黃犬不似西山白鷺風月了平生起來忽清嘯驚落夜潭星

又

杜宇傷春去蝴蝶喜風清一犂梅雨前村布穀正催耕天際銀蟾映水谷口錦雲橫野柳外亂鳴蟬人在斜陽裏幾點晚鴉聲　採楊梅摘盧橘飣朱櫻奉陪

諸友今宵爛飲過三更同入醉中天地松竹森森翠幄酣睡緑茵起舞弄明月天籟奏簫笙

又

一箇江湖客萬里水雲身鳥啼春去烟光樹色正黄昏洞口寒泉漱石嶺外孤猿嘯月四顧寂無人夔魖歸碧落淚眼看紅塵　烟濛濛風慘慘暗鎖魖南中諸友而今何處問浮萍青鳥不來松老黄鶴何之石爛嘆世一傷神回首南柯夢斷對北山雲

又

一葉飛何處天地起西風夜來酒醒月華千頃浸簾櫳塞外賓鴻來也十里碧蓮香滿澤國蓼花紅萬象正蕭瑟秋雨滴梧桐　釣臺邊人把釣與何濃吳江波上烟寒水冷剪丹楓光景暗中催去覽鏡朱顏猶在回首驚巢空鐵笛一聲曉喚起玉淵龍

又

江上春山遠山下暮雲長相留相送時見雙燕語風檣滿目飛花萬點回首故人千里把酒泛愁腸回憑峰前路烟樹正蒼蒼　漏聲殘燈燭短馬蹄香浮雲

飛絮一身將影向瀟湘多少風前月下迤邐天涯海角夢亦淒凉又是春將暮無語對斜陽

又石知院生辰

兩鬢青絲髮雙眼黑方瞳人皆道是昭慶一箇老仙翁暫別蓬萊弱水自把星冠月帔玉珮舞薰風醉入桃源路歸去不知蹤　舉雲璈喝鐵笛撫絲桐滿前劍弁森列稽首捧金鍾挺挺松形鶴貌任待桑田變海寶鼎粒丹紅玉帝下明詔獨騎上瑤空

滿江紅　詠武夷

憶昔秦時中秋日武夷九曲嵓寂寂斜陽數尺寒鴟
枯木三十六峰凝曉翠一溪流水生秋綠正滿林桂
子散天香飛金粟　神仙客金丹熟玉詔下雲生足
岩頭新換骨尚枯紅肉夜半月華明似晝玉皇降輦
鋪羲馭笑曾孫回首幔亭前空松竹

又詠白蓮

昨夜姮娥游洞府醉歸天闕緣底事玉簪墜地水神
不說持向水晶宮裏去曉來捧出將饒舌被薰風吹
作滿天香誰分別　芳而潤清且潔白似玉寒於雪

想玉皇後苑應無此物只得賦詩空賞嘆教人不敢輕攀折笑李粗梅瘦不如他真奇絶

又聽陳元舉琴

樹色宜蒙山烟暮鳥歸日落憑欄處眼空宇宙心遊碧落古往今來天地裏人間那有楊州鶴幸而今天付與青山甘寂寞　好花木多若奪得蕭散耐淡泊把他人比並我還不錯一曲瑤琴知此意從前心事都忘却況新秋不飲更何時何時樂

又別鶴林

明月如今我已是天涯行客相别後麻姑山上彩雲
亭側幾回黃昏勞悵想幾宵皓月遥思憶與二仙不
但此今生皆疇昔　頻到此歡無極今去也來無的
念浪萍風絮東西南北七八年中相契密三千里外
來將息悵金丹未就玉天遊還悽惻

又

鈞天高處元自有瓊樓玉闕又那更九霞隱映五雲
斗絶八面玲瓏光不夜四圍晃雄寒如月有廣寒宫
殿隱姮娥氷壺潔　飄飄去天風側星河外花飛雪

見三千神女尊前一闋來到人間渾似夢未能歸去
空悲咽問仙都此去幾由旬歸心熱

又贈豫章尼黃心大師 嘗爲官妓

荳蔻丁香待則甚如今休也爭知道本來面目風光
洒洒底事到頭鸞鳳侶不如鞭胶鴛鴦社好說與幾
箇正迷人休嗟訝 紗窗外梅花下酒醒也教人怕
把翠雲剪却緇衣披挂柳翠已參彌勒了趙州要勘
臺山話想而今心似白芙蕖無人畫

摸魚兒

◎

問滄江舊盟鷗鷺一年來景物誰主悠悠客鬢知何事吹滿西風塵土渾未悟謾自許功名談笑侯千戶春衫戲舞怕三徑都荒一犁未把猿鶴笑君誤　君且住未必心期盡負江山秋事如許月明風靜萍花路欸乃試聽鳴櫓還又去道喚取陶泓要草歸來賦相思最苦是野水連天漁榔四起蓑笠占烟雨

又壽覺非居士

雨肥梅子臺初夏暈花開向前夜純陽鶴會先三日何處神仙降駕知得也是西山彭抗來貽化平生性

野自倒指今年七旬有六使節半天下 焚金獸丹
惜滿堪玉堂兒孫況又瀟洒公今骨相如松在一掬
精神堪畫于今且煉金丹成了為憑藉歸心蓮社便
做得延翁年登八百未是壽長者

又

這身兒從來業障一生空自勞攘生死死生皆如夢
更莫別生妄想沒伎倆只管去天台鴈蕩尋方廣幾
人不省被妻子縈纏生涯拘束甘自歸黃壤 世間
事一斤兩箇八兩問誰能去俯仰道義重子輕富貴

却笑輪迴來往休勉强老先生從來恬淡無糙恍一
聲長嘯把拄杖横肩草鞋貼脚四海平如掌
又壽傅樞閣中李夫人
跨飛鸞醉吹瑤笛蓬萊知在何處薰風飄散荷花露
夢覺已非　所忘歸路誰知道人間别有神仙侶身
游樞府奈詔入玉樓猛騎箕尾四海憶霖雨　問王
母天上桃紅幾度蕊宫今是誰主明年甲子從頭數
春入鬓雲鬟霧如今去是處裏福田都著黄金布庭
前玉樹看子早生孫孫還生子歲歲彩衣舞

洞仙歌鶴林賦梅

南枝漏泄一點春光別無蝶無蜂正霜雪向竹梢踈處瘦影橫斜真箇是瀟洒冰肌玉骨　黃昏人靜踏碎堦前月忍凍相看惜攀折怨詹空索笑似笑無言夜悄悄香入寒風清冽　更那堪畫角惱幽人又滿地落英愁腸萬結

滿庭芳和陳隱之韻

百雉城邊亂花深處竹間一笑雙清天公解事爲我弄陰晴雨過槐陰綠爭女墻外楊柳絲輕堪嗟惜詩

尤酒爐鏡裏失青春　清和如許在鶯鶯燕燕相與
忘情謫似風度命代萬人英游戲琴棋書畫人間世
別有方瀛酕醄後玄裳效舞所欠董雙成

瑤臺月

烟霄凝碧問紫府清都今夕何夕桐陰下幽情遠與
秋無極念陳迹虎殿虬宫記往事龍簫鳳笛露華冷
蟾光白雲影淨天籟息知得是蓬萊不遠身無羽翼
廣寒宫舞徹霓裳白玉臺歌罷瑤席静不思下界有
人岑寂羡博士兩泛仙槎與曼倩三偷蟠實把丹鼎

暗融液乘雲氣醉揮斤嗟惜但城南老樹人誰我識

永遇樂

懶散家風清虛活計與君說破淡酒三杯濃茶一盞靜處乾坤大倚藤臨水步屧登山白日只隨緣過自歸來曲肱隱几但秪恁和衣卧　柴扉草戶包巾紙襖未必有人似我我醉還歌我歌且舞一恁憨癡好綠水青山清風明月自有人間仙島且偎隨補破遮寒燒榾柮火

又寄鶴林靖

銀月淒涼綺霞明滅秋色如此露清清襟風生衰鬢夜已三更矣尋思往事千頭萬緒回首詢如夢裏指烟霄不如歸去不知今夕何夕

鶉衣百結臙脂垢膩獨是小鬟鉗指對酒逢詩高吟大笑四海今誰似荷亭竹閣共風同月此會今生能幾君須記去來聚散只臨底是

好事近　贈趙制機

行到竹林頭探得梅花消息冷蕋疎英如許更無人知得[redacted]氷枯雪老歲年徂俯仰自嗟惜醉卧梅花影

◎

裏有何人相識。

又

何事雁來遲獨步秋園默默莫恨桂花開盡有菊花堪惜　回頭顧影背斜陽聽西風蕭瑟無限詩情酒思那早梅知得

桂枝香

樓前凝望見水滿一溪雲滿千嶂將晚欲行無緒欲眠無況古石花澗草春無極倚東風忽然惆悵淡烟飛過幽禽叫斷遠鍾嘹嚦　為底事沉吟一餉念隻影

飄浮寸心虛曠無限游絲落絮此懷難狀江湖淮海行將遍覽詩腸酒膽超暢一丘一壑歸來念我舊家天上

南鄉子愛閣賦別二首

夜月照千峰影滿荷池靜晨風明日今宵還感慨梧桐葉〻隨雲颺碧空　聚散與誰同野鶴孤雲有底蹤別處要知相憶處無窮總在青山夕照中

又

前度幾相逢此日游從樂不同竹閣荷亭歡聚處雍

容如在蓬萊第一宫 夜半月朦朧東燭東園風露
中明日匆匆還入澥忡忡却把音書寄遠瀛

霜天曉角綠淨堂

五羊安在城市何曾改十萬人家闤闠東亦海西亦
海年年蒲澗會地接蓬萊界老樹知他一劍千山外
萬山外

賀新郎

且盡杯中酒問平生湖海心期更如君否渭樹江雲
多少恨離合古今非偶更風雨十常八九長鋏歌彈

明月隋對蕭蕭客鬢閑携手還怕折渡頭柳　小樓
夜久微凉透倚危欄一池倒影半空星斗此會明年
知何處蘋末秋風未久謾輸與鷺朋鷗友已辦扁舟
松江去與鱸魚蓴菜論交舊應念此重回首

又

夢繞荷花圖遍橋洲柳市芙蓉巷陌桂社蘭鄉白蘋
里月冷波寒之夕有孤鶩落霞知得一鶴横空雲漠
漠見梅梢萬粒真珠滴猶未把寒香惜　畫樓何處
吹瑶笛便酥顰玉笑雲路鬆霜鬢姑射真人遊紫府下

戲三江七澤此莫是冰魂雪魄半逐風飛半隨水半
在枝半落蒼苔白酒醒後曉窓碧

又雪

是雨遠堪拾道非花又從無外受風吹入撲落梅梢
穿度竹恐是蛟人訴泣積至暮螢光熠熠色映萬山
迷遠近滿空浮似片應如粒忘煉得我雙睫 吟肩
聳處飛來急故撩人粘衣噀袖嫩香堪浥細聽疑無
伊復有含看一行一立竟見僧舍茶烟飄濕天女不知
維摩事謾三千世界繽紛集是剪水誰能及

又

挽住風前柳問鴟夷當日扁舟近曾來否月落潮生
無限事零落茶烟未久謾留得蓴鱸依舊可是從來
功名誤撫叢祠誰繼風流後今古恨一搔首　江涵
鴈影梅花瘦四無人雪飛風起夜窗如晝萬里乾坤
清絕處只許漁翁釣叟近又落詩人豪友猛拍欄干
呼鷗鷺道他年我亦垂綸手飛過我共樽酒

又詠牡丹

曉霧須收霽牡丹花如人半醉擡頭不起雪凍作冰

冰作水十朶未開三四又加以風禁平声雨制是是哀
異春色盛儘移根換葉分黃紫所貴者稱姚魏　其
間一種又姝麗似佳人素羅裙在碧羅衫底中有一
花邊兩葉恰如粧成小字看不足如何可比白玉杯
將青玉緣擬晴香煖艷還如此微咲道有此是

又紫元席上作

飛盡桃花片倚東風高吟大嘯開懷消遣芍藥牡丹
開未遍不道韶華如電無心向小庭幽院秉燭夜遊
雖不倦奈一番風雨花容變春去也無人見　何處

鶯鶯啼不斷。探後園紅稀翠減，青稠綠滿，蝶在花間猶死戀，早有行人搖扇故自要與春為餞。笑指白雲歸去，好對夕陽瀉酒。憑誰薦柳深處有雙燕。

又肇慶府送談金華張月窓

謂是無情者，又如何臨歧欲別淚珠如酒。此去蘭舟雙槳急，兩岸秋山似畫。況已是芙蓉開也。小立西風楊柳岸，覺衣單略說些些話，重把我袖兒把。　小詞做了和愁寫，送將歸要相思處，月明今夜客裏不堪仍送客，平昔交游亦寡，況慘慘蒼梧之野，未可淒涼

應不換又如何洞裏笙簫斷還念我去歸晚　千歲
萬壑猿啼遍一思量一回惆悵一回淚退豈是自家
無仙骨尚被紅塵牽絆要分此烟霞一半當日朱仙
和葛老更老黃亦合同蕭散上帝近求容懶

又賀胡大卿生日

仙鵲梁銀漢見青原白鷺一點秋光猶嫩青鳥寄傳
雲外信王母夜臨香案與河鼓天孫爲伴太素真人
乘此景到鄉城郎嗣胡忠簡南極上星璀璨　松溪
居士多詞翰是神仙風骨元自無心仕宦入道月卿

臨纔餉便合機廷楔館還又愛山林蕭散王女金鍾
縈暖響指靈椿仙鶴祈遐算公自有青精飯

又送趙師之江州

倏又西風起這一年光景早過三分之二燕去鴻來
何日了多少世間心事待則甚功成名遂楓葉荻花
動凉思又尋思江上琵琶淚還感慨勞夢寐　愁來
長是朝朝醉刻地成宋玉傷感三間憔悴況是淒凉
寸心碎目斷水蒼山翠更送客長亭分袂闇見山前
梧桐雨起風檣露艣無窮意君此去趂秋霽

又

一別蓬萊館看桑田成海又見松枯石爛目斷虛皇無極疑安得駁頭宣喚指歸路鈞天早晚此去罡風三萬里但九霞渺渺青雲遠望不極空淚眼　瑶池昔會群仙宴此秋來荻花楓葉今人悽惋滿面朱塵那忍見更酒病花愁何限知幾度春鶯秋鴈從此飛神騰碧落向清都來往應無間丹漸熟骨將換

又

遙想陽明洞夜深時猿啼鶴唳露寒烟重家在神霄

歸未得十二玉樓無夢夢裏聽瑤琴三弄醉臥長安
人不識晚秋天此意西風共黃金印吾何用　雲衢
高策青鸞鞚把天書玉篆留與世人崇奉垂手入鄽
長是醉醉醉則從教懵懂那此子凝然不動一劍行空
神鬼懼金粟兒日向丹田種把得穩任放縱

又西湖作呈章判鎮留知縣

萬頃湖光綠是處裏芙蓉金盞木犀金粟鸂御飄飄
行水縠正是蠏香棖熟山色似梳風沐雨攜取阿嬌
命豪傑過北山瞳處南山曲寒烟淡晴鷗浴　巨艤

數引蒼髯道使論詩説劍人各有懷西北兩見西風
客京國多在紅樓金屋凝情處落霞孤鶩蒲柳淒涼
令如許問功名志厥在何時足更簪取一枝菊

又贈紫元

極目神霄路斗柄南冊華翠景紅霞紫霧手折其花
令似夢十二樓臺何處猶記得當時伴侶東府西臺
知誰主憶當時自瀉金瓶雨人間事等風絮　上皇
赫雷霆去我何緣清都絳闕邃成千古白鶴青鳥消
息斷夢想鸞歌鳳舞應未得翻身歸去業債須教還

淨盡這一回嘗遍紅塵苦歸舉似西王母

又別鶴林

昔在神霄府是上皇嬌惜便自酣歌醉舞來此人間不知歲仍是酒龍詩虎做弄得襟情如許俯仰紅塵幾今古筭風燈泡沫無憑處卽有這烟霄路 淮山浙岸蒲湘浦一尋思柳亭楓驛淚珠濺俎此去何時又相會離恨縈人如縷更天也愁人風雨語燕啼鶯莫相管請各家占取閙亭塢人事盡天上去

又游西湖

倚劍西湖道望瀰漫蒼葭綠葦翠蕪青草華表凄涼市朝古極目暗傷懷抱秋色與芙荷俱老桂棹蘭舟聊遣興仗金風吹使芙蓉破柳陰裏堪少坐　衷腸底事君知那要繁絃急管又且沉酣則箇烟水冥茫黃葉斷嘹唳數聲鴈過醉歸去山寒雲暮整日消遣鎮來往問城南老樹知渠屢[illegible]鶴驚青紗帽

又賦西峰

風送寒蟾影望銀河一輪皎潔宛如金餅料得故人千里共使我寸心耿耿睥無奈天長夜永萬樹蕭森

猿嘯罷覺水邊林下非人境睡不著酒方醒　芙蓉池館梧桐井悄不知今夕何夕寒光萬頃年少風流多感慨况此良辰美景須對此大栟酩酊滿目新寒舞黃落嗟此身何事如萍梗桂花下露蕭疏

又咏雪二首

俯仰天粘水盡山河大地光涵表裏一夜春風搜萬象簷外雨聲不已到曉來六花靡靡瑶樹琪林寒徹骨知誰家嬌女慵梳洗且揑箇小獅子　瓊樓架苑東皇喜使玉龍戰罷柳綿飛起千古佳人詩句在一

缶如甕煮米君試看岩頭溪底刹刹塵塵銀世界記
當年曾赴瑤池會玉清境還如此

又

銀漢千絲雨被東風作惡吹落滿空柳絮恰自江南
消息斷繞此六花飛舞最好是鵝毛鶴羽萬頃平圍
三尺玉月明中不見沙頭鷺蒼烟裏一漁父　鵲橋
半夜寒雲妬到曉來千岩萬壑了無認處極目四方
銀世界玉鳳樓前如許應自感傷心凝佇人在神霄
玉清府小獅兒裡就無佳句騎汗漫好歸去

又贈林紫光

月挿青螺鬢柳梢頭夕陽荏苒西風捲數粒蒼山粘遠漢樹色烟光紫翠飛騎氣半醒半醉劍跨秋空磨星斗指璃童不得鳴金鑾恐驚動紫清帝 浮雲飛度蓬萊水憶山中松寒露冷猿啼鶴唳家在武夷岩谷裏一畝烟霞活計嘆稀指人生百歲蘭畹芝國幾今古洞門前小鹿嚙花藏不知有人間世

又賦白芍藥號為玉盤盂

靜看春容瘦未清明荼蘼避席薔薇出晝花裏流鶯

罵桃李似與東風管勾怕虛度蘭亭時候我也别求天上夕向年時感嘆湖山舊舊日事君知否　玉皇駕出清都曉苑御前三千神女宥麾八九化作花神下人世如把粉團搦就文一似王璽在手莫是蘂珠親付囑教小心勸我杯見酒也只得爲陪笑

懷仙樓

極目飇塵表醉酣時樓中起舞樓前舒嘯坐見四山烟霧散是處落花啼鳥忽驚下九天星斗雙鶴飛來風露爽一聲聲清唤碧松杪柰對是不釃酒　舊家

三點蓬萊小有璚臺雙闕長是香花繚繞鐵笛夜吹
金劍吼恨此瀛洲路杳知幾度琪株春老閑倚朱欄
思昨夢對江山感慨無人曉但千里月華皎

柳梢青 海棠

一夜清寒千紅曉粲春不曾知細看何如醉時西子
睡底楊妃 盡皆蜀種垂絲晴日暖薰成錦園說與
東風也須愛惜日莫吹飛

又寄鶴林

鶴使南翔詞珎翰綺誼暖情香如在璚臺夢回初飲

月液雲漿　風吹蘆葦寒蕭夕照外山高水長遙想
東樓瑛花玉樹梅影昏黃

又送溫守王侍郎帥三山

五馬風流鎖金帳暖藥玉觴寬放下荷囊携來銅虎
又舉熊轓　棠陰已接三山此列郡彼須大藩柳雪
棨旗東風欄馬父老爭看

一翦梅贈紫雲友

劍倚青天笛倚樓雲影悠悠鶴影悠悠好同携手上
瀛洲身在閻浮業在閻浮　一段紅雲綠樹愁今也

休休古也休休夕陽西去水東流富貴又何
求

虞美人

蘋花零亂秋渟暮離落江村路櫂歌搖曳釣江歸檝
碎清風千頃碧琉璃　山崦初月明疎柳平野垂星
斗莫辭沉醉伴孤吟他日江南江北兩關心

阮郎歸　冊行卽事

淡烟凝翠鎖寒蕪斜陽掛碧梧沙頭三兩鴈相呼瀟
瀟風捲芦　何處笛一聲孤岸邊人釣魚快帆一夜

泊桐廬問人沽酒無

酹江月

思量世事幾千般翻覆是非多少隨分隨緣天地裏心與江山不老道在天先神遊物外自有長生寶洞門無鎖悄無一箇人到 一條拄杖橫肩芒鞋緊峭正風清月好驚覺百年渾似夢空被利名縈繞野鶴縱橫孤雲自在對落花芳草來朝拂袖離來南岳尋我

又詠梅

孤村籬落玉亭亭爲問何其清瘦欲語還愁誰索笑臨水嫣然自照甘受淒凉不求識賞風致何高妙松挨竹椄更堪霜雪傷傲　争奈終是冰肌也過了幾箇晴霽雨暖冷艶寒香空自惜後夜山高月小浦地蒼苔一聲殘角疎影歸幽眇世無和靖三花兩蕋不少

又

當初誤觸紫微君謫下神霄玉府醉後騎龍吹鐵笛酒醒不知何處絳闕寥寥紅塵擾擾老淚滂如雨人

問天上桑田滄海如許　遙想十二樓前琪花開巳遍鸞歌鶴舞夢到三天還又落愁聽空中簫鼓獨倚欄干笑拈花片細寫思歸字東風還會爲伊吹上天去

又次韻東坡賦別

寄言天上石麒麟化作人間英物醉擁詩兵驅筆陣百萬詞鋒退避世事空花賞心泥絮一點紅爐雪識時務者當今惟有俊傑　我本浩氣天成纔逢知巳便又淸狂發富貴於我如浮雲且看雲生雲滅羊石

論交鵝湖惜別別恨多於鬢共君千里登樓何患無
月

又羅浮賦別

羅浮山下正秋高氣爽淒凉風物瘦落丹楓飛紫翠
峭拔青山石壁客鬢蕭疎詩腸清苦病骨如冰雪怒
鬢鐵立着懷不下三傑　袖裏寶劍生寒中宵起舞
引酒清歌發襟曲屢興猿鶴夢坐看月痕生滅露沁
桃花雲籠芝草任長莓苔影如今話別橙黃橘綠時
月

又

舊家宋王是何人偏到秋來凄慘細雨疎風天氣冷

離別令人銷黯橋燕飛歸岍花吹送自是生懷感挑

燈酌酒平生明目張膽　二十年在江湖楓亭柳驛

往事都曾覽胸次可吞雲夢九也沒塵埃一縿本落

山高雲寒鴈斷水瘦溪痕減不知把菊又在何處軒

檻

又

海天秋老夜淒清坐對香温金鴨聽得寒蟬聲斷續

一似離歌相荅鴻鴈衒來騂騮欲去永夜燒紅蠟不須別酒有時亦呷一呷　丈夫南北東西何天不可鳴劍雄開匣豈特東湖徐孺子下得陳蕃之榻黃葉聲乾碧蓮香減桃上京蕭颯出門一笑四方風起雲合

又送周舜美

道人於世已忘情尚更區區餞別樓碧先生龕蕙帳夜夜猿聲淒切劍上星寒琴中風慘眉字飛黃色一杯判袂出門烟水空闊　我今流落江南朝朝還暮

暮千愁萬結那更荻花楓葉景又見長亭短驛世事空花人情風絮山外雲千疊君還到闕爲言蹤跡風雪

又春日

桃花開盡正溪南溪北春風春雨寒食清明都過了愁殺一聲杜宇醉跨蹇驢踏翻芳草蒲蒲樹鸎鵡游仙夢覺不知身在何處　因甚青鳥不來一年春事撚指都知詩人在白雲流水外多少鶯啼燕語遣興成詩烹茶解酒日落薔薇塢玉龍嘶斷亂鴉驚起無

數

又武昌懷古

漢江北瀉下長淮洗盡胷中今古樓櫓橫波征鴈遠誰見魚龍夜舞鸚鵡洲雲鳳凰池月付與沙頭鷺功名何處年年惟見春絮　非不豪似周瑜壯如黃祖亦隨秋風度野草閑花無限數渺在西山南浦黃鶴樓人赤烏年事江漢亭前路浮萍無據水天幾度朝暮

又西湖

緑荷十里吐秋香湖水掌平如鏡日落雲收天似洗况又月明風静露逼葭蒲烟迷菱芡縮盡寒鷄頸兩枝盡凝柳陰濃處萊輿

遥想和靖東坡當年曾勝賞一觴一詠是則湖山常不老前輩風流去盡我與還詩我歡則酒醉則還草聖朋朝却去冷泉天竺雙徑

促拍滿路花和純陽韻

多才誇李白美貌説潘安一朝成萬古又徒閑何如猛省心地種仙蟠堪嘆人間事泡沫風燈阿誰肯做

飛仙　莫思量駿馬與高軒快樂任天然最堅似松
栢更凋殘有何憑據誰易復誰難長嘯青雲外自嗟
自笑了無恨海愁山

行香子題羅浮

滿洞苔錢買斷風烟笑桃花流落晴川石樓高處夜
夜猿啼看一更雲三更月四更天　細草如氊獨枕
空峯與山麋野鹿同眠殘霞未散淡霧沉綿是晉時
人唐時洞漢時仙　洞府自唐堯舜始開至東晉葛稚川方來及僞劉稱漢此時方顯遂

八六子　戲改秦少游詞

倚危亭恨如芳草萋萋剗盡還生念柳外青驄去後洞中白鶴歸來恍然暗驚　吾家眇在瑤京夜月一簾花影春風十里松鳴柰昨夢前塵漸隨流水鳳簫歌杳水長天遠那堪片片飛霞弄晚絲絲細雨籠晴正消凝子規又啼數聲

漢宮春　次韻李漢老詠梅

瀟洒江梅似玉糚珠綴寄蕋疎枝霜風應是不許蝶近蜂欺嫣然自笑與山礬共水仙期還亦有青松翠

竹同今凛冽半時　何事向人如恨半蒼苔半倚臨
水荒籬孫山嫩寒放曉尚憶前詩黃昏顧影說橫斜
清淺今誰它自是移春手段微雲淡月應知

卜算子　景泰山次韻東坡三首

雲散雨初晴蟬噪林逾靜古寺敲鐘暮掩門燈映琉
璃影　浩氣鎮長存昨夢還重省獨倚欄干嘯一聲
毛髮蕭蕭冷

又

古寺枕空山樓上昏鐘靜饑鼠偷燈尾蘸油悄悄無

人影　長劍匣中鳴今古深思省此夕行藏獨倚樓

風雨淒淒冷

又

漁火海邊明烟鎖千山静獨坐僧窓夜未央寂寞孤

燈影　感慨輒興懷往事無人省江漢飄浮二十年

一枕西風冷

鷓鴣天

雨過山花向晚香烟絲空翠柳微茫舊家丹竈何人

葛今日簾泉阿老黄　犀角枕象牙床椰心織簟畫

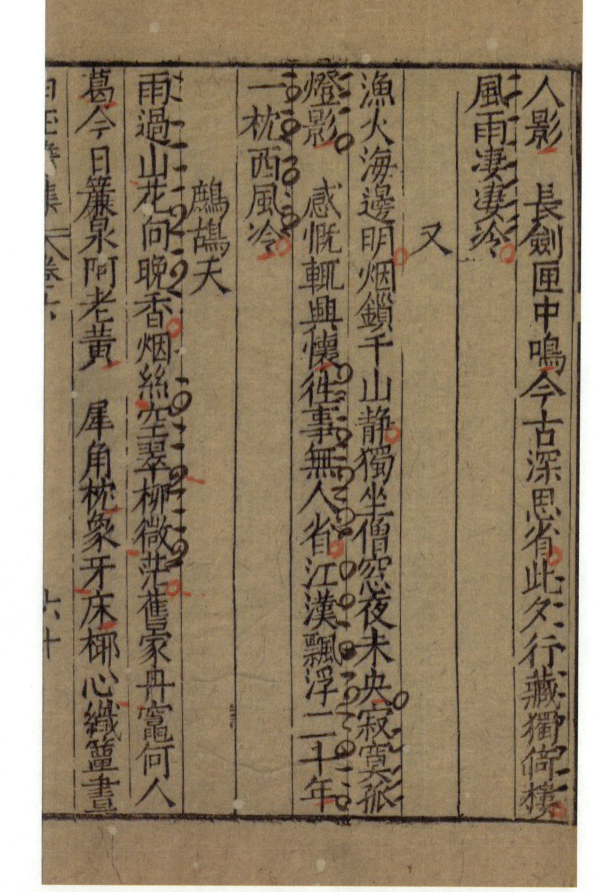

生凉盃行無算何曾醉不覺羅浮日月長

又

西畔雙松百丈長當時親自見劉王山前今日蓮花水往者將軍洗馬塘　南粤路漢宮墻晚風歷歷說興亡摩挲東晉蒼苔龕細說仙翁煉藥方

又燈夕天谷席上作

翠幄張天見未曾驪峰鵝掌出庖烹醉酣渾自迷天地但見樽前萬點星　人似玉酒如餳果盤蔟飣不知名東風吹我三山下如在神霄上帝庭

蝶戀花　題愛閣

冷雨踈風凉漠漠雲去雲來萬里秋陰薄笑倚玉欄呼白鶴烟籠素月青天角　竹松聲渾似昨醉膽如天誰道詞源涸涌地蒼苔霜葉　今宵不飲何時樂

又

綠暗紅稀春已暮燕子啣泥飛入誰家去柳絮欲停風不住杜鵑聲裏山無數　白馬青衫無定據好底

又

林泉信脚隨緣寓拚却此生心已許一川風月聊爲

樓上風光都占斷樓下風光還許詩人管管領風光誰是伴一堤楊柳開青眼　波面琉璃花影亂玉笋持杯畫舸歌聲顫醉裏尋春春不見夕陽芳草連天遠

楊柳枝

掇碎梅花一斷腸送斜陽風烟縹緲月微茫又昏黄平野寒蕪何處斷接天長短籬淺水橋青黄度清香

附錄

雜著

松風集序

夫松風者天籟也松非有約於風風非有情於松適然相遇則若嘶雲嘯月者使人聽之自有周情孔思存乎其中倏如鏘玉珮忽如鳴瑤琴轉而爲洞簫緩而爲雲韶又其霏微瑟縮則如寒食清明之雨至澎湃喧豗則如揚瀾左蠡之浪起彼馬千枝萬葉其爲一風所攝也如此而風之曉夜疾徐自不同而松之所受也又如此寒響滿平虛空清音漲於崖谷其非天籟乎孰使之然哉惟其出放自然也非然非竹故

能換世人鄭衛之耳耳與之化自不覺肝脾爲清毛骨欲蛻飄飄然有乘雲御氣之樂也此逸人白君玉蟾之詩汗漫成集而名之曰松風者以此余持節憲江東之日嘗相契於廬山之陽及其祠廪也時過我於君溪之上比將漕指復爲此來又遂從容乎慢亭山水之間談笑琳琅咳唾珠玉灑然若松風之冷而子所得於松風多矣四方學者謂之紫清先生云若曰薦有道舉逸民其李泌种放之流也嘉定壬午春

青社譙令憲序

紫元問道集序

讀韓昌黎桃源之句則起神仙渺茫之念讀白樂天海山之辭則起兜率歸去之思人心無根隨悟生智噫吾聞之神仙可以學得不死可以力致非曰能之願學焉幼時業愛修仙鞭心于茲不覺壬子又丁丑矣人間歲月如許頭顱皮袋又安以頓哉天貸其逢而於道有可聞之漸是年春遭遇

真師海瓊君姓白諱玉蟾或云海南人疑其家於襄沔也時又蓬髮赤足以入廛市時又青巾野服以遊

官觀浮湛俗間人莫識也自云二十有四矣三教之書靡所不究每與客語覺其典故若泉湧然當世飽學者未之能也眞草隸篆心匠妙明琴棊書畫間或玩世所與交者盡時髦世彥雖敬慕之者不可得親隨身無片紙落筆滿四方蹤遍江湖名滿天下其從之如毛也時人多見其囊中曾不蓄銖銅粒黍以自備或醉甚輒呼雷或曬熟能飛童或喜或怒或笑或哭狀如不慧或亦出言與休咎合觀其濟世利人之念汲汲也徹也燒燭以坐鎮日拍欄以歌晨亦不沐

書亦不炊經年置水火於無用稱其耳聵目眵或對客以牙宣爲辭未審厥旨也無酒亦醉睡醒亦昏諸方士夫刊其文碑其言多矣今多嗔少歡與世甚相違故慕之而針芥嗽荷相授以九鼎金鉛砂汞之書太乙刀圭火符金液之訣紫霄嘯命風霆之文元長自惟曩者獲罪於天失身墮世何以得此遂糜軀以修之焉期不負所學矣謹集問酬警悟之一二以錄諸本使四海同志之士有所啟發也

白君得之陳泥丸陳得於薛道光薛得於石泰石得

於張平叔張得於劉海蟾劉得於吕洞賓況人皆知其爲人而讀其書也吾何贅以序哉紫元子留元長稽首再拜序

廬山集序

嘗謂世之學仙者非羈困無聊之士放逸以自寬則年齡遲暮之人僥倖於不死蓋未有春秋鼎盛功名方來而甘心淡泊翛然爲方外之遊者

瓊山先生以妙齡赴高科讀書種子宿世培埴根氣已絶常人百倍矣以其所學肆而爲文登金上玉直

餘事耳顧乃棄軒冕之貴而從冠褐之游稽鍾離之業而嗜山林之樂大還丹法獨得安爐立鼎之妙昔錢宣靖謁希夷而麻衣熟視以爲無此分　先生超然風塵之表領悟翠虛不傳之旨豈謂有此分者龍虎鉛汞之說鹿卿國東之學然竊謂文章以氣爲主尤不可以昏氣出之　先生嘻笑游戲皆爲文章下筆輒數千言不假思索如元氣運淪太虛中隨物賦春無一點剪刻痕而曲盡其妙則所養者可知矣名章麗語流落人間有志者會梓成編宜求當代大手

筆以贊其美篇首之序乃以屬陳仝豈翅借聽於聾而已侯言不識軒轅非世俗人而輒相與論詩宜有石鼎之嘲鹿卿雖未見　先生而讀其詩文則知非食烟火人矣其敢違蒼蠅蚯蚓之誚所示巨編以清靜心齋自然香莊誦三復而云迪功郎南康軍軍學教授姚鹿卿序

○跋修仙辨惑論序

先生姓白名玉蟾自號海南翁或號武夷翁未詳何處人也人問之則言十九歲師事陳泥丸九年學煉

金液神丹九還七返之道虛坎實離之術蓬頭赤足其右耳聾一衲百結辟穀斷葷經年不溶終日握拳閉目或狂走或兀坐或鎮日酣睡或長夜獨立或哭或笑狀如風顛性喜飲酒潟落魄不羈心通三教學貫九流多覽佛書研究禪學參受大洞法籙奉行諸家大法獨於雷法尤著驗焉嘗自稱玉府雷霆吏至如驅邪治病之間汲汲焉如拯饑溺舊有群仙珠玉集乃先生著述丹訣也廣閩諸處多有文集刊行偶來金華洞森一見如故人延歸蝸舍從容扣之始覺其

方寸一點浩然發爲詞翰已無烟火氣一丈草書龍蛇飛動詩筆立成文不加點與森酬唱僅百餘篇已板行矣其他處吟咏不可勝數及在羅浮山麓童山武夷山龍虎山天台山多遇異人頗著符瑞每所到處間有異應人有願學之者不可得而與語獨自往來日行二三百里人見其蹤跡多疑張虛靖即其前身森汨没塵俗徒起敬慕及見修仙辨惑論披讀之餘知先生骨已仙矣森晚節末路方銳意爲方外之遊得此豈非天賜耶嗟夫古仙心傳口授秘訣先生

一旦形之毫楮坦然明白使人人可曉略無隱語灼
知二地凡夫皆有仙分則先生處心積慮有意度人
與前賢不約而侔矣先生此去或隱於名山大澤之
中或遊於通都大邑之內後會又未知何日何地也
森遂將斯文鋟梓傳之於世以成先生之志如先正
司馬歐陽呂富諸公往往寄修神仙之學于二祖文
忠文定嘗有龍鉛虎汞水龍火虎之説蓋前輩名公
鉅儒致君澤民功成身退之後未嘗不留意於此森
顧尾其後學嘉定丙子中元日朝請郎主管建寧府

武夷山冲佑觀嬾翁蘇森仲嚴述

跋鶴林問道集

予少時聞内丹可學遍遊海岳叅訪師友莫有知者
嘗讀趙彦綱藝林集乃知太乙刀圭火符之正傳始
自鍾吕默相付授吕傳之劉海蟾劉傳之張平叔先
鸞後鶴不曰無人朝海暮梧實難際遇今觀鶴林集
由平叔而下石泰薛道光陳泥丸白玉蟾燈燈相續
吾鄉彭季益惺理融明投機一言收功半餉集其問
荅刋而成編以淑諸人用志廣且大矣嘉定丁丑臘

此奏何在

日冲尚老人黄庸子至書跋於後

跋鶴林紫形問道集

海瓊先生人耶仙耶世不得而知之也丙子歲余於華陽道院有一笑之適已而追從乎墨池筆塚間凡三數月莫能窺其際今先生少憩無諸日借鶴林紫元二真士發揮玄闡朝夕問荅集以寄予誦之終日眞奇書也予別先生久矣時起暮雲春樹之思輒神交氣合於華胥之國近有携夢蟾圖一卷惠予圖中具載孔毅甫元祐初年一夕夢月光斜照高岩中有

物如蝦蟇雪色旁立二道士手各持文書人告之云
此是上界真人號娑羅臺青蓮白衣菩薩夢覺圖形
事之淳熙間周益翁嘗刻以遺臨江簡壽玉石湖居
士賦詩以紀靈余得此圖始悟先生玉蟾之號似非
偶然者先生靈蹤異跡在在聲聞其於佛老祕典及
人間所未見之書靡不該貫非自真人菩薩地位中
來儔克爾余復怪先生雨巾風帽朝北海暮蒼梧所
至戶屨雲集獨於二君有不忍去豈圖中所載執經
二道士也耶余非好爲附會者以其事有足證因爲

之書以附卷末云古武榮桂隱諸葛琰

跋陳泥丸真人翠虛篇

余舅新廣東憲盤莊老人黄公廣自其少時足跡半天下喜與方士高人游得服餌長生之訣今逾七望八狀貌強健如壯年每每道泥丸陳先生之名慨慕不可得而見余從旁竊識之嘉定丙子余來金華海南白公比歲再遇解后輒彌日欵議論亹亹無非發明其師之道平生出處甚悉蓋泥丸學者徒也神仙之事渺茫恍惚不可控摶而傳記所載奇變萬狀同

出一源若泥丸者其可不傳以補列仙之軼先生陳
氏子諱楠字南木惠州博羅人以盤櫳箍桶爲業浮
湛俗間人無知者一日作盤櫳之偈曰終日盤櫳圓
又圓中間一位土爲尊磨來磨去知多少箇裏全無
斧鑿痕箍桶之偈曰有漏教無漏如何水泄通既能
圓密了內外一真空其言下超詣如此所得蓋不凡
矣人以疾苦撮土與之隨療而愈故俗呼泥丸先生
其自號則翠虚翁也西華真人傳之張紫陽張傳之
石翠玄石傳之薛紫賢薛傳之陳翠虚得太乙刀圭

火符秘訣景霄太雷琅書以雷法行於世所至與人治鬼潮陽民家女苦狐厭狂易無度先生用雷符熏狐魅殺之時被髪走日行四五百里鶉衣百結塵垢滿身嘗食蛇狗之肉終日爛醉莫測所如而濟人利物效驗有不可檢嘗之蒼梧遇郡禱旱人憂暍死先生執鐵鞭下淵潭驅龍起須臾陰雲四合雷雨交作境内沾足遂爲豐年過三山大義渡洪流湍悍舟不敢行先生浮笠而濟行欽管道上遇群盜拉殺瘗之後三日盗散復甦游長沙衡帥節執拘送邕州去數

夕又回長沙矣中夜坐定或含水銀越宿吐視已成
白金乙與其徒不顧世也嘉定四年春作頌言出世意
四月赴鶴會於朝陽觀事者以其茹葷羶惡滯坐之
户外適有持片竹若箍桶者入呼之起與喧爭至危
橋俱溺而逝道家所謂水解云時葛尉往湖南省親
遇先生於寧鄉是年四月十四日也先生自言閱歲
四十三而人有二世見先生者亦異矣平生著述有
紫庭經察判潘公景良錄傳翠虛篇真息子王公思
誠續編之自丹經行於世幾千萬卷高者入虛無下

者聘怪幻如先生之書刻煩趨要剔僞辨真開後學
以從入之塗歸宿之地鑿鑿乎有所據依以爲人皆
可學而卒莫有能學之者豈真不可學耶苟非其人
道不虛行夫道一而已矣翠虛之門有鞠九思沙道
昭白玉蟾皆日心傳口授其高弟也是三人者不可得
而見幸白公歲一逢焉翠虛之道得白公而益顯而
白公浮游飄忽又將離世絶俗而立於獨吾甚憂其不
可得見也故併書之以貽好事嘉定丁丑六月初伏
日承議郎通判婺州軍州兼管內勸農事陳與行書

子風月堂

〇〇瓊山番陽事跡

白先生以二月五日到番陽旅邸與一舉公蔡元德劇談且命酒欲同飲每問識白玉蟾否蔡以其狀若佯狂且語言無擇意其不肖子弟也不甚領略其語但得其集一編麻沙刊者又訝其才且疑且信間明日五更留詩云洞門深鎖綠烟寒來享浮生半日閑城北城南無老樹橫吹鐵笛過廬山後題玉蟾二字語邸翁曰候蔡解元起以此呈之遂飜然而行亦有

其徒數人相追逐蔡大帳惜諸公多賦詩紀其事予
嘗游龍虎山上清宮見其題詠甚富前年又荷其寄
群仙珠玉一冊然竟未識之玆寓番城又失於一見
感蔡君之事亦賦數句云白玉蟾來調蔡經端如侯
喜逆彌明五更援筆留詩去惆悵番江月滿城亦稟
譙提刑或可遺人往廬山物色之然恐未易尋今因
何德來問其詳謾書之戊寅二月十一日從事郎新
南劍州州學教授湯千述

詩贈瑣山高人　　山澤道人李訦

此書不知
今猶存否
當訪求之

莫笑瓊山僻一隅有人飽讀世間書何曾地脉斷滄海自是神仙混市區到處炎涼無冷熱隨縁烟火不饑虛定應月裏長生藥竊得成功號玉蜍

奉和瓊山白逸人見寄詩韻　廬陵楊長孺

雲卧霞餐雪飲湯十二城臺上日偏長靈丹自有天成底金汞何須惱肺腸

奉謝瓊山白逸人惠草書千字文　廬陵楊長孺

草聖龍蛇字滿千真仙游戲筆清圓孔融枉却知云德杜甫何縁有一錢

又

君占清風明月多不知此子肯分麽道人身自如蟬

樣敢把黃塵涴綠裳

題福州天慶觀壁白逸人詩後并序　楊長孺

廬陵楊長孺伯子在福州時一日禱祈天慶觀見壁間有白玉蟾題詩大書草聖有呂洞賓之筆法喜而覶之褾爲大軸以歸因成五言古句跋其後蓋嘉定庚辰也壬午臘月巳亥逸人自臨川筆架山遣介惠書非偶然者録以寄之逸人未通書長

儒已相識矣

嬴政與劉徹苦心求神仙蓬萊不可到長遭風引船千年兩癡兒一笑堪粲然何處覓庚冰蘧蒢有人焉如今白逸人秖在江海邊詩豪仍酒聖不粒且不麫果蔬供糗糧筆研爲原田得句超象外揮毫妙無前龍蛇走屋壁雲烟起山川姓名聞九重文字流八埏飛鴻矯冥冥騎鶴横翩翩邂逅儻識面真成夙因緣我來主人合沙徒喜詞翰得持以歸楚處樞之伴枯禅夜半無驚起虹蜺忽垂天

敬次海瓊逸人小山韻　覺非居士彭濱

芒鞋破臘似尋梅誰識真仙亦姓回居易未容歸海院自然聊與訪天台隨緣又作匆匆別乘興何妨得得來倘與褒翁聞一二不辭日日鬭蒿萊

奉題楊伯子贈白瓊山詩後　方巖王居安

佛說神仙壽壽經千萬年煉心或未盡七趣尚循環佛語不吾欺敢謂然不然我見　海瓊子年少冰玉顏語不及世利口不茹葷羶胸次飽經史道釋二藏全扣之如汲水挹注誰能乾一日來訪我如有宿昔

◎

縁急索紙與筆贈我錦繡篇文詞有根蔕草聖生雲
烟傍觀駭衆日頃刻字數千人言能入水捉月自臨
川杳不見蹤迹復在匡廬巔變化有如此誰能測其
端　誠齋有賢子高目視青天於人罕許可詠讚成
巨編我直凡骨尔豈能識神仙楊子所深信我復何
疑焉摭語附卷末再見知何年

羅浮冲虚観璧間紫清道人詩筆因用贈鄒
知観韻作此寄　　東臯曾治鳳

聞君名字久疑是謫仙人詩酒偶留意形骸一任真

爐中丹有訣，袖裏筆能神。切戒才爲累，無心與道隣。

瓊山先生歸自羅浮三詩言心　紫巖潘公銘

自從宿別羅浮去，斗北箕南欲問難。或說匡廬來採藥，又傳黎毋去燒丹。玉天風露愁人甚，塵世荊榛沒眼看。此日弄聽華表語，男兒心事未摧殘。

螺江一別幾經秋，顛到而今益可羞。旣不將身葬魚腹，爰談飛劍取人頭。時時仰面把天覷，處處逢人欲語休。藏一頑仙如可學，玉壺公在下乞優游。

贈別瓊山先生　紫巖潘公銘

仙人月下愛騎鸞咫尺青天到不難恠得螺江新稅駕又從勾漏去求丹何如林下抽身早留與人間作樣看顧我尚堪薪水役覷他目鼎留殘

世路崎嶇淚欲流滿前景物替人羞江風萬里水鱗面曉雪四圍山白頭酒味吾今知薄薄亭名公合榜休休子長史記令須了南北何爲苦好游

公翁不敢放世俗寒暄之敬輒賦明月一篇寄呈瓊山先生　紫巖潘公翁

明月何皎皎桂樹青團團當此三五夜浮雲太無端

忽然長風起來自玉門關雲破月走出照見人心肝影落千江水京生幾處山取酒共月飲取琴共月彈我欲抱此月永不來人寰初時玉川太早計便謂已作煤炲着何當再見白玉盤李白翻身死不難所願斬盡浮雲根千古萬古天中間我吟此詩清夜闌懷美人兮雙淚潸

敬次璃山水調歌　山澤道人

足跡走〻八下家說在璵川徃來無定蓬頭垢面任憎嫌揮掃筆頭萬字貫穿胸中千古不記受生年海角

一相遇緣契似從前　鍾離歌呂公篆醉張顛恍如
赤城龍鳳來過我鯨仙笑我未離世網不染箇中塵
土饑食困來眠擬問君家祖兜率樂天天

敬次白真人沁園春韻　　方巖老圃

湖海襟期烟霞氣宇天上星郎有霊方肘後千年却
老神鋒耳底夜夜騰光萬卷蟠胷千鍾蘸甲衮衮詞
源三峽滂功成處見須彌日月河岳星霜　興來引
筆千行看舉世何人是智囊任縱橫萬變難瞞道眼
優游自樂不識愁腸鬧市叢中寄林靜處鼻觀常聞

三界香天書到聽筆齋蕭競奏幢蓋班行

潘狀元上瓊山書

維月吉日紫巖潘公鍔頓首拜書

海瓊先生鍔於人間世無所甚敬於古獨長孤竹君二子而愛李翰林於今則　海瓊先生然　先生知蔑之面而已便當談笑以明其心而粗陳其大綱鍔少也賤父兄勉勵臨以咎箠俾爲文章僅成可讀鍔豈願誦吟習不博天子一官秋風黍離肉食者鄙鍔以爲君父之讎不報而求獨善非夫也故未弱冠來游

京師，歷幾佐助明主，攘除姦宄，然從赤松游耳。時旣不能，萬心灰冷，況離虛坎實，逝者如斯，鍔猶隱忍，未能洒濯其心，鍔亦有說，鍔未能棄夫人間之事也。鍔見夫爲臣不忠，爲子不孝者，鍔思食其肉而寢處其皮也久矣，故嘗午夜披髮仗劍，剌刺臂血，申盟于天曰：四維上下，十方三界，有爲臣而不忠者，臣願得而殺之；有爲子而不孝者，臣願得而殺之。潛心腦後，誓願飛行，不丹風秋，有淚如雨。鍔誠欲修頑仙之術，而後知耳。故飲酣膽張，目眦盡裂。嘗有詩曰：娶妻須聶隱虬鬚要人肝又曰古云燕趙多奇士我欲載酒游邯鄲庶幾一矣倘相遇何處人間無白猿誠不知其不可者也天巧其逢遭遇　海瓊先生其惟不捨慈悲勉以大藥此疇曩心而尚持猶豫者誠未忘夫人間事也萬一可教乞露糟粕如其去道浸遠用志徒辛郎望早示鞭影鈎不斂尚能高臥壺公一然石下不至效田子春呱呱兒女聲也吁鈎亦人傑也哉淮先生尚留意焉公鈎頓首百拜

待制李侍郎書

詵悚息啓上　壙山居士道契一別條經年人間歲
月如許一劍孤飛無定處走天台游廬阜今又過三
山何異朝與暮梧也然尺書面目常常墮前珠璣翰
墨處處傳布如月行天夜夜瞻仰日來秋冬之初寒
燠不定伏想真氣煉就超乎離坎之外在處有物護
持不在多祝詵行年七十有五老境多逆乃蒙飛章
投簡特為啓醮顧帳塵緣安得道根可以稱是因作
二句云但得此身常老健更於何處覓神仙謾奉一
笑伏讀著述甚盛且大聰明隨身無片紙落筆滿四

方人所難及所願收斂光芒更不作此清淨業於齋
奇特最勝不知知何見桂隱云有人即行忽忽不多
及二一切長語煩儀略之謊悚息啟上

華文揚郎中劉子

長孺伏以寒盡春生好雨知時恭惟　白君逸人身
寓世間心超物外尊候神介動止億福長孺頊守三
山想萊来於老子之宮識英豪於題壁之句初以為
仙侶不以爲今人也徐而問之乃知其爲今人而似
仙非凡者也聞在泉南無從覿面但恐渴望梅嶺尔

退休山林於石塘劉和夫處見餘章翰墨甚富諏孫雲野鶴喜詳雖未覿面如已覿面讀戊寅年筆架山中二十八詠今五年矣御風騎氣知在何許顧使涅富驟至辱惠以書且寄之詩文以草聖千文示之驚喜下拜如從天而下何何必見紫芝眉宇然後爲晤對耶論交自此始矣古風一首絶句三篇别箋呈似用酬來貺乞須其意勿以俗人待我是幸是望見教二記展翫快讀雲錦之文奇古道院之文博洽不勝嘆服珍而藏之復命第達空函當發大笑逸人知我

者姑此爲戲耳
右謹具申　呈
壬午十二月　日朝散大夫直華文閣主管
亳州明道宫楊長孺劄子

新福師王侍郎
居安俗塵未脱徒有慕道之懷言別未幾已劇馳仰
示教二詞語意高妙非肉眼人所能識也謹珎藏以
爲篋笥之寶五印文謹以封納切幸視至居安往往
月未起離此間他時不忘故鄉往來烏石九仙毋客

賜訪也　紫清真人契友

福師王侍郎

居安方幸道舊又復語離此情何極孤雲野鶴可見而不可親愈增懷仰而已居安老矣後會何期顧言行滿功成早膺丹霄紫府之召居安至禱

右謹具　呈

二月　日中奉大夫敷文閣待詔知福州福建路安撫使王居安劄子

海瓊玉蟾先生文集卷第六終

海瓊玉蟾先生續文集卷一

南極老人臞僊續編

山陰　何繼高

汪乾行　仝校

新安　劉懋賢

記

閣早山崇真宮昊天殿記

竊聞道包坱圠實在乎象帝之先氣運堪輿崑高者昊天之極宅妙有玄直之國殿彌羅無上之都豁落光明渺渺紫金雲梵之闕愜弘湛寂濛濛碧漢玉清

之宮位奠太微尊居大有是爲上聖允號无宗亶玄
範而總制十方妙化機而統臨三界載攷南郊之典
昔有圜丘之壇其在道家尤當祀事莫謂無聲之載
盍存臨汝之誠閣皁山福地崇真宮舊有殿帝之所
雖麗不華似簡而陋方謀撤而新之淸江湖山楊舜
臣者崇道欽天之士慨然捐鏹奇伍阡緡獨易其舊
而更建焉梓人執輿輪之役陶氏運埏甓之工始斷
於壬申之冬終訖工於乙亥之秋首尾四年經營萬
力偉哉亦難事也嘉定庚辰維旹季暑予來閣皁山

適冲妙師朱季湘禱宮遂以前此六年新
昊天之殿爲告俾予記之予曰惟陶弘景爲帝作記
李雋爲帝作玉樓記願無陶李淸僞之文亦切慕之
且語冲妙曰夫
上帝之居百千萬重道氣千二百官君結空爲天凝
梵爲城混合三營以爲樓臺變化九霞以爲宮室鬱
垣而霓壤霄樓而雷埏飛廉脣璵桂瓊槐之材靈臺
薰璆蘭璐莢之事璟瓌傑而璜穙璄棟而球楹森輿衛
於形室之屏萃千羽於紫扉之陛環妃嬪如玉林之

媢羅班聯如瓊苑之繁（火鈴天丁侍其軒金精猛獸據其户上有九旋麒麟之電鑰下有五瑮獅豸之霞閣亭瑆鸞鳳之膏以飼琅庭雪色玉精之蟾璧璃虎之腊以餵琳臺雲光金花之兔玉娥鼓雲瑟之夕瓊姬舞霓裳之晨八鸞嘯歌於屡屡九虎飛鳴於閶闔入則閑羽犖鳳輦於瑮館出則飄霞衣鬱襞於瑆池燕遊玉京蠖怡金闕物物自化亭亭無爲人享拾麻之年壽等拂石之刼此特記其髣髴今舜臣所以爲帝之離宮者實依仿之若夫寶殿淵深雲龕崇岌巢御客

玻粹玉座蜿蜒地皆砌以花磚壁皆粉於銀液中邊
供具左右羽儀下飛鳳墀上陳鴛尾千楹耀日萬栱
凝煙高聳漠濛雄壓翡翠丹光紫氛之麗朱扉黃閣
之嚴羽士有所歸心名山爲之增氣以世俗而言之
獻豆粥麥飯者天子嘉之納粟者爵之貢馬官之
雖
玉帝高高在上其視甚微其聽甚卑則舜上蒙福之
報宜何如也夫以上帝之德不可明言開天執符長
御延康之曆含眞體道默贊混沌之圖且蚩蚩蠢蠢

林然於天地之間者豈知乎帝力哉嘗謂至高者天能降自兆之福尠能謁斗尠能祭天况人也乎冲妙曰然是年七月朔瓊山白玉蟾敬於殿中書

遊僊巖記

黃蘗飛雲新鴈篆空庭蒐破玉雞鎔鑄金有客來自瓊州蓬髮垂顱黧面赤足縕草文軀露脛半裎橫錫徂自風檠越塵所適上清之三華謁雲谷君於濤暮竹鎖翠煙簷鐸擻風龕燈微紅樓鵲呼雛客乃弛懷飲瀑漱石之下宵御杌偃仰無夢覺然凭几愡鼓唇而歌

曰梧桐枝上秋風起碧水連天天映水殘鵶幾點暮
山紫斜陽影落蘆花裏蜂衙罷聲蛙作市藜杖落有
寢篁樓天黎明月痕消安得異人兮儛巖作逍遥雲
谷君起而歌曰酒初醒牆初醒有客長歌繞玉屏我
將治晃昌兮振瑶鏈順風一葉碧潭清收拾千巖萬
壑之爽氣歸來高臥乎松檽與君結詩盟翌曉駕小
艇繫柳于鯉魚巖之下平田鋪碁鷄鷺分黒白亂山
開畫松林自筆墨釋聘之鷄籠石山花眩眼巖鳥聒
耳放浪登天竺峯古寺空四壁栢子梟深殿紅鑾際

天綠巘架空猿嘯黃昏月橫枯樹虎吼清夜風號萬
竅踪鐘入雲房持瓢汲丹井盤陀無塵坐歌一詩云
峯頭鳩聲呼曉雨淡煙鎖斷巖前路夜來湛露滴寒
松斷雲無家風颭空携錫兮理屨乘風欲歸去雲谷
君至是稽首話刀圭之妙客撫石而歌曰偃月爐中
烏兔朱砂鼎內龍虎黑水入紅鉛紅爐一粒圓雲谷
君瓊州客既歸猿啼古壑鶴淚冷泉水國無舟良竹
陂陸孤村牛眠流水白雲蕭條然如廬阜間雲谷君
還舊客已徜徉矣因筆識其行

雲窩記

武夷山一洞天也神僊有無或隱或顯昔者此地籛鏗餌紫芝能乘風御氣神姥採黃术能呼風檄雨若夫張魏諸真君男女得僊者十三輩不知何年中秋之夕玉帝宴曾孫也二盃既罷簫鼓回空當時諸君霞君霓袂飄然已僊矣後世有煉丹巖換骨巖者盍當時事也世傳止止庵有李道士幔亭峯有李鐵笛毛竹洞有李磨鏡一李耶二李耶昇真洞下有張金蟾蔽子洞下有張草衣一張耶二張耶及如鼓樓巖

之詹靈巖之葛與夫先輩道士吴懷玉皆山中有人見之者動輟騰風駕空浮葉泛水丹鬢緑髪行步如飛或蛻形或尸解或遁或存使人欲慕之不可得與語者第相錯愕不謂千載之下僊蹋寥寥惟青草白雲尚無羔猿啼鶴唳誠不忍聞蕭而丹樞陳先生辟穀不粒年己七八旬猶方瞳漆髪其顔猶童未知何許人而終日凝神不語與寢笑談與常人異所附身僅一破衲一旦在乎五曲之間吟騁翁先生詩山高雲氣深之句平林煙雨尚如昨也於是誅茅伐竹經

管一廬曰其廬曰雲窩後倚大隱屛前望三教峰左則僊掌右則天柱面丹爐之左枕鐵象之巖龍之形虎之狀奇哉東距仁智堂西抵遊僊館皆百舉武松之青青之翠草之綠也寒猿喚曉碧烟濛濛棲鵶催暮紫霞漠漠雲飛白花鳥放脆聲何況山之蒼水之碧風又清月又白悄無人迹之地以人間一年此洞中一日亦不爲過噫真樂足矣官乎丹樞老者至於人亦廬廬亦人與溪山相忘與風月俱化則有紅鸞紫鳳青鳥白鶴之事先生知之雲窩既覆茅嘉定之

乙亥九月望煙霞葉古熙如是

駐雲堂記

白玉蟾結茅於武夷偶一日起湖海之興杖屨飄飄未數舉步回首甚盧猿鷲鶴唳一二揚袂間不覺已鉛山矣道遇一褐挈予歸堂循一灶栢子故事罷戰茗幾碗應言雲水滋味如此枯淡如此孤介文言學道如此艱苦如此玄奧予遂有言曰此去不遠八萬四千餘里上有太消之都玄圃丹丘林玉洞竅孔巽穴卉蒲目琳琅[illegible]集珍禽聲聲韶濩中有長裾大袂漢

千蓋舉身如鴻毛。一旦戲壓青鸞，舞白鶴，隮然於五濁惡世之頂，所視苦趣衆生生死死生，如蟻旋磨，不忍爲之鼻酸。於是胎其神於塵胞，範其形於色界，自襪襪以及了冠，不昧夙昔常生修真養元之念，發猛勇心，辨精進力，易服毁形，問津於道家者流。以此可見其慈憫衆生之美意。或垢面而鬆髮，或赤足而禿鬢，或冠逍遥如意之冠，或服靈静清淡之服，或青中紙襖，或巨劍長琴，或单瓢隻笠，或藜杖芒鞋，徜徉乎井里，蕭散乎塵陌，世之人以目争睹，以手争指，着以告稚甲以諭乙此則道人也夫道不可得而名豈言惟弘之在人耳所以前輩著述丹經又形而爲之歌詩契論皆顯露金丹之旨必欲津筏後學率歸僊眕所謂鉛銀汞砂者即龍虎水火也所謂烏兔房壁者即馬牛龜蛇也所謂夫婦男女者即君臣子母也所謂乾坤坎离者即天地日月也喻之爲丁公黄婆名之爲嬰兒姹女假之爲黄芽白雪不過陰陽二字覬乎力解積漸乎飛昇以要言之形其神也身與心也神與氣也性與命也其實一理攢五行而聚五氣會三性

原書缺頁

原書缺頁

絅中典而妙通老人香篆不滅及乎觀之董爐茶鼎
瀟洒之甚復有蒲團禪氊新埽素壁殊不墜舊典早
書館絃香積有餘雲集貼然巾單掛壁其間分形化
氣之士文詎不知金汞還返之妙出沒隱顯人豈堪
測於篇詩斗酒之餘彈一兩操琴舞三四歇飲狂歌
野舞翱然歸宿晨香夕燈規繩整整使江湖煙雨之
叟楚越風月之士源源而來棲棲而止方見蓬萊三
島移在目前羽衣霓裳端可顧揖斯則道堂之設不
虛也向昔劉安王修僊於漢昭明太子修僊於梁李

元操修僊於唐皆宗室有此挺挺奇特漢今是堂之
主人此之流也與日明籍於天台換骨於武夷皆始
乎今日建堂納士之舉前所謂天上神僊應世玩形
而爲道人然則然矣返本還源歸根復命獨不止此
當有一段奇特世所希有何哉丹爐之火冷矣白雲
之鶴飛矣頂飛雲玉靈之冠衣寶華玄素之服乘雲
中之青驄駕天表之彩鸞登霄極謁天皇此時也神
僊應世之事畢矣雖不至人人皆鍾呂吾恐其中間
有一二苟能具眼自得遇青童霜髮之人手持博山

請所願學道堂之意如是道人之事如是隨喜書此結緣嘉定丙子雨水後兩日援筆爲記云

橋隱記

太微宮中奎星之精化而爲松松之魂松之魄戲白龍翔青鳳矯矯鬱鬱然其間則有七松處士太微宮中室宿之星化而爲柳柳之聲柳之奧呼黃鸝入紫燕冉冉裊裊然淡煙踈雨之間其間則有五柳先生古人所以隱於松者蓋欲示其孤高峭勁之節古人所以隱於柳者蓋欲彰其溫柔謙遜之志豈不知七

松廢士五柳先生若人在於簡冊中自有沒世耳目吾未聞橘之爲物果何如焉楊州厥包橘柚錫貢江陵千株橘其人與千戶侯等如是橘可貴也風土記名橘曰胡柑巴人有橘草中藏二叟語如是則橘可奇也瀟湘有橘鄉洞庭有橘澤雲夢有橘里彭澤有橘市如是則橘可嘉也陸績懷橘而遺母李靖食橘而忌兄如是則橘可以存孝義李德裕作瑞橘賦張華作靈橘歌如是則橘可以入文章李元有朱實似懸金之句沈休文有金衣非所恡之句唐澄葉慶六

月九日賜羣臣橘柰阿房宫正月一日賜羣臣橘琥
湖之多橘寒洲之盛橘人孰不知橘之爲美亦不易
多得故古今多記録則橘果爲異物也言其橘園則
天涯散星宿也觀其橘實則木抄羅珠璣也皮薄而
瓣豐膚氣而味甘劉禹錫之甘踰萍實寒氏栢槩又
何況其花如龍涎其葉如鴨髭其顆如蠟其霜如瓊
所以呂真人譬喻金丹大如彈丸色如朱橘吾今知
橘如此也東南之邦武夷之山玄花之洞冲佑之觀
靜康之庵有道士焉陳洪範字天錫道號曰造齋生

平於琴書外偏有橘僻酷嗜橘林又多種橘吾意其所愛者非愛橘也蓋言呂眞人譬金丹之意所以一堂風月滿林煙雨朝吟暮酌逍遥自居必竟内有所養外有所玩造次顛沛常持一金一粒金丹刻意若是宜乎隱居於此則視七松處士五柳先生大不相侔其所居名橘隱吾是以廣大其意彰麗其名不爲謬矣陳天錫之風神骨範如秋之末霜如夜之正月如水之曉緑如山之春青一掬精神已可健羨平居暇日閑於軒窓几案惟蓄一琴復事一劍可謂蒼梧

穛穛之琴青萍赤符之劍也多焚桐脂以搗鯨膠胞文於篠節以縛毛錐兔穎大玄惟杜松門空四壁往來無俗丁者以此而觀故可與溪山魚鳥爭清閑奪恬靜又可與松竹烟霞鬭蒐爽戰滋味也吾所以喜陳天錫之意如此一旦撫琴長歎屬欲罷請陶泓毛穎韋誥于求一篇蓋欲發明橘隱之意昔者緱山之僊子有詩曰修煉還丹苦不忍見其橘青城丈人有詩曰幾回誤吞橘便欲昇雲天此皆古人托意之妙如此陳天錫所以隱乎橘者蓋得緱山青城二君

子之意況乎夜欲闌風正清月皎皎又下猿啼一聲千林忽曉櫛盥之暇抱琴於橋林之濱豈無深深妙妙之意子於此時吾佑子以一曲曰橋成林橋成林一畝白雲空翠深空翠深中有偃翁抱一琴夫誰知此心以是可以見橋隱巳片滋味也海南道人白玉蟾記

湧翠亭記

騷翁逸人品藻山水平章風月皆曰江南山水窟江西風月窩嘉定戊寅瓊山白玉蟾携劍過玉隆訪富

川道經武城雙髻凌煙二龍批月甜武城之西望大江之東撫劍而長呼顧天而長嘯環武城皆山也蒼崖翠壑青松白石寒猿叫樹古澗生風峭壁數層斷岸千尺翼然如舞天之鶴婉然如卓煙之龍者柳山也白蘋紅蓼紫竹蒼沙魚浮碧波鷗卧素月琉璃萬頃舳艫千梭窈然如霞姬之帔湛然如湘娥之鼓者修江也山之下而江江之上而亭亭曰湧翠蓋取東坡山爲翠浪湧之一句觀其風物被其景象如章貢之鬱孤臺如潯陽之琵琶亭者湧翠亭也飛暈際天倒

影蘸水天光水色上下如鏡烟柳雲緜高低如幕綠隱漏蟾朱簷咬雨華榱躍鳳鱗瓦鋪鴛四檻無塵一間如畫玉欄截勝銀海凝濤鷗鷺不驚龜魚自樂適其酒量任其詩懷者亭中人也若夫風開柳眼露浥桃腮黃鸝呼春青鳥送雨海棠嫩紫芍藥嫣紅宜其春也碧荷鑄錢綠柳緝絲龍孫脫殼鳩婦喚晴雨釀黃梅日蒸綠李宜其夏也槐陰未斷鴈信初來秋英無言曉露欲結蓐收避席青[illegible]其秋也桂子風高蘆花月老溪毛碧若瘦山[illegible]見梅一雪

欲臘宜其冬也復何所宜哉朝陽東杲萬山青紅夕鳥南飛羣木紫曇桐花落盡柘子燒殘閑中日長靜裏天大漁舟唱晚樵笛驚霞有時而琴留中猿咽指下泉悲有時而棊剥琢玉聲縱橫星點有時而書春蛇入草暮鴈歸蘆有時而畫溪山改觀草木生春以此清興以此清幽收入酒生涯擁歸詩世界蓋有得於斯亭而不知有身世矣山光浩蕩江勢澎湃松聲如濤月華如水營火萬點俯仰浮光禽賓一聲前後應和飛青舞碧凝紫流蒼於是而曰湧翠蘆灣不盡

帛渚無窮挽回亭前酌以元酒招入酒裏詠入新詩名公鉅儒鱗蹋疊副騷板如櫛峻韵如霜前者唱後者和長篇今短篇古亦莫罄其趣也最是春雪浮空高下玉樹夜月浸水表裏水壺漁歌斷處碧芷浮天帆影落時綠蕪漲岸菰蒲蕭瑟舟楫往來其樂自無窮也作亭者誰李亞夫也一日桐城譚元振上清黄日新與余抱琴而憩其上風吹鶴袂入許水僊欒薄數篇醂醄百盞月影在地馬僕候門援筆不思聊述山水風月之滋味耳知此味者然後可以觴詠乎斯

亭主人曰然予亦昭晰明日追思世事如電沫人生如雲萍蓬萊在何處黃鶴杳不來抱琴攫劍復起舞于亭之上神霄散吏書

心遠堂記

鶴為靈禽也何以群於鶴鶩哉而且與之巢丘原飽稻粱其視衆禽等也翩然離煙霞絕風埃賓青霄翱碧落則靈於鶴鶩遠矣蓮為華妙也何以族於菱芡哉且與之雜黿蛭混洳泥其視羣華並也嫣然拔沮洳濯清泠媚銀床艷玉井則妙於菱芡多矣若夫

老聃官於柱下莊周祿於漆園張魯侯中許遜宰於
旌陽梅福尉於南昌是時無以異於世人也逮其
精於內固察行外充隱化淪景躡梵登晨駕鱗龍管
鸞鶴乘雲御氣嘯風鞭霆登崑崙參靈寥方且動心
駭目驚而訝之愚而慕之賢臣見弃於其妻蘇秦見
侮於其嫂無怪也始其和光混俗之時若甚側微而
恥其不已若不人似或加狎而侮之至於驚人可喜
之事則羣驚若厲聚僕如鼠殊不知身羈樊籠志在
霄漢吁鴻飛冥冥弋人何慕焉籬下燕雀徒自啾啾

耳然聖人初何嘗求異於人亦未始自表見於世也
魚欲異羣魚舍水躍岸則死虎欲異羣虎捨山入市
則擒然雖與之融然相忘泰然俱化其所以諧入者
遠甚於彼矣陶淵明當劉氏代晉之季恥爲斗米之
所折腰去而歸柴桑終日娛心於酒是欲忘世者也
醉夢物我糠粃天地漲然無營泊然不謀故其詩文
超邁羣俗閣皁黃冠朱君季愈即滑江以蘇米如上
所說以爲如何者不足靜中冷眼一笑耳世事淡如
一杯水也嗟夫心一也人自岐之所謂溺褻於利祿

之途無得而遠矣有如窮戚飄零之士志在楓宸有如孤迥峭拔之士志在烟霄是皆其心遠也然不若四境紅塵萬竈青烟處此闤闠寂若林泉已如隔驀蓬萊弱水之遠自非心了如君者能之均一遠耳求可量也或問遠之義何如曰空中之塵若非雪而未嘗見牀下之蟻若鬬牛而未嘗聞苟能悟言一室高俯仰宇宙之大有所見聞則其心愈雲泥矣君字師韓敬爲之記

武夷重建止止庵記

武夷之爲山考古秦人列僊傳蓋籛鏗於此煉丹焉
籛鏗進雉羹於堯堯封於彭城後謂之彭祖年及七
百七十七歲而亡生平惟隱武夷山茹芝飲瀑能乘
風御氣騰身踊空豈非僊也耶鏗有子二人其一曰
籛武其次曰籛夷因此遂名武夷山三十六峰第一
峰九曲溪頭最初曲其地也姑則有太姥元君即其
地以結廬次則張湛繼其蹤而入室其後有如魚道
超魚道遠皆秦時之女真入此而隱焉然此地其深
邃不可言四圍皆生毛竹人有樵採而見之者因毛

竹而自此二魚爲毛女至今稱之晋人婁師鍾唐人
薛邴皆於此地煉真養元而去本朝又聞東京李淘
真洛濵李鐵笛燕山李磨鏡相踵於其地上築也丞
相李綱亦嘗訪此三李而符其夙昔夢雪之夢蓋欲
於此而建吏隱亭焉由是而後有尼師數代人名其
庵曰禪庵號其地曰禪巖嗚呼奇人異士不世而出
自爾庵亦傾壞地皆荆榛但聞所謂止止之名而無
稽考之迹山南曾孫詹琰夫其字美中蓋世代簪紱
而實字英傑之人也一旦嘆曰太史公窮九嶷韓文

公登太華，是皆思古而感慨者焉，豈好奇之謂也。濁世仕路多阨塞，不如結方外友，以爲井竈砂汞之舉。天其或者可飛昇焉，可尸解焉，僊而可北，豈不容力。非曰能之，願學焉。忽有瓊琯白玉蟾自廣閩出而至武夷，適有披榛誅茀之意，蓋亦契券詹美中之臆素，從而搜訪止止庵之地，闢幾百年不踐之苔，剗三五里延蔓之草，於是得其地焉。歲在嘉定丙子之王春，始鳩工斲梓，僝夫運甓，然而開創之難，未幾而白玉蟾拂袖天台鴈蕩矣。玉蟾言旋而庵始成，美中國欲

挽之以爲三李隱居之設玉蟾蓋憚朱紫之往來而
膏車秣馬適所以廢吾事而汩吾心且自謂美中曰
庵成皆子之餘財餘力故也不殫指頃堂宇落就非
霹靂手誰能如是今但擇其道寍心耐志守素樂静
之士延而居之使其開墾藪畤花木繁盛而玉蟾此
去羅浮入室回必來身以住持之美中曰然又曰然
則先生既去也寍不爲我記其庵而盟他日之再來
乎玉蟾曰唯然是庵背倚幔亭峯面對虎嘯巖左則
天柱峯右則鐵梘障入去不數舉武則有朱晦庵仁

智堂出來繞一喚地則有魏王會真廟其間沖佑觀修廊數百間層樓數十所笈鉑囊與奉皆御書增櫝琅龕悉儲僊蛻大雲金身之招提實左右手止止之奄側後則瀑布懸崖萬丈雲花前則碧流盈溪龍湫蛇湧上有天鑑池可以通豩水下有昇僊洞可以遂逢萊若武夷千巖萬壑之奇千山萬水之勝莫止止庵之地若抛雲寒玉洞煙鎖琪林紫檜封丹清泉浣玉篠隨羽客鶴唳芝田鐵笛一聲群僊交集螺杯三飲步虛泠泠蓋可以歌太空紫虛之洞章吟玉靈羽融

之偃曲然則塵埃不礙眼古今皆一時而絳幔虹橋
之草猶死然矣奇哉青草百鳥吟亦可棋亦可琴
有酒可對景無詩自詠心神偃溯洋在何許武夷君
在山之陰舟隻棹歸去來瓊花滿地何處尋豈非止
止庵清絕勝妙處也詹美中定知玉皇將再宴白玉
蟾亦將煉七返九還之丹此日此文不徒作也則然
若異日有異草猶見止止庵不徒建也嘗記元祐盛
時人在霍童山建一茅庵謂之寂寂不數年而庵之
東已毀矣而此庵遂泯至隆興間再有人啓之一二

年而所啓之人乃遇向日先創庵者於是皆僊去事皆集僊傳今而美中之事文跡跡頗類之蓋止止者止其所止也周易艮卦兼山之義蓋發明止止之説而法華經有止止妙難思之句而莊子亦曰虚室生白吉祥止止是知三教之中止止爲妙義有如鑑止水觀止月吟六止之詩作八止之賦蹔蹔有人焉止止之名古者不徒名止止之庵今人不徒復與必有得止止之深者宅其庵焉然則青山白雲無非無止止也落花流水亦止止也啼鳥哀猿荒苔斷蘚盡是

止止意思若未能止止者綦之已有止止所得者政知行住坐卧自有不止之止非徒槁枯木死灰也予特止止之輩也今記此庵之人同予入止止三昧供養三清高上天一切衆生證止止止止非止之止止實謂止其止之止而已矣海南白玉蟾識先野後久幔亭曾孫龜峯詹琰夫立銘

序

贈道士黄季長遇異人授醫方序

蚖脂鳳卵所以療癰癧此扁鵲之學也麟脂龜趾所

以療癰瘍此榆柎之學也術而非貴則藥亦不甚賤
學而不到而人以爲甚奇以奇人學所不可到則術
之貴而藥則不廉也皆榆柎扁鵲事也武夷道士黃
季長少年遊俠於崇岡曠野間曾遇一異人授以癰
疽之藥要之其方緘藏肘後蓋不可以示人若觀其
人丰神爽邁宜乎其遇人也夫人之身一氣流溢苟
有瘻蚋則懷膿結血彌浹凝滯呼天訴痛有不能自
已者或其決所血之癰導所內之潰則淋漓其衣齟
齬其身是豈人所欲哉人之身有四百四病獨癰瘍

爲可酸心今黄季長之爲人則揄拊扁鵲董也今季長之所肉藥則虬腊鳳卵麟腊龜趾也一日訪于雲窩因告其所學如此所用藥如此所療人不計其幾何者又如此意其必欲我篇翰紙文以爲賞音吁癖不風而自馥珠不蚌而自媚又奚必吾之弄柔訥爲作文者捧腹吾既知能事如此因告之曰孫思邈有言癰疽初生結肉瘻癰疽既生凝肉珠癰疽初破剖肉瓜癰疽既破剖肉橋因思此語則人之患癰疽者誠爲不忍然吾若臨癰疽之前則必蹙眉不開蹙額

不顧將從操之必復欲吮之是豈所爲見公必効此賢公宜乎稔所禍蓄所行者蓋與憔徒之蘇彫瘵之力也秦皇刻人肉漢武剥人皮公知之手公治癰瘍不事乎揣煎不事乎針割惟以藥攻其內復以藥傅其外使其釋然如葉脫枝渙然如花結實則公之用心也書此以布施

賦

嬾翁齋賦

眉山蘇森老於懶以懶翁名其齋翁其眞懶耶雖曰

鷗不入鴛鴻也其如蒼生觖望何吾聞翁見時不甚
懶也以黃卷鞭心以青衫結髮以勳業覽鏡以文章
鑿鋒折旋俯仰於周孔之間軒昂軼蕩於錦柳之外
彼時黔黎見翁者以手爭指以目爭覩皆有望吾懶
翁以禹皐爲心也今何爲其懶乎一班未露而仕意
已飽儒林禫薄擧海波寒豈不孤朗贊拭目之望自
嘉泰間牧鶴陽時翁既乞祠遠作衡陽侯復有武夷
歸隱之請蓋懶翁無心於仕古官情如秋鼓於縉紳
間無苞苴從吏之欲所以龍蟠而不雨也翁今已過

於從心之一年宜乎猶懶於前而投閑終老於雲水
堆中矣翁有金華之浮家即其先侍郎之故廬也堂
前有丈餘空隙遂以八九椽而宇之三面開牖粗可
容膝砌板代磚濡灰飾壁蓄一枝花立綠桐之琴事
三尺汝陽碧行之劒翁欲睡時化爲蝴蝶飛上登華
胥國翁欲飲時伸頸如玉虹一吸酒海乾翁欲吟時
玉樹忽生風珠璣吐落紙翁欲棋時縱橫星斗亂剝
琢玉聲寒翁欲舞時谷神移玉山飛劒指空碧翁欲
行樂時橫拖七尺節松間一長嘯翁欲狂歌時一聲

轟鐵笛喚起玉淵龍謂如溪山得名草木無恙者翁亦從而詩之花竟無乇月魄不歸者翁亦從而酒之翁但懶於世事而此皆不懶之懶也閑時而棊與時而飲暢時而歌醉時而睡此生爲任真所適得自若也事各各付事物無心於事無事於心此則翁之嬾處也嗒頽之坐忘傲棊之喪偶漸入希夷與物俱化至於忘寢忘食之地則謂之真懶也翁也心君廠滯閑白眼視朱紫政所謂杜鵑罵鳩鴞冊棘笑楩楠也翁居齋中惟嬾所適甫送添硯之水竹供掃榻之風

雲展遮山之簾草鋪坐石之褥晝則博山飛碧蛇夜則銀缸泛紅粟飲酒吞風月吟詩皎水雲斫竹斬春風移花鋤曉月此則翁之孏也不能懶也客從武夷來見翁如此懶遂造嬾翁齋醉筆自淋漓應問懶翁曰東風開柳眼黃鳥罵桃花齋中自有春不喜出郊飲翁於此時懶於踏青乎幽軒風雨過明月一池蓮筆下生薰風此心不受暑翁於此時懶於入林乎落葉隨孤鴈呼霜要辦寒秋光蒲乾坤萬象自瀟洒翁於此時懶於登高乎水浸梅花影猿呼一樹霜芋火

煨地爐烹自煮雪於此時懶於探梅乎翁曰然噫塵埃刺眼名利焚心豈能一旦頓然似翁如此懶也壁上之琴幾日蒙塵牕間之硯幾日無水翁嬾之故也淸風而闢門留月而待榻翁懶之甚也嬾翁有廬可以避風雨有田可以供饘粥有子可以嗣衣鉢不不與俗交不與人語翁之身前乃一老禪也既見武夷白玉蟾遂喜而終日與語玉蟾喜而賦此齋背乃

論

嘉定丙子初夏十有五日也王頡玄陶泓等侍

谷神不死論

谷者天谷也神者一身之元神也天之谷含造化容虛空地之谷容萬物載山川人與天地同所禀也亦有谷焉其谷藏真一宅元神是以頭有九宫上應九天中間一宫謂之泥丸又曰黄庭又名崑崙又名天谷其名頗多乃元神所住之宫其空如谷而神居之故謂之谷神神存則生神去則死日則接於物夜則接於夢神不能安其居也黄粱未熟南柯未寤一生之榮辱富貴百歲之悲憂悅樂備常於一夢之間使

其去而不還遊而不返則生死路隔幽明之途絕矣由是觀之人不能自生而神生之人不能自死而神死之若神居其谷而不死人安得而死乎然谷神所以不死者由元牝也元者陽也天也牝者陰也地也然則元牝二氣各有深旨非遇至人授以口訣不可得而知也靈樞內經曰天谷元神守之自真言人身中上有天谷泥丸藏神之府也中有應谷絳宮藏氣之府也下有靈谷關元藏精之府也天谷元宮也乃元神之室靈性之所存是神之要也聖人則天地之

要知變化之源神守於元宮氣騰於牝府神氣交感
自然成真與道爲一而入於不死不生故曰谷神不
死是謂元牝也聖人運用於元牝之內造化於恍惚
之中當其元牝之氣入乎其根閉極則失於急任之
則失於蕩欲其綿綿續續勿令間斷耳若存者順其
自然而存之神久自寧息久自定性入自然無爲妙
用未嘗至於勤勞迫切故曰用之不勤即此而觀則
元牝爲上下二源炁母昇降之正道明矣世人不窮
其根不究其源便以鼻爲元以口爲牝若以鼻口爲

元牝則元牝之門又將何以名之此皆不能造其妙非大聖人安能究是理哉

○○○陰陽升降論

天以乾道輕清而在上地以坤道重濁而在下元氣則運行乎中而不息在上者以陽爲用故冬至後一陽之氣自地而升積一百八十日而至天陽極而陰生在下者以陰爲用積一百八十日而至地陰極而陽生一升一降往來無窮人受冲和之氣以生於天地之間與天地初無二體天地之氣一年一周人身

之氣一日一周自子至巳陽昇之時故以子時爲日
中之冬至在易爲復自午至亥陰降之時故以午時
爲日中之夏至在易爲遇陰極陽生陽極陰生晝夜
往來亦猶天地之昇降人能效天地橐籥之用冲虛
湛寂一氣周流於百骸開則氣出闔則氣入氣出則
如地氣之上昇氣入則如天氣之下降自可與天地
齊其長久若也奔驟乎紛華之域馳騁乎是非之場
則真氣耗散而不爲吾之有矣不若虛靜守中以養之
也中者天地元牝之氣會聚之處也人能一意守之

而不散則真精自朝元炁自聚合神自接三尸自去
九蟲自滅此乃長生久視之道也以是知真息元氣
乃人身性命之根深根固蒂乃長生久視之道人之
有生禀大道一元之氣在母胞繫與母同呼吸及乎
降誕之後剪去臍蒂一點元陽棲於丹田之中其息
出入通於天門與天相接上入泥丸長於元神下入
丹田通於元氣莊子云衆人之氣爲喉聖人之息爲
踵踵也者深根固蒂之道人能屏去諸念真息自定
身入無形與道爲一在世長年由是觀之道之在身

◎

朱章

法曹陳過謝恩奏事朱章

上請大洞寶籙弟子上五雷三司判官知北極樞邪院事臣白玉蟾稽首再拜

上言臣聞太極僊翁有言曰學法之士如赤體杪白刃耳臣觀此言莫不戰慄虛靜先生張繼先有言曰人生百年一彈指閑瞑風刀即立至臣觀此言愈增驚悸臣末學庸董濫居道闈措心立教朝夕駭憂自

愧踈愚戒德遺缺四方學者來如牛毛設若曾接而
授之以道德文恐泄露天機苟若不納而誓之以戒
條則是障拒後學或若擇善拔尤而簡度一二復慮
庸者隳進鄙者薄來臣夙荷師恩叨傳法寶佩心
印未嘗輕慢仰遵科戒如履薄氷晦迹遁名莫敢彰
露臣童髫何知自護毛羽仰惟三寶洞察愚衷豈容
飾辭委實真禱以今吉辰伏地貢章一通上請 三
天曹謹據 太上三五都功正一盟威弟子施某等
昨各已録心詞上奏 天庭乞行傳度已爲謄申都

此誡第一

省依科給帖充授法職尋即擇日建壇劄符破券撥將統兵分司隸吏然後以紫殿琅書心傳口訣茲則同發誠心謹取今月某日處就武夷山昇真玄化洞天修設三界　高真謝恩清醮幾分延奉上真仰酬玄造更祈景貺及臣等身臣愚輒以已見爲陛下陳之夫法士有大不易者七有深可畏者六何哉謂如世俗澆漓風教頹墮迷迷相指以盲指盲此則遇真師之難所以爲大不易者一也文書謬誤訣法乖舛罡中落步呪中漏句此則得真法之難所以爲大不

易者二也科戒嚴明條律警肅難行易犯迷真者多此則奉真戒之難所以爲大不易者三也坌火焚和滛風鼓蕩正氣斷喪元精離散此則全真氣之難所以爲大不易者四也上真威儀神將服色方寸難思一念不純此則存真想之難所以爲大不易者五也

天神地祇正直威儀監功建節糾察絲毫此則辨真心之難所以爲大不易者六也朝昏晝夜寒暑請行不敢苟財愈嘗戮力此則立真功之難所以爲大不易者七也所傳法書符圖印訣妄示非人必招風

雷地獄鏟戟裂體之報此乃深可畏一也所稟形
非時外色輙有侵犯必招灰池地獄火熖烙體之報
此乃深可畏二也欽奉三寶朝謁靈眞不知避忌必
招火綱地獄風刀考身之報此乃深可畏三也神將
香火朝夕不虔褫召失節必招寒氷地獄黃繩束頸
之報此乃深可畏四也用心輕重厚薄高低或勤或
惰必招鐵丸地獄犁牛耕舌之報此乃深可畏五也
行法既顯必有襯賄多致貪婪必招黑暗地獄萬苦
逼身之報此乃深可畏六也以此七之大不易六之

深可畏言之使臣竦肩縮頸心痛鼻酸臣一介昏庸

仰賴　太上慈悲許容臣等披肝瀝膽雪罪首愆苟

有愆尤俱蒙赦釋臣所奏前件受法弟子幾名伏望

聖慈特賜　敕旨允臣所奏付　太玄都省檢照前

後所申即行遍報諸司合屬去處仍乞指揮差撥法

中最干將帥部領兵馬統轄吏典應時降赴法官姓

某等各人法壇香火衙治之所駐劄防禦聽候呼召

兵隨印轉將逐符行凡遇行持遂依法令發遣符命

祈禱驅禳大闡雷通明彰報應名標玉籍職領金班

膺掌握將兵之權涖糾察鬼神之政代天行化爲國
救民斬妖除魔芟邪立正得蒙允可且喜且驚勉勵
身心私自積累三千功滿八百行圓別請遷都各期
遷選九玄七祖同獲善功六道三塗普沾善果臣愚
謹因三官直事正一功曹左右官使者陰陽神訣吏
罡風騎置吏驛馬上章吏飛龍騎吏等官各二人出
操臣所爲施其等進拜法壇傳度首過謝恩奏事朱
章一通上詣
三天曹請進太上虛無丈人宮太清曹治紫靈宮伏

願告報臣誠惶誠恐稽首頓首再拜以聞
太清玄元太上無極大道太上道君虛無丈人太上
老君太上丈人天帝君天帝丈人九老僊都君九炁
丈人百千萬億重道炁千二百官君太清玉陛下
臣姓白係金闕選僊舉進士見任沖祐觀東南隅
醮壇所伏地聽命
表奏法壇傳度首過謝恩朱章
泰玄都正一平炁係天師清微天化炁南嶽先生赤
帝真人神霄玉府五雷副使上清大洞經籙弟子臣

某稽首再拜

上言臣竊謂陳章奏牘所以開懺謝之門也飛神御氣所以入朝謁之路也傳眞度妙所以襲正一之風也陞秩登班所以接薦舉之法也承流宣化所以闡驅禳之教也芟邪立正所以崇清靜之道也臣得以言之方寸未澄徹者豈知道之清淨訣法未靈驗者豈知教之驅禳言行未純粹者豈知法之薦舉眞僞未辨明者豈知風之正一形神未洞融者豈知路之朝謁迷愚未警悟者豈知門之懺謝故茲不易之理

也臣乃知之悛心首過然後可以陳章奏牘凝心聚神然後可以飛神馭氣鞭心學道然後可以傳眞度妙正心誠意然後可以陞秩登班盡心利物然後可以承流宣化洗心潔已然後可以斥邪立正

陛下以爲然耶否耶臣之所以陳章奏牘者趨趨乎太虛寥寞之間若是而飛神馭氣者亦無他故蓋於五濁惡世之中爲

陛下擇賢選德僅有一人焉必欲因是而傳眞度妙使之陞秩登班承流宣化斥邪立正設有片善寸長

足以少裨天政雖臣之功也皆
陛下之事也如是而顯揚道法如是而表率世俗照
然於人天耳目之間則三界萬靈豈勝幸甚臣以今
吉辰伏地貢章一通上詣三天曹伏為九紫南宮斗
牛分野大宋國施某詞稱命係某生上屬某星係天
師某治某炁言被
中元三炁君召即日謹賫香信叩頭詣道自陳竊念
某叨居盛世獲遭玄邦濫綴簪裳幸傳教法雖勤講
究未悟靈直忝遇師緣輒紬臆悃虔誠俯地發露盟

天願傳天上九靈飛步章奏大法一階騰神飛章朝
謁闕奏復自稽顙興嗟希有難遇併傳
太上紫樞玉晨洞陽飛梵煉度大法一階攝召幽靈
行持煉度拜章既爾煉度復然苟有驅禳以何感應
仍受太上五雷大法一階禱雨祈晴呼風召雪封山
破洞伐廟除邪斬馘蛟龍制伏狼虎駈除旱魃掃蕩
蝗蝻療病禳災賞善罰惡盡將步䟕行之切願心傳
口授之真臣按如詞言亘不容枉隱昨爲謄申
都省已曾飛奏

◎

天庭幸玉籍以標名必金班而注秩擇日建壇而度
法依科撥將以交兵歃血飲丹剖環析券當慮告盟
之際及當師惘之間揣巳何堪捫心有愧或萬一褻
真而獲譴故再三對帝以陳情念蠢爾之愚麗賴惠
然而貸宥臣以某七生罪青三世愆尤願開無垢之
門使有自新之路尋真義妙法學到於希夷鍊靜凝
虛心自然於清淨顧領戶化民而黽勉願登僊度世
以逍遥七祖先亡咸希超度諸司將吏併乞榮遷三
界蒙恩萬靈獲福苟非

太上大闡慈悲豈許小臣輒申悃愊臣愚謹因二官
直事正一功曹左右宫使者陰陽神決吏罡風騎置
吏驛馬上章吏飛龍騎吏等官各二人出操臣所爲
施其進拜法壇傳度首過謝恩朱章一通上詣
三天曹請進太上虛無丈人官太清曹治紫雲宫故
願告報臣誠惶誠恐頓首再拜以聞
太清玄元太上無極大道君虛無丈人太上老君太
上丈人天帝君天帝丈人九老僊都君九炁丈人百
千萬億重道炁千百二官君太清玉陛下

太歲玉皇選舉進士見在沖祐觀聽命雷府奏事議勲冊草

泰玄都正一平炁係天師清微天化炁南嶽先生赤

帝真人上清大洞寶籙弟子臣白某稽首再拜

上言臣乃礽霄典雷小吏也粗諳雷霆所典之事忝

佩雷霆所授之書飽識雷霆所行之法然於其間紀

述或訛傳授或泛是以繁中揹迷謬中訂正玄處得

訣妙處得呪難知而易行難傳而易學臣所學臻此

悉爲

陛下言之臣聞陰陽二炁結而成雷旣有雷霆遂分

部隸九天雷祖因之以剖析五屬神霄真王用之以
宰御三界質之於金笈考之於玉籙謂如五雷者嘗
有疑焉玉樞之雷書曰一乃天雷也二乃神霄雷也
三乃水宮雷也四乃龍雷也五乃社雷也神霄之雷
書曰一乃風雷也二乃火雷火也乃山雷也四乃水
雷也五乃土雷也大洞之雷書曰一乃聖旡威靈震
動雷也二乃震雷哮吼霹靂雷也三乃八靈八猖邵
陽雷也四乃波捲水雷也五乃正直霹靂閃電大洞
雷也僊都之雷書曰一乃天雷也二乃地雷也三乃

風雷也四乃山雷也五乃水雷也北極之雷書曰一乃龍雷也二乃地雷也三乃神雷也四乃社雷也五乃妖雷也太乙之雷書曰一乃東方青氣木雷也二乃南方赤氣火雷也三乃西方白氣金雷也四乃北方黑氣水雷也五乃中央黃氣土雷也紫府之雷書曰一乃春雷也二乃夏雷也三乃秋雷也四乃冬雷也五乃軒轅雷也玉晨之雷書曰一乃紫微雷也二乃鄷都雷也三乃扶桑雷也四乃嶽府雷也五乃城隍雷也大霄之雷書曰一乃甲乙雷也二乃丙丁雷

也三乃戊巳雷也四乃庚辛雷也五乃壬癸雷也太極之雷書曰一乃神霄雷也二乃地府雷也三乃水官雷也四乃九州雷也五乃里域社廟雷也太上所傳雷書若夫前件十本所載各有異同古之五雷未審以何爲正者也世傳三十六雷猶可疑也抑又可議也一曰玉樞雷二曰玉府雷三曰天下玉柱雷四曰上清大洞雷五曰火輪雷六曰灌斗雷七曰風火雷八曰飛捷雷九曰北極雷十曰紫微璿樞雷十一曰神霄雷十二曰僊都雷十三曰太乙轟天雷十四

曰紫府雷十五曰鐵甲雷十六曰邵陽雷十七曰欻火雷十八曰社令蠻雷十九曰地祇火鴉雷二十曰三界雷二十一曰斬壙雷二十二曰大威德雷二十三曰六波雷二十四曰青草雷二十五曰八卦雷二十六曰混元鷹犬雷二十七曰嘯命風雷二十八曰火雲雷二十九曰禹步大統攝雷三十曰大極雷三十一曰劍尖雷三十二曰內鑑雷三十三曰外鑑雷三十四曰神府天樞雷三十五曰大梵斗樞雷三十六曰王晨雷此而謂之三十六雷是耶非耶所謂五

雷則雷法何其多耶抑神僊至人揆使異妙耶抑經
籙文書紀録不一耶謂如天洞天真之神畢火畢真
之神天烏天鎮之神威猛丁辛之神氷輪氷鉢之神
流光火輪之神滴昔喝伽之神太乙元皇之神咬綱
雀舌之神天雷風領之神火豬黑犬之神火鷹腥烟
之神天闢霹靂之神鐵甲飛電之神僊都火雷之神
山雷火雲之神風火元明之神火伯風霆之神勾婁
吉利之神織女四歌之神玉雷浩師之神洞陽幽靈
之神四明公賓之神火光流精之神虛乘大華之神

金精滿思之神蒼牙鐵面之神散烟虛黑之神雷击
閼伯之神木狼奎光之神欻火律令之神邵陽火車
之神狼牙猛吏之神六波捲水之神飛鷹走失之神
流金火鈴之神此之三十六神或曰三十六雷不容
無疑焉今而撫之於冊霄景書則箕星所以掌天雷
也房星所以掌地雷也奎星所以掌水雷也鬼星所
以掌神雷也婁星所以掌妖雷也天雷屬箕星故有
天烏天鎮天洞天箕之神地雷屬房星故有雷主閼
伯火伯風霆之神水雷屬奎星故有木狼洞陽金精

浩師之神神雷屬鬼星故有獄火律令邵陽狼牙之神妖雷屬婁星故有丁辛滴昔喝婁伽夜之神故臣獨以此爲正也古今所傳雷法凡數階矣其彰靈著驗赫赫然於天下後世夫雷霆不可掩之物人誰不知其有雷也雷霆者所以彰天威所以發道用天威無所彰則幽明異致孰爲之禍福也道用無所發則陰陽二氣孰爲之生殺也陰陽二氣而發道用所可以彰天威以幽明異致而彰天威則可以發道用是故碬不掩賞也眚不匿罰也若夫毗祠列持皆祭祀

原書缺頁

原書缺頁

將軍霹靂火車腥烟使者四聖雷霆察廻車使者浮雲
降雹力士橫身飛雲使者移山翻海鐵甲使者洞風
皷震天威赤文使者風雹金鈴火令使者五雷飛搥
使者雷陣左右使者散雲吹火禁炎使者西臺雷雨
吏負天擔石大微令威劒震靈吏四季風雨令主光
金精上吏吞魔啖妖天甲神吏冊元刑部都吏擒龍
捉孽撼山神君吹海颿波靈華猛吏飛雲走雷神吏
太歲將軍掌瘟癘使者五方雷公將軍天雷晃光將
軍水雷電光六龍將軍玉樞殿下左右二神將北極

殿下左右二神將蓬萊雷霆司左右二神將二十六雷鼓力士嘯命風雷大將五雷諸司將帥五雷諸司吏兵五方鑾雷使者隨章同詣　都官閱量勳烈磨勘功勤注者爲升授者爲轉差者爲除選者爲擢約以今年十二月辛亥日遣令五雷官吏將兵預赴元應太皇府録功紀績併於丙子年正月初一日天臘之辰徑上　玉清朝謁乞於三月初七日得預　天曹舉選賞會至於正月初一日甲子之晨太一簡閱神祇之日使五雷將吏各獲一功聽候正月十五日

上元天府官賜福之晨恐赴　北極紫微璿璣官例
出一職各轉一資臣當願九玄七祖同獲昇遷三界
鬼神咸沾福利然後願臣祈晴禱雨召雪興雲攝電
呼雷驅風降雹封山破洞伐廟除魔誅斬蛟龍制伏
狼虎驅禳水火遣逐旱蝗爲民禳灾驅邪治病行遣
符命顯現報應臣伏望　陛下降注　紫靈玄一之
氣流入臣身中三焦五臟之内灌溢三元九宮之中
令臣心廣體胖神清氣爽學道得道求僊得僊臣愚
謹因二官直使正一功曹左右官使者陰陽神決吏

科車赤符吏罡風騎置吏驛馬上章吏飛龍騎吏等
官各二人出爲臣操令辰所上雷府奏事議勳册章
一通謹上詣　三天曹請進　太上虛無夫人宫都
候曹治太白宫伏願告報臣誠惶誠恐稽首再拜以
聞
太清玄元太上無極大道太上道君虛無夫人太上
老君太上丈人天帝君天帝丈人九老僊都君九炁
丈人百千萬僊重道孫千二百官君太淸玉陛下
維皇宋太歲乙亥嘉定八年冬十有二月二十七

日辛亥吉時於武夷山冲祐觀之西南隅再拜上

臣姓白係　金闕選士見在拜章所聽命

朱表

懺謝朱表

上清大洞寶籙弟子五雷三司判官知北極驅邪院事臣白某

右某言伏以紫鸞嘯月青皇垂羽葆於樞宮白鶴呼雲赤帝降霓旌於璣舍奉　金闕綵綸之詔下瑶臺契券之符與黔庶以赦愆爲群黎而彌禍辨秉粟栢

松之篚澳仰楓槐柳杏之星壇建破甲庚推測罡
之象坎離子午步占晦朔之躔以心詞上瀆於龍顏
願聖意下觀於蟻憤恭惟　北極紫微中天太皇大
帝陛下道媲元始德契昊天烟煖垂衣霜臺降輦陽
明大聖統廉貞武曲以贊襄陰精明君協文曲祿存
而毗輔洞明掌威福之柄隱元隸生殺之機破軍居
水位之尊北極領星河之政有禍皆禳而有罪皆懺
無病不治而無邪不摧臣以大宋國福建路建寧府
崇安縣武夷山冲祐觀管轄道士施某叨屬人倫華

沾聖化凡胎肉質火宅塵勞六根招貪愛之慾三業致昏迷之譴八卦有方隅之干犯五行處運度之變更三官追魂四府隸咎迍邅頻併夷厄緜延發露愚衷僭干天聽瓊輝俯燭璧輝分輝擎羊神王驅命位身官之厄陀羅使者殄年迍月蹇之憂北斗六十曹官電掣七傷八難南陵七千神將雷轟九横三災斗中天罡斬妖邪而息禍躔外太乙消兇毒以潛蹤天闕飛晨冊元合景玄冥除瘟疫之孽瑤光滅水火之灾却神煞土氣之侵凌糾司命靈君之注射酆都削

籍嶽府除名官符病符口舌符頓然殞滅報障業障
煩惱障自此驅除法療功曹錫梵府六晨之藥天醫
使者降僊都九轉之冊五炁周流六脉安靜三官升
降七液冲融榮衛寧和經絡爽暢勾陳隱景華蓋藏
形酌水獻花不勝虔切踴天蹐地願賜麗供謹爾敷
陳早希昭報臣謹具表以聞臣誠惶誠恐頓首稽首
謹奏謹白

太歲丙子嘉定九年正月日上淸大洞寶籙弟子
五雷三司判官知北極驅邪院事臣白某表奏臣

姓白係金闕玉皇選僊與為進士見在蘂壇所伏此
聽命
書
○○謝張紫陽書
玉蟾頓首百拜上覆
祖師天台悟真先生紫陽真人張君門下即日伏以
入春風雨萬象翠寒恭惟
水草谷神天下左右龍精溢體火候沖寂滿室金花
歸根復命嘗聞天下無二道聖人無兩心道之大不

可得而形容若形容此道則空寂虛無妙湛淵默也心之廣不可得而比喻若比喻此心則清靜靈明冲和溫粹也會萬化而歸一道則天下皆自化而萬物皆自如也會百爲而歸一心則聖人自無爲而百爲自無著也推此心而與道合此心即道也體此道而與心會此道即心也道融於心心融於道也心外無別道道外無別物也所以天地本未嘗乾坤而萬物自乾坤耳日月本未嘗離坎而萬物自離坎耳緬惟

我

道祖太上老君曉天下以此道明聖人以此心此道之在天下不容以物物不容以化化故凡物物化化之理在天下而不在此道也此道如如也以此心而會此道可也此心之在聖人不容以知知不容以識識之理在聖人而不在此心也此心如如也以此道而會之此心可以道此道以脉此心心此心而髓此道吾亦不知孰爲道孰爲心也但見恍恍惚惚杳杳冥冥似物非物似像非像以耳聽之則眼聞以眼視之則耳見吾恐此而名之曰陰陽之髓混沌之精虚

空之根太極之蒂也前輩不知强名曰道以令觀之虹蜺虹作螮蝀也玉指玉作碔砆也此而非金丹乎令夫知金丹之妙也夫何用泥象之安爐著相而造鼎謂如黃芽白雪非可見之黃芽白雪神水華池非可用之神水華池喻之爲鉛精汞髓比之爲金精木液何處亨偃月之爐何處煉朱砂之鼎知此則日烏月兔也天馬地牛也乾坤本無離坎之用離坎亦無乾坤之體紅鉛黑汞非鉛虎交媾之物乎白金黑錫非龜蛇交合之氣乎二八九三皆陰陽之異識斤

銖兩數乃混沌之餘事要之配合而調和抽添而運
用故此藥物非金石草木之料此火候非年月日時
復有無極真機昨以夙緣鈄芥枯骨更生久侍師旁
幸沾法乳謂夫修煉金丹之旨採藥物於不動之中
行火候於無爲之內以神氣之所沐浴以形神之所
配匹然後知心中自有無限藥材身中自有無限火
符如是而悟之謂丹如是而修之謂道鑿石以求玉
淘沙以取金煉形以養神明心以合道皆一意也所
謂鉛中取水銀砂中取汞之旨也依而行之夫歡婦

合以此理而貫之儒書則一也以此理而體之佛典
則一也所以天下無二道也天之道既無二理而聖
人之心豈兩用耶形中以神爲君神乃形之命也神
中以性爲極性乃神之命也自形中之神以入神中
之性此謂之歸根復命也斯道甚明矣此心不惑矣
如七返九還之秘世所不傳夫七返九還者乃返本
還源之意也七數九數者皆陽數也人但能心中無
心念中無念純淸絕點謂之純陽當此之時三尸消
滅六賊乞降身外有身猶未奇特虛空粉碎方露全

此是口訣世人不能曉

身也流俗淺識末學凡夫豈知元始天尊與天僊地
僊日日採藥用而不停藥物愈採而無窮也又豈知
山河大地與蠢動含靈時時行火候而無暫火候愈
行而不歇也只此火候與藥物順之則凡逆之則聖
古語有云五行顛倒大地七寶五行順行法界火坑
此義也

先師泥丸先生翠虛真人出於
祖師毗陵和尚薛君之門而毗陵一線實自
祖師杏林先生石君所傳也石君承襲

紫陽祖師之道以今日躡傳而觀則曩者天台一夜
西華之夢無非後世蒙福萬靈幸甚耶頃年
泥丸師挈至霍童洞天焚香端拜
杏林祖毗陵祖極荷呼撫身持耳以還愈增守雌抱
一之意昨到武夷見馬自然口述諄諭出示
寶翰凡四百言字字藥石仰認愛育甘露灑心毛骨
豁然此固沙道昭久居支提茲來求以嬰兒離母之
故欲到青城山省覲偶緣道過石燕洞遂發一念附
此尺書但述金丹大藥之體如此至於蕉花春風之

到底不肯
說與人

機栝枝秋雨之秘碧潭之夜月青山之暮雲似此深妙莫敢顯露也以有天機之故

祖師一點頭否杏林毗陵泥丸三師想忝鶴翼自愧僊凡踣隔何日溫養事畢飛神御氣參造飛舄之下以備呼鸞喚鶴之役臨紙不勝依戀涕落筆端恍失所措敢乞泛紫筏駕舟梯儲積金砂垂手群蠢不備

玉蟾稽首百拜上覆

謝僊師寄書詞

夫金丹者採二八兩之藥結三百日之胎心上工夫

不在吞津嚥氣先天造化要須聚氣凝神若要行持
須憑口訣至簡至易非色非空無中養就嬰兒陰內
煉成陽氣使金公生擒活虎令姹女獨駕赤龍乾夫
坤婦而媾假黃婆離女坎男而結成赤子二爐火熠
煉虛空化作微塵萬頃氷壺照世界大如黍米神歸
四大即龜蛇交合之時氣入四肢是烏兔鬱羅之處
玉蕊瓊蘆迸出黃金之液金莖菡萏開成白玉之花正當
風冷月明時誰會山青水綠意聖師口口歷代心心
即一言貫穿萬卷僊經但片餉工夫無窮逍樂先明

三五一行九陽真火以煉之後至萬百千到嬰兒寶
物則成矣銀山鐵壁一錐直下打開金鎖玉關舉步
自然無礙見萬里是無塵之境作千年來不死之人
海變桑田我在逍遥遊之境衣磨劫石同歸無何有
之鄉玉蟾宿志未回祈誠宿恪自嗟蒲柳之質幾近
桑榆之年老頰猶紅如有神僊之分嫩鬢再黑始歸
道德之源嘆古人六十四歲將謂休得先聖八十一
章來受用拊膺落涕緘口捫心從來作用功勞捕風
捉影此日虛無訣法點鐵成金恭惟

聖師泥丸翁翠虛真人拓世英雄補天手段心傳雲
雨深深旨手握雷霆赫赫權顧玉蟾三代感師恩十
年待負馭說刀圭於癸酉秋月之夕盡吐露於乙亥
春雨之天終身懷大寶於杳冥永劫守玄珠之清淨
先覺詔後覺已銘感於心傳彼時同此時愈不忘於
道念忽承鶴使擲示鸞牋飛圓會於武夷有身被沮
將循驅於龍虎無翅可飛行雨卧風餐奔歸侍下直
此山瞻斗仰甚切愚衷擢犀角磨象牙當已効行持之
力攀龍鱗附鳳翼願參中舉之雲先貢菲詞少伸素

志匪伊聽譴感激勻言大宋丙子閏七月二十四日
鶴奴白玉蟾焚香稽首再拜

洞章

贈知宮王南紀洞章

古僊策雲南飛庚伏正祥晴槐舞熏新蜩噪晚正錫琳宮仰惟　宮宰真人江山態度風月襟懷神僊中人不易得也嘗撫群僊家譜舊矣王褀則老聃之嫡者高第也王楠則蒙莊之亞蘇道契也鬱單無量天則王雍御雷筏麾監須延天則王紹識運曆粵人王

頤㠯王雲冊於浮雍山秦人王喬㠯九神冊於天華
洞其後王長王敏出於漢晉王茂王載卿出於魏唐
近世雲鶴子作三一靈篇煙松子作金冊樞要道遥
子作還冊結集淸虛子作冊道指迷皆其族人也其
門天人隱顯殆莫一二且云冊山之鳳必生鸑鷟赤
澤之焉必生麒麟有如僊裔繩繩名僊至人層見鱗
出于百歲王挺生眞人坐董洞天昱星弁左右蓀毓天
粹扶剔幽奥咀太元之精採眞一之氣其治心也如
苑内像其應世也如水中月休功丕德光前絶後當

世道俗叟手俯頟目爭覩手爭指莫不曰其道如是
其德如是乃作洞章以歌之歌曰
黃道珠躔闕一點方寸無人洞門扃桑田未變海水
緘琪樹開花綠苒苒不有瑶章落龍虎月壇香冷宮
誰主真人飈下神霄鸞天驂慘慘歸紫府千山萬山
鎖青煙三樹兩樹啼斷猿風飛楊花三月寒人在城
門烟水村生而神靈長威武笑携一卷黃庭去坐斷
琳宮主飦粥星弁霞裙蒲堂廡四海橫香航燭入肘
行滕步來如雲愛河翻波渺無際花生鐵柱酆都春

把握陰陽一呼吸長嘯一聲鬼神泣仗劒喚雨輕撼
環化篆召雷略舉筆當年檄赴內道場黃麻紫墨星
爭光歸來百慶喜具舉規模輪奐重鋪張翻恩龍漢
元年事攛破混元識行李滿肩鉛霜火熖飛緑顔雪
齒君知否松竹瀟瀟生冷風白鶴一去草廬空

海瓊玉蟾先生續集卷第一終

海瓊玉蟾先生續集卷第二

南極老人臞僊續編

山陰 何繼高 汪乾行 仝校
新安 劉懋賢

古詩

天開書樓圖

層巒疊巘入蒼冥，千山萬山相送迎。晴雲一抹收未了，溪尾更濯餘霞明。化工朝暮費點染，丹青變態隨深淺。凭欄展空千里眼，却愁此軸難舒卷。

贈何道人

冠褐滿天下幾箇能賢賢忽來龍虎山結這粥飯緣

方丈最高處幽居今幾年一雙巖電眼識盡地行僊

臨安天慶陳道士遊武夷贈之

七閩多山水兩淮好風月瀟湘之煙雲巴廣之雨雪

收拾歸武林細與令師說

贈潘高士 二首

冬至煉朱砂夏至煉水銀常使居土釜莫令鉛汞分

子毋既相感火候常温温如是既久久功成升紫雲

又

龍虎戰百六鳥兎交七九坎離直寅申艮巽司卯酉

一粒同朱橘千古永不朽八月十五夜三盃冬至酒

五言律詩

梅窓

南窓屋數楹一點陽和生枝上雪粧瘦墻頭風作清

霜天酒自煖月夜夢難成何處人吹笛黃昏送幾聲

張進甫靜寮

脫俗臥雲眠骨中別有天壁間五六榻屋上兩三椽

風月真滋味溪山舊面緣静中有真静猿嘯暮林邊

立秋有感

流年急似箭日月跳如丸秦皇初解印白帝文彈冠方是喜無暑教人又悄然人生只如許不覺鼻頭酸

七言律詩

贈王太尉

笑我華裾出禁庭一聲長嘯萬山青歸來車馬如雲擁掃去簪纓似夢醒紅碼碯杯斟白酒碧珊瑚枕倚朱屏也須遊取些强學作箇唐人五達靈

和葉宰韻題無咎齋

蝸角蠅頭既可憎如何又問利和名學他太古先天妙合取中庸一點誠乾坤所謂日月祖坎離乃是天地精工夫學到震無咎復孚拔茅乘泰亨

立秋有懷陳上舍

沒巴沒鼻落一葉發顛發狂何處風九十日暑着掃地去滿懷汗珠尋已空却煩察判潘孺子說與上舍陳元龍來宵無雨必好月一樽還要與君同

寓息庵送春

筆下自然詩料飽天工飣出好山溪魚知水煖不勝
躍鶯見花飛只管啼樹頭鳩使婦喚雨屋後竹教孫
出泥太白十柸入酕醄碧桃洞口日嘶西

胡子嬴庵中偶題

道人慣喫胡麻飯來到人間今幾年白玉樓前空夜
月黃金殿上起春煙閑傾一盞中黃酒悶掃千章內
景篇昨夜鍾離傳好語教吾且作地行僊

寄蘇侍郎

往古來今如換肩我疑公便是坡僊蒲城都沒箇伯

樂一日可能無樂天方且論文俄判袂不知握手又
何年忽然鐵笛一聲響響到金華古洞邊

贈危法師

曾見先生在九華朝餐玉乳着瓊花鹿冠夜戴青城
月鶴氅晨披紫府霞偶携劍在人間世未把琴歸倦
子家一笑相逢松竹裏炷香新話啜杯茶

燕巖遊罷與巖主話別

西風吹作此巖遊蕭白松筠翠欲流王燕不飛明月
夜石鍾一振曉霜秋借乎分水便南北忽爾回頭欲

去留且去人間辦冊料却來山頂結茆休

題舒氏難老亭 二首

别是人間一洞天椿松欝欝起祥烟德同桂種不知歳福與水流無盡年萱草堂前千古事蓮花池上兩神僊萊衣戲綵人無恙結盡溪山風月緣

三十三天第一天玉皇殿下裊輕烟不知劫數今何代方是延康第二年弱水無船歸似箭華胥有夢且遊僊携節難老亭前坐且結焚香淪茗緣

題樓僊館

好松好竹好溪山車馬駢闐自往還行客問稀新酒自入門路破嫩苔斑我言物外淸幽地却似塵中闤闠閒穀粟桑麻空潤屋主人陪接不曾閑

降真室

瑣鐘發響綵旙飛窗外靑鳥半夜啼松竹無言爭地静星辰可摘覺天低黃雲屋角騰金輦素月簷頭放玉梯稽首紫皇初宴罷步虛聲斷乞刀圭

劣隱

世態炎涼覺鼻酸洞門空掩綠烟寒仗三尺劍臨風

舞把一張琴對月彈斫竹數竿容水過倚松半月執
經看山林心緒得閑處好煉長生不死丹

思微堂

思微堂裏自沖虛高士閑居興味殊月冷花開數朶
靜風清鳥過一聲孤誰知心上工夫妙欲覓人間俗
累無九轉内丹成也未快騎白鶴去天衢

題上清法堂壁

秋雨懸天風作寒冷烟鎖住屋頭山半巖飛鳥一聲
過一峭壁斷雲千古閑世俗不知幽靜處神僊隱在有

無問夜來小艇蒿脫手醉把霜節入翠灣

太虛堂

滿堂冷靜爽精神不着人間一點塵簷鵲噪風呼薄晚庭花飄露落殘春華胥上國今無夢龍漢元年古有身香篆飛從窻外去雲梢孤鶴唳何人

三華院還丹詩

絳宫無事絶塵埃坎虎離龍戰幾回白雪飛空鉛鼎綻黄雲覆禹汞花開龜蛇抱一成丹藥烏兎凝眞結璧胎夜半瀛洲寒月落冷風吹鶴上蓬萊

送江子恭 三首

我欲楊枋結草廬不知蹤跡又江湖回觀咫尺如天
遠自別丰標僅月餘忽一二時思故舊整千百里望
音書憶君不忍忘懷處一片青雲點太虛

春來行盡爛田畦雲滿春空水滿溪風漾碧波翻麥
壠日晴紅雨落桃蹊杜鵑聲斷鶯寒免蝴蝶夢殘聽
曉鷄人在江東寄歸信海棠花謝燕銜泥

子到鉛山我信州旬輿軋軋又歸休數程細雨斜風
路一片落花啼鳥愁何必便爲阮籍哭不來相伴赤

松遊他年我到蓬萊去一粒金丹汝去不

○送張大師

自從汝離武夷來險阻艱難歷幾回江左旅中連值雨春深路上滑成苔鳥啼花片落流水風悽猿聲嘯古臺舉眼四山如壁立教君歸去也心灰

贈杜省元

海外三山一洞天金樓玉室有神僊南柯國裏柯巖叟白馬江邊馬自然鯨脯味甘供老廣黄麻飯熟飼彭鏗金丹煉就爐無火桃再開花經幾年

淡庵倪清父

地僻人閑春晝長了然物我兩相忘薄披明月歸詩肆細切清風入醉鄉蠟味溪山閑裏嚼藜羹松竹靜中嘗把琴彈破世間事淨几明窓一炷香

倪敬父柯山

暮雲橫翠夕陽斜啼罷歌樓林外鴉綠竹弄搖風裏影碧桃開遍雨中花三杯淡酒邀明月一局殘棋驚落霞人在柯山山上詠笑揮管筆走生蛇

酬蔣知觀所惠詩

新鴈飛來一朶雲讀之毛骨聳寒鱗展開大句幾鈞墨存想先生滿面春楊上賓朋談盛德山中冠褐混凡身來朝盥手炷香去恐是蓬萊相識人

題鍾

聞道琳宮欲梵鍾上皇勑賜萬斤銅一模脫出等閑事千古要知陶鑄功敲得星飛驚落月撞教雲破響呼風于今欲爲吾皇壽笑指瓊樓貼碧空

假山

一林幽竹幾時栽怪石花磚砌緑苔羽客遊巖乘雨

至儃翁採藥破雲來天台猶在眉毛聳鳳蕩依然眼
睫開昨夜摘來人報道海邊失却小蓬萊

美周都監禱雨驗

旱魃為妖欲請雲眞人鬭雨幾時無先將鳳表投金
闕擬向龍潭下鐵符彈指雷鳴三霹靂舉頭雲起一
須臾笑將斗柄輕輕扇倒瀉銀河萬斛珠

別句呈庚契兵高士

一笑相逢在翠微綠楊高柳借凉時只將水竹烟雲
興說與風花雪月知日落三杯無事酒人閑八句自

然詩來朝雲過青山外回首空聞猿鶴悲

○蒙谷

淡烟輕鎖數株松夜靜瀟瀟古谷風雲擁草舒青洞綠鳥啣花落碧巖紅神僊去後無金劔仕宦來時有玉桐未知此後誰人隱寂寞南來幾朵峰

題紫芝院

武夷山前嘯一聲雲愁霧慘野猿驚開披破衲藏風月醉把葫蘆禁鬼神杖弄銀蟾攪天地夜烹金鼎煮星辰醺酣不覺機關路身是紅光火一輪

題西軒壁

隨身風月幾清閑不做人間潑底官朝飲一壺朱鳳髓暮餐八两黑龍肝打開俗網了無事縛住時光自駐顏昨夜夢回天上去瓊樓玉闕不勝寒

贈趙縣尉

此與後送余先生詩共係一首而誤分為兩

半斤雷火燒紅杏一滴露珠凝碧荷錦帳中間藏玉狗寶瓶裏面養金鵝鉛花朶朶開青蕊汞葉枝枝發絳柯莫問嬰兒并姹女等閑尋取舊黃婆

贈趙翠雲詩

金公姹女到黃家活捉蒼龜與赤蛇偃月爐中烹玉蕋朱砂鼎裏結金花奔歸氣海名朱驥飛入泥丸是白鴉昨夜火龍爭戰後雪中微見月鈎斜

贈雷怡真詩

地魄天魂日月精奪來鼎內及時烹祇行龜鬭蛇爭法早是龍吟虎嘯聲神水華池初匹配黃芽白雪便分明這些〻是飲刀圭處漸漸抽添漸漸成

題王隆宮壁詩

旌陽歸去太康年石室龜灰寒古洞前笑斬白龍橫篸

崖醉騎黃鶴步雲天金冊玉屑不復得鐵臼砂函猶
宛然四十二口家何在猿嘯西山栢樹烟

贈余先生

半斤雷火燒紅杏一滴露珠凝碧荷錦帳中間藏玉
兔寶瓶裏面養金鵶鉛花朵朵開瓊苑汞葉枝枝映
碧波凝欲刀圭分付汝爲緣汝未識黃婆

七言排律

慵庵

絳闕清都舊姓名此生落魄任天真橫窓古硯前朝

水掛壁閑琴幾日塵幽草莫鋤沿日靜落花不掃待
苔勻倩風來作關門僕借月權爲伴酒人書吏無？
舌滋味關山不動畫精神有茶不作蝸牛戰無夢可
爲蝴蝶身一得自家慵底事幽禽簷外一般春

古風

題三清殿後壁

此見頑石此見水畫工撑眸幾睥睨忽然心孔開一
竅呼吸掇來歸幅紙巨髮黄冠是神通手把武夷提
得起大槐宫中作螻蟻醒來聞此心豁喜芒鞋竹杖

一彈指三十六峯落眉尾魏王豈是中秋死玉骨猶
存否迤邐八百年來覓隻鶴一舉直上三萬里平杯
澆濕曾孫齒慢亭遺事落人耳新村渡頭栧轉蓬寒
猿聲落青烟裏老松今已幾年梢毛竹于今復生米
巖上無人花自紅幽鳥自鳴鳴且止笑將鐵笛起清
風白雲亂飛過看無蹤夜來月影掛梧桐莓苔滿地綠
容容冊崖高處藥爐空洞前雲深千萬重我亦偶來
還自去一夜瀟瀟江上雨飛廉怒作滿空雪天柱峰
前飛柳絮

題冊樞先生草庵

數朶奇峰如削玉一溪秋水生寒綠幸有白雲深處茅更蕉明月壇竒竹誅茅伐竹結遮廬現成山水可樵漁隨緣隨分山中住收拾摩尼如意珠草廬道人貧徹骨一爐瀟洒空無物身中有寶不求人價大難酬不拈出朝朝暮暮了身心山自開花鳥自吟未見桑田成海水夕陽幾度鎖平林住此草廬無別術終日凝神惟兀兀不是十洲三島僊亦非浪死蓬萊客是箇逍遙無事人廬中涵蓄一壺春窓前明月千年

影梳上淸風萬劫聲廬內主人那箇是古今占斷淸
閑地忽然洗面攙得鼻不飲不食亦不寐廬空人去
烟濛濛白鶴呼雲滿碧空一瞻元始天尊面處處爲
廬處處同有箇草廬小復小此是虛空那一竅頂頭
不掛一莖茅萬象森羅爲拱斗一劫火洞然毫末盡此
廬不壞人如舊

贈趙太虛畫竹石

竹魂竹魄竹精神飛落瀟湘淇水瀕千竿萬竿競靑
翠吹風飲露千來春先生筆端自風雨驚起竹魂無

着處一點水墨化成龍龍孫飛去鶩溪住先生把筆
無邊巡造物不敢私為春新梢勁節森寒玉鸞鳳無
處棲夢魂晉人神僊如孫且音沮盡竹毋毋天作雨唐
人神僊如張臻盡竹毋毋聞鴈鳴先生自得入神手
一竿斷竿發於酒當時大醉呼墨奴一筆掃出竹千
畝酒力安能奪化工先生煉就金冊紅一粒陽光照
肺臟森羅萬象羅心胸有時持出風竹葉銀海不寒
皆霞攝有時持出雪中枝恍如凍碧欺漣漪復能濡
墨作石塊天然峭拔古且怪沙中伏虎草中犀教人

持向蓬萊賣竹之淸虛石堅硬以此發明眞性命使
人觀石及愛竹知有直箇趙元靜先生醉時常風顛
世人眼孔無神僊我今珍藏數本畫雲鶴來也公歸
天

贈郭承務蘆鴈

畫士郭熈畫之冠郭熈去後名未斷其裔復有郭萬
里胸中丹青飽無限爲誰作此蘆鴈圖傑出南齋宇
文煥烟水瀟瀟風捲蘆沙邊鴻鴈暮相呼瀟瀟洞庭
此秋景世間此畫知有無幻出栖鴈三四隻八九葉

蘆橫古磧欲宿未宿嘹唳聲漁舟泊岸山烟黑秋風吹落梧葉黃過鴈往往歸衡陽橫空書字人不識飛過有影沉滄浪落霞浸水江村暮數隻航翔回古渡引領舉喙啄荷花飛越戍樓西畔去雲寒月落西塞秋幾聲淒切惹人愁岸頭飛共丹楓落打團成陣訪沙鷗似此景物似此意君今畫之不難事數幅鷺溪氷雪縑須臾掃出蘆鴈市世間豈無學畫者未必有與君相似我欲致之鷗鷺間滿箭爽氣生秋寒恐君此畫無人見有畫圖者誰敢戰挂於幽軒素帳閒一

日須看千百遍

純陽會

一點薰風舞綵棚祝融衣火從南來海棠落地蜂蝶去池館無人蓮未開落落一掬清和髓純乾已作牝馬矣岳瀆將此英雄氣收來頓在葫蘆裏堦前十有四莢蓂諫議夜來夢麒麟披榆老翁自鼻吹胞胎未兆天元春洞濱弄巧翻成拙蓬萊路上空明月墻頭梅子枝上蠟池畔榴花葉底血生來挺挺其精神所適性癖窮天真豈矯然悟得鈆汞機敢謂大道無楚秦

忽爾金丹成九轉十月胎圓人不問撼動乾坤走鬼
神青雲白鶴方解闘天下後世思真人常與真人慶
誕辰櫻笋厨開正來日釋氏亦欲制塒人不知故事
自誰始實是五代譙陵起王詵建會集冠褐飛來白
鶴不知幾次則蕭氏建宅僊七閩萬户生祥烟一郡
二郡漸風化駸駸知省洞賓賢城南城北走幾次人
亦不知回老是但見老松作人語先生携墨歸譙氏
太平寺裏作篇詩又道摩鏡嫌人癡岳陽市心一長
嘯鐵笛無聲今幾時寶婺有人潘氏子功名願足心

肺嘉熙年崇奉迄今日四海杖屨紛如蟻昔句肯豈可
見玉蟾不作衣衫襤褸嫌題詩祝君勵金石晨香夕
獨增肅嚴妙通老人暗撫掌何年熊羆入夢想待渠
崢嶸欲及笄整頓衣鉢福無量半千白鶴呼青雲青
雲深處瓊梅新有人要問飛昇事只看天邊日月輪

贈城西謝知堂　時通

蓬萊山上神僊翁道貌挺挺喬如松雙眸烱烱黑於
漆臉邊隱隱如桃紅有時仰天笑開口撮起崑崙歸
右手忽然虛空跌落地不覺潚腹藏星斗有時驚起

老龍號一口汲盡滄浪波打破混沌揣出骨拈起芥
子貯山河偃月爐中煑天地前煉日魄并月髓笑把
胡蘆禁鬼神杖頭挑起山和水變巴巽飯飛成蜂左
慈剪父化爲龍夏月梅花冬月雷似此伎倆問吕鍾
撮土爲香猶是假水底麒麟取作酢鬼神眼睛突出
外無根樹下騎鐵馬工夫到處戲極時拈弄造化如
見嬉大虫舌上翻筋斗却笑金剛學畫眉女皇要補
西天竅煉石不得羲皇笑笑秦皇鑿山通四溟漢帝掣
之一長笑先生手持沒底籃出有入無猶不凡攜此

道術問四海洞賓今正覓同參盞裏綿包或聚散尖裏遊魚水裏鷹黃鶴樓前大醉時撐眼攎與鍾離看水盆攪散五色沙滿地寫出龍蛇花自將一盞逡巡酒敢向人前化作茶茶籬裏面一條路透入青霄雲外去十字街頭開鋪席翻手覆手成雲雨如今天下覓無人似君道術其入神踏遍江湖今幾春都來一箇雲水身

胡東原香錦亭

東皇剖破勾芒腹錦心繡腸香馥郁絳都風雨僝僽

春花魂無主自精神黃鸝初喚柳開眼海棠枝上春
烟暖放出一點兩點紅墻頭紅腮微笑風東原去後
花無主春工亦懶施機杼亭前忽遇詩酒僊花亦噴
出此三蘂涎屋催雨趲花不辨蒲庭芬芳生爛熳牡丹
吐火花欲然日將錦綉街苔蘚詩狂夢與花神飲酒
醉不與花神寢酒醒今我憶東原花木雖在人測然
此詩終不爲花作惆悵東原此丘墓而今賞花不見
人但見蜂蝶飛開亭

謁僊行贈萬書記

嶰管飛葭方孟齋青女仍前行夜惡運日東風料峭
寒黃鸝聲斷梅花洛客來武夷訪靈蹤八字洞門無
鎖鑰溪頭昨夜添新雨桃片瀟溪紅灼灼蒼苔瀟地
空綠竿坊阜無言烟漠漠搗藥聲乾丹井寒虹橋一
斷收霞暮樹千古松風學鳳笙向晚清客滿林堅山光
不動舊松竹洞中條條悲猿鶴機巖學館空無人紫
領用丘久瀟索霧暗平林虎長嘯碧潭生花老龍躍
峭崖飛鳥不敢過萬丈蒼壁真峻能止中金蟾不可
尋石逕且取黃芝嚐我生逍遙事落魄泉石烟霞得

直樂身披綠麻戴青蒻橫擔碧藜躡芒屩只愛山林
厭城郭却厭膏粱愛藜藋冷眠石上入華胥夢見太
虛無斧鑿竭來洞中未半餉轉眄又覺經旬劓今朝
雲雖雨收脚欲歸又被溪山縛欲作此地三間茅不朝
飡紅霞暮飲瀑已有神儒分定緣定知道外無乾坤
只愁天上多官府九轉丹成未敢吞

歌行

○雲遊歌

嘗記得洞庭一夜雨無蓑衣無笠處偎傍茅簷待天明

村翁不話簷頭住又記得武林七日雪衣衫破又裂
不是白玉蟾教他凍得皮迸血只是寒徹骨又記得
江東夏熱時路上石頭如火熱教我何處歇無蔭可
擺風赤脚走不輟又記得姑蘇秋月夜獨自松陰下
步虛一闋罷口與心說話寒烟漠漠萬籟靜彼時到
山方撮下又記得瀟湘些些小風吹轉華胥夢衡山日
正紅一聲老鴉鳴鷓鴣鳴過耳尋無蹤這些子歡喜消
息與誰通又記得淮西兵馬起枯骨排數里欲餐又
無糧欲渴又無水又記得一年到村落瘟黃正作惡

人來請符水無處堪摸索神將也顯靈亂把鬼神捉
又記得北邙山下行古墓秋草生紙錢雨未乾白楊
風瀟瀟荒臺月盈盈一夜鬼神哭不止賴得度人一
卷經又記得通衢展手處千家說慚愧萬家說調數
衙門眼看鼻頻頻道且過瀟洒着盡笑唱嵩呼吾去
又記得入堂求掛搭嫌我太藍縷立堂與單位知堂
言不合未得兩日間街頭行得匝復入悲田院乞見
粗混雜又記得幾年霜天卧荒草幾夜月明自絕倒
幾日淋漓雨古廟之中獨自坐受盡寒忍盡饑未見

此子禪未見此子道賢哉翠巖翁一見便憐我說一
句瘡瘍針便住教我行持片餉間骨毛寒心花結成
一粒紅渠王言只此是金用萬卷經總是閑道人千萬
箇豈識真常道這些無蹺蹊不用贈旗號也是難八
十老翁喫鐵盤也是易一下新竹刀文利說與君雲
遊今幾春逢頭赤骯髒那肯教人識

快活歌

快活快活真快活被我一時都棹脫撒手浩歌歸去
來生薑胡椒果是辣如今快活大快活有時放顛或

放劣自家身裏有夫妻說向時人須笑殺向時快活小快活無影樹子和根拔男兒端的會懷胎子母同形活潑潑快活快活真快活處空粉碎秋毫末輪廻生死幾千生這回大死方今活舊時窠臼潑生涯于今淨盡都掉脫元來爹爹只是爺懵懵懂懂自瓜葛近來髣髴辨西東七十依前四十八如龍養珠心不忘如鷄抱卵氣不絕又似寒蟬吸曉風又如老蚌含秋月八一箇閑人天地間大笑一聲天地闊衣則四時惟一衲飯則千家可一鉢三家村裏弄風狂十字街

頭打鶻突一夫一妻將六見或行或坐常无工收來
放去六任縱橫即是十方三世佛有酒一杯復一杯有
歌一闋復一闋日中了了飯三餐飯後齁齁睡一歇
放下萬緣都掉脫脫得自如方快活用盡醒醒學得
癡此時化景登晨訣時人不會翻筋斗如饑與鹽加
得渴偶然放浪到廬山身在白蘋紅蓼間一登天籟
亭前望黃鶴未歸春雨寒心酸世上幾多人不煉金
液大還丹忘形養氣乃金液對景無心是大還忘形
化氣氣化神斯乃大道透三關絳宮炎炎偃月爐靈

臺寂寂大玄壇朱砂乃是赤鳳血水銀乃是黑龜脂
金鉛採歸入土釜木汞飛走居泥丸華池正在氣海
內神室正在黃庭聞散則眼耳鼻舌作聚則經絡榮
衛閉五臟六腑各有神萬神朝元歸一靈一靈是謂
混元精先天後天乾元亨聖人採此爲藥材聚之則
有散則零晝夜河車不暫停默契大造同運行人人
本有一滴金金精木液各半斤二十八宿歸一爐一
水一火須調勻一候剛兮一候柔一爻武兮一爻文
心天節候定寒暑性地分野分楚秦一日八萬四千

里白有斗柄周天輪入將蛻殼陰陽外不可不煉水
銀鉛但得黄婆來紫庭金翁姹女即婚姻青龍白虎
繞金鼎黄芽半夜一枝春九曲江頭飛白雪崑崙山
巔騰紫雲丁公默默守玉爐交媾温養成胎嬰神水
沃滅三尸火慧劍掃除六賊兵無中生有一刀圭糞
丸中有蜣蜋形誠哉一得即永得片餉中間可結成
忽然四大成虛白不覺一靈升太清縱使工夫未見
效不知火候也徒然大都要精周天火十月聖胎方
始圓雖結丹頭終耗失要須火候始凝堅動靜俱存亡

宜沐浴吉凶進退貴抽添火力綿綿九轉後藥物始
可成胎僊一時八刻一周天十二時辰准一年每月
一陽交姤後功夫湊到六純乾精神來往知潮候氣
血盈虛似月兔二轂從來三十幅妙處都由前後弦
專氣致柔爲至仁禮義智信融爲仁真土歸位爲至
真水火金木俱渾全精水神火與意土煉使兔晃歸
其根先天一炁今常存散在萬物與人身花自春風
鳥自啼豈知造物天爲春百姓日用而不知氣入四
肢徒內殘松竹虛心受氣足凌霜傲雪長年青況人

元神本不死此氣即是黄芽鉛老松可少病可徙散
者可聚促可延心入虛無行火候内景内象壺中天
須知一塵一蓬萊與走一葉一偓佺神即火兮去即
藥心爲爐兮身爲田自耕自種自烹煉一日一粒如
黍然靈芝之一生甘露降龜蛇千古常相纏一朝雷電
撼山川一之則日萬則煙日中自有金烏飛夜夜三
更入廣寒子子孫孫千百億爐鼎雞犬皆登天大道
三十有二傳傳到天台有悟真四傳復至白玉蟾服
空四海嗟無人偶遇太平興國宫白髮道士其姓陳

◎

半生立志學鉛汞萬水千山徒苦辛一朝邂逅廬山
下攜手笑出人間塵囂翠閣對床風雨夜授以冊法使
還元人生何似一盃酒人生何似一盞燈蓬萊方丈
在何處青雲白鶴欲歸去快活快活真快活爲君說
此末後句末後一句親分付普爲天下學仙者曉然
指出蓬萊路

又

破衲雖破破復補身中自有長生寶柱杖奚用巖頭
藤草鞋不用田中蕢或往走或兀坐或端立或仰卧

時人但道我風顛我本不顛誰識我熱時只飲華池
雪寒時獨向冊中火爐時愛喫黑龍肝渴時貪吸青丹
龍腦絳宮新發牡丹花靈臺初生萱草卻笑顏回
不爲天又道彭鏗未是老一盞中黃酒更甜千篇內
景詩尤好沒絃琴兒不用彈無腔曲子無人和朝朝
暮暮打憨癡且無一點閑煩惱尸解飛昇總是閑死
生生死無不可隨緣且喫人間飯不用繅蚕不種稻
寒霜凍雪未爲寒朝饑暮餒禁得饑天上想有儒官
[illegible]人間不愛眞人號跨虎金翁是鉛兄乘龍姹女爲

乖嫂泥丸宮 裏有黃婆解把嬰兒自懷抱神開无關
與心開三關一簇都穿過六賊心如火正焚三尸膽
似天來大不動干戈只霎時破除金剛自搜還一齊
縛向火爐邊碎爲微塵誰斬挫而今且喜一粒紅已
覺丁公婚老媪當初不信翠虛翁豈到如今脫關鎖
葉苗正嫩採歸來猛火煉之成紫磨思量從前早是
早翠虛歿已難尋討我今不見張平叔便把悟真篇
罵倒從前何知古聖心慈悲反起兒孫禍世人若要
煉金丹只去身中求藥草十月工夫慢慢行只愁火

候無人道但知進退與抽添七返九還都性燥溪山
魚鳥德逍遥風月林泉供笑傲蓬頭垢衣天下行三
千功滿歸蓬島或居朝市或居山或時呵呵自絶倒
雲滿千山何處尋我在市廛誰識我

必竟德地歌

我生不信有神僊亦不知有大羅天那堪見人説蓬
萊掩面却笑渠風顛七返還丹多不實徃徃將謂人
虛傳世傳神僊能飛昇又道不死延萬年肉既無翅
必墜地人無百歳安可延滿眼且見生死俱死生生

先祖循旋翠虛真人與我言他所見識大不然恐人
緣淺賦分薄自無壽命歸黃泉人身只有三般物精
神與炁常保全其精不是交感精乃是玉皇口中涎
其炁即非呼吸炁乃知却是太素煙其神即非思慮
神可與元始相比肩我聞其言我亦怖且布且疑且
擎拳但知即日動止間一物相處常團圓此物根蒂
乃精氣精氣恐是身中填豈知此精此神炁根於父
母未生前三者未常相返離結爲一塊太無邊人之
生死空自爾此物湛寂何傷焉吾將矍然以自思老

者必不虛其言是我將有可愛業渠必以此示言詮
開禧元年中秋夜一爽香跪地口相傳竭爾行持三兩
日天地日月軟如綿忽然嚼得虛空破始知鍾呂皆
參玄吾之少年早留心必不至此猶塵緣且念八百
與公三千雲鶴相將來翩翩

安分歌

神仙底事君知否君若知今宜不苟先且回頭自揣
量須量驢心方開口神仙有術非不傳世要爲仙家有
夙緣若也人人皆會得天機容易向人言學道學仙

須篤志堅然一念無疑意如是操心無始終又道辦
金將火試你們心地荆棘多善根纔發便成魔若能
先合神僊意巳分無時也柰何心地不明言行惡做
出事來須是錯自家無取他無求思量何似當初莫
恁地思量本故然且教自巳故心堅若看故今得事
者一片靈臺必不然未見志人須願見逢着人時心
百變何緣傳授有易難自是玄門未歷鍊問你如何
不料量自家窮達任穹蒼但且柰心依本分人言有
磨自然香玉蟾本是山林客尋箇好心人難得于今

且趂草鞋壯臉似桃紅眼正黑玉蟾你也好獃頭何似拂袖歸去休有可度人施設處便還鍾呂逞風流無人知獨自去白雲千里不回顧依前守取三脚鐺且把清風明月賣

茶歌

柳眼偷看梅花飛百花頭上東風吹壑源春到不知時霹靂一聲驚曉枝枝頭未敢展鎗旗吐玉綴金先獻奇雀舌含春不解語只有曉露晨煙知帶露和煙擣歸去蒸來細搗幾千杵捏作月團三百片火候調

勻文與武碾邊飛絮捲玉塵磨下落珠散金縷首山
黃銅鑄小鐺活火新泉自烹煮蟹眼已沒魚眼浮颸
颸松聲送風雨定州紅玉琢花甕瑞雪滿甌浮白乳
綠雲入口生香風滿口蘭芷香無窮兩腋颼颼毛髮
通洗盡枯腸萬事空君不見孟諫議送茶驚起盧仝
睡又不見白居易餽茶喚醒禹錫醉陸羽作茶經曹
暉作茶銘文正范公對茶笑紗帽籠頭煎石銚素虛
見雨如丹砂點作滿盞菖蒲花東坡深得煎水法酒
闌往往覓一呷趙州夢裏見南泉愛結焚香瀹茗綠

吾儕烹茶有滋味華池神水先調試丹田一畝自栽培金翁姹女採歸來天爐地鼎依時節煉作黃芽烹白雪味如甘露勝醍醐服之頓覺沉痾甦身輕便欲登天衢不知天上有茶無

大道歌

烏飛金兔走玉三界一粒粟山河大地幾年塵陰陽顛倒入玄谷人生石火電光中數枚客鵲枝頭宿桑田滄海春復秋乾坤不放坎離休九天高處風月冷神仙肚裏無閑愁也聞學仙者胸襟變清雅丹經未

讀望飛昇指影談空相誑嚇有時馳騁三寸舌或下
街頭佯做啞正中恐有邪真裏須辨假若是清虛冷
澹人身外無物赤洒洒都來聚炁與凝神要鍊金丹
賺幾人引賊入家開寶藏不知身外更藏身身外有
身身裏覓神庵和氣一壺春生擒六賊手活斲三尸
口三尸六賊本來無盡從心裏作中有玉帝非惟惜
詔書且要神炁相保守此神此炁結真精喚作純陽
周九九此時方曰聖胎圓萬丈崖頭翻筋斗鎚汞若
龔土龍虎如鷄狗白金黑錫幾千般水銀朱砂相鼓

誇白雪黃芽自無形華池神水無泉溜不解回頭一
着火鍊時只喫瓊湖雪前年僊師寄書歸道我有名
在金闕閑名落世收不廻而今心行尤其垂那堪玉
帝見憐我詔我歸時未肯哉

畫中衆僊歌

不與欽畫孫權酒正欲畫屏筆脫手一點凝墨耿生
蠅剔之不飛心始驚獻之與未拈起筆筆如觧飛白
鈎製筆戲染松烟作牸牛脫似偃角眠沙丘蕭貫深得
鶴三昧胸中不與造化礙一幅素絹如片天雪翎欲

起凌蒼烟僧孫醉後齁齁聸聸起濡墨作石塊壁山
裂巖而峯雲或如伏虎如露拳愷之畫蘭藏玉筍開
而視之已飛去安得琴葉成寒蘢四景常使飄春風
聞道南齋宇文煥精筆妙愚掃蘆鴈低頸吸水昂頭
飛髩象荷枯沙瘦時唐有處士吳道元丹青之餘多
畫猿狀出抱子落寒泉文如彎弓遶樹奔李成畫虎
常作怒鬼神不敢正眼覷但見紙上生猙獰開口解
嘯風悲鳴葉公好龍故學畫不覺心孔開一鏬紙上
筆畫方似龍鳳鬐浪鬣亂來爭雄韓幹畫馬得滋味霜

蹄巧作追風勢可憐張口嘶無聲只惜風稜瘦骨成
江頭細草爲誰緑只有風煙相管束阮瞻收拾草精
神筆端與草添爲春盡魚古有康靈叔擲頭擺尾萬
鱗足紅鰭紫鯉成隊行躍碎玩璃跳上氷仁老胸中
有雪月盡出梅花更清絶魯直嗅之嫌無香幻出江
南煙水鄉張臻盧心而學竹風雨瀟瀟生錦軸風枝
雨餘欲化龍不堪裁杖扶葛洪錢覬畫松掃煙雨松
稍鶴立飛不去淩風傲雪冷幾時翠色不改常清奇
王維筆下多山水千山萬水一彈指萬頃玻瓈碧欲

流千層翡翠波上浮有時畫出幾枯木一片落霞間飛鷺有時畫出古澗泉浪花滚滚人不聞有時花落鳥啼處正是千林悵秋雨有時日暮鴉鳴時煙際鍾聲催月遲有時移却瀟湘岸移入洞庭彭蠡畔有時掇過天台山相對鴈蕩烟雨寒古人去後無人學學者往往得皮殼鬼神却易狗馬難匠世未能窺一班見君丹青與水墨筆下劃出心中畫一發繞精百發精留取後世不死名

拙庵

笑携藜杖倚寒松現世神僊一拙翁冠簡授關離王
闕天人推出鎮琳宫身居星弁霞裾上心在烟都月
府中豈是摩娑今髮黑不須服餌自顏紅百年贏得
十分誚萬事等來俱是空解識蜘蛛空結網能言鸚
鵡被樊籠閑將世味閑中覺靜把天機靜處學巧
不如藏巧是忘機不與用機同處空不語盡空廣造
化無聲造化公上六賊奈人關不得千魔見我懶相攻
凝神多得徉來力養氣無非守口功欲雨只消呼瀣
沆要雷畧否日召雷霆人間若也不容住學騎白鶴乘

天風

聽趙琴士鳴絃

我尋屏跡到猿啼雲滿山前花滿溪高峰壁立七十二風生兩腋夫可梯煉師兩鬢東風黑紺天不流月光白鷺牙咬雨昨已晴松幄長空夜瑟瑟與濃抱石玄以輕得意七絃橫玉繩縢頭指弄響玲玲爍然奪目三十星初如雨滴芭蕉夜久坐梧桐猿嘯龍死然幽澗聽鳴泉偶雜修篁戛清夏先疑易水渡荊軻已轉似勸無渡河美人金帳別項籍壯士鐵笛吹孟婆

不然雙雛兩南北或者婦牽蘇武服絃中何似湘妃
怨指下爲甚明妃矣又非林下感蠨蛸更匪胡笳吽
晚秋自然鴈聲下遥塞忽覺蟬噪過南樓君休彈絃
我長聽滿懷今古興亡病蒼梧雲愁虞舜遶瀟湖雲
出軒轅冷一聲一聲復一聲不管世間銀髮生彈盡
天涯夕陽影又向山中彈月明胡長卿去已久歸飛
瓊無此手玉帝聞未曾人間空白首柳花霏霏滿江
城城外海棠紅淚傾恐君餘思更未已爲我春晝聞

啼鶯

贈方壺高士

蓬萊三山壓弱水烏飛不盡五雲起紫麟曉舞丹丘雲白鹿夜嚙黄芽藥浩浩神風碧無涯長空粘水三千里中有一洞名方壺玉顔僊翁不知幾上帝賜以英瓊瑶縫芝之緝槲佩蘭芷戲吹雲和下朱塵還煉五雲長不死丹砂益駐長虹容玉石沸礪愈白齒酔飛罡歩躡星辰時把葫蘆梏鬼神早曾探出天地根寸田尺宅安崑崙安知我即劉晨孫不復更覔桃花源或者即是劉肩身建州武夷有藏巖有老仙劉肩豈復別尋會僊村

在武夷第九曲一閑目頃游六合坐裏汗漫諸渾淪何必裊
纜圜嶠外寧文遠之閬風津雲屏煙障只笑傲煙猿
露鶴與相親君不見剛風浩氣截碧落上嚴天闕九
屏惡俯視萬方萬聚落絲長歲月能幾時米大功名
安用爲不將世界寄一粟便請芥子納須彌初從螺
江間草屧已判此身輕似葉及其流湘過衡嶽一笑
江山澗如楪如今坐斷煙霞窩已謌東皇太乙歌不
作竹宮桂館蓼柰此四海黃冠何夜來坐我酌桂醪
不敢起舞賓雲曲何年踏踏去方壺我欲騎風後相

逐

贈蓬壺丁高士琴

瓠巴騎鯨上天去伯牙成連亦千古茂世斷無鍾子期弦中妙意為誰舉春風春雨滿瀟湘人在蓬窗閉竹房竹裏鳴啁喉古今花間鶯宿夢魂香客從滴沅下衡岳湘懷詩愁無處著請君拂去水晶塵滿名一了撫然作道人問予若為情伊絃凄兮余莫聽一春十病九困酒三月都無二日晴俛首沉吟聲一曲吟狂一罷撫撥續紛如雪泉嗽鳴玉已轉忽如雨簌簌

於巾亦有蟋蟀鳴倏忽變作冷猿聲始疑荆軻渡易
水乃是湘妃夜涕零昔從撫斷南風了姜里幽人始
能曉可嘆壇中昔杏花山高水寒即聲杳道人此意
非人間笑詠洞章鏘佩環能令鳳舞下丹漢雲裏大
地舉頭看世間鷄虫互得失只好牧羊坐花石何爲
兒女謾呢呢候虫時鳴徒戚戚輸君朝朝在翠微鶴
已聽去人不知笑思古今一俯仰彈到千山月落時
君知否梧桐枝上雙燕語盡將萬事等風絮琴中日
月何倏忽肯使事逐孤鴻度

南岳九真歌題壽寧沖和閣

笑携魏王大瓠落徃觀洞庭張帝樂醉騎入風訪廣漠九天之上無南岳我尋九頁諸穹窶亂雲深中湧樓閣玉帝苦詔陳與明雙童前吹紫鸞笙尹君道全驂後塵先殿後衛森火鈴皓首惠度甚姓陳郄立虹橋叫霜鷹施友饕餮索天笑露冷松寒月華皎無人爲呼張法要萬山猿啼夜虎嘯張復有若如珍必煉得身形成鶴瘦我今只憶徐靈期嗽煉華池灌玉芝天柱峯頭鳳鄧郁旦旦黃芽飼白龜王僊靈輿昔無

期想跨九鳳衣羽衣香火在帝去已久玉笥亦九門亦九壇上僊翁何僊良爲問渺茫再來否朝與暮梧儻可到泠然來此仝樓居

清勝軒夜話

殘燈結花滿堂紅酒興未已詩興濃寒雲蠶星瑣翠空一沐幽竹夜呼風逸士倚樓嘯玉龍鍾聲泣露落梧桐把手論文開心胸黑甜相催話未終香篆飛虵穿簾櫳鄰鷄喚曉何處鍾摩挲醉眼欄干東茶鐺無火召玉童三子廿二鞋七尺筇踏破青山綠幾重

夜宴清勝軒醉吟呈倪梅窓吳道士隱南

山前浩歌覺聲乾長嘯直入碧雲間梅窓主人携百壺一夜談話秋雨寒燈紅吐出玉巫巧道人大嘯拍床吼達楊隱南吳庚契要看紙上生蛇走停盃撑眼發詩顛橫捉一筆半欲眠笑把崑崙醮滄海寫出新詞數萬篇

題清勝軒

湍林幽竹夜來風南極一點飛寒空玉爐風香繞琳宮此間知有神僊翁清勝軒中頗幽絕白鬚道士持

櫝笏眉毛掀起溪上雲眼光爍破峯頭月瓊房壁上
掛瑶琴把劍舞罷千古心蓬萊一别醉吹笛今日一
見歌長吟天祇呵道緑烟起蕭前王趙皆珠履倦虬
縮尾青蛇死彈指傾倒天河水砂篆一揮走神鬼雷
電霹靂動天地信知妙用古所無猶未收拾歸天衢
月冷風清白鶴唳寳旛飛霞繞玉壺武夷散人好詩
酒昔者見君今番又

僊巖金僊閣

寒烟瑣斷梵王家一篆博山飛冷蛇蕭天秋雨落瓊

花清溪漲綠浸平沙老松壓石巖爭聳青蘿搜樹牽
雲遮竹根倒出鳥翅斜夜半寒風攪宿鴉木魚喚粥
蝴蝶醒巖頭殘月沉冊非

五言絶句

雷怡真小隱送春

天不欲留春東君暗歸去碧梧枝上看瀟瀟風送雨

旅邸睡起

雲為山積翠雨蕎草添青一覺南柯夢俄然鳥喚醒

僊巖無塵軒

麈尾清虛語銅爐起澹烟嶺頭猿叫罷月落碧潭圓

七言絕句

先生曲肱詩二十首

昔在青華第一宮祇緣醉後怒騎龍傾翻半滴金瓶
水不覺人間雨發洪

玉皇有勑問神霄誰去騎龍亂作妖自別雷城一廻
首人間天上巳相遼

謫君塵世意徘徊煉盡金册待鶴來歸去神霄朝玉
帝依前命我掌風雷

五雷深鎖玉清宫白鶴呼風來碧空説着這般辛苦
處三千玉女顰眉峰
太乙天皇謁紫清翠娥下萬擁雲騑當時不合擡頭
看忽見天丁叱火鈴
我不生嗔慾玉皇翠娥無復舞霓裳如何天上神僊
女染汚清都一散郎
夢斷南柯覺昨非因緣盡處兩分飛寒松空鎖翠娥
夢我獨于今未得歸
玉府官僚無甚人上皇憐我最辛勤忽然詔下催歸

去猿叫萬山空白雲

瑤池王母宴群僊兩部笙歌簇綺筵誤取一枚僊李
喫又來人世不知年

我到人間未百年恰如頃刻在三天向來我本雷霆
吏今更休疑作甚僊

往昔逍遙在太華朝餐玉乳看瓊花當年身着六銖
服不識人間有苧麻

做到天僊地位時三遭天譴落天堦却嫌天上多官
府且就人間洞府嬉

白雲隨我見天台文趂金華路上迴棲鳳亭中留不
去武夷山下野猿哀
說與清風明月知揚州有鶴未能騎夜來五鳳樓前
看天上白雲空自飛
跣足蓬頭破衲衣悶來飲酒醉吟詩塵中走遍無人
識我是東華大帝兒
這回空過二十年肉重不能飛上天抖擻衲頭還自
笑囊中也沒一文錢
我有隨身一顆珠見時似有覓時無金鷄叫罷無人

見月射寒光灑太虛
不識看經不坐禪饑來喫飯困來眠玉皇若不聞青
眼却是凡夫骨未僊
不把雙眸看俗人五湖四海一空身洞天深處無人
到溪上桃花幾度春
桑田變海海成田這話教人信也難只有一般輸我
處君王未有此清閑
題胡運幹別墅二首
悶來愛竹把花嫵無事看山高捲簾好鳥一聲飛過

簷清風着力送銀塘

博山一炷小蛇寒無人須自坐蒲團柴門却倚冷風閑簷外白雲時往還

詠韓湘

汝叔做畫死模樣雪裏出來無意況賴有當年花一籃至今推與閑和尚

詠螢

夜靜乘凉坐水亭草頭隱映見孤螢瞥然飛過銀塘面俯仰浮光幾點星

中秋月 二首

風吹玉露洗銀河爽氣平分桂影高把笛倚樓人不寢此心直擬數秋毫

錢唐江上雪飛花人在天邊泛海槎烏鵲一聲牽落姮娥梳洗去誰家

○○織機

天地山河作織機百花如錦柳如絲虛空白處做一疋日月雙梭天外飛

舟行

山鎖曉烟迷紫翠花凝宿雨間青紅快帆乘自泛秋
綠乞與一篙東去風

上清宮方丈後亭

三四聲猿叫落月六七竿竹呼起風夜靜無人知此
味還他方丈拙庵翁

贈吳道士

延陵大士詩中虎接武黃陳肩李杜無塩爭敢㔷西
施也向雷門聲布鼓

贈何道人

天虎鉛龍煉氣神黃芽昨夜一枝春刀圭底事如行
會伏虎朱砂匱水銀

贈張知堂

清河知堂武當來左日右月雙眼開高臥雲堂留夢
醒笑騎白鶴歸蓬萊

贈雲谷孔全道

凝神聚氣煉金丹七返從來有七還昨夜一聲雷霹
靂不知人已在泥丸

贈保元

棄儒為見儒多誤學道緣吾道化賢且把功名擱之

閣抱琴隨我去修僊

贈薛氏繩歌

其青節如竹之青其白氣如梅之白有時抱至假山

邊被人喚作謫僊客

贈薛氏振歌

麟角獨異鳳毛輕得龍之秀龜之青麟鳳龜龍謂四

靈爾曹骨氣同崢嶸

臨越寺丞

汞鉛不在身中取龍虎當於意外求會得這些真造化何愁不曉煉丹頭

題潘察院竹園壁

夜雨洗開千翡翠春風撼碎萬琅玕滿林鵶鵲叫明月鐵笛一聲烟正寒

贈徐翔卿之別

桃花落地雨漫漫子乃擔簦過萬山臨別有些無盡意篇詩送子到崇安

題莫予山

封到半天烟靄間二卷僊書一粒丹城南城北無老
樹文吹竹笛過前山

題胡子山林檎坡

洞賓踢碎金葫蘆夜半姮娥下蕋珠但見滿天盡角
角不知春去鬼揶揄

題鄭通妙方丈

無爭之棋兩三局自勸之酒一二杯但且任麼隨俗
過冊成雲鶴自然來

詠雪

青女懷中釀雪方雪見爲麪露爲漿一朝雪熟飛廉

醉醱得東風一夜狂

題凝翠閣

日射新苔鑄綠錢山登花屏草剌氈剌把苔錢買風

月山屏低擁草氈眠

贈黃亭賔叟

修爵圃當修天爵選官何似選天官青驄走遍皇都

易白鸞飛來絳闕難

贈陳孔目

製錦堂前萬事閑掉頭來入武夷山當年種放如雛

學白鶴青雲也不難

贈陳先生 三首

烱烱雙眸古老錐手提向上大鉗鎚驀然尋着鍾離
老捉住長髯問是誰

木人手裏揮泥劍石女頭邊帶鐵花龍漢元年冬上
已相逢一盞趙州茶

翻身趯倒玉葫蘆神水華池一夜枯驀地夜行見月
影水晶盤裏走明珠

贊歷代天師

第一代祖師正一靜應真君諱道陵字輔漢

雲錦山前鍊大丹六天魔魅骨毛寒一從飛鶴歸玄省烟雨瀟瀟玉局壇

第二代嗣師諱衡字靈真

光和初載大丹成有甚工夫事漢靈夜半玉輿飛紫露春風春雨滿陽平

第三代系師諱魯字公期

笑把銅章出漢中隱山斗米顯神功魏兵四畔臨河

崖彈指波心萬丈峯

第四代諱滋字元徵

鄱陽策杖抵巖巔舊有丹爐鎖暮烟今古一雙龍虎

石侍郎僊去是何年

第五代諱昭成字道融

數千里外露陽神丹竈灰寒結紫雲兩虎蹲林久不

見數枝茵草鶴穿墳

第六代諱椒字德馨

丹書玉札隱琅函雲幾飛空鶴幾驂嵓洞門久歸去

後夜來素月落寒潭

第七代諱仲回字德昌

當年辟穀煉僊丹召雨呼雷譬似瀾四海有人賡寶籙咲携節去鶴鳴山

第八代諱迥字彥超

丹篆纔書泣鬼神年踰九十隴紅塵至今巖上結廬處夜半鳳凰棲緑筠

第九代諱符字德信

上饒山水甲江南一錫橫飛欲結庵忽遇至人烟霞

外歸來無語隱松巖

第十代諱子祥字鱗伯

潸室神光夜欲闌靈冊吐出瑩〻字看當時鶴唳作城

外空有霓裳掩玉棺

第十一代諱遁字仲漣

閉戶疑神四十年青鸞赤璽策雲軿璦棺數月金軀

冷潸室天香酹一樽

第十二代諱仲常字德潤

鶴書曾詔赴宸京歸作分形化景人昨日飲酣曾吐

酒醒來文薄氅頭春

第十三代諱光字德昭

幾年辟穀學飛行揮破秋空一點青纔到暮林風月夜洞天隱隱步虛聲

第十四代諱慈正字子明

丹鼎能乾活水銀舉家一念贍貧民空中動破雲韶樂白鶴飛來風雨春

第十五代諱高字士龍

丹臺一點玉髯翁千古天師張士龍招弄谿山詩枝

巧吐吞風月酒神通

第十六代諱應韶字治鳳

一畝閑雲獨自耕草廬寂寂誦黃庭文言辟穀歸山

後月夜時聞鐵笛聲

第十七代諱順字仲孚

貴谿一尉隱家山静結茅廬三兩間九十歲時尸解

日時人猶見是童顔

第十八代諱士元字仲良

神水華池養白鴉玉爐進火結丹砂僊家妙用無人

識項刻能開桃李花

第十九代諱修字德真

玉局瑶篇龍鳳文三元開度士如雲翻身踏着蓬萊
路洛罷焚香自入墳

第二十代諱諶字堅德

吸乾洒海一須臾冠冕玄壇百歲餘不食人間烟火
氣能傳天上電花書

第二十一代諱秉字溫甫

火腹金龜夢正疑琳房初誕謫僊見冊傳祖印百來

歲執勿歸菴地震時

第二十二代諱善字元長

叅遍名山謁洞天相逢却是活神僊歸來換骨回陽日屈指人間九十年

第二十三代諱季文字仲歸

王盂祝水起波雲筆下雷聲泣鬼神龍虎山前山後問先生活畫幾多人

第二十四代諱正隨字寶神

人在犂鋤烟水鄉結茅高臥小松崗勅封眞靜先生

號一卷僊經一炷香
第二十五代諱乾曜
横握鏌鎁入洞天洞天漠漠掩寒烟仁宗親問金丹
訣咲指斜陽噪亂蟬
第二十六代諱嗣宗
朱砂鼎裏煉金晶默禱天皇入紫冥月落半山丹井
水須鶯驚斷滿天星
第二十七代諱象中字拱辰
仁皇恩賜紫衣時方是寧馨七歲兒留把洞章歌一

閟不知鸞鶴滿天飛

第二十八代諱敦復字延之

棘闈戰罷笑歸來一寸功名心已灰白鶴何年歸洞府夕陽影裏野猿哀

第二十九代諱景端字子仁

當年僊去鶴巢空萬壑千崖夕照紅人在丹丘玄圃外蕭瀟松桂夜來風

第三十代諱繼先字遵正

築着成都人姓劉丹成蛻跡入羅浮璚樓數紙御書

在虛靜先生已掉頭

第三十一代諱時修字朝英

是箇清都一散郎凝神聚氣煉丹陽片雲孤鶴無踪跡半夜風寒萬里霜

第三十二代諱守真字遵一

鶴頸龜腮骨已僊星壇長嘯誦瓊簡自從闕下歸僊後二枕清風幾萬年

知宮王琳甫賛

萱堂一枕兮紅光入懷龍巖虎石兮瑞氣結神胎兆

帝真人兮斡箕統魁蘭亭禊日兮虛星落庭槐生而
神靈兮珠庭日角用烟髯威肅兮電眼閃爍髻亂善詞
翰兮心宇該博方寸睎慕兮斥雲孫鶴青衿蛻體兮
琳宮遇師模九天降雨露兮皮冠而羽裙瓊鍾振玉
梵兮聲轍太虛蘂殿校圖籍兮綠軸册書沖煉白鉛
花兮紅爐點雪毅神無象兮碧潭秋月函丈二席兮
價闘上闕砭愚斲陋兮誨語飛瓊屑袖裹青蛇兮春
外之青銅踏破鐵鞋兮養素于竹宮兩階鐃舌兮御
前享天爵筆下吼雷霆兮鉢內藏蛟龍長歌歸故山

兮古松寒菊群參蚋聚醠兮董衆主餅粥飛罡化訣
兮正一天心法視微聽沖兮靈寶中盟籙霞衿珠珮
兮秉圭視玄壇青鈎黒鐵花兮落紙鬼膽寒玄域中
興兮扶顛起墜三界稽首兮萬神生歡含真而宅僊
兮儔陶鳩橝藻梲横龍樓兮花磚砌蚖峙御賜蒲獸
兮晨夕奮瓚音百度復舉兮宗綱崛起死讚骨行兮
須俚面不文紅顔皓齒兮甲子一周春雨鬢生黒絲
兮人言四旬許金冊已執兮鸞鶴天上人天上人兮
自號曰拙菴笑傲乎三華兮諸方已罷恭所居乃三

華殿博山飛冷蛇之篆兮啓瑶笥而誦琅函横羽扇岸綸巾兮麈尾發清談清談之時有方外客至而歌之曰

青布衲碧藜節詩吟白兮樂曲唱紫芙蓉一局着殘人事醒七絃彈破世間空時乎泛一葉於滄海之外時乎飛片羽於虚空之中鐵笛横吹老龍泣金樽一倒琪花紅孤猿嘯夜月淡露滴秋風雲錦溪深碧無底天蒼山秀緑不窮白鶴卧占眠牛草丹鵲飛上棲鴉松真人一聲長嘯於蓬萊之東青童回首指道神

僊中之最雄

陳緑雲先生之像賛

瞻仰之神寒空片月知師之心紅爐點雪聞師之德氷清玉潔見師之蹟霜炎氷熱師之一言斬釘截鐵師之一行殺人見血風月情懷松筠志節道法陸沉玄徒瓦裂師領郡檄雷轟電掣冠冕洞宮興大施設輪輿梗楠陶埏坯甎麗以粉黛飾以藻粢不逾年間滄江貫折度五神足霞裾森列方有倫緒閈閎洽悅胡爲雲鶴奄歸帝闕溪山失翠猿鳥悽切散詞玉祠

栢子一藝追慕替絢使人哽咽

頤庵喜神賛

江月射雙眼巖雲飛兩眉自是上饒一團和氣點化自家方寸直機能落筆作泣鬼神之詩能坐石下爛柯之棋千人萬人瞻禮不已笑騎白鹿獨步天墀

隸軒真賛

骨氣巳神僊玄圃提生賢而上四時春心次一壺天人皆就法門棟梁上踔他光景我道隸軒高士志趣飄然若也未知涯涘爲君指出言詮冊成若未歸遂

島且結溪山風月緣

潘龍游喜神贊

龍章鳳姿旣非嵇叔夜鷰頷虎頸又非班定遠機鳴籟動聽其自然虛心何物何增何損花滿一壺春色好乎班頻露與人看

郭信叔喜神贊

萬丈崖頭立一梯百丈竿頭垂一手綿團裏鐵雲包月麒麟海裏翻筋斗回天拓地立教門斬新氣象乾坤倪王人指碧溪水盡是渠儂無盡恩誰乎冲靖

之上足郭信叔者也

薛真箴喜神贊

和風滿面紫芝春雙臉常如酒半酣法籙把除符券
栖宗門立盡棟梁動鳳冠夜戴瓊林月鶴氅朝披玉
洞雲自是神僊真氣象多生曾是薛真君

此當付七言律中

疏

化真君眷衣疏

九鸞之車九鳳之輿飾以黄雲護以紫霧八鶴之馭
九龍之輦駕於赤洼行於丹丘皆經中所説天上之

威儀而入閭豈知世外之華飾今張魏二真君爲祈雨而出境而王謝諸君子宜先日以安車蜀錦吳綾皆可護風蔽日秦麻越苧亦宜剪雪裁消一行筆下之龍蛇無盡空中之雷雨

緣化度牒疏

伏以青蚨千緡不待跨揚州之鶴白綾三尺要須獲西狩之麟口頭雖不敢道有些寅緣命裏那堪又帶這般題目雲龍風虎信乎會合良時星鴟霞魚好箇清閑道士知音繞出手好事便臨頭

化修造僊堂疏

一溪横緑蒲林幽竹戞瑯玕兩岸環青匝地蒼苔鋪翡翠乃飛錫登鸞之所作留雲駐鶴之居翻蓋鶩鷲化現琉璃宮殿雕粧蝴蝶森羅瑪瑙垣墻相逢皆是神僊中人必竟會得山林下事

法語

卅房法語與胡胎僊

呂先生鶴頸龜腮適有鍾離之會石居士鹿鼻鼠耳偶逢平叔之來歎夤緣時節之難豈名利是非之比

金丹大藥古人以萬劫一傳玉笥靈篇學者以十迷
九昧月裏烏日裏兎顛倒坎離水中虎火中龍運用
復姤採先天一氣作鉛中之髓奪星象萬化爲汞裏
之精惟弦前弦後之時乃望缺望圓之際知之者癸
生須急採昧之者望遠不堪嘗精半斤氣半斤總在
西南之位火一兩藥一兩實居東北之鄉收金精木
液歸於黄庭煉白雪黄芽結成紫粉悟真篇所謂華
池神水知命論又言地魄天魂採之煉之結矣成矣
鄭夫婦最初一點十月成胎似君臣共會萬機百官

列職遇日中冬至時野戰遇時中夏至則守城都為
片餉工夫要在一日證驗九三二八筭來只在姹女
金翁七六十三窮得無過黃婆丁老更不用看閑經
萬卷也只消得口訣一言子之來意甚勤知汝積年
求慕非夙生有此丰骨豈一旦用是身心自採藥以
至結胎從行火而及脫體包括抽添之妙形容沐浴
之機無金木間隔之憂有水土同鄉之慶但須溫養
都沒艱辛十二時中只一時三百日內在半日冊田
有物行住坐臥以無愁繫於青名生死輪廻而不累

了然快樂自此淸閑這工夫向關裏也堪行論玄妙
只頃中都交結聚而不散煉之尤堅朱砂與偃月爐
何難尋之有守一壇中央釜惟自巳而亥宜識陰陽
要知玄牝龍精滿與還金童下十二層樓鳳髓盈壺
令玉女報三千世界此時丹熟更須慈毋惜嬰兒不
日雲飛方見真人朝上帝

○○給諸語

桑田成海海成田一剎那堪文百年擬轉頂門關候
子阿誰不是大羅仙所以道風中之燭水上之萍崖

上之藤井邊之樹石邊之火電畔之光須要未雨徹
桑莫待臨渴掘井且如其等向眼耳鼻舌身意那邊
回首從道經師真玄神妙處知音建壇函玉筒之筵
命星弁霞裾之侶盡天地化作鬱羅聖境這些兒又
是龍漢元年燈爍龍膏移下楚天之星斗香焚牛首
熏成越嶺之烟雲非止於一天二天乃至無量天中
天花鼓舞可於此從劫至劫及於河沙劫裏福果豐
隆雖然有是津梁又作麼生證據諸仁者此是萬聖
千賢眼目可爲三空四梵階梯其素幾凝碧落之雲

◎

甚玄扎結紫霄之篆畢竟分付一句作麼生道日裏有烏月有兔水中看虎火中龍他年騎鶴乘風上直到蓬萊第一峯

詩餘

沁園春修煉

要做神僊煉丹工夫譬之似閑但姹女乘龍金公御虎玉爐火熾土釜灰寒鉛裏藏銀砂中取汞神水華池上下間三田内有一條徑路直透泥丸　一聲雷震崑山頂橐籥飛衝夾脊關見白雪漫天黃芽滿地

龜蛇繚繞烏兎掀翻自古乾坤這些離坎九轉烹煎結大還靈丹就未飛昇上闕且在人寰

水調歌頭修煉

土釜温温火豪鑰動春雷三田升降一條徑路屬靈臺自有真龍真虎和合天然鉛汞赤子結真胎水裏捉明月心地覺花開

一轉功三十日九旬來抽添氣候煉成日血換骷髏四象五形聚會只在一方凝結方寸絶纖埃人在泥丸上歸路入蓬萊

又

一箇奇男子萬象落心胸學書學劍兩般都沒箇成功要去披緇學佛首下一拳輕快打破太虛空未後生華髮再拜玉清翁　二十年空挫過只飄蓬這回歸去武夷山下第三峰住我舊時庵千碗水把柴升米活火煮教濃笑指歸時路蓊木海之東

又自述

苦苦誰知苦難難也是難尋思何道不知行過幾重山喫盡風僝雨僽那見霜凝雪凍饑了又添寒滿眼無人問何處扣玄關　好因緣傳口訣與金丹街頭

巷尾無言暗地自生歡雖是蓬頭垢面今已九旬衰
地尚且是童顏末下飛昇詔且受這淸閑

又

天下雲遊麥否忝味偶相投暫時相聚忽然雲散水空
流飽飫闍巾風月又愛淅間山水杖履且逍遙太上
包中下只得箇無憂　是和非名與利一時休自家
醒了不成得恁地埋頭任是南州北郡不問大張小
李過此便相留且喫隨緣飯莫作俗人愁

又

未遇明師者日夜苦憂驚及乎過了得此口訣又忘情可惜蹉跎過了不念精衰氣竭碌碌度平生何不回頭着下手採來烹　天下人知得者不能行可憐埋沒如何恁地不惺惺只見口頭說着方寸都無些子只管看册經地獄門開了急急辦前程

又

堪笑塵中客都總是迷流冤家塵垢纏縛算來不是你風流不解去尋活路只是檐枷負鎖不肯放教休三萬六千日受盡百年憂　得人身休蹉過急須修爲飛

兎走剎那文是死臨頭只這眼前快樂難免無常[illegible]
字何似出塵囚煉就金丹去萬劫自逍遥

念奴嬌詠雪

廣寒宮裏散天花點點空中柳絮是處樓臺皆似玉
半夜風聲不住萬里鹽城千家珠瓦無認蓬萊處但
呼童且去探梅花攀折袖　畫簾未敢掀開獅見初
捏就見佳人偷覷溪畔漁翁簑文重幾點沙鷗無語
竹折庭前松偃路畔滿目都如許問要晴更待積痕
消須無雨

滿庭芳修煉

只用乾坤藥須烏兔憑時方煉金丹木中虎呪火裏赤龍蟠況是兌鉛震汞自元谷上至泥丸些兒事坎离復姤返老作童顏　五行全四象不調停火候間斷如開六天罡所指至出崑山不動纖毫雲雨頃刻處直透三關黃庭內一陽來復丹就片時間

又

兩種汞鉛黃婆感合如如真虎具龍周年造化感在片時中爐裏溫溫種子玄珠象氣透三宮金木處煉

成赤水白血自流通 兩中胎已兆見龜蛇烏[illegible]
惚相逢得坎離既濟復垢交融了得真恭天命脈天地
裏萬物春風陰陽外 天然太一點便成功

酹江月冬至與胡胎僊

因看斗柄運周天頓悟神僊妙訣一點真陽生坎[illegible]
點却離宮之缺造物無聲水中起火妙在虛危[illegible]
年冬至梅花依舊凝雪 先聖此日閉關不通[illegible]
皆爲群生發物物含生育善心正在子初亥末自[illegible]
坤這此離坎日日無休歇如今識金兔飛入蟾[illegible]

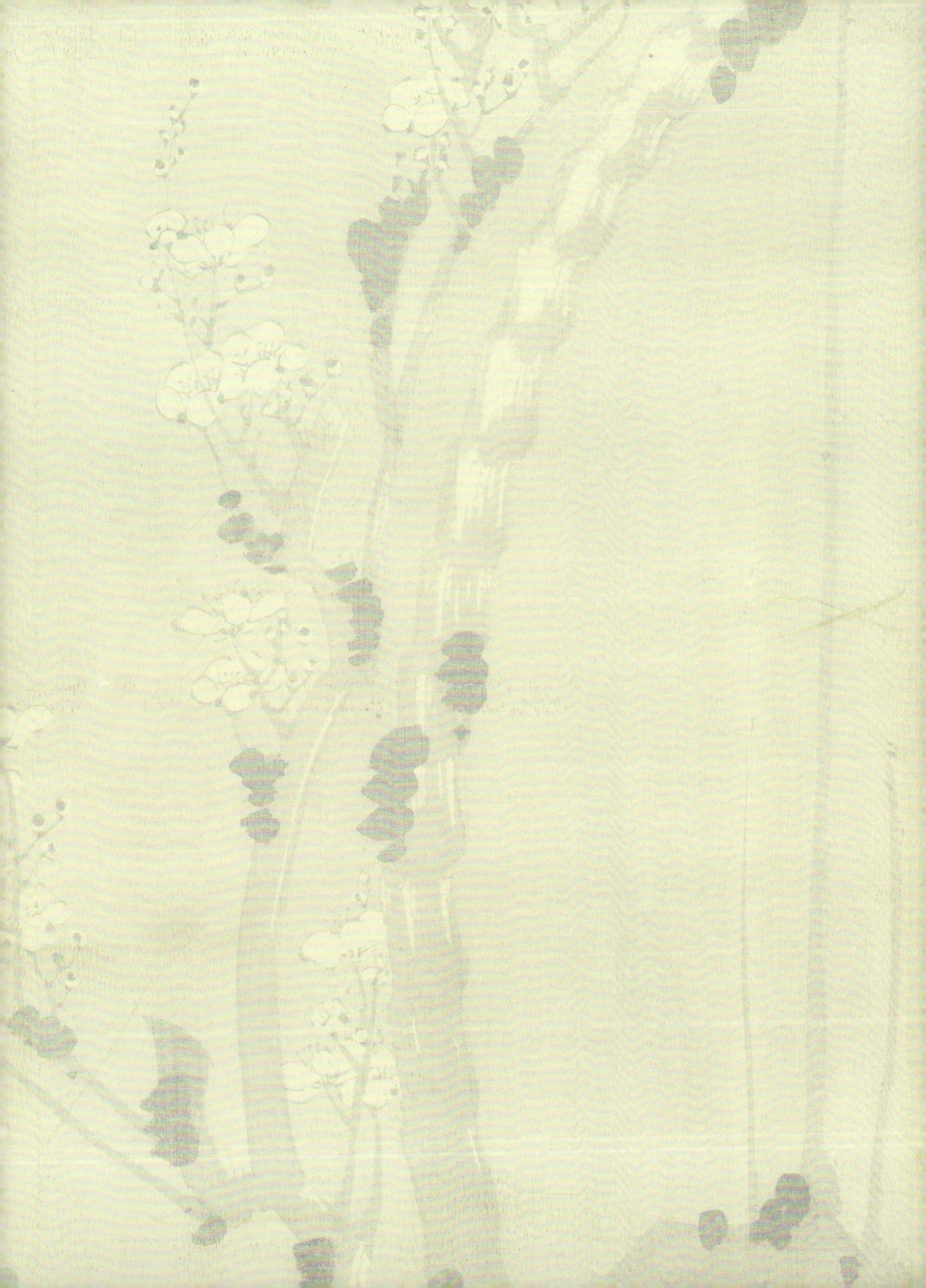